T0203501

Jojo Moyes

La última carta de amor

Traducción de
Jesús de la Torre

Penguin
Random House
Grupo Editorial

Para Charles, que lo empezó todo con un mensaje.

La última carta de amor

Título original: *The Last Letter from Your Lover*

Primera edición en España: abril de 2019
Primera edición en México: abril de 2019
Primera reimpresión: octubre de 2019

D. R. © 2018 by Jojo's Mojo Ltd.

D. R. © 2019, Penguin Random House Grupo Editorial, S. A. U.
Travessera de Gràcia, 47-49, 08021, Barcelona

D. R. © 2019 derechos de edición mundiales en lengua castellana:
Penguin Random House Grupo Editorial, S. A. de C. V.
Blvd. Miguel de Cervantes Saavedra núm. 301, 1er piso,
colonia Granada, alcaldía Miguel Hidalgo, C. P. 11520,
Ciudad de México

www.megustaleer.mx

D. R. © 2019, Jesús de la Torre, por la traducción

El extracto de la carta de Zelda Fitzgerald a Scott Fitzgerald aparece en *Hell hath no fury,* de
Anna Holmes, y se reproduce con el permiso de David Higham Associates, administradores del
patrimonio de F. Scott Fitzgerald.

ISBN: 978-607-317-746-7

Impreso en México – *Printed in Mexico*

El papel utilizado para la impresión de este libro ha sido fabricado a partir de madera procedente
de bosques y plantaciones gestionadas con los más altos estándares ambientales, garantizando
una explotación de los recursos sostenible con el medio ambiente y beneficiosa para las personas.

Penguin
Random House
Grupo Editorial

¡Feliz cumpleaños! Aquí tienes tu regalo. Espero que te guste...

Hoy me he acordado especialmente de ti... porque he decidido que, aunque te quiero, no estoy enamorada de ti. No creo que seas el hombre que Dios tiene reservado para mí. En cualquier caso, espero de verdad que te guste tu regalo y que pases un cumpleaños estupendo.

Una mujer a un hombre, por carta

PRÓLOGO

Hablamos. Un beso.

Ellie Haworth ve a sus amigos a través del gentío y se abre camino serpenteando por el bar. Deja el bolso en el suelo y coloca el móvil sobre la mesa delante de ellos. Están ya bien achispados..., se les nota en el tono de voz, en los exagerados movimientos de los brazos y las fuertes carcajadas, y en las botellas vacías que tienen enfrente.

—Llegas tarde. —Nicky levanta su reloj y lo señala con un dedo, mirándola—. No digas nada. «Tenía que terminar un artículo».

—Una entrevista con la esposa cornuda del parlamentario. Lo siento. Era para la edición de mañana —se excusa mientras se desliza en el asiento libre y se echa en un vaso los restos de una botella. Empuja el móvil por encima de la mesa—. Vale. La fastidiosa palabra sobre la que vamos a debatir esta noche: «Hablamos».

—¿Hablamos?

—Como despedida de un mensaje. ¿Se refiere a mañana o a hoy mismo? ¿O no es más que un espantoso conven-

9

cionalismo de adolescentes que no quiere decir nada en absoluto?

Nicky se asoma a la pantalla iluminada.

—Es un «Hablamos» seguido de «Un beso». Es como decir «Buenas noches». Yo diría que se refiere a mañana.

—Es mañana, sin duda —le confirma Corinne—. «Hablamos» siempre quiere decir «Hasta mañana». —Hace una pausa—. O incluso podría referirse a pasado mañana.

—Es muy informal.

—¿Informal?

—Como algo que podría decírsele al cartero.

—¿Le mandarías un beso al cartero?

Nicky sonríe.

—Es posible. Es muy guapo.

Corinne examina el mensaje.

—No creo que sea eso. Podría significar simplemente que tenía prisa por hacer otra cosa.

—Sí. Como irse con su mujer.

Ellie lanza una mirada de advertencia a Douglas.

—¿Qué? —protesta él—. ¿No crees que estás imaginando demasiadas cosas a la hora de descifrar el lenguaje de los SMS?

Ellie da un trago a su vino y, a continuación, se inclina hacia delante por encima de la mesa.

—Vale. Necesito otra copa si voy a recibir un sermón.

—Si has intimado con alguien lo suficiente como para tener sexo con él en su despacho, creo que debería ser posible pedirle que deje claro cuándo os vais a ver para tomar un café.

—¿Qué pone en el resto del mensaje? Y, por favor, dime que no menciona nada de sexo en su despacho.

Ellie mira su teléfono y revisa los mensajes.

—«He recibido una mala noticia de mi casa. Dublín la semana que viene, pero no estoy seguro de cuáles son los planes. Hablamos. Un beso».

—No se está comprometiendo a nada —dice Douglas.

—A menos que..., ya sabes..., no esté seguro de cuáles son los planes.

—En ese caso, diría: «Te llamaré desde Dublín». O incluso: «Te compraré un billete para que vengas a Dublín».

—¿Se lleva a su mujer?

—Nunca lo hace. Es un viaje de trabajo.

—Quizá se lleve a otra —murmura Douglas antes de dar un trago a su cerveza.

Nicky niega con la cabeza con expresión meditativa.

—Dios, ¿no os parece que la vida era más fácil cuando te tenían que llamar para hablar contigo? Así, al menos, podías saber por el tono de voz si te estaban rechazando.

—Sí —contesta Corinne con un bufido—. Y podías quedarte sentada en casa durante horas junto al teléfono esperando a que te llamaran.

—Ay, la de noches que he pasado...

—... comprobando si el teléfono tenía señal de llamada...

—... y luego colgando de golpe por si acaso te llamaban en ese mismo momento.

Ellie los oye reír, reconociendo que lo que dicen entre risas es verdad, mientras una pequeña parte de su mente sigue esperando ver que la pantallita se ilumina de pronto con una llamada. Una llamada que, dada la hora y «la mala noticia de su casa», no va a ocurrir.

Douglas la acompaña a casa. Es el único de los cuatro que vive en pareja, pero Lena, su novia, tiene un puesto importante en una agencia de comunicación del sector tecnológico y, a menudo, está en su oficina hasta las diez o las once de la noche. A Lena no le importa que él salga con sus antiguas amistades. Ha venido con él en unas cuantas ocasiones, pero le cuesta atravesar el muro de los viejos chistes y las complicidades que acarrea una década y media de amistad. La mayoría de las veces deja que vaya solo.

—¿Y qué tal estás tú, grandullón? —le pregunta Ellie con un codazo mientras rodean un carrito de la compra que alguien ha dejado en la acera—. No has contado nada de ti. A menos que me lo haya perdido.

—No hay mucho que contar —responde él y, después, vacila. Se mete las manos en los bolsillos—. Bueno, eso no es del todo verdad. Eh... Lena quiere tener un hijo.

Ellie le mira.

—¡Anda!

—Y yo también quiero —se apresura él a añadir—. Llevamos mucho tiempo hablándolo, pero hemos llegado a la conclusión de que nunca va a llegar el momento adecuado, así que no hay razón para no intentarlo ahora.

—Qué románticos...

—Yo..., no sé..., la verdad es que estoy bastante contento. Lena va a seguir con su trabajo y yo cuidaré del bebé en casa. Ya sabes, suponiendo que todo salga como debería y...

—¿Y es eso lo que tú quieres? —Ellie trata de mantener un tono neutro.

—Sí. De todos modos, no me gusta mi trabajo. Lleva años sin gustarme. Ella gana una fortuna. Creo que estará bien holgazanear con un bebé todo el día.

—La paternidad consiste en algo más que en holgazanear... —empieza a decirle ella.

—Lo sé. Cuidado..., en la acera. —La aparta suavemente para que no pise una caca—. Pero estoy preparado. No tengo por qué estar saliendo al pub todas las noches. Quiero pasar a la siguiente fase. No estoy diciendo que no me guste salir con vosotras, pero, a veces, me pregunto si no deberíamos..., ya sabes..., crecer un poco.

—¡Ay, no! —Ellie le agarra del brazo—. Te has pasado al lado oscuro.

—Bueno, yo no me siento en mi trabajo igual que tú en el tuyo. Para ti lo es todo, ¿no?

—Casi todo —admite ella.

Siguen caminando en silencio por un par de calles mientras oyen las sirenas a lo lejos, las puertas de los coches al cerrarse y las conversaciones amortiguadas de la ciudad. A Ellie le encanta este momento de la velada, alentada por la charla amistosa, libre por un momento de las incertidumbres que rodean el resto de su vida. Lo ha pasado bien en el pub y se dirige a su acogedor apartamento. Está sana. Tiene una tarjeta de crédito con bastante saldo sin usar, planes para el fin de semana y es la única de sus amigos a la que aún no le ha salido una sola cana. La vida es maravillosa.

—¿Alguna vez piensas en ella? —le pregunta Douglas.

—¿En quién?

—En la mujer de John. ¿Crees que lo sabe?

Su mención hace que la felicidad de Ellie desaparezca.

—No sé. —Y al ver que Douglas no dice nada, añade—: Estoy segura de que, si yo fuera ella, sí lo sabría. Él dice que está más interesada en los niños que en él. A veces, me digo a mí misma que quizá hasta haya una pequeña parte de ella que se alegre de no tener que preocuparse por él. Ya sabes, de tener que mantenerlo contento.

—Eso sí que es hacerse ilusiones.

—Puede ser. Pero, si te soy sincera de verdad, la respuesta es no. Ni pienso en ella ni me siento culpable. Porque no creo que hubiese pasado si ellos fueran felices o si..., ya sabes..., si tuviesen conexión.

—Las mujeres tenéis una idea de los hombres muy equivocada.

—¿Crees que es feliz con ella? —le pregunta examinándole la expresión.

—No tengo ni idea de si lo es o no. Pero no creo que necesite ser infeliz con su mujer para estar acostándose contigo.

Los ánimos han cambiado ligeramente y quizá, al darse cuenta, ella le suelta el brazo y se ajusta el pañuelo que lleva en el cuello.

—Piensas que soy una mala persona. O que lo es él.

Ahí está. El hecho de que venga de parte de Douglas, el menos moralista de sus amigos, le escuece.

—Yo no creo que ninguno seáis mala persona. Solo pienso en Lena, en lo que sería para ella llevar a mi hijo en su vientre y la idea de ponerle los cuernos solo porque ella decida prestar a mi hijo la atención que yo creía que era mía...

—Entonces, sí que crees que él es una mala persona.

Douglas niega con la cabeza.

—Es solo que... —Se detiene, levanta los ojos al cielo de la noche antes de dar forma a su respuesta—. Creo que deberías tener cuidado, Ellie. Todo esto de tratar de descifrar cuáles son sus intenciones, qué es lo que quiere, no es más que una tontería. Estás perdiendo el tiempo. Para mí, las cosas son normalmente bastante sencillas. Te gusta alguien, tú le gustas, os enrolláis y, más o menos, eso es todo.

—Vives en un universo muy bonito, Doug. Una pena que no se parezca al real.

—Vale, cambiemos de tema. Ha sido mala idea sacarlo a colación después de haber tomado unas copas.

—No. —La voz de ella suena más animada—. Piensa en lo de *In vino veritas* y todo eso. No pasa nada. Al menos, sé qué piensas. A partir de aquí puedo ir sola. Saluda de mi parte a Lena. —Recorre las últimas dos calles a toda velocidad hasta su casa, sin darse la vuelta para mirar a su viejo amigo.

Están preparando la mudanza del *Nation,* caja a caja, para llevarlo a su nueva sede de fachada de cristal en un resplandeciente muelle ganado al río en el lado este de la ciudad. La oficina ha ido adelgazando semana a semana: donde antes había montañas de comunicados de prensa, archivadores y recortes, ahora unos escritorios vacíos, inesperadas superficies laminadas relucientes y largas, quedan expuestos al severo resplandor de los tubos fluorescentes. Han salido a la luz recuerdos de antiguos artículos, como premios de una excavación arqueológica, banderines de aniversarios de la Casa Real, cascos de metal abollado de guerras lejanas y títulos enmarcados de galardones ya olvidados. Montones de cables que salen de las paredes, losetas de moquetas sacadas de su sitio y grandes agujeros abiertos en el techo, dando pie a histriónicas visitas de expertos en seguridad e higiene y de inspectores con portapapeles. Los departamentos de publicidad, anuncios por palabras y deportes ya se han mudado a Compass Quay. La revista de los sábados y el departamento de negocios y economía doméstica están preparando su mudanza para las próximas semanas. El de reportajes, el departamento de Ellie, irá después con el de noticias, que se mudarán con un cuidadoso y coreografiado juego de manos para que, mientras el periódico del sábado sale de la antigua sede de Turner Street, el del lunes lo haga, como por arte de magia, desde la nueva dirección.

El edificio, sede del periódico durante casi cien años, ha dejado de ser adecuado, una expresión muy fea. Según la dirección, no refleja el carácter dinámico y racionalizado del periodismo moderno. Tiene demasiados escondites, comentan los gacetilleros malhumorados, mientras son levantados de sus puestos, sujetándose como lapas a una carcasa agujereada.

—Deberíamos celebrarlo —dice Melissa, jefa del departamento de reportajes, desde el despacho casi vacío del redactor jefe. Lleva un vestido de seda de color vino tinto. En Ellie habría quedado como un camisón de abuela. En Melissa, queda como lo que es: atrevida alta costura.

—¿La mudanza? —Ellie está mirando su teléfono móvil, puesto en modo silencio a su lado. A su alrededor, los demás escritores del departamento guardan silencio con sus cuadernos de notas sobre las rodillas.

—Sí. La otra noche estuve hablando con uno de los archiveros. Dice que hay montones de archivos antiguos que no se han consultado desde hace años. Quiero algo sobre las secciones femeninas de hace cincuenta años. Cómo han cambiado las conductas, las modas, las preocupaciones de las mujeres. Casos prácticos, comparativas de entonces y de ahora. —Melissa abre una carpeta y saca varias fotocopias. Habla con la relajada seguridad de una persona que está acostumbrada a que la escuchen—: Por ejemplo, de nuestras páginas de consultas: «¿Qué puedo hacer para que mi mujer vista de forma más elegante y se vuelva más atractiva? Mis ingresos son de mil quinientas libras al año y empiezo a abrirme camino en el sector de ventas. Con mucha frecuencia, recibo invitaciones de clientes, pero en las últimas semanas he tenido que eludirlas porque, sinceramente, mi mujer tiene un aspecto desastroso».

Se oyen unas suaves risas por la habitación.

«He intentado hablarlo con ella con suavidad y me dice que no le importan las modas, las joyas ni el maquillaje. La verdad es que no parece la esposa de un hombre de éxito, que es como yo quiero que sea».

John le había dicho una vez a Ellie que, después de que nacieran los niños, su mujer había dejado de interesarse por su aspecto. Cambió de tema casi al mismo tiempo que lo introducía y nunca más volvió a sacarlo, como si sintiera que lo que había dicho era una traición aún mayor que acostarse con otra mujer. Ellie se había ofendido por ese atisbo de lealtad caballerosa aun cuando en parte le había admirado por ello.

Pero se le había quedado clavado en la mente. Se había imaginado a su mujer: desaliñada con un camisón lleno de manchas, con un bebé en brazos y arengándole por alguna supuesta falta de atención. Sintió deseos de decirle que ella nunca sería así con él.

—Podrían plantearse esas preguntas en un consultorio sentimental moderno. —Rupert, el redactor jefe del sábado, se inclina hacia delante para mirar las otras fotocopias.

—No estoy segura de que sea necesario. Mira la respuesta: «Puede que nunca se le haya ocurrido a su esposa que tiene que formar parte del escaparate de su esposo. Puede ser que, a la hora de pensar en estas cosas, se diga a sí misma que está casada, segura, feliz, por lo que ¿para qué molestarse?».

—Ah —dice Rupert—. La profunda paz de la cama compartida.

—«He visto cómo le ha pasado esto de una forma especialmente rápida tanto a chicas enamoradas como a mujeres que llevan una vida tranquila al acogedor abrigo de un matrimonio establecido. En un momento son tan elegantes como una pintura nueva, batallando heroicas contra sus cinturas, las costuras rectas, con toques nerviosos de perfume y, de pronto, un hombre dice: "Te quiero" y, un instante después, esa chica deslumbrante es, casi sin ninguna diferencia, una zorra. Una zorra feliz».

La habitación se ve invadida brevemente por pequeñas carcajadas de cortesía.

—¿Qué preferís vosotras, chicas? ¿Batallar heroicas contra vuestra cintura o convertiros en una zorra feliz?

—Creo que vi una película con ese título no hace mucho —dice Rupert. Su sonrisa desaparece cuando se da cuenta de que ya no hay risas.

—Se pueden hacer muchas cosas con este material —propone Melissa señalando al archivo—. Ellie, ¿te importa investigar un poco esta tarde? A ver qué consigues encontrar. Vamos a buscar en temas de hace cuarenta o cincuenta años. Cien sería alejarse demasiado. Al redactor jefe le parece bien que pongamos el broche a la mudanza de tal forma que nos llevemos a los lectores con nosotros.

—¿Quieres que revise el archivo?

—¿Te supone algún problema?

No, si te gusta sentarte en sótanos oscuros llenos de papeles enmohecidos controlada por hombres disfuncionales con mentalidad estalinista y que, aparentemente, no han visto la luz del sol desde hace treinta años.

—Ninguno —contesta con tono animado—. Estoy segura de que encontraré algo.

—Llévate a un par de becarios para que te ayuden, si quieres. Me han dicho que hay un par de ellos que ansían entrar en el tema de la moda.

Ellie no detecta la expresión de satisfacción malvada que cruza el rostro de su jefa ante la idea de enviar al último lote de aspirantes a Anna Wintour a las entrañas del periódico. Está ocupada pensando: «Mierda. Abajo no hay cobertura de móvil».

—Por cierto, Ellie, ¿dónde estabas esta mañana?

—¿Qué?

—Esta mañana. Quería que reescribieras ese artículo sobre niños que han perdido a alguien cercano. ¿Sabes? Parecía que nadie sabía dónde estabas.

—Estaba haciendo una entrevista.

—¿A quién?

Un experto en lenguaje no verbal, piensa Ellie, habría detectado enseguida que la inexpresiva sonrisa de Melissa es más bien un gruñido.

—Un abogado. Un informante. Esperaba sacar algo sobre el sexismo en los bufetes de abogados —contesta antes siquiera de saber qué está diciendo.

—Sexismo en el centro financiero de Londres. No me suena nada innovador. Asegúrate de estar en tu mesa mañana a tu hora. Las entrevistas especulativas en tu tiempo libre, ¿de acuerdo?

—De acuerdo.

—Bien. Quiero una doble página para la primera edición en Compass Quay. Algo en la línea de «Cosas que nunca cambian». —Está escribiendo en su cuaderno de cubierta de piel—. Obsesiones, anuncios, problemas... Tráeme unas cuantas páginas esta misma tarde y veremos qué tienes.

—Muy bien. —La sonrisa de Ellie es la más luminosa y competente de toda la habitación mientras sigue a los demás cuando salen del despacho.

«He pasado el día en el equivalente moderno del purgatorio», escribe, haciendo después una pausa para dar un sorbo a su vino. «En el archivo del periódico. Deberías estar agradecido por dedicarte solo a crear cosas».

Él le ha escrito un mensaje desde su cuenta de Hotmail. Se hace llamar a sí mismo Chupatintas; una broma entre los dos. Ella dobla las piernas sobre el asiento y espera, deseando que esa máquina le indique que ha llegado la respuesta de él.

«Eres una ignorante. A mí me encantan los archivos», le responde la pantalla. «Recuérdame que te lleve a la hemeroteca de la Biblioteca Británica en nuestra próxima cita».

Ella sonríe. «Sí que sabes hacer que una chica se divierta».

«Hago lo que puedo».

«El único bibliotecario humano me ha dado un buen montón de papeles sueltos. No es la lectura más interesante para irse a dormir».

Temerosa de que esto pueda parecer sarcástico, continúa con un emoticono sonriente y, después, se maldice al recordar que él había escrito una vez un artículo para *Literary Review* sobre cómo ese emoticono representaba todo lo peor de la comunicación moderna.

«Era un emoticono irónico», añade a la vez que se mete el puño en la boca.

«Espera. Teléfono». La pantalla se queda inmóvil.

Teléfono. ¿Su mujer? Él está en la habitación de su hotel de Dublín. Le ha contado que tiene vistas al agua. «Te encantaría». ¿Qué se suponía que tenía que responder ella a eso? «Entonces, llévame la próxima vez». Eso habría sido exigir demasiado. «Estoy segura de que sí». Habría parecido casi sarcástico. «Sí», había contestado por fin antes de soltar un largo y silencioso suspiro.

Es todo culpa de ella, le dicen sus amigos. Y, cosa poco usual en ella, no puede estar en desacuerdo.

Lo conoció en una feria del libro en Suffolk, cuando la enviaron a entrevistar a un autor de novelas de misterio que había ganado una fortuna tras renunciar a proposiciones más literarias. Se llama John Armour y su héroe, Dan Hobson, es una amalgama casi caricaturesca de anticuadas cualidades masculinas. Le entrevistó durante un almuerzo, temiendo encontrarse con una defensa bastante irritable del género, quizá unas cuantas quejas sobre la industria editorial. A ella siempre le parecía agotador entrevistar a escritores. Se había esperado un hombre de mediana edad, barrigón y de piel lechosa tras varios años atado a su escritorio. Pero el hombre alto y bronceado que se levantó para estrecharle la mano resultó ser esbelto y lleno de pecas, como un curtido granjero sudafricano. Era divertido, encantador, autocrítico y atento. Le había dado la vuelta a la entrevista, haciéndole preguntas a ella sobre su vida y, después, contándole sus teorías sobre el origen del lenguaje y su creencia en que la comunicación se estaba transformando en algo peligrosamente blando y desagradable.

Cuando llegó el café, ella se dio cuenta de que no había anotado nada en su cuaderno durante casi cuarenta minutos.

—Pero ¿no te gusta cómo suenan? —preguntó ella cuando salían del restaurante para regresar a la feria literaria. Era finales de año y el sol del invierno se había escondido tras los edificios bajos de aquella calle cada vez más silenciosa. Había bebido demasiado, había alcanzado el punto en que su boca actuaba con rapidez y atrevimiento antes de que ella misma pensara en lo que debía decir. No había querido salir del restaurante.

—¿Cuáles?

—El español. Y, especialmente, el italiano. Estoy segura de que es por eso por lo que me encanta la ópera italiana y no soporto las alemanas, con todos esos ruidos fuertes y guturales. —Él se quedó pensativo y su silencio la puso nerviosa. Empezó a balbucear—: Sé que es de lo más anticuado, pero me encanta Puccini. Me encanta esa emoción exaltada. Me encanta esa «erre» que se enrosca, el *staccato* de las palabras... —Su voz se fue apagando al notar lo ridícula y pretenciosa que sonaba.

Él se detuvo en una puerta, miró brevemente hacia atrás y, después, se giró de nuevo hacia ella.

—No me gusta la ópera. —La había mirado directamente a los ojos al decir aquello. Como si fuese un desafío. Ella sintió que algo se soltaba en lo más profundo de su estómago. Ay, Dios mío, pensó—. Ellie —añadió él después de quedarse allí callados durante casi un minuto; esa fue la primera vez que la llamó por su nombre—. Ellie, tengo que recoger una cosa en mi hotel antes de regresar a la feria. ¿Te gustaría venir conmigo?

Antes incluso de que ella cerrara la puerta de la habitación cuando entraron, ya estaban besándose, con sus cuerpos apretados uno contra otro, devorándose con la boca, enroscados mientras sus manos realizaban la coreografía urgente y frenética de desvestirse.

Más tarde, ella recordaría su comportamiento y se asombraría como si se tratase de una especie de aberración que mirara desde lejos. En los cientos de veces que repasó la escena, fue borrando la importancia, la abrumadora emoción, y se quedó solamente con ciertos detalles. Su ropa interior, la de diario, inadecuada, tirada por encima de una prensa de planchado para pantalones; la forma en que se habían reído como locos después en el suelo bajo el edredón sintético y estampado del hotel; la forma alegre con la que él le había devuelto la llave al recepcionista esa tarde con un encanto poco apropiado.

La había llamado dos días después, cuando el eufórico impacto de ese día se estaba convirtiendo en algo más decepcionante.

—Sabes que estoy casado —dijo él—. Has leído mis recortes.

He buscado en Google hasta la última referencia que aparece sobre ti, se dijo ella en silencio.

—Nunca antes he sido... infiel. Aún no sé cómo interpretar lo que pasó.

—La culpa fue de la quiche —bromeó ella con una mueca de dolor.

—Has provocado algo en mí, Ellie Haworth. No he escrito una palabra en cuarenta y ocho horas. —Hizo una pausa—. Haces que olvide lo que quiero decir.

Entonces, estoy condenada, pensó ella, pues, nada más sentir el peso de él sobre ella, su boca contra la suya, había sabido —a pesar de todo lo que siempre les había dicho a sus amigos sobre los hombres casados, de todo lo que siempre había pensado— que solo necesitaría el menor reconocimiento por parte de él de lo que había pasado para perderse.

Un año después, aún no había empezado a buscar una salida.

Él vuelve a estar conectado casi cuarenta y cinco minutos después. Durante ese tiempo, ella se ha alejado del ordenador, se ha servido otra copa, ha dado vueltas por el apartamento sin rumbo fijo, se ha observado la piel en el espejo del baño y, después, se ha puesto a recoger calcetines sueltos para luego meterlos en el cesto de la ropa sucia. Oye el sonido de un mensaje y se arroja sobre el sillón.

«Lo siento. No creía que fuera a tardar tanto. Espero que podamos hablar mañana».

Nada de llamadas al móvil, había dicho él. Las facturas del móvil vienen detalladas.

«¿Estás ahora en el hotel?», escribe ella rápidamente. «Puedo llamarte a tu habitación». La comunicación hablada es un lujo, una oportunidad nada común. Dios, pero necesita oír su voz.

«Tengo que salir a una cena, preciosa. Lo siento..., ya llego tarde. Hablamos. Un beso».

Y desaparece.

Ella se queda mirando la pantalla vacía. Él estará saliendo ya del vestíbulo del hotel, sonriendo al personal de la recepción, subiendo al coche que la feria haya encargado. Esta noche dará una charla inteligente e improvisada durante la cena y, después, se mostrará, como es habitual en él, divertido y ligeramente nostálgico ante aquellos que tienen la fortuna de estar sentados en su mesa. Estará allí, viviendo su vida al máximo, mientras ella parece haber dejado la suya en espera de forma perenne.

¿Qué narices está haciendo?

—¿Qué narices estoy haciendo? —dice en voz alta a la vez que golpea el botón de apagado. Grita su frustración hacia el cielo del dormitorio, se deja caer en su enorme y vacía cama. No puede llamar a sus amigos: han aguantado demasiadas veces estas conversaciones y se puede imaginar qué le van a responder. La única respuesta que le pueden dar. Lo que Doug le ha dicho le ha dolido. Pero ella le diría exactamente lo mismo a cualquiera de ellos.

Se sienta en el sofá y enciende la televisión. Por fin, al ver el montón de papeles que tiene al lado, se los coloca sobre el regazo mientras maldice a Melissa. Un montón de papeles muy diversos, ha dicho el archivero, recortes sin fecha y sin una clasificación clara. «No he tenido tiempo para revisarlos todos. Estamos sacando muchos montones como este». Era el único archivero que estaba allí abajo menor de cincuenta años. Ella se ha preguntado fugazmente por qué nunca se había fijado en él. «A ver si encuentras algo que te sirva», añadió inclinándose hacia ella con tono conspiratorio. «Tira a la basura lo que no quieras, pero no le digas nada al jefe. A estas alturas no podemos permitirnos revisar cada trocito de papel».

Enseguida queda claro el porqué: unas cuantas críticas teatrales, la lista de pasajeros de un crucero, unos menús de celebraciones de cenas del periódico... Las va pasando mientras levanta la vista de vez en cuando a la televisión. No encuentra ahí muchas cosas que puedan entusiasmar a Melissa.

Ahora está pasando las páginas de una carpeta maltrecha de lo que parecen ser registros médicos. Todo son enfermedades pulmonares, concluye distraídamente. Algo que ver con la minería. Está a punto de tirar todo el montón a la papelera cuando el extremo de un papel azul claro llama su atención. Lo coge con los dedos pulgar e índice y saca un sobre escrito a mano. Está abierto y la carta de su interior está fechada el 4 de octubre de 1960:

Mi querido y único amor:

Lo que te dije iba en serio. He llegado a la conclusión de que el único modo de seguir adelante es que uno de los dos tome una decisión valiente.

Yo no soy tan fuerte como tú. Cuando te conocí, pensé que eras una cosita pequeña y frágil, alguien a quien tenía que proteger. Ahora me doy cuenta de que estaba equivocado con respecto a nosotros. Tú eres más fuerte que yo, puedes soportar vivir con la posibilidad de un amor así y el hecho de que nunca se nos va a permitir compartirlo.

Te pido que no me juzgues por mi debilidad. Para mí, la única forma de poder resistir es estar en un lugar donde nunca te vea, donde nunca me atormente la posibilidad de verte con él. Necesito estar en algún sitio donde la pura necesidad te saque de mis pensamientos a cada minuto, a cada hora. Eso no sería posible aquí.

Voy a aceptar el empleo. Estaré en el andén 4 de Paddington a las 19:15 del viernes y nada en el mundo me haría más feliz que saber que tienes el valor de venir conmigo.

Si no vienes, sabré que lo que podamos sentir el uno por el otro no es suficiente. No te culparé, cariño mío. Sé que las últimas semanas has sufrido una presión insoportable y yo siento ese peso en lo más profundo. Detesto la idea de haberte podido causar algún tipo de infelicidad.

Estaré esperando en el andén desde las siete menos cuarto. Debes saber que tienes en tus manos mi corazón y mis esperanzas.

Tuyo,

B

Ellie lo lee una segunda vez y descubre que las lágrimas le inundan los ojos. No puede apartar la mirada de esas letras

LA ÚLTIMA CARTA DE AMOR

grandes y enlazadas; la urgencia de esas palabras salta sobre ella más de cuarenta años después de ser escritas. Le da la vuelta para buscar en el sobre alguna pista. Está dirigido al apartado de correos 13 de Londres. Podría ser un hombre o una mujer. ¿Qué hiciste, apartado de correos 13?, se pregunta en silencio.

A continuación, se levanta, vuelve a meter con cuidado la carta en el sobre y se acerca al ordenador. Abre el correo y pulsa en «Actualizar». Nada desde el mensaje que recibió a las siete cuarenta y cinco.

«Tengo que salir a una cena, preciosa. Lo siento..., ya llego tarde. Hablamos. Un beso».

PRIMERA PARTE

Para mí, la única forma de poder resistir es estar en un lugar donde nunca te vea, donde nunca me atormente la posibilidad de verte con él. Necesito estar en algún sitio donde la pura necesidad te saque de mis pensamientos a cada minuto, a cada hora. Eso no sería posible aquí.

Voy a aceptar el empleo. Estaré en el andén 4 de Paddington a las 19:15 del viernes y nada en el mundo me haría más feliz que saber que tienes el valor de venir conmigo.

Un hombre a una mujer, por carta

1

1960

—Se está despertando.

Se produjo un roce de ropas, una silla que se arrastraba y, después, el brusco chasquido de unas anillas de cortina al juntarse. Dos voces murmurando.

—Voy en busca del señor Hargreaves.

Después, un breve silencio durante el cual ella fue, poco a poco, consciente de que había un ruido de fondo: voces, amortiguadas por la distancia, un coche que pasaba; era curioso, pero parecía como si viniesen desde muy debajo de ella. Se quedó tumbada asimilando esos sonidos, dejando que cristalizaran, dejando que su mente se pusiera a la par mientras iba reconociendo cada uno.

Fue en ese momento cuando tomó conciencia del dolor. Se iba abriendo paso hacia arriba por fases de manera intensa: primero el brazo, una fuerte sensación de picor desde el codo hasta el hombro, y, después, la cabeza: lenta e incesantemente. Tenía dolores por el resto del cuerpo, igual que cuando ella...

¿Cuando ella qué...?

—Llegará en un momento. Dice que cerremos las persianas.

Tenía la boca muy seca. Cerró los labios y tragó saliva con dolor. Quería pedir agua, pero no le salían las palabras. Abrió un poco los ojos. Dos siluetas borrosas se movían a su alrededor. Cada vez que creía adivinar qué eran, se volvían a mover. Azul. Eran de color azul.

—Sabes quién acaba de entrar abajo, ¿no? —dijo una de las voces en tono bajo—. La novia de Eddie Cochrane. La que sobrevivió al accidente de coche. Ha estado escribiéndole canciones. En su recuerdo, más bien.

—Apuesto a que no será tan buena como lo era él.

—Ha estado recibiendo periodistas toda la mañana. La enfermera jefe está desesperada.

No entendía de qué estaban hablando. El dolor de cabeza se había convertido en oleadas de un sonido vibrante que iba aumentando de volumen e intensidad, hasta que lo único que pudo hacer fue volver a cerrar los ojos y esperar a que el sonido o ella misma desaparecieran. Después, llegó la blancura, como una marea, y la envolvió. Soltó un suspiro silencioso con cierta gratitud y se dejó zambullir de nuevo en su abrazo.

—¿Estás despierta, querida? Tienes visita.

Vio un reflejo parpadeante por encima de ella, un espectro que se movía rápidamente, primero en una dirección y, después, en la otra. Tuvo un repentino recuerdo de su primer reloj de pulsera, del modo en que reflejaba la luz del sol en su cristal contra el techo del cuarto de juegos hacia delante y hacia atrás, haciendo ladrar a su perrito.

El color azul estaba allí de nuevo. Lo veía moverse acompañado del sonido de ropa al rozarse. Y, a continuación, sintió una mano sobre su muñeca, un breve destello de dolor que la hizo aullar.

—Un poco más de cuidado en ese lado, enfermera —reprendió una voz—. Ha sentido el dolor.

—Lo siento muchísimo, señor Hargreaves.

—El brazo va a necesitar más cirugía. Lo hemos pegado por varias partes, pero aún no está del todo.

Una sombra oscura se cernió junto a sus pies. Deseó que tomara forma, pero, al igual que las siluetas azules, se negaba a hacerlo, y ella dejó que se le cerraran los ojos.

—Puede sentarse con ella si quiere. Háblele. Le podrá oír.

—¿Cómo tiene... las otras heridas?

—Me temo que van a quedarle algunas cicatrices. Sobre todo, en ese brazo. Y ha sufrido un golpe bastante fuerte en la cabeza, así que tardará un tiempo en volver a ser la de antes. Pero, dada la gravedad del accidente, creo que podemos decir que ha sido bastante afortunada.

Hubo un breve silencio.

—Sí.

Alguien había dejado un cuenco de fruta a su lado. Ella había vuelto a abrir los ojos y había fijado la vista en él, permitiendo que la silueta y el color tomaran forma, hasta que vio, con una punzada de satisfacción, que podía identificar qué había en él. Uvas, se dijo. Y lo repitió, dando vueltas a la palabra en silencio por el interior de su cabeza: «Uvas». Le pareció importante, como si estuviese afianzándola en esta nueva realidad.

Y entonces, con la misma rapidez con la que habían venido, se fueron, borradas por la masa azul oscuro que se había colocado a su lado. Según se acercaba, apenas pudo distinguir un ligero olor a tabaco. La voz, cuando pudo oírla, era vacilante, quizá un poco avergonzada, incluso.

—¿Jennifer? ¿Jennifer? ¿Puedes oírme?

Las palabras se oían muy fuertes, curiosamente molestas.

—Jenny, cariño, soy yo.

Se preguntó si le dejarían volver a ver las uvas. Le parecía necesario volver a verlas: rebosantes, púrpuras, saludables. Familiares.

—¿Seguro que me puede oír?

—Es bastante seguro, pero puede que la comunicación le resulte, por ahora, agotadora.

Hubo algunos murmullos que no pudo distinguir. O quizá era que había dejado de intentar distinguirlos. No había nada que le pareciese claro.

—¿Pu... edes...? —susurró.

—Pero ¿su mente no ha sufrido daños con el accidente? ¿Se sabe que no habrá daños permanentes?

—Como le he dicho, se dio un golpe fuerte en la cabeza, pero no hay síntomas médicos para preocuparse. —Sonido de movimiento de papeles—. Ninguna fractura. Ninguna inflamación cerebral. Pero estas cosas resultan siempre un poco impredecibles y las consecuencias son bastante distintas en cada paciente. Así que va a tener usted que ser un poco...

—Por favor... —Su voz era un murmullo apenas audible.

—¡Señor Hargreaves! Creo que está intentando hablar.

Una cara bajó flotando hacia ella.

—¿Sí?

—... quiero ver... —Las uvas, suplicaba poder decir. Solo quiero volver a ver esas uvas.

—¡Quiere ver a su marido! —La enfermera se enderezó como un resorte mientras anunciaba esto con tono triunfante—. Creo que quiere ver a su marido.

Hubo una pausa. A continuación, alguien se acercó a ella.

—Estoy aquí, cariño. Todo..., todo va bien.

El cuerpo se apartó y ella oyó la palmada de una mano sobre una espalda.

—Ahí la tiene, ¿ve? Está volviendo en sí. Y a buen ritmo, ¿eh? —De nuevo, la voz de un hombre—. Enfermera, vaya a pedirle a la hermana que prepare algo de comida para esta noche. Nada demasiado abundante. Algo ligero y fácil de servir... Quizá podría traernos una taza de té, ya que va. —Oyó pasos, voces susurrantes que continuaban hablando a su lado. Su último pensamiento mientras la luz volvía a acercarse: «¿Marido?».

Más tarde, cuando le dijeron cuánto llevaba en el hospital, le costó creerlo. El tiempo se había convertido en algo fragmentado, imposible de controlar, llegando y alejándose en caóticos puñados de horas. Era el desayuno del martes. Ahora era el almuerzo del miércoles. Al parecer, había dormido dieciocho horas. Esto se dijo con cierto tono de desaprobación, como si fuese una grosería el hecho de estar tanto tiempo ausente. Y después, era viernes. De nuevo.

A veces, cuando se despertaba, estaba oscuro y levantaba un poco la cabeza sobre la almohada blanca y almidonada para ver los movimientos tranquilizadores de la sala por la noche: el suave arrastrar de zapatos de las enfermeras de un lado a otro por los pasillos, el esporádico murmullo de una conversación entre enfermera y paciente. Podía ver la televisión por las noches, si quería, según le habían dicho las enfermeras. Su marido estaba pagando una atención privada, podía tener casi todo lo que quisiera. Siempre decía que no, gracias: ya estaba bastante confundida con el molesto torrente de información sin el incesante parloteo de esa caja del rincón.

A medida que se fueron alargando los periodos de vigilia y aumentando en número, empezó a familiarizarse con los rostros de las demás mujeres del pequeño pabellón. La mayor de la sala por su derecha, cuyo pelo negro azabache llevaba recogido de forma inmaculada formando una escultura rígida que se abría por encima de su cabeza, tenía los rasgos inmóviles con una expresión de cierta decepción y sorpresa. Al parecer, había salido en una película cuando era joven y siempre estaba dispuesta a hablarle de ello a cualquier enfermera nueva. Tenía una voz autoritaria y pocas visitas. Luego estaba la joven rechoncha de enfrente, que daba pequeños gritos durante la madrugada. Una mujer mayor y briosa —¿niñera, quizá?— traía a unos niños pequeños para que la vieran todas las tardes durante una hora. Los dos niños se subían a la cama y se aferraban a ella hasta que la niñera les ordenaba que se bajaran por miedo a que le hicieran daño a su madre.

Las enfermeras le decían los nombres de las demás mujeres y, a veces, el de ellas mismas, pero nunca los recordaba. Sospechaba que estaban decepcionados con ella.

El marido, como todos lo llamaban, venía la mayoría de las tardes. Llevaba un traje bien confeccionado, de sarga azul oscuro o gris; le daba un beso superficial en la mejilla y, normalmente, se sentaba a los pies de su cama. Le hablaba de cosas sin importancia con tono solícito, preguntándole qué le parecía la comida, si quería que le trajera algo más. Algunas veces, se limitaba a leer el periódico.

Era un hombre atractivo, unos diez años mayor que ella, con una frente alta y aguileña y unos ojos serios y de párpados caídos. Ella sabía, en el fondo, que él debía ser quien decía que era, que estaba casada con él, pero resultaba desconcertante no sentir nada cuando era tan evidente que todo el mundo esperaba una reacción distinta. A veces, se quedaba mirándolo cuando él no se daba cuenta, esperando que apareciera algún atisbo de familiaridad. Otras, cuando se despertaba, lo encontraba allí sentado, con el periódico en el regazo, mirándola como si sintiera algo parecido.

El señor Hargreaves, el especialista, venía a diario para comprobar su historial y le preguntaba si podía decirle el día en el que estaban, la hora o su nombre. Ella ya acertaba siempre con esas preguntas. Incluso consiguió decirle que el primer ministro era Macmillan y su propia edad, veintisiete años. Pero le costaba reconocer titulares de periódicos con sucesos que habían tenido lugar antes de que ella llegara aquí. «Ya vendrá», decía él dándole una palmada en la mano. «No lo fuerce, sea una buena chica».

Y luego estaba su madre, que le traía pequeños regalos, jabón, champú del bueno, revistas, como si la alentara a tener el aspecto de quien, al parecer, era antes. «Hemos estado todos muy preocupados, Jenny, cariño», decía a la vez que le ponía una mano fría sobre la cabeza. Le resultaba agradable. No familiar, pero sí agradable. En ocasiones, su madre empezaba a decir algo y, después, murmuraba: «No debo cansarte con preguntas. Ya volverá todo. Eso es lo que dicen los médicos. Así que no debes preocuparte».

Jenny quería decirle que no estaba preocupada. Se encontraba bastante tranquila en su pequeña burbuja. Solo sentía una leve tristeza por no poder ser la persona que, según parecía, todos esperaban que fuera. Era en ese momento, en el que las ideas se le volvían demasiado confusas, cuando siempre se quedaba dormida.

Por fin, le dijeron que se iba a casa una mañana tan fresca que las estelas de humo atravesaban el cielo azul brillante del invierno por encima de la capital como un bosque de árboles altos y delgaduchos. Para entonces, ya caminaba algunas veces por el pabellón, intercambiaba revistas con las demás pacientes, que normalmente estaban de charla con las enfermeras, o, en ocasiones, escuchando la radio si les apetecía. Le habían realizado una segunda operación en el brazo y estaba sanando bien, según le habían dicho, aunque la larga cicatriz roja donde le habían insertado la placa la estremecía y trataba de mantenerla oculta por debajo de una manga larga. Le habían examinado la vista y el oído. La piel había cicatrizado bien después del sinfín de arañazos provocados por los fragmentos de cristal. Los moretones se habían atenuado y la costilla y la clavícula rotas se habían soldado lo bastante bien como para que pudiera tumbarse en distintas posturas sin sentir dolor.

A todos los efectos, según le aseguraron, volvía a parecer «la de antes», como si decir eso las suficientes veces pudiera hacer que recordara quién era. Mientras tanto, su madre pasaba horas rebuscando entre los montones de fotografías en blanco y negro para que Jennifer recuperara de nuevo su vida.

Supo que llevaba cuatro años casada. No tenía hijos. Por el tono bajo empleado por su madre, imaginó que esto había supuesto para todos un motivo de desilusión. Vivía en una casa muy elegante de una zona muy buena de Londres, con una criada y un chófer, y, al parecer, muchas jóvenes habrían dado su brazo derecho por tener la mitad de lo que tenía ella. Su marido era alguien grande en la minería y viajaba a menudo, aunque su devoción era tal que había aplazado varios viajes «muy importantes» desde el accidente. Por la deferencia con la que le hablaba el personal médico, supuso que debía de ser bastante influyente y, por ende, que ella podía esperar también cierto nivel de respeto, aunque para ella careciera de sentido.

Nadie le había contado mucho sobre cómo había llegado allí, aunque una vez miró a hurtadillas las notas del médico y supo que había tenido un accidente de coche. La única vez que le había insistido a su madre para que le contara lo que había ocurrido, se le habían sonrosado las mejillas y, colocando una rolliza mano sobre la de Jennifer, le había instado: «No te obsesiones con eso, querida. Ha sido todo... de lo más desagradable». Se le habían llenado los ojos de lágrimas y, como no quería molestarla, Jennifer había cambiado de tema.

Una chica parlanchina con un casco de luminoso cabello naranja había venido desde otra parte del hospital para recortarle y arreglarle el pelo a Jennifer. Esto, le había dicho la joven, le haría sentir mucho mejor. Jennifer había perdido un poco de pelo por la parte posterior de la cabeza, pues se lo habían afeitado para coserle una herida, y la chica le anunció que era una experta en ocultar heridas así.

Algo más de una hora después, levantó en el aire un espejo con gesto triunfal. Jennifer se quedó mirando a la chica que le devolvía la mirada. Bastante guapa, pensó, con una especie de satisfacción distante. Magullada, un poco pálida, pero con una cara agradable. Mi cara, rectificó.

—¿Tiene aquí su neceser? —preguntó la peluquera—. Podría maquillarla yo, si le sigue doliendo el brazo. Un poco de lápiz de labios ilumina cualquier cara, señora. Eso y colorete.

Jennifer seguía con la mirada fija en el espejo.

—¿Crees que debería?

—Claro que sí. Una chica guapa como usted. Puedo hacérselo de forma muy sutil..., pero le dará resplandor a sus mejillas. Espere un momento, voy a bajar a por mis cosas. Tengo unos preciosos colores de París y un lápiz de labios Charles of the Ritz que le quedará perfecto.

—Pues está muy guapa. Es bueno ver a una señora maquillada. Demuestra a los demás que está un poco más al tanto de todo —dijo el señor Hargreaves al ir a visitarla un poco después—. Estará deseando volver a casa, ¿verdad?

—Sí, gracias —respondió ella cortésmente. No tenía ni idea de cómo expresarle que no sabía a qué casa se refería.

Él se quedó observándole la cara un momento, reconociendo quizá su incertidumbre. A continuación, se sentó en un lado de su cama y le puso una mano en el hombro.

—Comprendo que todo debe parecerle un poco desconcertante, que no se sienta todavía bien del todo, pero no se preocupe demasiado si hay muchas cosas confusas. Es bastante común sufrir amnesia después de un golpe en la cabeza.

»Su familia está muy pendiente de usted y estoy seguro de que, una vez que esté rodeada por cosas que le son familiares, sus viejas rutinas, sus amistades, sus compras y demás, verá que todo vuelve a su sitio.

Ella asintió, obediente. Había entendido con bastante rapidez que todos parecían más contentos si actuaba así.

—Me gustaría que volviera dentro de una semana para que yo pueda comprobar cómo avanza ese brazo. Va a necesitar fisioterapia para recuperar toda la movilidad. Pero lo más importante es, sencillamente, que descanse y no se preocupe demasiado por nada. ¿Me entiende?

Él ya se estaba preparando para marcharse. ¿Qué más podía decirle ella?

Su marido la recogió poco antes de la hora de la merienda. Las enfermeras se habían puesto en fila en la recepción para despedirse de ella, relucientes como pequeños alfileres con sus mandiles almidonados. Sentía todavía una extraña debilidad e inestabilidad al caminar y agradeció el brazo que él le extendió.

—Gracias por la atención que han mostrado hacia mi esposa. Envíen la factura a mi despacho, por favor —dijo a la hermana.

—Ha sido un placer —respondió ella estrechándole la mano a él y sonriendo a Jennifer—. Es una alegría verla levantada y moviéndose de nuevo. Tiene un aspecto maravilloso, señora Stirling.

—Me encuentro... mucho mejor. Gracias. —Llevaba un largo abrigo de cachemir y un sombrero casquete a juego. Él había dispuesto que le enviaran tres conjuntos. Ella había elegido el más discreto. No quería llamar la atención.

Levantaron la vista cuando el señor Hargreaves se asomó desde un despacho.

—Dice mi secretaria que hay unos periodistas en la puerta que han venido para ver a la chica de Cochrane. Quizá prefieran salir por la puerta de atrás si quieren evitar el jaleo.

—Será lo mejor. ¿Le importa pedir a nuestro chófer que dé la vuelta?

Tras unas semanas en el calor del pabellón, el aire resultaba sorprendentemente frío. Ella trataba de seguirle el paso, con la respiración saliendo en pequeñas ráfagas, y, a continuación, se encontró en la parte de atrás de un coche grande y negro, engullida por los enormes asientos de piel, y las puertas se cerraron con un ruido sordo y caro. El coche se incorporó al tráfico londinense con un leve ronroneo.

Ella se asomó por la ventanilla para ver a los periodistas, apenas visibles en los escalones de delante, y los abrigados fotógrafos que comparaban sus lentes. Más allá, las calles del centro de Londres estaban atestadas de gente que transitaba con paso apresurado, con los cuellos de los abrigos levantados para protegerse del viento, hombres con sombreros de fieltro calados hasta las cejas.

—¿Quién es la chica de Cochrane? —preguntó ella girando la cara hacia él.

Su marido estaba murmurándole algo al chófer.

—¿Quién?

—La chica de Cochrane. El señor Hargreaves estaba hablando de ella.

—Creo que era la novia de un cantante famoso. Tuvieron un accidente de coche poco antes de...

—Todas hablaban de ella. Las enfermeras del hospital.

Él pareció haber perdido el interés.

—Voy a dejar a la señora Stirling en la casa y, una vez se haya instalado, seguiré hacia el despacho —le decía al chófer.

—¿Qué le ha pasado a él? —preguntó ella.

—¿A quién?

—A Cochrane. El cantante.

Su marido la miró, como si estuviese sopesando algo.

—Ha muerto —contestó. Después, volvió a hablar con el chófer.

Ella subió despacio los escalones que daban paso a la casa de estuco blanco y se abrió la puerta, como por arte de magia, cuando llegó al de arriba. El chófer dejó su maleta con cuidado en el recibidor y, a continuación, se retiró. Su marido, detrás de ella, le hizo una señal con la cabeza a una mujer que estaba de pie en el vestíbulo, al parecer, para recibirlos. De mediana edad, tenía el cabello negro recogido en un moño tirante y llevaba un traje azul marino de dos piezas.

—Bienvenida a casa, señora —dijo a la vez que le extendía la mano. Su sonrisa era sincera y hablaba un inglés de acento muy marcado—. Estamos muy contentos de verla de nuevo recuperada.

—Gracias —contestó. Quería dirigirse a la mujer por su nombre, pero le resultaba incómodo preguntarlo.

La mujer esperó para recoger sus abrigos y desapareció por el pasillo con ellos.

—¿Estás cansada? —Él agachó la cabeza para observarle la cara.

—No. No, estoy bien. —Miró a su alrededor para examinar la casa, deseando poder disimular su consternación al sentir que nunca antes la había visto.

—Ahora tengo que volver al despacho. ¿Estarás bien con la señora Cordoza?

«Cordoza». No le parecía del todo desconocida. Sintió una pequeña oleada de gratitud. «La señora Cordoza».

—Estaré bien, gracias. Por favor, no te preocupes por mí.

—Estaré de vuelta a las siete..., si es que de verdad vas a estar bien... —Resultaba obvio que quería marcharse. Bajó la cabeza, la besó en la mejilla y, tras una breve vacilación, se marchó.

Ella se quedó en el recibidor, oyendo los pasos de él desvaneciéndose por los escalones de la puerta y el leve zumbido del motor cuando su enorme coche se puso en marcha. De repente, la casa le pareció gigantesca.

Tocó el empapelado revestido de seda, miró los suelos de parqué pulido, los techos de altura vertiginosa. Se quitó los guantes con un movimiento preciso y pausado. Después, se inclinó hacia delante para ver mejor las fotografías que había sobre la mesa del vestíbulo. La más grande era un retrato de boda, enmarcada en plata ornamentada bien pulida. Y ahí estaba ella, ataviada con un ajustado vestido blanco, la cara medio cubierta por un velo de encaje blanco y su marido con una amplia sonrisa a su lado. Sí que es cierto que me casé con él, pensó. Y después: parezco muy feliz.

Se sobresaltó. La señora Cordoza había aparecido detrás de ella y estaba ahí, de pie, con las manos recogidas por delante.

—Me preguntaba si desea que le traiga un té. He pensado que quizá le gustaría tomarlo en el salón. Le he encendido la chimenea.

—Eso sería... —Jennifer miró las distintas puertas del vestíbulo. Después, volvió a girar la cara hacia la fotografía.

Pasó un momento antes de que volviese a hablar—: Señora Cordoza, ¿le importaría llevarme del brazo? Solo hasta que me siente. Pierdo un poco el equilibrio al andar.

Después, no estaba segura de por qué no había querido que esa mujer supiera que recordaba pocas cosas sobre la disposición de su propia casa. Simplemente le pareció que, si podía fingir y todos los demás la creían, lo que en principio era una interpretación podría terminar siendo real.

La asistenta le había preparado la cena: un guiso con patatas y judías verdes. Lo había dejado en el horno, le dijo. Jennifer había tenido que esperar a que su marido regresara antes de poder poner nada en la mesa: seguía teniendo débil el brazo derecho y tenía miedo de que se le cayera la pesada cazuela de hierro.

Había pasado la hora que permaneció sola recorriendo la enorme casa, familiarizándose con ella, abriendo cajones y mirando con atención las fotografías. «Mi casa», se decía a sí misma una y otra vez. «Mis cosas. Mi marido». Una o dos veces dejó que la mente se le quedara en blanco y que los pies la llevaran adonde pensaba que podría haber un baño o un estudio y se sintió encantada al descubrir que una parte de ella aún conocía este lugar. Echó un vistazo a los libros del salón y vio con cierta satisfacción que, aunque había muchos que le resultaban desconocidos, podía recitar de memoria las tramas de bastantes.

Donde más tiempo se entretuvo fue en su dormitorio. La señora Cordoza había deshecho su maleta y lo había guardado todo. Abrió dos armarios empotrados y vio que albergaban una gran cantidad de ropa inmaculada. Todo le quedaba a la perfección, incluso los zapatos más desgastados. Sobre un tocador se alineaban su cepillo, sus perfumes y su maquillaje. Sus aromas se juntaron con su piel con una agradable familiaridad. Los colores de los productos de cosmética le quedaban bien: Coty, Chanel, Elizabeth Arden, Dorothy Gray... Su espejo estaba rodeado por un pequeño regimiento de cremas y ungüentos caros.

Abrió un cajón y levantó varias capas de raso, sostenes y corsés de seda y encaje. Soy una mujer a la que le importan las apariencias, observó. Se quedó sentada mirándose en el espejo de tres caras y, después, empezó a cepillarse el pelo con largas y uniformes pasadas. Esto es lo que hago, se dijo a sí misma, varias veces.

En los pocos momentos en que se sintió abrumada por la extrañeza, se entretuvo con pequeñas tareas: reorganizar las toallas del baño de abajo, sacar platos y copas...

Él regresó poco antes de las siete. Ella le estaba esperando en el recibidor, recién maquillada y con una ligera aplicación de perfume en el cuello y los hombros. Vio que él recibía con agrado esta apariencia de normalidad. Le cogió el abrigo, lo colgó en el armario y le preguntó si quería tomar una copa.

—Eso sería estupendo. Gracias —contestó él.

Ella vaciló, con una mano sobre un decantador.

Al girarse, él vio su indecisión.

—Sí, eso es, cariño. Whisky. Dos dedos, con hielo. Gracias.

En la cena, él se sentó a la derecha de ella en la gran mesa de caoba pulida, donde una gran extensión estaba vacía y sin adornos. Ella sirvió la humeante comida en platos y él los colocó en cada lugar. Esta es mi vida, se descubrió a sí misma pensando, mientras veía moverse las manos de él. Esto es lo que hacemos por las noches.

—He pensado que podríamos invitar a cenar a los Moncrieff el viernes. ¿Te apetecería?

Ella cogió un pequeño bocado de su tenedor.

—Creo que sí.

—Bien —asintió él—. Nuestros amigos han estado preguntando por ti. Les gustará ver que estás... otra vez como antes.

Ella sonrió.

—Será... agradable.

—He pensado que quizá no deberíamos hacer muchas cosas durante una o dos semanas. Solo hasta que te sientas mejor.

—Sí.

—Esto está muy bueno. ¿Lo has hecho tú?

—No. Ha sido la señora Cordoza.

—Ah.

Comieron en silencio. Ella bebía agua —el señor Hargreaves le había desaconsejado que tomara algo más fuerte—, pero envidiaba a su marido por la copa que tenía delante. Le habría gustado diluir la desconcertante sensación de extrañeza, suavizarla.

—¿Y cómo va todo en... tu despacho?

Él tenía la cabeza agachada.

—Todo bien. Tendré que ir a visitar las minas en el siguiente par de semanas, pero quiero estar seguro de que podrás arreglártelas antes de irme. Por supuesto, contarás con la ayuda de la señora Cordoza.

Ella sintió un ligero alivio ante la idea de quedarse sola.

—Seguro que estaré bien.

—Y he pensado que después podríamos ir a la Costa Azul un par de semanas. Tengo trabajo allí y puede que el sol te siente bien. El señor Hargreaves ha dicho que podría venirle bien a tus..., a la cicatrización... —Su voz se fue apagando.

—La Costa Azul —repitió ella. Una repentina visión de un paseo marítimo iluminado por la luna. Risas. El tintineo de unas copas. Cerró los ojos con el deseo de que esa imagen fugaz se volviera más clara.

—He pensado que esta vez podríamos ir en coche hasta allí, los dos solos.

Había desaparecido. Podía oír el pulso en sus oídos. Tranquila, se dijo. Todo terminará volviendo. Lo ha dicho el señor Hargreaves.

—Siempre pareces muy feliz allí. Quizá un poco más feliz que en Londres. —Levantó los ojos hacia ella y, después, los apartó.

Ahí estaba de nuevo, esa sensación de que la estaban poniendo a prueba. Se obligó a masticar y tragar.

—Lo que consideres mejor —dijo ella en voz baja.

La habitación quedó en silencio, a excepción del lento raspar de los cubiertos en el plato de él, un sonido agobiante. De repente, su comida le parecía imposible de abordar.

—La verdad es que estoy más cansada de lo que creía. ¿Te importa mucho si me voy arriba?

Él se levantó a la vez que ella.

—Debería haberle dicho a la señora Cordoza que una cena ligera en la cocina sería suficiente. ¿Quieres que te ayude a subir?

—Por favor, no te molestes —respondió ella haciendo un movimiento con la mano para rechazar el ofrecimiento de su brazo—. Solo estoy un poco cansada. Estoy segura de que estaré mucho mejor por la mañana.

A las diez menos cuarto, le oyó entrar en la habitación. Ella se había tumbado en la cama siendo plenamente consciente de las sábanas que la rodeaban, la luz de la luna que se filtraba por las largas cortinas, los lejanos sonidos del tráfico de la plaza, los taxis que se detenían para dejar a sus ocupantes, un cortés saludo de alguien paseando a su perro. Se había mantenido muy quieta, a la espera de que algo se colocara en su sitio con un chasquido, de que la facilidad con la que había vuelto a adaptarse a su entorno físico penetrara en su mente.

Y, entonces, se abrió la puerta.

Él no encendió la luz. Ella oyó el suave choque de perchas cuando colgaba su chaqueta, el golpe sordo de sus zapatos al sacárselos de los pies. Y, de repente, se puso rígida. Su marido —este hombre, este desconocido— iba a meterse en su cama. Había estado tan concentrada en superar cada momento que no había pensado en esto. Casi había esperado que él durmiese en la habitación de invitados.

Se mordió el labio con los ojos cerrados con fuerza, obligándose a mantener una respiración lenta, aparentando dormir. Le oyó desaparecer en el cuarto de baño, la apertura del grifo, el vigoroso cepillado de dientes y una breve gárgara. Sus pies volvieron sin hacer ruido por el suelo enmoquetado y, a continuación, se deslizó entre las mantas, haciendo que el colchón se hundiera y el armazón de la cama protestara con un crujido. Durante un minuto, él se quedó allí tumbado mientras ella se esforzaba por mantener la respiración regular. «Por favor, todavía no», deseó decirle. «Apenas te conozco».

—¿Jenny? —dijo él.

Sintió su mano en su cadera y se obligó a no apartarse.

Él la movía tímidamente.

—¿Jenny?

Se permitió soltar un largo suspiro para expresar la inocente inconsciencia del sueño profundo. Notó que él se detenía, su mano quieta, y que, después, con un suspiro, se dejaba caer de nuevo sobre las almohadas.

Ojalá pudiera ser la persona que te salve, pero eso no va a pasar... No te voy a llamar después de que recibas esta carta porque podría disgustarte y no sería un fiel reflejo tuyo oírte llorar, pues nunca te he visto llorar en un año y medio y nunca antes había tenido una novia así.

Un hombre a una mujer, por carta

2

Moira Parker advirtió el serio gesto de su jefe, el modo decidido en que atravesó su despacho para pasar al de él, y pensó que quizá era bueno que el señor Arbuthnot, su cita de las dos y media, llegara tarde. Estaba claro que su última reunión no había ido bien.

Se puso de pie, se alisó la falda y le cogió el abrigo, que tenía gotas de lluvia tras el corto trayecto entre su coche y la oficina. Dejó el paraguas en el paragüero y, a continuación, dedicó un momento más largo de lo habitual a colgar el abrigo con cuidado en la percha. Llevaba trabajando para él el tiempo suficiente como para saber cuándo necesitaba un rato a solas.

Le preparó una taza de té —él siempre tomaba una taza de té por las tardes, dos tazas de café por las mañanas—, recogió sus papeles con una eficiencia producto de años de práctica y, después, llamó a la puerta y entró.

—Supongo que el señor Arbuthnot está retrasándose por culpa del tráfico. Al parecer, hay un gran atasco en Marylebone Road.

LA ÚLTIMA CARTA DE AMOR

Él estaba leyendo las cartas que le había dejado antes en su mesa para que las firmara. Con evidente expresión de satisfacción, sacó el bolígrafo del bolsillo del pecho y firmó con cortos y bruscos movimientos. Ella le dejó el té sobre la mesa y dobló las cartas para colocarlas sobre su montón de papeles.

—He recogido los billetes de su vuelo a Sudáfrica y he dispuesto que le recojan en el aeropuerto.

—Eso es el día 15.

—Se los traeré por si desea comprobar la documentación. Aquí están las cifras de ventas de la última semana. Las últimas sumas totales de salarios están en esta carpeta. Y, como no estaba segura de si tendría tiempo de almorzar después de la reunión con los fabricantes de coches, me he tomado la libertad de pedir que le trajeran unos sándwiches. Espero que le parezca bien.

—Muy amable, Moira. Gracias.

—¿Los quiere ahora con el té?

Él asintió y le dirigió una breve sonrisa. Ella hizo lo posible por no sonrojarse. Sabía que las demás secretarias se burlaban de ella por lo que consideraban que era un comportamiento demasiado atento con su jefe, por no mencionar su ropa remilgada y su forma ligeramente estirada de hacer las cosas. Pero era un hombre al que le gustaba que las cosas se hiciesen bien, y ella siempre lo había sabido entender así. Esas chicas estúpidas, con la cabeza siempre hundida en una revista y sus interminables chismorreos en el servicio de señoras, no eran capaces de comprender el placer inherente a un trabajo bien hecho. No entendían la satisfacción de ser indispensable.

Vaciló un momento y, después, sacó la última carta de su carpeta.

—Ha llegado el correo de la tarde. He pensado que probablemente debería ver esto. Es otra de esas cartas sobre los hombres de Rochdale.

Él frunció el ceño, lo que hizo desaparecer la sonrisa que le había iluminado la cara. Leyó dos veces la carta.

—¿Esto lo ha visto alguien más?

—No, señor.

—Archívala con las demás —le ordenó lanzándosela—. No son más que alborotadores. Los sindicatos están detrás de esto. No voy a tratar ningún asunto con ellos.

Ella la cogió sin decir nada. Hizo ademán de marcharse y, a continuación, se giró.

—Si no le importa que pregunte... ¿Cómo está su esposa? Imagino que contenta de haber vuelto a casa.

—Está bien, gracias. Mucho..., mucho más recuperada —contestó él—. Ha supuesto para ella una gran ayuda estar en casa.

Ella tragó saliva.

—Me alegro mucho.

Él ya había dirigido su atención a otra cosa. Estaba revisando las cifras de ventas que ella le había dejado. Con la sonrisa aún en la cara, Moira Parker se pegó los documentos al pecho y volvió de nuevo hacia su mesa.

Viejos amigos, había dicho él. Nada demasiado complicado. Dos de esos amigos le eran ya familiares, pues habían visitado a Jennifer en el hospital y una vez más, cuando regresó a casa. Yvonne Moncrieff, una mujer alta y de pelo oscuro de poco más de treinta años, había sido amiga de ella desde que empezaron a ser vecinos en Medway Square. Tenía un comportamiento burlón y sardónico que contrastaba directamente con el de la otra amiga, Violet, a la que Yvonne había conocido en el colegio y que parecía aceptar como obligación el humor mordaz y los jocosos menosprecios de la otra.

Al principio, Jennifer había tratado de identificar las referencias compartidas, evaluar cualquier dato importante a partir de los nombres que se intercambiaban, pero se había sentido relajada en su compañía. Estaba aprendiendo a confiar en su reacción espontánea ante la gente: los recuerdos podían albergarse en otros sitios aparte de en la mente.

—Ojalá pudiera perder yo la memoria —había dicho Yvonne cuando Jennifer le confesó lo rara que se había sentido al despertar en el hospital—. Echaría a andar en dirección al horizonte. Para empezar, olvidaría haber estado casada con Francis. —Había ido a ver a Jennifer para tranquilizarla y confirmarle que todo iba bien. Iba a ser una cena «tranquila», pero, a medida que había ido avanzando la tarde, Jennifer se había quedado casi paralizada por los nervios—. No sé por qué estás tan agitada, querida. Tus cenas son legendarias. —Se había sentado en la cama mientras Jennifer se retorcía poniéndose y quitándose varios vestidos.

—Sí. Pero ¿por qué? —Trató de colocarse bien el pecho en el interior del vestido. Parecía haber perdido un poco de peso en el hospital y la delantera se le arrugaba de una forma fea.

Yvonne se rio.

—Tranquila. Tú no tienes que hacer nada, Jenny. La maravillosa señora C hará que te sientas orgullosa. La casa está preciosa. Tú estás deslumbrante. O, al menos, lo estarás si te pones algún maldito vestido. —Se quitó los zapatos de una patada y levantó sus largas y elegantes piernas sobre la cama—. Nunca he entendido tu entusiasmo por tener invitados. No me malinterpretes. Me encanta ir a fiestas, pero tanta organización... —Se estaba examinando las uñas—. Las fiestas son para asistir a ellas, no para hacerlas tú. Eso es lo que decía mi madre y, sinceramente, sigue teniendo razón. Me compraré uno o dos vestidos, pero ¿canapés y distribución de asientos? ¡Uf!

Jennifer trató de colocarse bien el escote y se miró en el espejo, girándose a la izquierda y, después, a la derecha. Levantó el brazo. La cicatriz se notaba mucho y seguía teniendo un intenso color rosado.

—¿Crees que debería llevar manga larga?

Yvonne se incorporó y la miró.

—¿Te duele?

—Me duele todo el brazo y el médico me dio unas pastillas. Me estaba preguntando si la cicatriz no va a ser un poco...

—¿Motivo de distracción? —Yvonne arrugó la nariz—. Probablemente vayas mejor con manga larga, querida. Solo hasta que se diluya un poco. Y hace mucho frío.

Jennifer se quedó sorprendida ante la franqueza de su amiga, pero no se ofendió. Era el primer comentario sincero que alguien le hacía desde que había llegado a casa.

Se quitó el vestido, se acercó al armario y rebuscó en su interior hasta encontrar un vestido de tubo de seda pura. Lo descolgó y se quedó mirándolo. Era muy llamativo. Desde que había llegado a casa había querido esconderse bajo el tweed y los discretos grises y marrones, pero estos vestidos joya no dejaban de llamarle la atención.

—¿Es este tipo de cosas?

—¿Qué tipo de cosas?

Jennifer respiró hondo.

—¿Lo que me solía poner? ¿Es así como solía ir? —Levantó el vestido sobre su cuerpo.

Yvonne sacó un cigarrillo de su bolso y lo encendió, mirando con atención el rostro de Jennifer.

—¿Me estás diciendo que de verdad no te acuerdas de nada?

Jennifer se sentó en la banqueta delante del tocador.

—Más o menos —confesó—. Sé que te conozco. Igual que le conozco a él. Lo siento aquí —dijo dándose una palmada en el pecho—. Pero es..., hay unos vacíos enormes. No recuerdo qué pensaba de mi vida. No sé cómo se supone que debo comportarme con nadie. No... —Se mordió el lateral del labio—. No sé quién soy. —Sus ojos se llenaron inesperadamente de lágrimas. Abrió un cajón y después otro, buscando un pañuelo.

Yvonne esperó un momento. Después, se levantó, se acercó y se sentó con ella en la estrecha banqueta.

—Muy bien, querida, yo te informaré. Eres encantadora, divertida y estás llena de *joie de vivre*. Tienes un vida perfecta, un marido rico y guapo que te adora y un armario por el que cualquier mujer mataría. Siempre llevas el pelo perfecto. Tu cintura es del tamaño de una mano masculina. Siempre eres el centro de cualquier reunión y todos nuestros maridos están secretamente enamorados de ti.

—Ay, no seas absurda.

—No lo soy. Francis te adora. Siempre que ve tu sonrisita descarada, esos mechones rubios que tienes, me doy cuenta de que se pregunta por qué narices se tuvo que casar con esta vieja judía delgaducha y estrafalaria. Y en cuanto a Bill...

—¿Bill?

—El marido de Violet. Antes de que te casaras, él prácticamente te seguía como un perrito faldero. Menos mal que siente tanto terror por tu marido, o, de lo contrario, te habría secuestrado hace años.

Jennifer se limpió los ojos con un pañuelo.

—Eres muy amable.

—Para nada. Si no fueras tan encantadora, ya te habría despachado. Pero tienes suerte. Me gustas.

Se quedaron sentadas unos minutos. Jennifer frotaba un dedo del pie contra un punto de la alfombra.

—¿Por qué no tengo hijos?

Yvonne dio una larga calada a su cigarrillo. Miró a Jennifer con las cejas arqueadas.

—La última vez que hablamos de ello dejaste claro que tener hijos suele ser aconsejable para que el marido y la mujer estén un tiempo en el mismo continente. Tu marido viaja muchísimo. —Sonrió con satisfacción y soltó por su boca un anillo de humo perfecto—. Esa es una de las otras razones por las que siempre te he tenido una envidia tremenda.

Después de que Jennifer soltara una pequeña carcajada con desgana, continuó:

—Te vas a poner bien, querida. Deberías hacer caso de lo que ese médico tan absurdamente caro ha dicho y dejar de preocuparte. Probablemente tendrás un momento «eureka» en un par de semanas y lo recordarás todo: los molestos ronquidos de tu marido, la situación económica, el terrible tamaño de tu deuda en los almacenes de Harvey Nichols... Mientras tanto, disfruta de tu inocencia mientras dure.

—Supongo que tienes razón.

—Y dicho esto, creo que deberías ponerte el rosa. Tienes un collar de cuarzo que le va de fábula. El esmeralda no te favorece. Hace que tus pechos parezcan dos globos desinflados.

—¡Sí que eres buena amiga! —exclamó Jennifer y las dos se rieron.

La puerta se había cerrado con un golpe y él había dejado caer el maletín en el suelo del recibidor, con el aire frío de la calle sobre su abrigo y su piel. Se quitó la bufanda, besó a Yvonne y se disculpó por llegar tarde.

—Reunión de contabilidad. Ya sabes cómo son estos economistas.

—Deberías verlos cuando se juntan, Larry. Me matan de aburrimiento. Llevamos cinco años casados y aún no sé cuál es la diferencia entre saldo activo y pasivo. —Yvonne miró su

reloj—. Debe de estar al llegar. Sin duda, una ineludible columna de cifras sobre la que pasar su varita mágica.

Él miró a su mujer.

—Estás muy guapa, Jenny.

—¿Verdad que sí? Tu mujer siempre sabe arreglarse bien.

—Sí. Desde luego que sí. Muy bien. —Le pasó una mano
por la mejilla—. Si me disculpáis, voy a refrescarme antes de
que lleguen los demás invitados. Va a nevar otra vez. He oído
el pronóstico del tiempo en la radio.

—Tomaremos una copa mientras te esperamos —le dijo
Yvonne mientras se iba.

Cuando la puerta se abrió por segunda vez, los nervios de
Jennifer se habían aplacado gracias a unos cócteles cargados. «Todo
irá bien», se decía una y otra vez. Yvonne intervendría rápidamente para darle indicaciones cuando estuviera a punto de meter la
pata. Estos eran sus amigos. No iban a estar esperando a verla
tener un tropiezo. Suponían otro paso más en su recuperación.

—Jenny. Muchas gracias por invitarnos —dijo Violet
Fairclough dándole un abrazo, con su cara regordeta casi enterrada en un turbante. Se lo quitó de la cabeza y lo entregó con
su abrigo. Llevaba un vestido de seda de cuello redondo que
se tensaba como un globo de aire alrededor de su amplio con-
torno. La cintura de Violet, como más tarde comentaría Yvonne, necesitaría las manos de un pequeño batallón de infantería
para poder abarcarla.

—Jennifer. La viva imagen de la belleza, como siempre.
—Un hombre alto y pelirrojo se encorvó para besarla.

Jennifer se quedó asombrada ante lo inverosímil de esta
pareja. No recordaba de nada al hombre y le parecía casi divertido que fuese el marido de Violet.

—Pasad —dijo ella apartando la mirada de él y recuperando la compostura—. Mi esposo bajará en un momento. De-
jad que os sirva mientras una copa.

—¿Mi esposo? ¿Es que esta noche vamos a andarnos con formalismos? —contestó Bill riéndose.

—Bueno... —vaciló Jennifer—, como he pasado tanto tiempo sin veros a todos...

—Animal. Tienes que ser amable con Jenny —intervino Yvonne dándole un beso—. Sigue estando muy frágil. Debería estar postrada arriba como una tísica mientras nosotros elegimos a un hombre por vez que la mime. Pero ella insiste en que tomemos unos martinis.

—Esa sí que es la Jenny a la que conocemos y queremos.
—La sonrisa que le dirigió Bill se alargó tanto rato que Jennifer miró dos veces a Violet para asegurarse de que no se ofendía. No parecía importarle: estaba buscando algo en su bolso.

—Le he dejado tu número a la nueva niñera —dijo levantando la mirada—. Espero que no te importe. Es una mujer de lo más inútil. No me extrañaría que llamara aquí en cualquier momento para decir que no puede ponerle a Frederick los pantalones del pijama o algo por el estilo.

Jennifer vio que Bill ponía los ojos en blanco y, con un destello de consternación, se dio cuenta de que ese gesto le era familiar.

Eran ocho personas alrededor de la mesa, con su marido y Francis en cada extremo. Yvonne, Dominic —que tenía un cargo importante en la Guardia Montada— y Jennifer estaban sentados en el lado de la ventana, con Violet, Bill y Anne, la esposa de Dominic, enfrente. Anne era una mujer alegre, de las que se ríen a carcajadas con las bromas de los hombres con un centelleo en los ojos que daba a entender que se trataba de una mujer que se sentía cómoda consigo misma.

Jennifer se descubrió observándolos mientras comían, analizándolos y examinando al detalle las cosas que se decían, buscando claves sobre su vida pasada. Notó que Bill apenas miraba a su mujer y, mucho menos, hablaba con ella. Violet parecía ajena a esto y Jennifer se preguntó si es que no era consciente de su indiferencia o simplemente ocultaba con estoicismo su bochorno.

Yvonne, a pesar de todas las quejas jocosas con respecto a Francis, no dejaba de mirarlo. Bromeaba a su costa mientras le dirigía sonrisas de desafío. Esa es su forma de estar juntos, pensó Jennifer. Ella no va a demostrarle lo mucho que él significa para ella.

—Ojalá hubiera invertido mi dinero en refrigeradores —estaba diciendo Francis—. Esta mañana, el periódico decía que se venderán este año un millón de esas cosas en Gran Bretaña. ¡Un millón! Hace cinco años fueron... ciento setenta mil.

—En Estados Unidos debe de ser diez veces más. Me han dicho que la gente los cambia cada dos años. —Violet pinchó un trozo de pescado—. Y son enormes. Dos veces el tamaño de los nuestros. ¿Os lo podéis imaginar?

—En América todo es más grande. O eso es lo que les gusta decirnos.

—Incluidos los egos, a juzgar por los que yo he tratado. —Dominic elevó la voz—. No se sabe qué es un sabelotodo insoportable hasta que conoces a un general yanqui.

Anne se estaba riendo.

—El pobre Dom se indignó un poco cuando uno trató de decirle cómo tenía que conducir su propio coche.

—Decía: «Vuestros cuarteles son bastante pequeños. Estos vehículos son bastante pequeños. Vuestras raciones son bastante pequeñas...» —le imitaba Dominic—. Deberían haber visto cómo fue con los racionamientos. Por supuesto, no tienen ni idea...

—A Dom se le ocurrió reírse un poco de él y le pidió a mi madre su Morris Minor. Fue a recogerlo con él. Deberíais haber visto su cara.

—«Es lo habitual por aquí, amigo», le dije. «Para los dignatarios que vienen de visita usamos el Vauxhall Velox. Así tienen diez centímetros más de espacio para las piernas». Prácticamente tuvo que encogerse para caber dentro.

—Yo me estaba muriendo de risa —continuó Anne—. No sé cómo Dom no terminó metido en un serio problema.

—¿Qué tal el trabajo, Larry? Me han dicho que vuelves a irte a África dentro de una semana o así.

Jennifer vio cómo su marido apoyaba la espalda en la silla.

—Bien. Muy bien, en realidad. Acabo de firmar un contrato con una compañía de automóviles para que fabriquen unos revestimientos para frenos. —Dejó el cuchillo y el tenedor juntos sobre el plato.

—Exactamente, ¿a qué te dedicas? Nunca sé bien qué es ese mineral moderno que estás usando.

—No finjas interés, Violet —dijo Bill desde el otro extremo de la mesa—. Violet rara vez muestra interés por nada que no sea rosa o azul o que empieza una frase con «Mamá».

—Bill, querido, quizá eso simplemente signifique que no encuentra en casa suficiente estímulo —la defendió Yvonne y los demás hombres soltaron un fuerte silbido.

Laurence Stirling se había girado hacia Violet.

—Lo cierto es que no se trata de ningún mineral nuevo —explicó—. Lleva ahí desde la época de los romanos. ¿Estudiaste a los romanos en el colegio?

—Sin duda. No recuerdo nada ahora, por supuesto. —Violet rio con estridencia.

Laurence bajó la voz y la mesa quedó en silencio para poder oírle mejor.

—Bueno, pues Plinio el Viejo escribió que había visto cómo lanzaban un trozo de tela a la chimenea de un comedor y cómo lo sacaban minutos después sin haber sufrido el menor daño. Algunos pensaron que se trataba de brujería, pero él sabía que era algo extraordinario. —Se sacó un bolígrafo del bolsillo, se inclinó hacia delante y escribió en su servilleta de damasco. Le dio la vuelta para que ella pudiera verlo mejor—. El nombre de crisotilo, su forma más común, deriva de las palabras griegas *chrysos,* que significa 'oro', y *tilos,* 'fibra'. Incluso entonces ya sabían que tenía un increíble valor. Lo único que yo hago, o mi empresa, quiero decir, es extraerlo y moldearlo para distintos usos.

—Apagas incendios.

—Sí. —Se miró las manos, pensativo—. O me aseguro de que no se inicien. —En medio del breve silencio que siguió, la mesa quedó invadida por una cierta tensión.

—¿Y dónde está el negocio, amigo mío? No en manteles a prueba de incendios.

—En las piezas para coches. —Volvió a apoyar la espalda en el asiento y la habitación pareció relajarse con él—. Dicen que en diez años la mayoría de los hogares británicos tendrán un coche. Eso supone una cantidad increíble de revestimientos para frenos. Y estamos en conversaciones con las ferroviarias y las líneas aéreas. Pero los usos del amianto blanco son casi ilimitados. Estamos diversificándonos en canalones, granjas, láminas para revestimientos, aislamientos... Pronto estará por todas partes.

—Sí que es un mineral milagroso.

Estaba tan relajado charlando de su trabajo con sus amigos, no como cuando se encontraban los dos solos, pensó Jennifer. También a él debía resultarle extraño que ella hubiese sufrido tantas lesiones y que aún no estuviese recuperada. Pensó en la descripción que Yvonne había hecho de ella esa tarde: preciosa, serena, atrevida. ¿Echaba de menos a esa mujer? Quizá consciente de que ella le miraba, él giró la cabeza y la miró a los ojos. Ella sonrió y, un momento después, él le devolvió la sonrisa.

—Lo he visto. Vamos, Larry. No está permitido mirar embobado a la esposa de uno. —Bill estaba rellenando las copas.

—A él sí que se le permite mirarla así —protestó Francis—, después de todo lo que le ha pasado. ¿Cómo te encuentras, Jenny? Tienes un aspecto maravilloso.

—Estoy bien. Gracias.

—Se puede pensar que está mejorando muchísimo si está celebrando una cena apenas... ¿cuánto?, ni siquiera una semana después de salir del hospital.

—Si Jenny no estuviese dando una cena, pensaría que algo muy malo le pasa. Y no solo a ella, sino al mundo entero. —Bill dio un largo sorbo a su vino.

—Un horror. Me encanta ver que vuelves a ser la misma de antes.

—Estábamos preocupadísimos. Espero que recibieras mis flores —intervino Anne.

Dominic dejó su servilleta en la mesa.

—¿Recuerdas algo del accidente, Jenny?

—Probablemente prefiera no pensar en eso, si no te importa. —Laurence se puso de pie para coger otra botella de vino del aparador.

—Claro que no. —Dominic levantó una mano con gesto de disculpa—. He sido un desconsiderado.

Jennifer empezó a recoger los platos.

—Estoy bien. De verdad. Es solo que no hay mucho que pueda contar. No recuerdo casi nada.

—Mejor así —observó Dominic.

Yvonne se estaba encendiendo un cigarrillo.

—Bueno, pues cuanto antes te ocupes de los revestimientos de los frenos de todos, querido Larry, más seguros estaremos.

—Y más rico se hará él —señaló Francis entre risas.

—Francis, querido, ¿de verdad tenemos que desviar cada conversación al asunto del dinero?

—Sí —respondieron él y Bill al unísono.

Jennifer les oyó reír mientras recogía el montón de platos de porcelana y se dirigía a la cocina.

—Bueno, pues ha ido muy bien, ¿no?

Ella estaba sentada en su tocador, quitándose con cuidado los pendientes. Vio el reflejo de él en el espejo cuando entró en el dormitorio mientras se aflojaba la corbata. Él se quitó los zapatos con una patada y entró en el baño, dejando la puerta abierta.

—Sí —respondió Jennifer—. Creo que sí.

—La comida estaba riquísima.

—No es mérito mío —dijo ella—. La señora Cordoza lo ha organizado todo.

—Pero tú ideaste el menú.

Era más fácil no llevarle la contraria. Había dejado con cuidado los pendientes dentro de su caja. Oyó cómo el lavabo se llenaba de agua.

—Me alegra que te haya gustado. —Se puso de pie, se quitó el vestido con esfuerzo, lo colgó y empezó a bajarse las medias.

Se había quitado una cuando levantó la vista y le vio de pie en la puerta. Le estaba mirando las piernas.

—Estabas muy guapa esta noche —dijo él en voz baja.

Ella pestañeó a la vez que se bajaba la segunda media. Extendió los brazos hacia atrás para desabrocharse la faja, sintiéndose ahora muy cohibida. El brazo izquierdo seguía inservible, demasiado débil como para doblarlo por detrás de la espalda. Mantuvo la cabeza agachada mientras oía cómo él se acercaba. Se había quitado la camisa, pero seguía con los pantalones del traje. Se colocó detrás de ella, le apartó las manos y tomó el control. Estaba tan cerca que ella podía notar su aliento sobre la espalda mientras desabrochaba cada gancho de su presilla.

—Muy guapa —repitió él.

Ella cerró los ojos. Es mi marido, pensó. Me adora. Todo el mundo lo dice. Somos felices. Sintió los dedos de él recorriendo suavemente su hombro, el tacto de sus labios en la nuca.

—¿Estás muy cansada? —murmuró.

Ella sabía que esta era su oportunidad. Era un caballero. Si le decía que lo estaba, él se apartaría, la dejaría tranquila. Pero estaban casados. «Casados». En algún momento tendría que enfrentarse a esto. ¿Y quién sabía? Quizá, si él le parecía menos extraño, ella descubriría que una parte más de sí misma volvía a ser la de antes.

Se dio la vuelta en sus brazos. No podía mirarle a la cara, no podía besarle.

—No si... No si tú no lo estás —susurró sobre el pecho de él.

Sintió su piel contra la de ella y cerró los ojos, esperando tener una sensación de familiaridad, quizá incluso de deseo. Cuatro años llevaban casados. ¿Cuántas veces habían debido de hacer esto? Y, desde su regreso, él había sido muy paciente.

Sintió sus manos moviéndose por encima de ella, ahora más osadas, desabrochándole el sostén. Ella mantenía los ojos cerrados, consciente de su apariencia.

—¿Podemos apagar la luz? —preguntó—. No quiero... estar pensando en mi brazo. En su aspecto.

—Claro. No se me había ocurrido.

Oyó el chasquido del interruptor del dormitorio. Pero no era su brazo lo que a ella le preocupaba: no quería mirarle a él. No quería estar tan expuesta, vulnerable, ante su mirada. Y, a continuación, estaban en la cama y él le besaba el cuello, con sus manos y su respiración moviéndose ansiosas. Se tumbó encima de ella, apresándola, y ella entrelazó los brazos alrededor del cuello de él, sin saber bien qué debía hacer ante la ausencia de cualquiera de los sentimientos que se suponía que tenía que esperar. ¿Qué me ha pasado?, pensó. ¿Qué solía hacer yo?

—¿Estás bien? —le murmuró él al oído—. ¿Te estoy haciendo daño?

—No —respondió ella—. No, para nada.

Le besó los pechos y un leve gemido de placer salió de la boca de él.

—Quítatelas —dijo mientras le tiraba de las bragas. Él se apartó de encima para que ella pudiese bajárselas a las rodillas y, después, terminar de retirarlas. Y quedó expuesta. Quizá si..., quiso decir, pero él ya le estaba separando las piernas, tratando de introducirse en ella con torpeza. «No estoy preparada», pero no podía decir eso: ahora quedaría mal. Él estaba con la mente en otra parte, desesperado, deseoso.

Ella hizo una mueca de dolor a la vez que levantaba las piernas, tratando de no estar tensa. Y, a continuación, él estaba dentro y ella se mordía la mejilla en la oscuridad, intentando no hacer caso del dolor y del hecho de no estar sintiendo nada más que un deseo desesperado por que aquello acabara y él se saliera de ella. Los movimientos de él aumentaron su velocidad y su ansia, su peso la estaba aplastando, con su cara caliente y húmeda sobre su hombro. Y entonces, con un pequeño grito, un atisbo de vulnerabilidad que él no mostraba en ninguna otra faceta de su vida, todo había acabado, había desaparecido, sustituido por una humedad pegajosa entre las piernas de ella.

Se había mordido el interior de la mejilla con tanta fuerza que notó el sabor de la sangre.

Él se apartó de ella haciendo rodar su cuerpo, aún con la respiración acelerada.

—Gracias —dijo, en medio de la oscuridad.

Ella se alegró de que no la viera allí tumbada, mirando a la nada, con las mantas hasta el mentón.

—No hay de qué —contestó en voz baja.

Había descubierto que era verdad que los recuerdos pueden estar alojados en otros lugares aparte de la mente.

Los días de felicidad no llegarán... No eres tú, soy yo.

Un hombre a una mujer, por postal

3

Un perfil. De un industrial. —El vientre de Don Franklin amenazaba con estallarle por encima de los pantalones. Los botones se tensaban dejando ver, sobre el cinturón, un triángulo de piel pálida y peluda. Se echó hacia atrás en su asiento y se levantó las gafas por encima de la cabeza—. Es exigencia del director, O'Hare. Quiere un reportaje a cuatro páginas sobre el mineral milagroso para la publicidad.

—¿Qué narices sé yo sobre minas y fábricas? Soy corresponsal en el extranjero, por el amor de Dios.

—Lo eras —le corrigió Don—. No podemos volver a mandarte fuera, Anthony, lo sabes. Y yo necesito a alguien que sepa hacer un buen trabajo. No puedes sentarte aquí sin más desordenándolo todo.

Anthony se dejó caer en la silla del otro lado de la mesa y sacó un cigarrillo.

Detrás del redactor jefe de Noticias, al que se podía ver a través de la pared de cristal del despacho, Phipps, el reportero auxiliar, arrancó tres folios de su máquina de escribir y, con gesto de frustración, los reemplazó por otros nuevos, añadiendo dos papeles de calco entre ellos.

—Te he visto hacer cosas así. Puedes servirte de tus encantos.

—Así que ni siquiera es un perfil. Es un artículo propagandístico. Publicidad de ensalzamiento.

—En parte está establecido en el Congo. Tú conoces el país.

—Conozco el tipo de hombres que poseen minas en el Congo.

Don extendió una mano para pedirle un cigarrillo. Anthony le dio uno y se lo encendió.

—No todo es malo.

—¿No?

—Vas a entrevistar a este tipo en su residencia de verano del sur de Francia. En la Costa Azul. Unos días al sol, una o dos langostas a nuestra costa, quizá poder ver a Brigitte Bardot... Deberías darme las gracias.

—Envía a Peterson. Le encantan esas cosas.

—Peterson está cubriendo lo del asesino de niños de Norwick.

—A Murfett. Es un lameculos.

—Murfett está en Ghana encargándose de lo de los disturbios de los ashanti.

—¿Él? —Anthony no podía creérselo—. No sabía ni cubrir una pelea de dos colegiales en una cabina de teléfonos. ¿Cómo demonios está haciendo lo de Ghana? —Bajó la voz—. Envíame de vuelta, Don.

—No.

—Podría estar medio loco, alcoholizado y en un maldito manicomio y, aun así, hacerlo mejor que Murfett, y lo sabes.

—Tu problema, O'Hare, es que no sabes lo privilegiado que eres. —Don se inclinó hacia delante y bajó la voz—. Escúchame. Deja de gruñir y escucha. Cuando volviste de África hablaron mucho de ti arriba. —Señaló hacia el despacho del director—. Sobre si deberían despedirte. Todo ese incidente... Estaban preocupados por ti, amigo. En fin, solo Dios sabe cómo, pero te has hecho muchas amistades aquí, algunas bastante importantes. Tuvieron en cuenta todo lo que habías estado sufriendo y te mantuvieron en la plantilla. Aun cuando estabas en... —hizo una señal incómoda hacia atrás—, ya sabes.

La mirada de Anthony se mantuvo serena.

—En cualquier caso, no quieren que hagas nada que suponga demasiada... presión. Así que contrólate un poco, vete a Francia y da gracias por contar con un tipo de trabajo que, en ciertas ocasiones, implica tener que cenar en las estribaciones del maldito Montecarlo. ¿Quién sabe? Quizá caces a una actriz joven cuando estés allí.

Hubo un largo silencio.

Al ver que Anthony no parecía muy impresionado, Don apagó su cigarrillo.

—¿En serio que no quieres hacerlo?

—No, Don. Ya sabes que no. Si empiezo a hacer este tipo de cosas, estaré a pocos pasos de encargarme de nacimientos, bodas y defunciones.

—Dios mío. Eres un cabrón muy terco, O'Hare. —Fue a coger un papel escrito a máquina que arrancó del pinchapapeles que había en su mesa—. Muy bien, pues en ese caso coge esto. Vivien Leigh se dirige al otro lado del Atlántico. Va a acampar en la puerta del teatro donde está actuando Olivier. Al parecer, no le habla y ella les está contando a los columnistas de cotilleos que no sabe el motivo. ¿Qué te parece si averiguas si van a divorciarse? Quizá puedas conseguir una buena descripción de la ropa que lleva puesta mientras estás allí.

Hubo otra pausa larga. Fuera del despacho, Phipps arrancaba otras tres hojas, se daba un manotazo en la frente y maldecía en silencio.

Anthony apagó su cigarrillo y lanzó a su jefe una mirada de odio.

—Voy a hacer las maletas —dijo.

Mientras se vestía para la cena, Anthony pensó que había algo en la gente realmente rica que siempre le hacía desear burlarse de ella un poco. Quizá fuese la inherente seguridad de unos hombres a los que rara vez se les llevaba la contraria, la pomposidad de aquellos cuyas opiniones más prosaicas eran tomadas tan en serio por todo el mundo.

Al principio, Laurence Stirling le había parecido menos desagradable de lo que esperaba. Se había mostrado cortés, sus respuestas habían estado bien pensadas y sus opiniones sobre sus trabajadores habían sido bastante tolerantes. Pero, a medida que fue pasando el día, Anthony vio que era el tipo de hombre para el que el control era primordial. Era él quien hablaba a los demás, más que solicitar información de ellos. Mostraba poco interés en cualquier cosa que quedase fuera de su propio círculo. Era un pelmazo, con la suficiente riqueza y éxito como para no tratar de ser otra cosa.

Anthony se cepillaba la chaqueta mientras se preguntaba por qué había aceptado ir a cenar. Stirling le había invitado al final de la entrevista y, al pillarle desprevenido, se había visto obligado a admitir que no conocía a nadie en Antibes y que no tenía ningún plan, aparte de picar algo rápido en el hotel. Supuso después que Stirling le había invitado para asegurarse de que escribiera algo adulador. Aunque aceptó a regañadientes, Stirling ordenó a su chófer que fuese a recogerlo al Hôtel Cap a las siete y media.

—No encontrará la casa —dijo—. Está bastante oculta desde la calle.

Ya me lo imagino, había pensado Anthony. Stirling no parecía la clase de hombre al que le gusta la interacción informal con las personas.

Fue evidente que el conserje se despertó cuando vio la limusina que esperaba en el exterior. De repente, fue corriendo a abrir las puertas y la sonrisa que había estado ausente a su llegada ahora le atravesaba toda la cara.

Anthony no le hizo caso. Saludó al chófer y subió al asiento de delante, causándole cierta incomodidad, según se dio cuenta, pero en el asiento de atrás se habría sentido como un impostor. Bajó la ventanilla para dejar que la cálida brisa mediterránea le acariciara la piel mientras el largo vehículo de poca altura se abría paso a lo largo de las carreteras de la costa con aroma a romero y tomillo. Su mirada se elevó por las colinas púrpuras que había más allá. Se había acostumbrado al paisaje más exótico de África y se había olvidado de lo bonitas que eran algunas partes de Europa.

Entabló una conversación informal haciéndole preguntas al chófer sobre la zona, a quién más había llevado, cómo era la vida de un hombre normal en esta parte del país... No podía evitarlo: la información lo era todo. Algunas de sus mejores pistas las había sacado de conductores y de otras personas al servicio de hombres poderosos.

—¿El señor Stirling es un buen jefe? —preguntó.

El chófer clavó los ojos en él, con un gesto menos relajado.

—Sí —contestó, de un modo que indicaba que la conversación se había terminado.

—Me alegro de saberlo —repuso Anthony, y se aseguró de dar a aquel hombre una propina generosa cuando llegaron a la enorme y blanca casa. Mientras veía cómo el coche desaparecía por detrás hacia lo que debía de ser la cochera, se sintió ligeramente nostálgico. Por muy taciturno que fuese, habría preferido compartir un bocadillo y una partida de cartas con el chófer antes que entablar una conversación cortés y formal con el aburrido rico de la Costa Azul.

La casa del siglo XVIII era como la de cualquier hombre acaudalado, de gran tamaño e inmaculada, con una fachada que sugería una atención infinita por parte de varios trabajadores. El camino de entrada de gravilla era ancho y estaba bien arreglado, flanqueado por caminos de losas en relieve de las que ninguna mala hierba se atrevía a salir. Sus elegantes ventanas relucían entre contraventanas pintadas. Una amplia escalera de piedra conducía a los visitantes hasta un enorme vestíbulo donde ya resonaba la conversación de otros invitados y que estaba salpicado por pedestales con enormes arreglos florales. Subió los escalones despacio, sintiendo la piedra aún caliente tras el extremo calor del día de sol.

Había otros siete invitados a cenar: los Moncrieff, amigos de los Stirling venidos de Londres —la mirada de la esposa fue francamente evaluadora—; el alcalde de la ciudad, monsieur Lafayette, con su mujer y su hija, una morenita con ojos demasiado maquillados y un indudable aire de traviesa; y los ancianos monsieur y madame Demarcier, quienes, al parecer, vivían en la villa de al lado. La mujer de Stirling era una rubia guapa y elegante, a lo Grace Kelly. Las mujeres como ella solían tener poco que decir que resultara interesante, al haber pasado toda su vida siendo admiradas por su aspecto. Deseó que le sentaran junto a la señora Moncrieff. No le había molestado el escrutinio al que le había sometido. Esa mujer resultaría todo un desafío.

—¿Y trabaja usted para un periódico, señor O'Hare? —quiso saber la anciana francesa.

—Sí. En Inglaterra. —Apareció un sirviente por su lado con una bandeja de bebidas—. ¿Tiene algún refresco? ¿Tónica, quizá? —El hombre asintió y desapareció.

—¿Cómo se llama? —preguntó ella.

—El *Nation*.

—El *Nation* —repitió con evidente decepción—. No he oído hablar de él. Conozco *The Times*. Ese es el mejor periódico, ¿no?

—Tengo entendido que así lo cree la gente. —Dios mío, pensó. Por favor, que la comida esté buena.

La bandeja de plata apareció a su lado con un vaso alto de tónica con hielo. Mantuvo la mirada apartada del centelleante cóctel que los demás estaban bebiendo. En lugar de ello, trató de practicar un poco su francés de colegial con la hija del alcalde, quien le contestó en un inglés perfecto con un encantador acento francés. Demasiado joven, pensó tras ver el ceño fruncido del alcalde.

Se sintió agradecido al ver que su asiento estaba al lado de Yvonne Moncrieff cuando por fin se sentaron. Era educada y conversadora... y completamente inmune a él. «Malditos sean los matrimonios felices». Jennifer Stirling estaba a su izquierda, manteniendo una conversación girada hacia el otro lado.

—¿Pasa mucho tiempo aquí, señor O'Hare? —Francis Moncrieff era un hombre alto y delgado, el equivalente físico a su mujer.

—No.

—¿Está normalmente más atado a Londres?

—No. No cubro nada de la ciudad.

—¿No es usted periodista de economía?

—Soy corresponsal en el extranjero. Cubro... conflictos en otros países.

—Mientras Larry los provoca. —Moncrieff rio—. ¿Sobre qué tipo de cosas escribe?

—Pues... guerras, hambruna, enfermedades. Los temas más alegres.

—No creo que tengan nada de alegres —dijo la anciana francesa a la vez que daba un sorbo a su vino.

—Durante el último año he estado cubriendo la crisis del Congo.

—Lumumba es un agitador —intervino Stirling—. Y los belgas son unos estúpidos y unos cobardes si creen que ese país va a conseguir hacer algo que no sea hundirse sin ellos.

—¿No cree que se pueda confiar en que los africanos gestionen sus propios asuntos?

—Lumumba era un cartero que iba descalzo por la jungla no hace ni cinco minutos. No hay un solo hombre de color con una educación profesional en todo el Congo. —Se encendió un puro y soltó una nube de humo—. ¿Cómo van a dirigir los bancos cuando los belgas se hayan ido? ¿O los hospitales? El país se convertirá en un territorio de guerra. Mis minas están en la frontera del Congo con Rodesia y ya he tenido que reclutar seguridad extra. De Rodesia. En los congoleños ya no se puede confiar.

Hubo un breve silencio. Anthony había empezado ya a sentir el tic de un músculo en la mandíbula.

Stirling dio unos golpecitos a su puro.

—Y bien, señor O'Hare, ¿en qué sitios del Congo ha estado usted?

—En Leopoldville, sobre todo. Y Brazzaville.

—Entonces, sabrá usted que el Ejército del Congo no se puede controlar.

—Sé que la independencia es un momento difícil para cualquier país. Y que, si el teniente general Janssens hubiese sido más diplomático, se habrían podido salvar muchas vidas.

Stirling se quedó mirándolo entre el humo del puro. Anthony sintió que le estaban volviendo a evaluar.

—Entonces, ha sido usted también absorbido por la secta de Lumumba. ¿Otro liberal ingenuo? —Su sonrisa era glacial.

—Cuesta creer que las condiciones de muchos africanos puedan ser peores.

—Entonces, usted y yo debemos discrepar —repuso Stirling—. Yo creo que hay gente para la que la libertad puede ser un don peligroso.

La habitación quedó en silencio. A lo lejos, sonó una motocicleta que subía por una colina. Madame Lafayette levantó la mano nerviosa para alisarse el pelo.

—Bueno, yo no puedo decir que sepa nada al respecto —comentó Jennifer Stirling a la vez que dejaba su servilleta bien colocada sobre su regazo.

—Demasiado deprimente —convino Yvonne Moncrieff—. Yo es que no puedo ni ver los periódicos por la mañana. Francis lee los deportes y las páginas sobre economía y yo me ciño a mis revistas. A menudo, dejamos las noticias sin leer.

—Mi mujer opina que cualquier cosa que no aparezca en las páginas del *Vogue* no se puede considerar noticia en absoluto —dijo Moncrieff.

La tensión se suavizó. Las conversaciones volvieron a fluir y los camareros rellenaron las copas. Los hombres hablaban de la bolsa y el desarrollo de la Costa Azul: la afluencia de campistas, lo cual provocó que la pareja de ancianos se quejara de una «bajada de tono», de las incesantes obras y de qué desagradables recién llegados habían ingresado en el Club de Bridge británico.

—Yo no me preocuparía demasiado —dijo Moncrieff—. Las casetas de la playa de Montecarlo cuestan este año cincuenta libras a la semana. No creo que muchos campistas de Butlins vayan a pagar eso.

—Tengo entendido que Elsa Maxwell ha propuesto cubrir los guijarros con gomaespuma para que la playa no sea tan incómoda de pisar.

—Qué terribles adversidades hay que afrontar en este lugar —comentó Anthony en voz baja. Quería marcharse, pero eso era imposible a estas alturas de la cena. Se sentía demasiado lejos de donde había estado, como si le hubiesen soltado en un universo paralelo. ¿Cómo podían mostrarse tan inmunes a los problemas y el horror de África cuando sus vidas se aprovechaban tanto de ello?

Vaciló un momento y, después, hizo una señal a un camarero para que le sirviera un poco de vino. Nadie en la mesa pareció darse cuenta.

—Entonces..., va usted a escribir cosas maravillosas sobre mi marido, ¿verdad? —La señora Stirling le miraba el puño. El segundo plato, una bandeja de marisco fresco, lo habían colocado delante de él y ella se había girado para mirarlo. Él se ajustó la servilleta.

—No lo sé. ¿Debería hacerlo? ¿Es un hombre maravilloso?

—Es un modelo de buenas prácticas comerciales, según nuestro querido amigo, el señor Moncrieff. Sus fábricas están construidas conforme a las normativas más estrictas. Su facturación aumenta cada año.

—No es eso lo que le he preguntado.

—¿No?

—Le he preguntado si es un hombre maravilloso. —Sabía que estaba siendo mordaz, pero el alcohol le había despertado e hizo que sintiera un hormigueo en la piel.

—Creo que no me lo debería preguntar a mí, señor O'Hare. Una esposa puede ser muy poco imparcial en esos asuntos.

—Ah, pues, según mi experiencia, no hay nadie que sea más descarnadamente imparcial que una esposa.

—Explíquese.

—¿Quién más conoce todos los defectos de su marido a las pocas semanas de casarse con él y puede señalarlos, con regularidad y de memoria, con precisión científica?

—Su mujer debe de ser terriblemente cruel. Me gusta.

—Lo cierto es que es una mujer increíblemente lista.
—Vio cómo Jennifer Stirling se metía una gamba en la boca.

—¿En serio?

—Sí. Lo suficientemente lista como para haberme dejado hace años.

Ella le pasó la mayonesa. A continuación, cuando vio que no la cogía, le sirvió una cucharada en un lado del plato.

—¿Significa eso que usted no era muy maravilloso, señor O'Hare?

—¿Cuando estaba casado? No. Supongo que no lo era. En todos los demás aspectos sí que lo soy, por supuesto. Inigualable. Y, por favor, llámeme Anthony. —Era como si él se hubiese contagiado de sus amaneramientos, de su forma de hablar despreocupada y arrogante.

—Entonces, Anthony, estoy segura de que usted y mi marido se van a llevar de maravilla. Creo que él tiene una opinión similar de sí mismo. —Sus ojos se posaron en Stirling y, después, los volvió hacia él y se quedó mirándolo el tiempo suficiente como para que él decidiera que quizá no era tan aburrida como había creído.

Durante el plato principal —rollo de ternera con nata y setas silvestres— averiguó que Jennifer Stirling, de soltera Verrinder, llevaba cuatro años casada. Vivía principalmente en Londres y su marido realizaba múltiples viajes al extranjero para visitar sus minas. Iban a la Costa Azul en los meses de invierno, parte del verano y algunas festividades, cuando la sociedad de Londres les resultaba aburrida. Aquí tenían un grupo muy cerrado de personas, explicó ella mirando a la mujer del alcalde que estaba sentada enfrente. Nadie querría vivir aquí todo el tiempo, en este escaparate.

Esas fueron las cosas que le contó, cosas por las que podría haber parecido otra más de esas esposas a las que sus maridos ricos miman en exceso. Pero vio también otros detalles en ella: que probablemente Jennifer Stirling estaba un poco desatendida, que era más lista de lo que su posición le exigía que fuera, y que no era consciente de lo que esa combinación podría provocar en ella en uno o dos años. Por ahora, solo un atisbo de tristeza en sus ojos indicaba esa conciencia de su propia situación. Estaba atrapada en un remolino social infinito y sin sentido.

No tenían hijos.

—He oído por ahí que dos personas deben estar un tiempo en el mismo país para tener uno. —Cuando ella le dijo esto, él se preguntó si le estaría enviando algún tipo de mensaje. Pero parecía haberlo dicho de forma inocente, divertida por su situación más que decepcionada—. ¿Tiene hijos, Anthony? —le preguntó.

—Yo... Me temo que he perdido uno. Vive con mi exmujer, la cual hace todo lo posible por asegurarse de que no lo corrompo. —Nada más decir esto, fue consciente de que estaba borracho. Sobrio, no habría mencionado jamás a Phillip.

Esta vez, vio algo de seriedad tras la sonrisa de ella, como si se preguntara si debía compadecerle. «No hagas eso», le ordenó en silencio. Para ocultar su turbación, se sirvió otra copa de vino.

—No pasa nada. Él...

—¿En qué sentido se le puede considerar a usted como una influencia corruptora, señor O'Hare? —quiso saber Mariette, la hija del alcalde, desde el otro lado de la mesa.

—Sospecho, mademoiselle, que es más probable que se me pueda corromper a mí —contestó—. Si no hubiese decidido ya escribir un artículo de lo más halagador sobre el señor Stirling, seguramente habría caído rendido por la comida y la compañía en esta mesa. —Hizo una pausa—. ¿Qué sería necesario para corromperla a usted, señora Moncrieff? —preguntó.

Ella le parecía la persona menos peligrosa a la que hacerle esa pregunta.

—Uy, yo sería muy fácil. Nadie se ha esforzado nunca lo suficiente —contestó.

—Tonterías —dijo su marido con tono afectuoso—. Yo tardé meses en corromperte.

—Es que tenías que comprarme, querido. Al contrario que el señor O'Hare, tú carecías por completo de atractivo físico y encanto. —Le lanzó un beso al aire—. Pero Jenny es absolutamente incorruptible. ¿No creéis que desprende un aire de bondad de lo más espantoso?

—Nadie en el mundo es incorruptible si se acierta con el precio —sentenció Moncrieff—. Ni siquiera la dulce Jenny.

—No, Francis. Monsieur Lafayette es nuestro verdadero modelo de integridad —replicó Jennifer, arqueando la comisura de los labios con gesto travieso. Empezaba a parecer un poco mareada—. Al fin y al cabo, no existe nada semejante a la corrupción en la política francesa.

—Cariño, no creo que estés dotada para hablar de política francesa —intervino Laurence Stirling.

Anthony vio el leve rubor que apareció en las mejillas de ella.

—Yo solo decía que...

—Pues no lo digas —la interrumpió con tono de humor. Ella pestañeó y se quedó mirando su plato.

Hubo un breve silencio.

—Creo que tiene usted razón, madame —dijo galante monsieur Lafayette a Jennifer mientras dejaba su copa en la mesa—. Sin embargo, puedo decirle que mi rival en el ayuntamiento es un canalla mentiroso... si se le paga lo necesario.

Una oleada de risas barrió la mesa. El pie de Mariette presionaba el de Anthony por debajo de la mesa. Jennifer Stirling estaba ordenando en voz baja al servicio que retirara los platos. Los Moncrieff entablaban conversación a ambos lados de monsieur Demarcier.

Dios, pensó él. ¿Qué estoy haciendo con esta gente? Este no es mi mundo. Laurence Stirling hablaba enérgicamente con su vecino. Un estúpido, pensó Anthony, consciente al mismo tiempo de que él, perdida su familia y casi también su trabajo y sin riqueza alguna, podría encajar mejor con esa descripción. La referencia a su hijo, la humillación de Jennifer Stirling y el alcohol habían conspirado para agriarle el humor. Solo podía hacer una cosa ante eso: hizo una señal al camarero para pedirle más vino.

Los Demarcier se marcharon poco después de las once; los Lafayette, unos minutos más tarde. Obligaciones del ayuntamiento por la mañana, explicó el alcalde.

—Nos ponemos en marcha más temprano que ustedes, los ingleses. —Estrechó las manos de todos por el enorme porche al que se habían retirado para tomar el café y el brandy—. Tengo interés por leer su artículo, señor O'Hare. Ha sido un placer.

—El placer ha sido mío. Créame. —Anthony se balanceaba de pie—. Nunca he sentido tanta fascinación por la política local. —Estaba ya muy borracho. Las palabras salían de su boca casi antes de saber qué quería decir y parpadeaba con fuerza, consciente de que tenía poco control de cómo podrían ser recibidas. Casi no recordaba de qué había hablado durante la última hora. El alcalde se quedó mirando a Anthony a los ojos un momento. Después, retiró la mano y se dio la vuelta.

—Papá, yo me quedo, si no os importa. Seguro que uno de estos amables caballeros me acompaña a casa dentro de un rato. —Mariette miraba con complicidad a Anthony, quien hizo un exagerado gesto de asentimiento.

—Quizá sea yo quien necesite su ayuda, mademoiselle. No tengo ni la más remota idea de dónde estoy —dijo.

Jennifer Stirling estaba besando a los Lafayette.

—Me aseguraré de que vuelve a casa sana y salva —los tranquilizó—. Muchas gracias por venir. —A continuación, dijo algo en francés que él no entendió.

La noche se había vuelto fría, pero Anthony apenas lo notaba. Oía cómo las olas chocaban contra la playa más abajo, el tintineo de las copas, fragmentos de conversación mientras Moncrieff y Stirling hablaban de mercados bursátiles y oportunidades de inversión en el extranjero, pero les prestaba poca atención mientras vaciaba el excelente coñac que alguien le había colocado en la mano. Estaba acostumbrado a estar solo en un país desconocido, a gusto con su propia compañía, pero esta noche se sentía perturbado, irritable.

Miró a las tres mujeres, las dos morenas y la rubia. Jennifer Stirling levantaba una mano, quizá para presumir de alguna joya nueva. Las otras dos murmuraban y sus carcajadas interrumpían su conversación. De vez en cuando, Mariette le miraba y sonreía. ¿De un modo insinuante? Diecisiete, se advirtió a sí mismo. Demasiado joven.

Oía grillos, la risa de las mujeres, una música de jazz procedente del interior de la casa. Cerró los ojos y, después, los abrió y se miró el reloj. Sin saber cómo, había pasado una hora. Tenía la molesta sensación de que tal vez se había quedado dormido. En cualquier caso, era hora de marcharse.

—Creo que quizá debería regresar a mi hotel —les dijo a los hombres mientras se levantaba del sillón.

Laurence Stirling se puso de pie. Estaba fumando un puro enorme.

—Deje que llame a mi chófer. —Se giró para entrar en la casa.

—No, no —respondió Anthony—. El aire fresco me sentará bien. Muchas gracias por... una velada muy interesante.

—Llame a mi despacho por la mañana si necesita más información. Estaré allí hasta la hora del almuerzo. Después, me marcho a África. A menos que quiera usted venir a ver las minas de primera mano. Nunca viene mal un veterano conocedor de África...

—En otra ocasión —contestó Anthony.

Stirling le estrechó la mano con un apretón breve y firme. Moncrieff hizo después lo mismo y, a continuación, se llevó un dedo a la sien a modo de despedida.

Anthony se dio la vuelta y se dirigió hacia la puerta del jardín. El sendero estaba iluminado por pequeños faroles colocados en los arriates. Más adelante, podía ver las luces de unos barcos en medio de la nada oscura del mar. Las voces apagadas llegaban hasta él con la brisa desde el porche.

—Un tipo interesante —decía Moncrieff con una voz que indicaba que pensaba lo contrario.

—Mejor que un mojigato autocomplaciente —murmuró para sí Anthony.

—Señor O'Hare, ¿le importa si voy con usted? —Anthony se dio la vuelta con paso vacilante. Mariette estaba detrás de él, agarrando un bolsito de mano y con una rebeca colgada sobre sus hombros—. Conozco el camino hasta la ciudad. Hay una senda por encima del acantilado por la que podemos ir. Creo que se va a perder si va solo.

Anthony se tambaleó en el arenoso sendero. La chica entrelazó su delgado y moreno brazo con el suyo.

—Es una suerte que haya luz de luna. Al menos, nos veremos los pies —comentó ella.

Caminaron un rato en silencio. Anthony oía el arrastrar de sus zapatos en el suelo, algún que otro jadeo que se le escapaba al tropezar con las matas de lavanda silvestre. A pesar de la agradable noche y de la chica que llevaba a su brazo, sentía nostalgia de algo que no sabía identificar.

—Está muy callado, señor O'Hare. ¿Seguro que no se está quedando dormido otra vez?

Un estallido de carcajadas llegó hasta ellos desde la casa.

—Dígame una cosa —preguntó él—. ¿Le gustan las cenas así?

Ella se encogió de hombros.

—Es una casa bonita.

—«Una casa bonita». Ese es su requisito principal para describir una noche agradable, ¿verdad, mademoiselle?

Ella levantó una ceja, aparentemente tranquila ante el tono incisivo de su voz.

—Llámeme Mariette, por favor. ¿Debo entender que no se ha divertido?

—La gente como esa —respondió él, consciente de que se le notaba la borrachera y el tono agresivo— hace que me den deseos de meterme una pistola en la boca y apretar el gatillo.

Ella se rio y, ligeramente satisfecho por su evidente complicidad, continuó entusiasmado:

—Los hombres solo hablan de cuánto tiene este o aquel. Las mujeres no ven más allá de sus malditas joyas. Disponen del dinero y la posibilidad de hacer cualquier cosa, de ver cualquier cosa, pero nadie tiene una opinión sobre nada de lo que hay fuera de su pequeño y estrecho mundo. —Volvió a tropezar y la mano de Mariette le apretó el brazo.

»Habría preferido pasar la noche charlando con los mendigos de la puerta del Hôtel Cap. Pero no me cabe duda de que la gente como los Stirling haría que los retiraran y los pusieran en algún lugar donde molestaran menos...

—Creía que le gustaba madame Stirling —le reprendió ella—. La mitad de los hombres de la Costa Azul están enamorados de ella, según parece.

—Una señora consentida. Se las puede ver en cualquier ciudad, mademois... Mariette. Muy bonitas, pero sin una idea propia dentro de su cabeza.

Continuó con su diatriba durante un rato antes de darse cuenta de que la chica se había detenido. Al notar que algo había cambiado en el ambiente, miró detrás de él y, al fijar la vista, vio a Jennifer Stirling unos pasos por detrás. Llevaba en la mano una chaqueta de lino y su pelo rubio brillaba como la plata bajo la luz de la luna.

—Se ha dejado esto —dijo extendiendo la mano. Tenía la mandíbula apretada y los ojos le resplandecían bajo la luz azul.

Él se acercó y la cogió.

La voz de ella atravesó el aire en calma:

—Siento que le hayamos decepcionado tanto, señor O'Hare, que nuestra forma de vida le cause tanta ofensa. Quizá habríamos tenido su aprobación si hubiésemos sido pobres y de piel oscura.

—Dios mío —contestó él antes de tragar saliva—. Lo siento. Yo... Estoy muy borracho.

—Eso es evidente. Quizá podría pedirle que, cualquiera que sea su opinión personal sobre mí y sobre mi vida de mujer consentida, no ataque a Laurence en su artículo. —Empezó a retroceder sendero arriba.

Mientras él permanecía avergonzado y maldiciendo en silencio, la despedida de ella llegó con la brisa:

—Puede que en la siguiente ocasión en que se enfrente a tener que soportar la compañía de semejantes pelmazos, le resulte más fácil responder sin más: «No, gracias».

No me dejabas agarrarte de la mano, ni siquiera del
dedo meñique, mi melocotoncito.

Un hombre a una mujer, por carta

4

Voy a poner en marcha la aspiradora, señora, si no le molesta.

Había oído los pasos acercándose por el rellano y se sentó sobre sus talones.

La señora Cordoza, aspiradora en mano, se detuvo en la puerta.

—Ah, todas sus cosas... No sabía que estaba ordenando esta habitación. ¿Quiere que la ayude?

Jennifer se limpió la frente mientras supervisaba el contenido de su armario, que estaba desparramado alrededor de ella por el suelo del dormitorio.

—No, gracias, señora Cordoza. Siga usted con lo suyo. Solo estoy reorganizando mis cosas para saber dónde las tengo.

La asistenta permaneció donde estaba.

—Como usted diga. Cuando acabe iré a la compra. He metido en el frigorífico unos fiambres. Me dijo usted que no quería nada muy pesado para almorzar.

—Eso será suficiente. Gracias.

Y, a continuación, se quedó sola de nuevo, con el zumbido amortiguado de la aspiradora alejándose por el pasillo. Jennifer se incorporó y levantó la tapa de otra caja de zapatos. Llevaba varios días haciendo esto, limpieza general en pleno invierno. Las demás habitaciones, con la ayuda de la señora Cordoza. Había sacado el contenido de estantes y armarios para examinarlo y volver a colocarlo, ordenándolo con aterradora eficacia, buscándose en sus pertenencias, imprimiendo su forma de hacer las cosas en una casa que aún se negaba tenazmente a permitir que sintiera como suya.

Había comenzado como una distracción, un modo de no pensar demasiado en cómo se sentía: estaba desempeñando un papel que todo el mundo parecía haberle asignado. Ahora, se había convertido en una forma de establecer un vínculo con esta casa, una forma de averiguar quién era, quién había sido. Había encontrado cartas, fotografías, álbumes de recortes de su infancia que la mostraban como una niña con trenzas y ceño fruncido montada en un poni blanco y gordo. Descifró la cuidadosa letra de su época de estudiante, las bromas frívolas de su correspondencia, y se dio cuenta con alivio de que podía recordar fragmentos enteros de ellas. Había empezado a evaluar el abismo entre lo que había sido, una criatura alegre, querida, quizá mimada, y la mujer que era ahora.

Conocía casi todo lo que se podía saber sobre ella, pero cambiaba su constante sensación de distanciamiento, de haber ido a parar a una vida que no era suya.

—Ay, querida, todos nos sentimos así —había dicho Yvonne dándole palmadas de consuelo en el hombro al mencionárselo Jennifer tras dos martinis la noche anterior—. No sabes la de veces que me he despertado, he mirado al absoluto encanto que es mi marido cuando ronca, huele mal y tiene resaca, y he pensado: «¿Cómo narices he terminado aquí?».

Jennifer había tratado de reírse. Nadie quería escuchar su parloteo. No tenía más remedio que vivir con ello. El día siguiente al de la cena, preocupada y molesta, había ido sola al hospital y pedido hablar con el señor Hargreaves. Él la había recibido de inmediato en su despacho, lo cual imaginó que había sido no tanto señal de escrupulosidad como de miramiento profesional hacia la esposa de un cliente increíblemente rico. La reacción de él, aunque menos frívola que la de Yvonne, había supuesto para ella lo mismo.

—Un golpe en la cabeza puede afectar de muchas maneras —había dicho él a la vez que apagaba su cigarrillo—. A algunas personas les cuesta concentrarse, otras se echan a llorar en los momentos más inoportunos o se muestran enfadadas durante mucho tiempo. He tenido pacientes varones que se vuelven inusualmente violentos. La depresión no es una reacción poco habitual ante lo que usted ha sufrido.

—Pero es más que eso, señor Hargreaves. La verdad es que pensaba que me sentiría más... recuperada, a estas alturas.

—¿Y no se siente así?

—Todo me parece raro. Fuera de lugar. —Había soltado una pequeña y tímida carcajada—. A veces, he pensado que me estoy volviendo loca.

Él había asentido, como si hubiese escuchado esto muchas veces antes.

—El tiempo lo cura todo de verdad, Jennifer. Sé que es un tópico terrible, pero es cierto. No se esfuerce en querer ajustarse a una forma correcta de sentir. Lo cierto es que con las lesiones de cabeza no hay precedentes. Puede sentirse rara..., fuera de lugar, como usted ha dicho, durante un tiempo. Mientras tanto, le daré unas pastillas que le vendrán bien. Intente no obsesionarse con las cosas.

Él ya estaba escribiendo. Ella había esperado un momento, había cogido la receta y se había puesto de pie para marcharse. «Intente no obsesionarse con las cosas».

Una hora después de volver, había empezado a ordenar la casa. Tenía un vestidor lleno de ropa. Tenía un joyero de nogal que contenía cuatro anillos buenos con piedras preciosas y una caja más que contenía una gran cantidad de bisutería. Tenía doce sombreros, nueve pares de guantes y dieciocho pares de zapatos, había observado mientras guardaba la última caja. Había escrito una corta descripción en cada una —«tacón bajo», «burdeos», «noche», «seda verde»—. Había sostenido en alto cada zapato mientras trataba de extraer de él algún recuerdo de una ocasión anterior. Un par de veces, había atravesado su mente una imagen fugaz: sus pies, vestidos de seda verde, bajando de un taxi —¿entrando en un teatro?—, pero eran recuerdos efímeros y se había sentido frustrada al ver que desaparecían antes de que pudiese darles forma.

«Intente no obsesionarse con las cosas».

Acababa de colocar el último par de zapatos en su caja cuando vio el libro. Era una novela de amor barata oculta entre el papel de seda y el lateral de la caja. Miró la portada y se preguntó por qué no podía recordar la trama cuando había podido hacerlo con muchos de los libros que tenía en sus estanterías.

Quizá lo compré y decidí no leerlo, pensó a la vez que hojeaba las primeras páginas. Parecía bastante escabroso. Le echaría un vistazo por la noche y quizá se lo diera a la señora Cordoza si no le gustaba. Lo dejó en su mesilla de noche y se sacudió el polvo de la falda. Ahora tenía asuntos más acuciantes de los que ocuparse, como ordenar todo aquello y decidir qué narices se iba a poner por la noche.

Había dos en el correo de la tarde. Eran casi como calcos la una de la otra, pensó Moira mientras las leía. Los mismos síntomas, las mismas quejas. Eran de la misma fábrica, donde cada hombre había empezado a trabajar casi dos décadas antes. Quizá sí tuviese algo que ver con los sindicatos, como había dicho su jefe, pero resultaba un poco inquietante que el ligero goteo de esas cartas varios años atrás se hubiese convertido en un flujo continuado.

Levantó la vista. Vio que él regresaba del almuerzo y se preguntó qué debía decirle. Estaba estrechándole la mano al señor Welford, los rostros iluminados por unas sonrisas de satisfacción que indicaban que la reunión había sido un éxito. Tras una breve vacilación, quitó las dos cartas de la mesa y las metió en su cajón de arriba. Las pondría con las demás. No tenía sentido preocuparle. Al fin y al cabo, ya sabía lo que él iba a decir.

Se quedó mirándolo un momento mientras él veía cómo el señor Welford salía de la sala de juntas en dirección a los ascensores, y recordó la conversación que habían tenido esa mañana. Solo estaban los dos en el despacho. Las demás secretarias rara vez llegaban antes de las nueve, pero ella solía llegar una hora antes para encender la cafetera, colocar los periódicos, comprobar si había telegramas que hubiesen llegado por la noche y asegurarse de que todo iba sobre ruedas en el despacho para cuando él llegara. Ese era su trabajo. Además, ella prefería desayunar en su mesa: de algún modo, le resultaba menos solitario que hacerlo en casa, ahora que su madre ya no estaba.

Él le había hecho una señal para que pasara a su despacho poniéndose de pie y levantando un poco una mano. Sabía que ella vería el gesto: siempre tenía medio ojo abierto por si necesitaba algo. Ella se había alisado la falda y había entrado con paso enérgico, esperando que le dictara algo o que le pidiera alguna cifra, pero, en lugar de ello, había atravesado la habitación y había cerrado la puerta después de que ella entrara. Nunca antes había cerrado la puerta con ella dentro en cinco años. Ella se había llevado la mano al pelo con gesto inconsciente.

Su voz había ido disminuyendo de volumen mientras se acercaba a ella.

—Moira, el asunto ese sobre el que hablamos hace semanas...

Ella se había quedado mirándolo, incapaz de moverse ante su proximidad y el inesperado giro de los acontecimientos. Había negado con la cabeza, con expresión algo tonta, pensó después.

—El asunto sobre el que hablamos después del accidente de mi esposa. —Su voz había reflejado cierto tono de impaciencia—. He pensado que debería comprobarlo. Nunca ha habido nada...

Ella había recuperado la compostura y se había llevado la mano al cuello.

—Ah. Ah, no, señor. Fui dos veces, como me pidió. Y no. No había nada. —Había esperado un momento y, después, había añadido—: Nada en absoluto. Estoy bastante segura.

Él había asentido, como aliviado. A continuación, la había mirado sonriendo, una de sus poco habituales y gentiles sonrisas.

—Gracias, Moira. Sabes lo mucho que te aprecio, ¿verdad?

Ella había sentido un cosquilleo de placer.

Él se había acercado a la puerta y la había vuelto a abrir.

—Tu discreción ha sido siempre una de tus más admirables virtudes.

Ella había tenido que tragar saliva antes de contestar.

—Yo... Siempre podrá confiar en mí. Lo sabe.

—¿Qué te pasa, Moira? —le había preguntado una de las mecanógrafas ese mismo día más tarde en el baño de señoras. Ella se había dado cuenta de que estaba canturreando. Se había vuelto a aplicar con cuidado el lápiz de labios y, después, había añadido un levísimo toque de perfume—. Pareces una niña con zapatos nuevos.

—Quizá Mario, el del correo, le haya metido mano entre las medias. —Una desagradable risotada salió del cubículo.

—Si prestaras la mitad de atención a tu trabajo que a los estúpidos chismorreos, Phyllis, podrías ascender de tu puesto de mecanógrafa —había replicado ella antes de salir. Pero ni siquiera las risas de burla cuando había salido al despacho habían podido apagar su placer.

Había luces de Navidad por toda la plaza, enormes bombillas blancas con forma de tulipán. Colgaban entre las farolas victorianas y formaban espirales irregulares alrededor de los árboles que rodeaban los jardines comunitarios.

—Cada año las encienden antes —comentó la señora Cordoza al dejar de mirar por el ventanal para mirar al interior de la sala cuando Jennifer entró. Estaba a punto de correr las cortinas—. Ni siquiera es diciembre.

—Pero son muy bonitas. —Jennifer se estaba poniendo un pendiente—. Señora Cordoza, ¿le importaría abrocharme este botón del cuello? Yo no llego. —El brazo le había mejorado, pero aún no tenía la flexibilidad que le habría permitido vestirse sin ayuda.

La asistenta le cerró el cuello abrochándole el botón cubierto de seda azul oscuro y dio un paso atrás a la espera de que Jennifer se girara.

—Este vestido siempre le ha quedado de maravilla —observó.

Jennifer se había acostumbrado a momentos así, a las veces en que tenía que controlarse para no preguntar: «¿Sí? ¿Cuándo?». Se había vuelto una experta a la hora de ocultar esas dudas, convencer a todos los que la rodeaban de que ella estaba segura del lugar que ocupaba en el mundo.

—No recuerdo bien cuándo fue la última vez que me lo puse —murmuró un momento después.

—Fue en la cena de su cumpleaños. Iba a ir a un restaurante de Chelsea.

Jennifer esperaba que eso pudiese disparar algún recuerdo. Pero no.

—Y eso hice —contestó con una rápida sonrisa—, y resultó una velada encantadora.

—¿La de esta noche es una ocasión especial, señora?

Miró su reflejo en el espejo que había encima de la chimenea. Se había peinado con ligeras ondas rubias y se había perfilado hábilmente los ojos con lápiz.

—Ah, no. No lo creo. Los Moncrieff nos han invitado a salir. Cena y baile. Con el grupo de siempre.

—Yo me quedaré una hora más si no le importa. Hay que almidonar unos manteles.

—¿Le pagamos por todo el trabajo de más? —Había hablado sin pensar.

—Sí —respondió la señora Cordoza—. Usted y su marido son siempre muy generosos.

Laurence —aún seguía sin poder pensar en él como Larry, por mucho que los demás lo llamaran así— había dicho que no podría salir pronto del trabajo, así que habían quedado en que ella tomaría un taxi hasta su despacho y podrían continuar desde allí. Él había parecido un poco reticente, pero ella había insistido. Durante el último par de semanas, Jennifer había tratado de obligarse a salir de la casa con algo más de frecuencia para recuperar su independencia. Había ido de compras, una vez con la señora Cordoza y otra sola, recorriendo despacio y de arriba abajo Kensington High Street e intentando que la gran cantidad de gente y los constantes ruidos y empujones no la abrumaran. Había comprado un chal en unos grandes almacenes dos días antes, no porque lo quisiera especialmente ni lo necesitara, sino para poder volver a casa habiendo realizado una tarea.

—¿La ayudo con esto, señora?

La asistenta tenía en las manos un abrigo de vuelo de brocado azul zafiro. Lo levantó por los hombros para que Jennifer metiera los brazos por las mangas de uno en uno. El forro era de seda y el brocado resultaba un peso agradable alrededor de su cuerpo. Se giró mientras se lo ponía y se enderezó el cuello.

—¿Qué hace usted cuando se va de aquí?

La asistenta parpadeó, un poco sorprendida.

—¿Que qué hago?

—Quiero decir que adónde va.

—Me voy a casa.

—¿Con... su familia? —Paso mucho tiempo con esta mujer, pensó, y no sé nada de ella.

—Mi familia está en Sudáfrica. Mis hijas son adultas ya. Tengo dos nietos.

—Claro. Por favor, perdóneme, pero aún hay cosas que no puedo recordar tan bien como debería. No recuerdo haberla oído mencionar a su marido.

La mujer bajó la mirada.

—Murió hace casi ocho años, señora. —Como Jennifer no dijo nada, añadió—: Dirigía la mina del Transvaal. Su marido me ofreció este trabajo para que yo pudiera seguir manteniendo a mi familia.

Jennifer se sentía como si la hubiesen descubierto fisgoneando.

—Lo siento mucho. Como le he dicho, mi memoria es muy poco fiable por ahora. Por favor, no crea que...

La señora Cordoza negó con la cabeza.

Jennifer se había ruborizado hasta volverse de un rojo intenso.

—Estoy segura de que en circunstancias normales yo habría...

—Por favor, señora. Sé bien que... —la asistenta habló con cautela—, que aún sigue sin ser la de antes.

Se quedaron allí, mirándose la una a la otra, la mujer más mayor aparentemente avergonzada por el exceso de familiaridad.

Pero Jennifer no lo vio así.

—Señora Cordoza —dijo—, ¿me ve usted muy cambiada desde mi accidente? —Notó que los ojos de la mujer la miraban brevemente antes de contestar—. ¿Señora Cordoza?

—Tal vez un poco.

—¿Me puede decir en qué sentido?

La asistenta parecía incómoda y Jennifer vio que temía dar una respuesta sincera. Pero ahora no podía detenerse.

—Por favor. No hay una respuesta correcta ni equivocada, se lo aseguro. Yo solo... Las cosas se han vuelto un poco raras desde que... Me gustaría tener una idea más acertada de cómo eran las cosas antes.

La mujer tenía las manos firmemente agarradas delante de ella.

—Quizá esté usted más callada. Un poco menos... sociable.

—¿Diría usted que yo era más feliz antes?

—Señora, por favor... —La asistenta jugueteó con la cadena que llevaba al cuello—. Yo no... Debería irme. Quizá sea mejor que deje el mantel para mañana, si no le importa.

Antes de que Jennifer pudiera volver a decir nada, la mujer había desaparecido.

El restaurante Beachcomber del hotel Mayfair era uno de los más concurridos de la zona. Cuando Jennifer entró, y su marido detrás de ella, pudo ver el motivo: apenas a unos metros de las frías calles de Londres, se vio en medio de una playa paradisiaca. La barra circular estaba revestida de bambú, igual que el techo. El suelo era una alfombra de posidonias y de las vigas colgaban redes de pesca y boyas. Una música hawaiana salía flotando de unos altavoces alojados en falsos acantilados de piedra, apenas audibles por encima del ruido de una ajetreada noche de viernes. Un mural de cielos azules e infinitas arenas blancas ocupaba la mayor parte de una pared y el gigantesco busto de una mujer, sacado de la proa de un barco, sobresalía hacia la zona del bar. Fue allí, tratando de colgar su sombrero de uno de los pechos esculpidos, donde vieron a Bill.

—Ah, Jennifer... Yvonne, ¿has visto a Ethel Merman? —Cogió su sombrero y los saludó con él.

—Cuidado —masculló Yvonne mientras se levantaba para saludarlos—. Violet está encerrada en casa y Bill está ya completamente borracho.

Laurence soltó el brazo de Jennifer cuando les indicaron sus asientos. Yvonne se sentó enfrente de ella y, a continuación, hizo un elegante movimiento con la mano para llamar la atención de Anne y Dominic, que acababan de llegar. Bill, en el otro extremo de la mesa, agarró la mano de Jennifer y se la besó cuando pasaba por su lado.

—En serio, Bill, no tienes remedio —dijo Francis estrechándole la mano—. Si no vas con cuidado voy a mandar un coche para que recoja a Violet.

—¿Por qué está Violet en casa? —Jennifer dejó que el camarero sacara la silla para que ella se sentara.

—Uno de los niños está enfermo y no creía que la niñera fuese capaz de encargarse ella sola. —Yvonne consiguió expresar todo lo que pensaba sobre esa decisión con una ceja excelentemente arqueada.

—Porque los niños «siempre deben ser lo primero» —dijo Bill con soniquete monótono. Guiñó un ojo a Jennifer—. Más vale que sigáis como estáis, señoras. Los hombres necesitamos una sorprendente cantidad de cuidados.

—¿Pedimos una jarra de algo? ¿Qué preparan aquí que sea bueno?

—Yo tomaré un Mai Tai —dijo Anne.

—Yo un Royal Pineapple —añadió Yvonne mientras echaba un vistazo al menú, que tenía la imagen de una mujer con falda hawaiana y las palabras «Lista de cócteles».

—¿Qué vas a tomar tú, Larry? Deja que adivine. Un Bali Hai Scorpion. Algo con un pincho en la cola. —Bill había cogido el menú de las bebidas.

—Suena asqueroso. Tomaré un whisky.

—Entonces, deja que elija yo para la encantadora Jennifer. Querida Jenny, ¿qué te parece un Perla Escondida? ¿O un Perdición Hawaiana? ¿Te apetece ese?

Jennifer se rio.

—Lo que tú digas, Bill.

—Y yo tomaré un Cabrón Sufridor, que es lo que soy —dijo con tono alegre—. Muy bien. ¿Cuándo empezamos a bailar?

Varias copas después, llegó la comida: cerdo a la polinesia, gambas con almendras y solomillo la pimienta. Jennifer, que rápidamente se había achispado por la potencia de los cócteles, vio que apenas podía probar de su plato. A su alrededor, la sala se había vuelto más ruidosa; una banda de música tocaba en el rincón, las parejas se movían en la pista de baile y las mesas competían por ver cuál se oía más. Las luces se atenuaron y una espiral roja y dorada emanaba de las lámparas con cristales de colores de las mesas. Dejó que sus ojos se pasearan por sus amigos. Bill seguía lanzándole miradas, como si buscara su aprobación. Yvonne tenía el brazo echado por encima del hombro de Francis mientras le contaba alguna historia. Anne dejó de sorber su bebida multicolor a través de una pajita para estallar en una carcajada. Volvió a aparecer lentamente la misma sensación, implacable como una ola, de que tenía que estar en otro sitio. Sentía como si estuviese en una burbuja de cristal, alejada de los que la rodeaban. Y nostálgica, descubrió con un sobresalto. He bebido demasiado, se reprendió a sí misma. Estúpida. Cruzó la mirada con la de su marido y le sonrió, con la esperanza de no parecer tan incómoda como se sentía. Él no le devolvió la sonrisa. Soy demasiado transparente, pensó ella con tristeza.

—Y bueno, ¿qué es esto? —preguntó Laurence mirando a Francis—. ¿Qué estamos celebrando exactamente?

—¿Necesitamos algún motivo para divertirnos? —respondió Bill. Ahora estaba bebiendo del cóctel de piña de Yvonne por una larga pajita de rayas. Ella no parecía darse cuenta.

—Tenemos una noticia, ¿verdad, cariño? —anunció Francis.

Yvonne apoyó la espalda en su asiento, metió la mano en su bolso y encendió un cigarrillo.

—Claro que sí.

—Queríamos reuniros a vosotros..., nuestros mejores amigos..., esta noche para contaros antes que a nadie que... —Francis miró a su mujer— dentro de unos seis meses vamos a tener un pequeño Moncrieff.

Hubo un breve silencio. Anne abrió los ojos de par en par.

—¿Vais a tener un bebé?

—Bueno, desde luego, no vamos a comprarlo. —Yvonne dibujó con sus labios fuertemente maquillados una sonrisa divertida. Anne ya se había levantado de su asiento y rodeaba la mesa para dar un abrazo a su amiga.

—Es una noticia maravillosa. Qué lista has sido.

Francis se rio.

—Créeme. No ha sido nada.

—Desde luego, yo no he sentido nada —señaló Yvonne mientras él le daba un codazo.

Jennifer se levantó y rodeó la mesa, como impelida por algún impulso automático. Se detuvo para besar a Yvonne.

—Es una noticia absolutamente maravillosa —dijo, sin saber bien por qué, de repente, se sentía más perturbada—. Felicidades.

—Te lo habría contado antes —respondió Yvonne con una mano sobre la suya—, pero he pensado que debía esperar a que estuvieses un poco más...

—Recuperada. Sí. —Jennifer enderezó la espalda—. Pero es realmente maravilloso. Estoy muy contenta por ti.

—Vosotros sois los siguientes —comentó Bill con exagerada parsimonia mirándolos a Laurence y a ella. Tenía el cuello desabrochado y la corbata aflojada—. Sois los únicos que quedáis. Vamos, Larry, date prisa. No nos decepciones.

Jennifer volvió a su asiento mientras notaba cómo se ruborizaba y esperó que la poca iluminación hiciera que no se le notara.

—Todo a su debido tiempo, Bill —intervino Francis con tono calmado—. Nosotros hemos tardado varios años en decidirnos. Es mejor divertirse antes.

—¿Qué? ¿Se supone que ha sido divertido? —preguntó Yvonne.

Hubo un estallido de carcajadas.

—Tranquilidad. No hay prisa.

Jennifer vio cómo su marido sacaba un puro de su bolsillo interior y le cortaba el extremo con sumo cuidado.

—Ninguna prisa en absoluto —repitió ella.

Estaban en un taxi camino de su casa. Sobre la acera helada, Yvonne se despedía de ellos con la mano, con el brazo de Francis rodeándole los hombros con gesto protector. Dominic y Anne se habían ido minutos antes y Bill parecía estar cantando una serenata a unos peatones que pasaban por allí.

—La noticia de Yvonne es maravillosa, ¿verdad? —dijo ella.

—¿Eso crees?

—Pues sí. ¿Tú no?

Él miraba por la ventanilla. Las calles de la ciudad estaban casi a oscuras, aparte de alguna que otra farola.

—Sí —contestó él—. Un bebé es una noticia maravillosa.

—Bill estaba muy borracho, ¿no? —Sacó la polvera de su bolso y se miró la cara. Por fin había dejado de sorprenderse al verla.

—Bill es un estúpido —dijo su marido, aún con la mirada puesta en las calles.

Empezó a sonar alguna alarma a lo lejos. Jennifer cerró el bolso y cruzó las manos sobre su regazo, mientras trataba de pensar en qué más podía decir.

—¿Tú... qué es lo que has pensado cuando lo han dicho?

Él la miró. Un lado de la cara lo tenía iluminado por la luz de sodio mientras el otro permanecía a oscuras.

—Con respecto a Yvonne, quiero decir. No has hablado mucho. En el restaurante.

—Pensé... —empezó a contestar mientras ella detectaba una tristeza infinita en su voz— en lo afortunado que es el cabronazo de Francis Moncrieff.

No dijeron nada más durante el corto trayecto hasta la casa. Cuando llegaron, él pagó al taxista mientras ella subía con cuidado los escalones de piedra llenos de gravilla. Las luces estaban encendidas y proyectaban una luz amarilla clara sobre el suelo cubierto de nieve. Era la única casa que seguía iluminada en la silenciosa plaza. Ella se dio cuenta de que él estaba borracho al ver cómo apoyaba los pies pesados e inseguros sobre los escalones. Jennifer trató por un momento de recordar cuántos whiskies había bebido, pero no lo consiguió. Había estado sumida en sus propios pensamientos, preguntándose qué pensarían los demás de ella. El cerebro parecía burbujearle por el esfuerzo de parecer «normal».

—¿Quieres que te prepare algo? —se ofreció cuando entraron. El recibidor resonó con sus pasos—. Puedo hacerte un té, si quieres.

—No —respondió él dejando caer su abrigo sobre el sillón del recibidor—. Quiero acostarme.

—Pues yo creo que...

—Y me gustaría que te vinieras conmigo.

Y así fue. Colgó su abrigo con cuidado en el armario del vestíbulo y le siguió escaleras arriba hasta su dormitorio. De repente, ella deseó haber bebido más. Le habría gustado que hubiesen estado más desinhibidos, como Dominic y Anne, dejándose caer uno sobre el otro entre risas por la calle. Pero su marido, según veía ella ahora, no era de los que se reían.

El despertador decía que eran las dos menos cuarto. Él se quitó la ropa y la dejó en un montón sobre el suelo. De repente, parecía increíblemente cansado, pensó ella, invadida por una leve esperanza de que pudiera quedarse dormido sin más. Se quitó los zapatos y se dio cuenta de que no iba a poder desabrocharse el botón del vestido.

—¿Laurence?

—¿Qué?

—¿Te importa desabrocharme...? —Se puso de espaldas a él y trató de no hacer una mueca de desagrado mientras sus dedos torpes rasgaban la tela. Su aliento olía fuerte por el whisky y el sabor del puro. Tiraba y varias veces le enganchó algún pelo de la nuca, haciéndola encogerse de dolor.

—Vaya —dijo por fin—. Lo he roto.

Ella se lo quitó de los hombros y él le dejó el botón cubierto de seda en la mano.

—No pasa nada —dijo ella, tratando de no darle importancia—. Seguro que la señora Cordoza podrá arreglarlo.

Estaba a punto de colgar el vestido cuando él la agarró del brazo.

—Deja eso —dijo. La estaba mirando, con la cabeza asintiendo ligeramente y los párpados a media asta sobre sus ojos ensombrecidos. Bajó la cara, agarró la de ella entre sus manos y empezó a besarla. Ella cerró los ojos mientras las manos de él le bajaban por la nuca, los hombros, y ambos dieron un traspiés cuando él perdió el equilibrio. A continuación, él tiró de ella hacia la cama, con sus grandes manos cubriéndole los pechos y dejando caer su peso sobre ella. Recibió sus besos con cortesía, tratando de ignorar la repulsión que le producía su aliento—. Jenny —murmuraba él, respirando más rápido ahora—. Jenny... —Al menos, no duraría mucho.

Ella se dio cuenta de que él se había quedado quieto. Abrió los ojos y vio que la miraba.

—¿Qué pasa? —preguntó él con voz pastosa.

—Nada.

—Tienes cara como de que te estuviese haciendo algo desagradable. ¿Es eso lo que sientes?

Estaba borracho, pero había algo más en su expresión, una amargura que ella no sabía cómo justificar.

—Lo siento, cariño. No quería darte esa impresión. —Se levantó apoyándose en los codos—. Es solo que estoy cansada, supongo. —Extendió una mano hacia él.

—Ah. Cansada.

Se sentaron uno al lado del otro. Él se pasó una mano por el pelo, rezumando decepción. Ella se sentía abrumada por la sensación de culpa y también, para vergüenza suya, de alivio.

Cuando el silencio se volvió insoportable, ella le agarró la mano.

—Laurence, ¿tú crees que estoy bien?

—¿Bien? ¿Qué se supone que quieres decir?

Sintió un bulto que se elevaba por su garganta. Era su marido: sin duda, debía poder confiar en él. Pensó brevemente en Yvonne, envuelta por los brazos de Francis, las constantes miradas que se intercambiaban y cómo mantenían cientos de conversaciones de las que nadie más formaba parte. Pensó en Dominic y Anne, riéndose mientras iban a coger un taxi.

—Laurence...

—¡Larry! —estalló él—. Me llamas Larry. No entiendo por qué no puedes acordarte.

Ella se llevó las manos a la cara.

—Larry, lo siento. Es solo que... sigo sintiéndome muy rara.

—¿Rara?

Ella hizo una mueca de dolor.

—Como si me faltara algo. Siento como si hubiese un rompecabezas y no tuviera todas las piezas. ¿Te parece muy estúpido? —Por favor, tranquilízame, le rogaba ella en silencio. Rodéame con tus brazos. Dime que sí que estoy siendo una estúpida, que voy a recordarlo todo. Dime que Hargreaves tenía razón y que esta sensación tan desagradable va a desaparecer. Ámame un poco. Mantente cerca de mí, hasta que sienta que es eso lo que tienes que hacer. Compréndeme.

Pero, cuando levantó la mirada, él tenía los ojos clavados en sus zapatos, que estaban a unos metros de él, sobre la alfombra. Ella fue entendiendo poco a poco que su silencio no era de duda. No era porque estuviese tratando de entender nada. Su terrible silencio expresaba algo más oscuro: una rabia apenas contenida.

Su voz sonó tranquila y fría cuando habló:

—¿Qué crees que le falta a tu vida, Jennifer?

—Nada —se apresuró a contestar—. Nada en absoluto. Soy completamente feliz. Yo... —Se levantó y se dirigió hacia el baño—. No es nada. Como dijo el señor Hargreaves, pronto pasará. Enseguida volveré a ser del todo la misma de antes.

Cuando se despertó, él ya se había ido y la señora Cordoza estaba llamando a la puerta suavemente. Abrió los ojos sintiendo un inquietante dolor al mover la cabeza.

—¿Señora? ¿Quiere que le traiga una taza de café?

—Eso sería estupendo. Gracias —respondió con voz ronca.

Se incorporó despacio y entrecerró los ojos ante la brillante luz. Eran las diez menos cuarto. En la calle, pudo oír el motor de un coche, el raspar amortiguado de alguien que estaba limpiando la nieve de la acera y los gorriones que reñían en los árboles. La ropa que había quedado esparcida por el dormitorio la noche anterior había sido retirada. Se quedó tumbada sobre las almohadas mientras dejaba que los acontecimientos de la noche se fuesen introduciendo en su conciencia.

Él se había dado la vuelta cuando ella regresó a la cama, con su fuerte y ancha espalda formando una barrera infranqueable. Había sentido alivio, pero también algo más desconcertante. La invadía ahora una fatiga melancólica. Tendré que hacerlo mejor, pensó. Dejaré de hablar de mis sentimientos. Seré más agradable con él. Seré generosa. Anoche le hice daño y fue por eso.

«Intente no obsesionarse con las cosas».

La señora Cordoza llamó a la puerta. Traía café con dos tostadas en una bandeja.

—He pensado que podría tener hambre.

—Ay, qué buena es. Lo siento. Debería haberme levantado hace varias horas.

—La dejaré aquí. —La puso con cuidado sobre la colcha y, después, cogió la taza de café y la dejó en la mesilla de noche de Jennifer—. Me quedaré abajo ahora para no molestarla. —Miró brevemente el brazo desnudo de Jennifer, la cicatriz de color intenso bajo la brillante luz, y desvió la mirada.

Salió de la habitación a la vez que Jennifer veía el libro, la novela romántica que tenía intención de leer o de regalar. Primero se tomaría el café, pensó, e iría abajo después. Convenía arreglar las cosas entre ella y la señora Cordoza tras su incómoda conversación de la tarde anterior.

Jennifer dio un sorbo al café, cogió el libro y pasó algunas páginas. Esa mañana apenas podía ver bien como para leer. Del libro cayó una hoja de papel. Jennifer dejó el libro en la mesilla y la recogió. La desdobló despacio y empezó a leer:

Querida mía:

No conseguí que me escucharas cuando te fuiste con tanta prisa, pero necesito que sepas que no te estaba rechazando. Estabas tan lejos de la verdad que apenas puedo soportarlo.

Esta es la verdad: no eres la primera mujer casada con la que he hecho el amor. Conoces mis circunstancias personales y, para ser sincero, estas relaciones, tal cual son, me han venido bien. No quería intimar con ninguna. Cuando nos conocimos, decidí pensar que contigo no sería diferente.

Pero cuando llegaste a mi habitación el viernes estabas maravillosa con tu vestido. Y luego me pediste que te desabrochara el botón de la nuca. Y cuando mis dedos rozaron tu piel me di cuenta, en ese momento, de que hacerte el amor sería un desastre para los dos. Tú, mi querida niña, no tienes ni idea de cómo te sentirías si fueses así de hipócrita. Eres una criatura sincera y encantadora. Aunque ahora no lo sientas, ser una persona decente también resulta placentero. No quiero ser yo el responsable de convertirte en alguien inferior.

En cuanto a mí, supe en el momento en que me miraste que si hacíamos esto estaría perdido. No podría dejarte de lado, como he hecho con otras. No podría saludar como si nada a Laurence cuando coincidiéramos en algún restaurante. Jamás me sentiría satisfecho solamente con una parte de ti. Me he estado engañando al creer lo contrario. Es por esa razón, mi querida niña, que volví a abrochar ese botón de tu cuello. Y, por ese motivo, he permanecido despierto durante las dos últimas noches, odiándome a mí mismo por lo único decente que he hecho nunca.

Perdóname.

B

Jennifer se quedó sentada en la cama, con la mirada fija en la única palabra que la había sobresaltado. Laurence.

«Laurence».

Lo cual solo podía significar una cosa.

La carta iba dirigida a ella.

No quiero que te sientas mal, pero estoy muy avergonzado por lo que ocurrió entre nosotros. No debería haber pasado. Para ser justos con todos los implicados, creo que no deberíamos seguir viéndonos.

Un hombre (casado) a una mujer,
por correo electrónico

5

Anthony O'Hare se despertó en Brazzaville. Se quedó mirando el ventilador que daba vueltas perezoso sobre su cabeza, vagamente consciente de la luz del sol que se filtraba por los postigos, y se preguntó por un momento si esta vez iba a morir. Tenía la cabeza atrapada en un torno y unas flechas se disparaban de una sien a otra. Sentía los riñones como si alguien los hubiese estado aporreando como un loco durante buena parte de la noche anterior. Tenía seco el interior de la boca y con un sabor repugnante y sentía unas pequeñas náuseas. Le invadió una vaga sensación de pánico. ¿Le habían pegado un tiro? ¿Le habían dado una paliza en una revuelta? Cerró los ojos, esperando oír los sonidos de la calle, a los vendedores de comida, el constante zumbido de la radio con la gente reunida alrededor, sentada en cuclillas, para tratar de oír dónde estallarían los siguientes disturbios. No era una bala. Era la fiebre amarilla. Esta vez seguro que acabaría con él. Pero a medida que esa idea iba tomando forma, se dio cuenta de que no oía sonidos congoleses: ni chillidos desde una ventana abierta, ni música del bar ni olores a *kwanga* cocinándose con hojas de banana. Ni disparos. Ni gritos en lingala o suajili. Silencio. Estaba en Francia.

No en el Congo. En Francia. Estaba en Francia.

Tuvo una fugaz sensación de gratitud, hasta que el dolor se volvió más perceptible. El especialista le había advertido de que se sentiría peor si volvía a beber, pensó con alguna parte lejana, pero aun así analítica, de su mente. Al señor Robertson le encantaría saber lo precisa que había sido su predicción.

Cuando estuvo seguro de que podía hacerlo sin caerse, se incorporó. Balanceó las piernas por el lado de la cama y se acercó con paso vacilante a la ventana, consciente del olor a sudor rancio y de las botellas vacías sobre la mesa que sugerían la larga noche que había dejado atrás. Apartó la cortina unos centímetros y pudo ver la resplandeciente bahía de abajo, bañada por una pálida luz dorada. Los tejados rojos de las laderas eran de tejas de terracota, no de metal oxidado, como las casas congolesas, y sus habitantes eran personas sanas y felices que deambulaban por el paseo marítimo, charlando, paseando, corriendo. Gente blanca. Gente rica.

Entrecerró los ojos. La escena era inocente, idílica. Dejó caer la cortina, fue tambaleándose hasta el baño y vomitó, sujetándose al inodoro, escupiendo y triste. Cuando pudo volver a incorporarse, entró con paso inseguro en la ducha y se echó contra la pared mientras dejaba que el agua caliente cayera sobre él durante veinte minutos a la vez que deseaba que pudiera limpiar lo que sentía por dentro.

«Vamos, cálmate».

Se vistió, llamó para que le subieran café y, sintiéndose algo más seguro, se sentó en el escritorio. Eran casi las once menos cuarto. Tenía que enviar su escrito, el perfil en el que había estado trabajando la tarde anterior. Miró las notas que tenía escritas y rememoró el final de la noche. El recuerdo llegó a su mente vacilante: Mariette, su cara levantada hacia él en la puerta de este hotel, pidiendo que la besara. Su decidida negativa, aunque seguía refunfuñando sobre lo estúpido que había sido: la chica era atractiva y habría sido suya de haberlo él querido. Pero deseaba sentirse mínimamente contento por algo que hubiese hecho esa noche.

Ay, Dios, Jennifer Stirling, frágil y herida, sosteniendo su chaqueta delante de él. Había oído cómo él despotricaba sin pensar y de forma grosera de todos ellos. ¿Qué había dicho de ella? «Señora consentida... sin una idea propia dentro de su cabeza». Cerró los ojos. Las zonas en guerra, pensó, eran más fáciles. Más seguras. En las zonas en guerra siempre se sabía quién era el enemigo.

Llegó el café. Respiró hondo y, a continuación, se sirvió una taza. Levantó el auricular del teléfono y pidió con pocas energías a la telefonista que le pusiera con Londres.

Señora Stirling:
Soy un cerdo descortés. Me gustaría poder culpar al agotamiento o a alguna reacción extraña al marisco, pero me temo que fue una mezcla de alcohol, que no debo tomar, y el carácter colérico propio de un inepto para las relaciones sociales. Hay pocas cosas que pueda usted decir de mí que yo no haya deducido de mi persona en mis horas de sobriedad.

Por favor, permita que me disculpe. Si pudiese invitarlos a usted y al señor Stirling a almorzar antes de mi regreso a Londres, estaría encantado de poder compensárselo.
Atenta y avergonzadamente,
Anthony O'Hare
P. D.: Adjunto una copia del artículo que he enviado a Londres para demostrarle que, al menos en ese aspecto, me he comportado de forma honorable.

Anthony dobló la carta, la metió en un sobre, lo cerró y le dio la vuelta. Posiblemente seguía un poco borracho: no recordaba haber sido nunca tan sincero en una carta.

Fue en ese momento cuando recordó que no tenía dirección a la que enviarla. Maldijo en voz baja su estupidez. La noche anterior, el chófer de Stirling le había recogido y, del regreso, poco podía recordar, aparte de sus variadas humillaciones.

En la recepción del hotel no le pudieron ayudar. «¿Stirling?». El recepcionista negó con la cabeza.

—¿Le conoce? Un hombre rico. Importante —dijo. La boca seguía sabiéndole a ceniza.

—Monsieur —dijo el recepcionista con tono cansado—, aquí todo el mundo es rico e importante.

La tarde era agradable; el aire, limpio, casi fosforescente bajo el cielo sin nubes. Empezó a caminar para volver a recorrer el camino que el coche había seguido la víspera anterior. Había sido un trayecto de menos de diez minutos. Dejaría la carta en la puerta y se marcharía. No quería pensar en qué haría cuando volviera a la ciudad. Desde esa mañana, su cuerpo, con el recuerdo de su larga relación con el alcohol, había iniciado un leve y perverso runrún de deseo. Cerveza, pedía. Vino. Whisky. Le dolían los riñones y seguía temblando un poco. El paseo, se dijo a sí mismo mientras saludaba con la cabeza a dos mujeres sonrientes con pamelas, le sentaría bien.

El cielo sobre Antibes era de un azul ardiente y las playas estaban salpicadas de veraneantes que se cocían sobre la arena blanca. Recordó que habían girado hacia la izquierda en la rotonda y vio que el camino, salpicado de villas de tejas de arcilla, le llevaba al interior de las colinas. Era ese el camino que había seguido. El sol le azotaba con fuerza en la nuca y le atravesaba el sombrero. Se quitó la chaqueta y la llevó colgando del hombro mientras caminaba.

Fue en las colinas de detrás de la ciudad donde todo empezó a complicarse. Había girado a la izquierda en una iglesia que le había resultado vagamente familiar y empezó a subir por una ladera. Los pinos y las palmeras fueron reduciéndose y desaparecieron para dejarle sin la protección de ninguna sombra, con el sol rebotando en las rocas desnudas y en el asfalto. Sintió cómo la piel expuesta se le iba tensando y supo que por la noche la tendría quemada y dolorida.

De vez en cuando, pasaba algún coche que salpicaba piedras por encima del precipicio cada vez más alto. La noche anterior le había parecido un trayecto corto, acelerado por el olor a hierbas silvestres y la brisa fresca del atardecer. Ahora el camino se estiraba ante él y su confianza decayó al verse obligado a contemplar la posibilidad de que se había perdido.

A Don Franklin le encantaría esto, pensó mientras se detenía a secarse la cabeza con un pañuelo. Anthony podía abrirse paso desde un extremo de África al otro, atravesar fronteras, pero aquí estaba, perdido en lo que debería haber sido un trayecto de diez minutos por el patio de recreo de unos millonarios. Se apartó para dejar pasar a otro coche y entrecerró los ojos bajo la luz cuando vio que, con un leve chirrido de frenos, se detenía. Con un gemido del motor, retrocedió hacia él.

Yvonne Moncrieff, con las gafas de sol retiradas sobre la cabeza, se inclinó por el lateral de un Daimler SP250.

—¿Está loco? —preguntó con tono divertido—. Se va a freír aquí arriba.

Junto a ella vio a Jennifer Stirling al volante. Ella le miró desde detrás de unas enormes gafas de sol oscuras, con el pelo recogido hacia atrás y una expresión imposible de interpretar.

—Buenas tardes —dijo él quitándose el sombrero. De repente, fue consciente del sudor que le empapaba la camisa arrugada y de cómo la cara le brillaba por la misma razón.

—¿Qué demonios hace tan lejos de la ciudad, señor O'Hare? —preguntó Jennifer—. ¿En busca de alguna noticia candente?

Él se descolgó la chaqueta del hombro, buscó en el bolsillo y extendió la carta hacia ella.

—Yo... quería darle esto.

—¿Qué es?

—Una disculpa.

—¿Una disculpa?

—Por mi comportamiento descortés de anoche.

Ella no hizo movimiento para alargar el brazo por encima de su amiga y cogerla.

—¿La cojo yo, Jennifer? —se ofreció Yvonne Moncrieff mirándola, con aparente incomodidad.

—No. ¿La puede leer, señor O'Hare? —preguntó.

—¡Jennifer!

—Si el señor O'Hare la ha escrito, estoy segura de que es perfectamente capaz de leerla en voz alta. —Su rostro era impasible tras las gafas.

Él se quedó inmóvil un momento, miró por detrás hacia la carretera vacía y el pueblo bañado por el sol que había más abajo.

—La verdad es que preferiría...

—Entonces, no será tanta la disculpa, ¿no es así, señor O'Hare? —dijo con voz dulce—. Cualquiera puede escribir unas cuantas palabras.

Yvonne Moncrieff se miraba las manos mientras negaba con la cabeza. Las gafas de sol de Jennifer seguían fijas en él, y Anthony pudo ver su silueta reflejada en las lentes oscuras.

Abrió el sobre, sacó la hoja de papel y, un momento después, le leyó el contenido, con su voz sonando afectadamente fuerte en lo alto de la montaña. Terminó y volvió a guardársela en el bolsillo. Se sentía incómodo y avergonzado en medio del silencio, interrumpido solamente por el zumbido del motor.

—Mi marido se ha ido a África —dijo Jennifer por fin—. Se marchó esta mañana.

—Entonces, estaría encantado si me permitiera invitarlas a usted y a la señora Moncrieff a almorzar. —Se miró el reloj—. Obviamente, a estas horas, se trataría más bien de un almuerzo tardío.

—Yo no puedo, querido. Francis quiere ver un yate esta tarde. Yo le he dicho que todo el mundo tiene derecho a soñar.

—Le llevaremos de vuelta a la ciudad, señor O'Hare —dijo Jennifer haciéndole una señal con la cabeza para que se subiera al diminuto asiento de atrás—. No quiero ser la responsable de que el corresponsal más «honorable» del *Nation* sufra una insolación, además de una intoxicación etílica.

Esperó mientras Yvonne salía y echaba el asiento hacia delante para que Anthony subiera y, después, buscó en la guantera.

—Tenga —le dijo, lanzándole un pañuelo—. ¿Y sabe que estaba yendo en la dirección contraria? Nosotros vivimos allí. —Apuntó hacia una colina lejana rodeada de árboles. Sonrió ligeramente, lo justo para que él pensara que podría ser perdonado, y las dos mujeres estallaron en carcajadas. Con profundo alivio, Anthony O'Hare se ajustó el sombrero con firmeza sobre la cabeza y se marcharon a toda velocidad por la estrecha carretera de vuelta a la ciudad.

El coche se quedó atascado en medio del tráfico casi en cuanto dejaron a Yvonne en el Hôtel St. Georges.

—Portaos bien —había dicho la amiga más mayor mientras se despedía con la mano. Anthony notó que lo decía con la alegre despreocupación de quien sabe que lo contrario sería imposible.

Una vez solos, la atmósfera cambió. Jennifer Stirling se quedó en silencio, mostrando una preocupación por la carretera que tenía delante que no había revelado veinte minutos antes. Él le miró con disimulo los brazos ligeramente bronceados, el perfil, mientras ella mantenía la mirada fija en la larga cola de faros traseros. Se preguntó por un momento si ella estaría más enfadada con él de lo que estaba dispuesta a admitir.

—¿Y cuánto tiempo va a estar su marido en África? —preguntó para romper el silencio.

—Una semana, probablemente. Rara vez se queda allí más tiempo. —Se asomó por encima de la puerta brevemente, al parecer para ver qué era lo que estaba provocando el atasco.

—Un viaje largo para una estancia tan corta.

—Usted sabrá, señor O'Hare.

—¿Yo?

Ella le miró levantando una ceja.

—Usted lo sabe todo sobre África. Eso dijo anoche.

—¿«Todo»?

—Dijo que sabía que la mayoría de los hombres que tienen negocios allí son unos delincuentes.

—¿Eso dije?

—Al señor Lafayette.

Anthony se hundió un poco más en su asiento.

—Señora Stirling... —empezó a murmurar.

—No se preocupe. Laurence no le oyó. Francis sí, pero él solo tiene allí un negocio poco importante, así que no se lo tomó como algo muy personal.

Los coches empezaron a moverse.

—Deje que la invite a almorzar —dijo Anthony—. Por favor. Me gustaría tener la oportunidad de demostrarle, aunque solo sea durante media hora, que no soy un absoluto imbécil.

—¿Cree que puede hacerme cambiar de idea en tan poco tiempo? —De nuevo, esa sonrisa.

—Si se anima, yo también. Dígame adónde podríamos ir.

El camarero le trajo a ella un vaso largo de limonada. Le dio un sorbo, apoyó la espalda en el respaldo y se quedó mirando el paseo marítimo.

—Unas vistas preciosas —dijo él.

—Sí —admitió ella.

El pelo le caía de la cabeza como la pintura de un bote, con una capa de ondas rubias y sedosas que terminaban justo por encima de los hombros. No era su tipo de mujer habitual. A él le gustaban las de una belleza menos convencional, las que tenían una pizca de algo más oscuro y cuyos encantos eran menos evidentes a la vista.

—¿No bebe nada?

Él miró su vaso.

—La verdad es que no debo.

—¿Órdenes de su mujer?

—Exmujer —la corrigió él—. Y no. Del médico.

—Entonces sí que le debió parecer insoportable lo de anoche.

Él se encogió de hombros.

—No dedico mucho tiempo a relacionarme con la gente.

—Un turista accidental.

—Lo admito. Para mí, un conflicto armado es menos intimidante.

La sonrisa de ella, esta vez, fue lenta y traviesa.

—Así que es usted como William Boot —dijo—. Fuera de lugar en medio de la zona de guerra de la alta sociedad de la Costa Azul.

—Boot... —Al escuchar el nombre del desventurado personaje de ficción de Evelyn Waugh, se sorprendió dibujando una sonrisa sincera en su rostro por primera vez ese día—. Supongo que habría sido justo que me hubiese comparado con alguien peor.

Entró una mujer en el restaurante que llevaba un perro de ojitos de botón en brazos. Caminaba entre las mesas con una especie de cansada determinación, como si no se permitiese concentrarse en ninguna otra cosa más que en el lugar adonde se dirigía. Cuando se sentó en una mesa vacía, unas sillas más allá de donde estaban ellos, lo hizo con un pequeño suspiro de alivio. Dejó al perro en el suelo y allí se quedó, con la cola entre las patas, tembloroso.

—Y bien, señora Stirling...

—Jennifer.

—Jennifer. Háblame de ti —dijo él inclinándose sobre la mesa.

—Se supone que eres tú el que me debes hablar. El que me debe demostrar algo, en realidad.

—¿El qué?

—Que no eres un completo imbécil. Creo que dijiste que lo harías en media hora.

—Ah. ¿Cuánto tiempo me queda?

Ella miró el reloj.

—Unos nueve minutos.

—¿Y cómo me está yendo hasta ahora?

—No esperarás que te desvele nada tan pronto.

Se quedaron entonces en silencio. Él, porque, cosa rara, no sabía qué decir y ella, quizá, arrepentida de las palabras que había empleado. Anthony O'Hare pensó en la última mujer con la que había tenido una relación, la mujer de su dentista, una pelirroja con la piel tan traslúcida que no se atrevía a mirarla mucho por si terminaba viendo lo que había por debajo. Había sufrido durante mucho tiempo la indiferencia de su marido. Anthony casi sospechaba que se había mostrado tan receptiva a sus avances más por acto de venganza que por otra cosa.

—¿Qué sueles hacer durante el día, Jennifer?

—Tengo miedo de decírtelo.

Él la miró con sorpresa.

—Lo que hago tiene tan poco valor que temo que te muestres demasiado crítico conmigo. —Por el modo en que dijo esto, él vio que no tenía miedo en absoluto.

—Diriges dos casas.

—No. Tengo empleados a media jornada. Y en Londres, la señora Cordoza es mucho más habilidosa que yo en lo que se refiere al cuidado de la casa.

—Entonces, ¿qué haces?

—Celebro fiestas, cenas. Embellezco las cosas. Resulto decorativa.

—Eso se te da muy bien.

—Soy toda una experta. Es una especialidad, ¿sabes?

Podría haberse quedado mirándola todo el día. Tenía algo que ver con la forma con que su labio superior se levantaba un poco al juntarse con la suave piel de debajo de la nariz. Esa parte de la cara tenía un nombre especial y estaba seguro de que, si la miraba el tiempo suficiente, llegaría a recordarlo.

—Hice aquello para lo que me criaron. Atrapé a un marido rico y le hago feliz.

La sonrisa se quebró. Quizá un hombre sin su experiencia no lo habría apreciado, la ligera elasticidad alrededor de los ojos, la sospecha de algo más complejo que lo que la superficie podría indicar.

—Al final, sí que voy a pedir una copa —dijo ella—. ¿Te molestaría mucho?

—Desde luego que debes pedir una copa. Yo la disfrutaré como un placer vicario.

—Un placer vicario —repitió ella a la vez que levantaba una mano para llamar al camarero. Pidió un martini con mucho hielo.

Una copa para recrearse, pensó él. Ella no había salido para ocultar nada, para perderse en el alcohol. Se sintió un poco decepcionado.

—Si te hace sentir mejor, yo no sé hacer otra cosa aparte de trabajar —dijo él con tono despreocupado.

—Eso no me sorprende —respondió ella—. A los hombres les resulta más fácil trabajar que enfrentarse a todo lo demás.

—¿A todo lo demás?

—Los desórdenes de la vida diaria. Que la gente no se comporte como a ti te gustaría o piense cosas que te gustaría que no pensaran. En el trabajo, se pueden conseguir resultados, ser el señor de tus dominios. La gente hace lo que le ordenas.

—No en mi ámbito —dijo él riéndose.

—Pero puedes escribir un artículo y verlo en los quioscos al día siguiente tal cual lo escribiste. ¿No te hace sentir eso bastante orgulloso?

—Antes sí. Pero desaparece al poco tiempo. No creo que haya hecho yo muchas cosas de las que sentirme orgulloso últimamente. Todo lo que escribo es efímero. Papel para envolver el bocadillo de mañana.

—¿No? Entonces, ¿para qué tanto esfuerzo?

Él tragó saliva y apartó de su mente una imagen de su hijo. De repente, sintió un fuerte deseo de tomar una copa. Se obligó a sonreír.

—Por las razones que has mencionado antes. Es mucho más fácil que enfrentarse a todo lo demás.

Se miraron a los ojos y, en ese momento de descuido, la sonrisa de ella desapareció. Se ruborizó un poco y removió su copa despacio con el palillo.

—Un placer vicario —dijo ella despacio—. Vas a tener que explicarme qué significa eso, Anthony.

Su manera de pronunciar su nombre provocó una especie de intimidad. Prometía algo, una repetición en un momento futuro.

—Significa... —A Anthony se le había secado la boca—. Se refiere al placer que se consigue a través del placer de otra persona.

Después de que ella le dejara en su hotel, él se tumbó en la cama y se quedó mirando al techo durante casi una hora. Después, bajó a la recepción, pidió una postal y le escribió una nota a su hijo mientras se preguntaba si Clarissa se la daría.

Cuando volvió a su habitación, le habían pasado una nota por debajo de la puerta:

Querido Boot:
Aunque no estoy convencida de que no seas un imbécil, estoy dispuesta a darte otra oportunidad para que me persuadas. Mis planes para cenar esta noche se han cancelado. Estaré cenando en el Hôtel des Calypsos de la rue St. Jacques y aceptaré compañía. A las ocho.

Lo leyó dos veces y, después, bajó corriendo para enviar un telegrama a Don:

NO HAGAS CASO ÚLTIMO TELEGRAMA STOP ME QUEDO PARA TRABAJAR EN SERIE DE ARTÍCULOS SOBRE ALTA SOCIEDAD DE COSTA AZUL STOP INCLUIRÉ CONSEJOS MODA STOP

Sonrió, lo dobló y lo entregó, mientras se imaginaba la cara del redactor jefe cuando lo leyera, y, después, trató de averiguar cómo conseguir que le limpiaran el traje antes de que llegara la noche.

Esa noche, Anthony O'Hare estuvo absolutamente encantador. Era la persona que debía haber sido la velada anterior. Era la persona que quizá debería haber sido cuando estuvo casado. Se mostró ingenioso, cortés, caballeroso. Ella no había estado nunca en el Congo —su marido decía que no era para mujeres como ella— y, quizá porque ahora tenía una necesidad inherente de contradecir a Stirling, Anthony se empeñó en hacer que a ella le encantara. Le habló de las elegantes calles bordeadas de árboles de Leopoldville, de los colonos belgas que importaban toda su comida, enlatada y congelada, a un coste espantoso en lugar de comer en uno de los más espléndidos cuernos de la abundancia de la producción. Le habló del impacto entre los europeos de la ciudad cuando un levantamiento en el cuartel de Leopoldville terminó con la persecución de todos ellos y su huida a la seguridad relativa de Stanleyville.

Quería que ella viese la mejor versión de sí mismo, que le mirara con admiración y no con ese aire de lástima e irritación. Y ocurrió algo extraño: mientras interpretaba al forastero encantador y alegre, se dio cuenta de que, por un momento, se había convertido de verdad en él. Pensó en su madre. «Sonríe», le decía cuando era un muchacho, porque así sería más feliz. Él no la había creído.

Por su parte, Jennifer estaba animada. Escuchaba más que hablaba, como era costumbre entre las mujeres diestras en las relaciones sociales, y, cuando se reía por algo que él decía, Anthony se mostraba expansivo, deseando volverla a hacer reír de nuevo. Se dio cuenta, con satisfacción, de que atraían miradas de admiración de los que los rodeaban —«Esa pareja tan alegre de la mesa dieciséis»—. Resultaba curioso que a ella le importara tan poco que la vieran con un hombre que no era su marido. Quizá era así como funcionaba la alta sociedad de la

Costa Azul, pensó él, un sinfín de duetos sociales con los maridos y mujeres de otras personas. No le gustaba pensar en la otra posibilidad: que un hombre de su condición, de su clase, no podía ser considerado como una amenaza.

Poco después del plato principal, un hombre alto con un traje de corte inmaculado apareció en su mesa. Besó a Jennifer en ambas mejillas y luego esperó, después de un intercambio de cumplidos, a ser presentado.

—Richard, querido, este es el señor Boot —dijo ella con expresión seria—. Ha estado haciendo un reportaje sobre Larry para la prensa de Inglaterra. Yo le estoy dando información detallada y tratando de demostrarle que los industriales y sus esposas no son tan aburridos.

—No creo que nadie pueda acusarte de ser aburrida, Jenny. —Extendió la mano para que Anthony la estrechara—. Richard Case.

—Anthony..., eh..., Boot. No hay nada aburrido en la sociedad de la Costa Azul, por lo que he podido ver. El señor y la señora Stirling han sido unos anfitriones maravillosos —dijo. Estaba decidido a mostrarse diplomático.

—Quizá el señor Boot escriba también algo sobre ti. Richard es el dueño del hotel de lo alto de la colina. El que tiene las vistas tan magníficas. Es el absoluto epicentro de la sociedad de la Costa Azul.

—Quizá podamos alojarlo a usted en su próxima visita, señor Boot —dijo el hombre.

—Eso me gustaría mucho, pero esperaré a ver si al señor Stirling le complace lo que he escrito antes de pronosticar si se me va a permitir volver —respondió. Los dos tuvieron la cautela de mencionar a Laurence en repetidas ocasiones, pensó después, hacer que estuviese presente, invisible, entre los dos.

Esa noche, ella resplandecía. Desprendía una energía vibrante que él supuso que nadie más podría detectar. ¿Te provoco yo esto?, se preguntó mientras la veía comer. ¿O es solo el alivio de estar fuera de la mirada intimidatoria de ese esposo tuyo? Al recordar cómo Stirling la había humillado la noche anterior, le preguntó su opinión sobre los mercados, sobre el señor Macmillan y sobre la boda real, negándose a permitir que ella se adhiriera a la opinión de él. No tenía un vasto conocimiento sobre el mundo que había más allá del suyo, pero se mostraba sagaz en cuanto a la naturaleza humana y lo suficientemente interesada por lo que él tuviese que decir como para ser una compañía agradable. Pensó por un momento en Clarissa, en sus agrias opiniones sobre las personas que la rodeaban, su disposición para ver desaires en los gestos más someros. No había disfrutado tanto de una velada desde hacía años.

—Debería irme pronto —dijo ella tras mirar su reloj. Había llegado el café acompañado de una pequeña bandeja de plata con *petits fours* perfectamente dispuestos.

Él dejó la servilleta sobre la mesa con una punzada de decepción.

—No puedes —contestó él. Y se apresuró a añadir—: Sigo sin estar seguro de si he superado tu anterior opinión sobre mí.

—¿En serio? Bueno, supongo que será así. —Giró la cabeza y vio a Richard Case en la barra con unos amigos. Él apartó la vista de inmediato, como si hubiese estado observándolos.

Ella miró fijamente el rostro de Anthony. Si le había estado examinando, parecía haber aprobado. Se inclinó hacia delante y habló en voz baja:

—¿Sabes remar?

—¿Que si sé remar?

Bajaron al muelle. Una vez allí, ella se asomó al agua, como si no estuviese segura de reconocer la barca sin comprobar antes su nombre, y, por fin, señaló hacia un pequeño bote de remos. Él subió al bote y, después, le tendió una mano para que ella pudiera sentarse en el asiento de enfrente. La brisa era cálida, las luces de los barcos de pesca de langostas parpadeaban apaciblemente en medio de la absoluta oscuridad.

—¿Adónde vamos? —Se quitó la chaqueta, la dejó en el asiento de al lado y cogió los remos.

—Tú rema hacia allí. Te lo diré cuando lleguemos.

Él comenzó a remar despacio, escuchando el azote de las olas contra los laterales de la pequeña embarcación. Ella estaba sentada enfrente, con el chal suelto alrededor de los hombros. Estaba girada mirando hacia el otro lado, para ver mejor hacia dónde le dirigía.

El pensamiento de Anthony se había detenido. En circunstancias normales, él habría estado pensando en tácticas, planeando cuándo haría el siguiente movimiento, excitado ante la perspectiva de la noche que le esperaba. Pero, aunque estaba a solas con esta mujer, aunque ella le había invitado a subir a una barca en medio de un mar negro, no estaba seguro de saber adónde le llevaría la noche.

—Allí —dijo ella, señalando—. Es ese.

—Una barca, habías dicho. —Se quedó mirando el enorme yate blanco y elegante.

—Una barca algo grande —admitió ella—. Lo cierto es que no soy muy de yates. Solo subo a bordo un par de veces al año.

Amarraron el bote y subieron al yate. Ella le dijo que se sentara en el banco acolchado y, minutos después, salió de la cabina. Anthony vio que Jennifer se había quitado los zapatos, y trató de no quedarse mirando fijamente esos pies tan increíblemente pequeños.

—Te he preparado un cóctel sin alcohol —anunció mientras lo levantaba hacia él—. No estaba segura de que pudieses tolerar más tónica.

Hacía calor, incluso estando tan lejos del puerto, y las olas eran tan suaves que el yate apenas se movía debajo de ellos. Detrás de Jennifer, él podía ver las luces del puerto, algún que otro coche que avanzaba por la carretera de la costa. Pensó en el Congo y se sintió como si le hubiesen sacado del infierno hasta subirlo a un cielo que nunca se habría imaginado.

Ella se había servido otro martini y se sentó sobre sus pies en el banco de enfrente.

—Y bien —dijo él—. ¿Cómo os conocisteis tu marido y tú?

—¿Mi marido? ¿Es que seguimos trabajando?

—No, solo siento curiosidad.

—¿Por qué?

—Por cómo él... —Se interrumpió—. Me interesa saber cómo las personas terminan juntas.

—Nos conocimos en un baile. Él estaba donando dinero a soldados heridos en acto de servicio. Estaba sentado en mi mesa, me pidió salir a cenar y eso fue todo.

—¿Y eso fue todo?

—Fue muy simple. Unos meses después me pidió que me casara con él y acepté.

—Eras muy joven.

—Tenía veintidós años. Mis padres estaban encantados.

—¿Porque es rico?

—Porque pensaban que era un buen partido. Era un hombre serio y tenía buena reputación.

—¿Y esas cosas son importantes para ti?

—¿No lo son para todo el mundo? —Se toqueteaba el dobladillo de la falda, estirándolo y alisándolo—. Ahora seré yo la que haga las preguntas. ¿Cuánto tiempo estuviste casado, Boot?

—Tres años.

—No es mucho.

—Supe bastante rápido que habíamos cometido un error.

—¿Y a ella no le importó que te divorciaras?

—Fue ella la que se divorció de mí. —Ella le miraba con atención y él se daba cuenta de cómo le examinaba en todos los aspectos posibles—. No fui un marido fiel —añadió, sin saber bien, al decir aquello, por qué se lo estaba contando.

—Debes de echar de menos a tu hijo.

—Sí —contestó él—. A veces me pregunto si habría hecho lo que hice de haber sabido cuánto.

—¿Es por eso que bebes?

Él esbozó una sonrisa irónica.

—No trates de arreglarme, señora Stirling. He sido el entretenimiento de demasiadas mujeres bienintencionadas.

Ella bajó la mirada a su copa.

—¿Quién ha dicho que yo quiera arreglarte?

—Tienes ese... aire de benevolencia. Me pone nervioso.

—No se puede esconder la tristeza.

—¿Y tú lo sabrías?

—No soy tonta. Nadie lo tiene todo. Lo sé tan bien como tú.

—Tu marido sí.

—Eres muy amable al decir eso.

—No lo digo por ser amable.

Se miraron a los ojos y, a continuación, ella apartó la vista para dirigirla hacia la playa. Los ánimos se habían vuelto casi agresivos, como si estuviesen secretamente furiosos el uno con el otro. Lejos de las limitaciones de la vida real en la orilla, algo se había abierto entre los dos. «La deseo», pensó él, y fue casi tranquilizador que pudiera sentir algo tan común.

—¿Con cuántas mujeres casadas te has acostado? —La voz de Jennifer atravesó el aire en calma.

Él casi se atragantó con su copa.

—Probablemente sea más sencillo decir que me he acostado con algunas que no estaban casadas.

Ella se quedó pensativa.

—¿Somos una apuesta más segura?

—Sí.

—¿Y esas mujeres por qué se acuestan contigo?

—No lo sé. Quizá porque son infelices.

—Y tú las haces felices.

—Durante un rato, supongo.

—¿No te convierte eso en un gigoló? —De nuevo, esa sonrisa apareciendo en las comisuras de su boca.

—No, solo en alguien al que le gusta hacer el amor con mujeres casadas.

Esta vez, el silencio pareció calársele en los huesos. Lo hubiese roto de haber tenido la menor idea de qué decir.

—No voy a hacer el amor contigo, señor O'Hare.

Él se repitió dos veces esas palabras en su cabeza antes de estar seguro de lo que ella le había dicho. Dio otro sorbo a su copa mientras se recuperaba.

—Esto está bien.

—¿De verdad?

—No. —Forzó una sonrisa—. No está bien. Pero tendrá que ser así.

—Yo no soy lo suficientemente infeliz como para acostarme contigo.

Dios, cuando ella le miraba, era como si pudiese verlo todo. No estaba seguro de que eso le gustara.

—Ni siquiera he besado nunca a un hombre desde que me casé. A ninguno.

—Eso es digno de admiración.

—No crees que sea así.

—Sí que lo creo. No es normal.

—Ahora sí que piensas que soy de lo más aburrida. —Se puso de pie y empezó a caminar por el borde del yate para girarse hacia él cuando llegó al puente de mando—. ¿Esas mujeres casadas tuyas se enamoran de ti?

—Un poco.

—¿Se quedan tristes cuando las dejas?

—¿Cómo sabes que no son ellas las que me dejan a mí?

Ella se quedó en silencio.

—En cuanto a si se enamoran —añadió él por fin—, normalmente no hablo con ellas después.

—¿No les haces caso?

—No. A menudo estoy en el extranjero. No suelo pasar mucho tiempo en el mismo sitio. Y, además, tienen a su marido, su vida... No creo que ninguna de ellas haya tenido nunca la intención de dejar a su marido. Yo solo soy... una distracción.

—¿Has amado a alguna de ellas?

—No.

—¿Amabas a tu mujer?

—Creía que sí. Ahora no estoy seguro.

—¿Alguna vez has querido a alguien?

—A mi hijo.

—¿Cuántos años tiene?

—Ocho. Podrías ser una buena periodista.

—En serio que no puedes soportar que no haga algo de utilidad, ¿verdad? —Estalló en una carcajada.

—Creo que estás desaprovechada en la vida que llevas.

—Ah, ¿sí? ¿Y qué te gustaría a ti que hiciera? —Dio unos pasos para acercarse. Él pudo ver cómo la luna reflejaba la luz sobre su piel clara y la sombra azul en el hueco de su cuello. Ella dio un paso más y bajó la voz, aunque no había nadie cerca—. ¿Recuerdas lo que me has dicho antes, Anthony? «No trates de arreglarme».

—¿Por qué iba a hacerlo? Me has dicho que no eres infeliz. —La respiración se le había quedado atascada en la parte posterior de la garganta. Ella estaba ahora muy cerca y sus ojos miraban a los de él intensamente. Se sintió ebrio, con los sentidos afilados, como si cada parte de ella se estuviese marcando sin piedad en su conciencia. Inspiró su aroma, algo de flores. Oriental.

—Creo —continuó ella despacio— que todo lo que me has dicho esta noche es lo que le dirías a cualquiera de esas mujeres casadas.

—Te equivocas —contestó él. Pero sabía que ella tenía toda la razón. Fue todo lo que pudo hacer para no lanzarse contra esa boca, enterrarla bajo la suya. No creía haberse sentido nunca más excitado en su vida.

—Yo creo que tú y yo podríamos hacernos el uno al otro tremendamente infelices.

Y mientras ella hablaba, algo muy dentro de él se vino un poco abajo, como si le hubiese vencido.

—Yo creo —dijo despacio— que eso me gustaría mucho.

Me quedo en Grecia, no vuelvo a Londres, porque me das miedo, pero en el buen sentido.

Un hombre a una mujer, por postal

6

*L*as mujeres volvían a dar golpecitos. Jennifer podía verlas desde la ventana de su dormitorio: una de pelo oscuro y la otra con un increíble pelo rojo, sentadas en la ventana de la primera planta del piso de la esquina. Cuando cualquier hombre pasaba por allí, tocaban en el cristal, le saludaban con la mano y le sonreían si él cometía la imprudencia de levantar la mirada.

Enfurecían a Laurence. Se había dado un caso en el Tribunal Supremo ese mismo año en el que el juez había advertido a esas mujeres que no hicieran esas cosas. Laurence decía que la prostitución, por muy discreta que fuese, rebajaba la distinción del barrio. No entendía por qué, si estaban incumpliendo la ley, nadie hacía nada al respecto.

Jennifer no les prestaba atención. Para ella, eran como unas presas detrás del cristal. En una ocasión, incluso las saludó con la mano, pero ellas se quedaron mirándola sin expresión alguna y ella había seguido con sus cosas.

Aparte de eso, sus días habían entrado en una nueva rutina. Se levantaba a la vez que Laurence, le preparaba café y tostadas, y recogía el periódico del recibidor mientras él se afeitaba y vestía. A menudo, ella se levantaba antes que él y se peinaba y maquillaba para, mientras se movía por la cocina con su bata, tener un aspecto agradable y arreglado en esas pocas ocasiones en las que él levantaba los ojos del periódico. En cierto modo, resultaba más fácil empezar el día sin él soltando suspiros de fastidio.

Laurence se levantaba de la mesa, dejaba que le ayudara a ponerse el abrigo y, casi siempre poco después de las ocho, su chófer llamaba discretamente a la puerta de la calle. Ella se despedía con la mano hasta que el coche desaparecía por la esquina.

Unos diez minutos después, llegaba la señora Cordoza y, mientras la mujer preparaba un té, quizá con algún comentario sobre el frío, ella repasaba la lista de cosas que había redactado en la que detallaba lo que pudiera necesitar que hiciera ese día. En las primeras posiciones de las tareas habituales, pasar la aspiradora, limpiar el polvo y lavar, había a menudo un poco de costura: podía haberse desprendido un botón del puño de la camisa de Laurence, o hacía falta limpiar algún par de zapatos. A veces, pedía a la señora Cordoza que revisara el armario de la ropa blanca, que comprobara y volviera a doblar lo que había en su interior, o que sacara brillo a la cubertería de plata, sentada en la mesa de la cocina, donde había extendido hojas de periódico mientras realizaba la tarea y escuchaba la radio.

Mientras tanto, Jennifer se daba un baño y se vestía. Podía acercarse a la puerta de al lado a tomar un café con Yvonne, llevar a su madre a tomar un almuerzo ligero o coger un taxi para ir al centro a hacer algunas compras de Navidad. Se aseguraba de estar siempre de vuelta a primera hora de la tarde. Era en ese momento cuando solía encontrar alguna otra tarea para la señora Cordoza: un viaje en autobús para comprar tela

de cortinas; buscar un tipo específico de pescado que Laurence había dicho que podría gustarle... Una vez, dio la tarde libre
a la asistenta, lo que fuera con tal de disfrutar de una o dos
horas a solas en la casa, tener tiempo de buscar más cartas.

En las dos semanas que habían pasado desde que había
descubierto la primera, había encontrado otras dos más. También iban dirigidas a un apartado de correos, pero eran claramente para ella. La misma letra, la misma forma de hablar apasionada y directa. Las palabras parecían provocar el eco de
algún sonido en su interior. Describían acontecimientos que,
aunque ella no podía recordarlos, le producían una profunda
reverberación, como la vibración de una enorme campana rato
después de dejar de sonar.

No había más firma que la de «B». Las había leído una y
otra vez hasta que las palabras se le habían quedado impresas
en el alma:

Mi querida niña:
Son las cuatro de la madrugada y no puedo dormir, pues sé
que él va a volver contigo esta noche. Es el camino hacia la
locura, pero estoy aquí tumbado imaginándomelo acostado
a tu lado, con licencia para acariciarte, para abrazarte, y
yo haría lo que fuera para que esa libertad fuera mía.

Te has enfadado mucho conmigo cuando me has visto
bebiendo en Alberto's. Has dicho que era un vicio y me
temo que mi reacción ha sido imperdonable. Los hombres
nos hacemos daño a nosotros mismos cuando repartimos
golpes a diestro y siniestro, y, por muy crueles y estúpidas
que hayan podido ser mis palabras, creo que sabes que las
tuyas me duelen más. Felipe me ha dicho cuando te has
ido que he sido un idiota, y tenía razón.

Te digo esto porque necesito que sepas que voy a ser un
hombre mejor. ¡Ja! Me cuesta creer que esté escribiendo

un tópico así. Pero es la verdad. Haces que desee ser una mejor versión de mí mismo. Me he pasado varias horas sentado aquí, mirando fijamente a la botella de whisky, y, después, no hace ni cinco minutos, por fin me he levantado y he vaciado todo su maldito contenido en el fregadero. Voy a ser una mejor persona por ti, cariño. Quiero vivir bien, deseo que estés orgullosa de mí. Si lo único que se nos permite estar juntos son horas, minutos, quiero poder grabar cada uno de ellos en mi recuerdo con exquisita claridad para poder recordarlos así cuando siento que mi propia alma se ennegrece.

Tómalo dentro ti, si es que debes, amor mío, pero no le ames. Por favor, no le ames.

Egoístamente tuyo,
B

Sus ojos se inundaron de lágrimas con estas últimas líneas. «No le ames. Por favor, no le ames». Ahora todo le quedaba un poco más claro: no era producto de la imaginación la distancia que sentía entre ella y Laurence. Era el resultado de haberse enamorado de otra persona. Estas eran cartas apasionadas: este hombre se había abierto ante ella de una forma que Laurence nunca podría hacer. Cuando leía sus notas, sentía un cosquilleo en la piel y el corazón se le aceleraba. Reconocía esas palabras. Pero, por mucho que las conociera, seguía sintiendo un enorme agujero en el corazón.

Su mente bullía con preguntas. ¿Esa aventura había durado mucho tiempo? ¿Era reciente? ¿Se había acostado con ese hombre? ¿Era por eso por lo que el contacto físico con su marido le parecía tan poco natural?

Y lo más incomprensible de todo: ¿quién era ese amante?

Había repasado las tres cartas de forma minuciosa, buscando claves. No se le ocurría ningún hombre conocido cuyo nombre empezara por B, aparte de Bill, o el contable de su marido, que se llamaba Bernard. Sabía sin ninguna sombra de duda que nunca había estado enamorada de él. ¿La había visto B en el hospital durante los días en que su mente había estado en otra parte, cuando todos a su alrededor eran siluetas borrosas? ¿La estaba mirando ahora desde la distancia, esperando a que ella se pusiese en contacto? Él existía en algún lugar. Y tenía la llave de todo.

Un día tras otro, trataba de imaginar su camino de vuelta a la que era antes: esa mujer llena de secretos. ¿Dónde habría escondido las cartas la antigua Jennifer? ¿Dónde estaban las claves de esa otra existencia secreta? Dos de las cartas habían aparecido dentro de libros; otra, bien doblada en una media enrollada. Todos ellos eran sitios donde a su marido nunca se le ocurriría mirar. Fui lista, pensó. Y, después, algo más incómoda: fui hipócrita.

—Mamá —dijo una vez durante el almuerzo mientras comía un sándwich en la planta superior de los grandes almacenes John Lewis—, ¿quién conducía cuando tuve el accidente?

Su madre levantó los ojos con gesto brusco. El restaurante en el que se encontraban estaba atestado de clientes cargados con bolsas de compras y pesados abrigos y el comedor inundado de conversaciones y el traqueteo de las vajillas.

Miró a su alrededor antes de volver a mirar a Jennifer, como si esa pregunta fuera casi subversiva.

—Cariño, ¿de verdad tenemos que volver a hablar de eso?

Jennifer dio un sorbo a su té.

—Sé muy poco sobre lo que ocurrió. Podría servirme de ayuda si consigo juntar las piezas.

—Estuviste a punto de morir. La verdad es que no quiero pensar en ello.

—Pero ¿qué pasó? ¿Conducía yo?

Su madre se quedó mirando su plato.

—No lo recuerdo.

—Y, si no era yo, ¿qué le pasó al que conducía? Si yo sufrí daños, él también debió de sufrirlos.

—Yo qué sé. ¿Cómo voy a saberlo? Laurence siempre cuida de sus trabajadores, ¿no? Supongo que no saldría herido. Me atrevo a decir que, si hubiese necesitado de tratamiento, Laurence lo habría pagado.

Jennifer pensó en el chófer que les había recogido cuando salió del hospital: un hombre de aspecto cansado de más de sesenta años, un bigote arreglado y medio calvo. No parecía que hubiese sufrido un gran traumatismo... ni que hubiese podido ser su amante.

Su madre apartó los restos de su sándwich.

—¿Por qué no le preguntas a él?

—Lo haré. —Pero sabía que no—. No quiere que me obsesione con nada.

—Pues estoy segura de que tiene razón, cariño. Quizá deberías seguir su consejo.

—¿Sabes adónde me dirigía?

Su madre estaba ya nerviosa, algo exasperada por el interrogatorio.

—No tengo ni idea. De compras, probablemente. Mira, ocurrió cerca de Marylebone Road. Creo que te chocaste con un autobús. O que un autobús se chocó contigo. Fue todo muy desagradable, Jenny, cariño, nosotros solo pensábamos en que te pusieras mejor. —Cerró la boca herméticamente y Jennifer supo que la conversación había llegado a su fin.

En un rincón del bar, una mujer, envuelta en un abrigo verde oscuro, miraba a los ojos de un hombre que recorría su perfil con un dedo. Mientras Jennifer miraba, la mujer le atrapó el dedo entre los dientes. La intimidad despreocupada de aquel gesto hizo que le recorriera un calambre por todo el cuerpo. Nadie más parecía haber reparado en aquella pareja.

La señora Verrinder se limpió la boca con la servilleta.

—¿Y qué importa, cariño? Los accidentes son cosas que pasan. Cuantos más coches hay, más peligrosos parecen ser. No creo que la mitad de la gente que va por las calles sepa conducir. No como tu padre. Él sí que era un conductor cuidadoso.

Jennifer no escuchaba.

—En fin, ahora estás bien, ¿verdad? ¿Recuperada del todo?

—Estoy bien. —Jennifer miró a su madre con una sonrisa—. Estoy bien.

Cuando ella y Laurence salían ahora por las noches a cenar o a tomar unas copas, ella se sorprendía mirando a su círculo más amplio de amigos y conocidos con renovado interés. Cuando los ojos de algún hombre se posaban sobre ella un momento más de lo que deberían, se veía incapaz de apartar la mirada. ¿Era él? ¿Había alguna intención tras su agradable saludo? ¿Era esa una sonrisa de complicidad?

Había tres hombres posibles, si es que la B era en realidad un apodo. Estaba Jack Amory, el director de una empresa de repuestos de motor, que estaba soltero y le besaba la mano de forma ostentosa siempre que se veían. Pero lo hacía casi con un guiño a Laurence y ella no sabía concluir si aquel era un doble fingimiento.

Estaba Reggie Carpenter, primo de Yvonne, que venía a cenar. Pelo oscuro, mirada cansada y divertida, era más joven de como imaginaba que sería el que le escribía cartas, pero era encantador y divertido y parecía siempre asegurarse de que se sentaba a su lado cuando Laurence no estaba.

Y luego estaba Bill, por supuesto. Bill, que contaba chistes, aunque solo fuera para que ella los aprobara; que declaraba entre risas que la adoraba, incluso delante de Violet. Claramente, sentía algo por ella. Pero ¿podría haber sentido ella algo por él?

Empezó a prestar más atención a su apariencia. Hacía visitas a la peluquería con regularidad, compraba vestidos nuevos, se volvió más conversadora, «más como antes», como le había dicho Yvonne con tono aprobatorio. En las semanas posteriores al accidente se había escondido detrás de sus amigas, pero ahora hacía preguntas, las interrogaba cortésmente pero con cierta determinación, buscando la rendija de la coraza que pudiera llevarle a conseguir alguna respuesta. En ocasiones, dejaba caer alguna pista en la conversación, preguntando si alguien quería tomar un whisky y, después, buscando en los rostros de los hombres alguna chispa de reconocimiento. Pero Laurence nunca estaba lejos y ella sospechaba que, aunque se hubiesen percatado de sus pistas, poco podrían expresar en su respuesta.

Si su marido notó una intensidad especial en las conversaciones de ella con sus amigos, no hizo ningún comentario al respecto. No hacía muchos comentarios sobre nada. No se había acercado a ella, físicamente, ni una vez desde la noche en que discutieron. Se mostraba cortés pero distante. Se quedaba trabajando hasta tarde en su estudio y, a menudo, se levantaba y marchaba antes de que ella se despertara. Varias veces, ella había pasado junto a la habitación de invitados y, tras ver la cama deshecha, había sabido que él había pasado una noche más a solas. Un reproche silencioso. Ella sabía que debía sentirse al respecto peor de lo que se sentía, pero cada vez más deseaba la libertad de retirarse a su mundo paralelo y privado donde rememorar su romance mítico y apasionado, verse a través de los ojos del hombre que la adoraba.

En algún lugar, se decía, B sigue estando ahí. Esperando.

—Esos son para firmar, y en el archivador hay varios regalos que han llegado esta mañana. Hay un estuche con champán que envía Citroën, una cesta de los del cemento de Peterborough y una caja de bombones de sus contables. Sé que no le gustan los que tienen relleno, así que me preguntaba si quiere que los reparta por la oficina. Sé que a Elsie Machzynski le gustan especialmente los dulces.

Apenas levantó la mirada.

—Me parece bien.

Moira se dio cuenta de que los pensamientos del señor Stirling se encontraban muy lejos de los regalos de Navidad.

—Y espero que no le importe, pero me he adelantado y he organizado los detalles de la fiesta de Navidad. Usted dijo que sería mejor celebrarla aquí en lugar de en un restaurante, ahora que la empresa es mucho más grande, así que he pedido a una empresa de *catering* que prepare un pequeño bufé.

—Bien. ¿Cuándo es?

—El 23. Cuando terminemos la jornada. Es el viernes anterior a las vacaciones.

—Sí.

¿Por qué parecía tan preocupado? ¿Tan compungido? Los negocios nunca habían ido mejor. Había demanda de sus productos. Aun a pesar de las restricciones a los créditos que predecían los periódicos, Minerales y Minas Acme tenía uno de los balances generales más saneados del país. Ya no recibían más cartas problemáticas y las que había recibido el mes anterior aún seguían allí sin que las viera su jefe, en el cajón de arriba.

—También he pensado que querría usted...

Él levantó la mirada de repente al oír un sonido fuera y Moira se giró y se sorprendió al ver qué era lo que él miraba. Ahí estaba ella, atravesando la oficina, con el cabello peinado en ondas inmaculadas, un sombrerito casquete rojo colocado sobre la cabeza, exactamente del mismo tono que los zapatos. ¿Qué estaba haciendo ahí? La señora Stirling miraba a su alrededor como si buscara a alguien y, entonces, el señor Stevens, de contabilidad, se acercó a ella con la mano extendida. Ella la estrechó y habló con él brevemente antes de mirar hacia el otro lado de la oficina, adonde estaban ella y el señor Stirling. La señora Stirling saludó levantando la mano.

Moira se llevó la suya al pelo. Algunas mujeres siempre se las arreglaban para tener aspecto de haber salido de las páginas de una revista de moda y Jennifer Stirling era una de ellas. A Moira no le importaba: siempre había preferido concentrar sus energías en el trabajo, en logros más importantes. Pero resultaba difícil, cuando esa mujer entraba en el despacho, con la piel reluciente por el frío de la calle y con dos llamativos pendientes de diamantes en las orejas, no sentirse la persona más gris y pequeña en comparación. Era como un regalo de Navidad perfectamente envuelto, una fruslería reluciente.

—Señora Stirling —la saludó Moira cortésmente.

—Hola —contestó.

—Qué placer tan inesperado. —El señor Stirling se puso de pie para saludarla, algo incómodo pero, quizá, encantado por dentro. Como un alumno rechazado al que se acercase su amor de la escuela.

—¿Quieren que me vaya? —Moira se sentía incómoda, entre los dos—. Hay unos archivos que podría...

—Ay, no. No por mi culpa. Solo estaré un minuto. —Se giró hacia su marido—. Pasaba por aquí y he pensado venir a preguntarte si esta noche vas a llegar tarde. Si es así, quizá vaya a casa de los Harrison. Van a preparar un ponche.

—Yo... Sí, ve. Puedo verte allí si termino pronto.

—Eso sería estupendo —dijo ella. Desprendía un ligero aroma a Nina Ricci. Moira se lo había probado la semana anterior en los almacenes D. H. Evans, pero le había parecido un poco caro. Ahora se arrepentía de no haberlo comprado.

—Intentaré no llegar tarde.

La señora Stirling no parecía tener prisa por marcharse. Se quedó de pie delante de su marido, pero parecía más interesada en mirar el despacho y a los hombres que estaban en sus mesas. Lo observaba todo con cierta concentración. Era como si nunca antes hubiese visto ese lugar.

—Llevabas bastante tiempo sin venir por aquí —dijo él.

—Sí. Supongo que sí.

Hubo un breve silencio.

—Ah —dijo de pronto—. ¿Cómo se llaman tus chóferes?

Él frunció el ceño.

—¿Mis chóferes?

Ella se encogió de hombros sutilmente.

—He pensado que quizá querrías que les preparara un regalo de Navidad a cada uno de ellos.

Él parecía perplejo.

—¿Un regalo de Navidad? Bueno, Eric es el que más tiempo lleva conmigo. Normalmente le regalo una botella de brandy. Creo que es eso lo que le he regalado en los últimos veinte años. Simon le sustituye de vez en cuando. Es abstemio, así que le añado algo más en su última paga. No creo que tengas que preocuparte por eso.

La señora Stirling parecía curiosamente decepcionada.

—Pues yo quiero ayudar. Compraré el brandy —dijo por fin agarrándose el bolso delante de ella.

—Eso es... todo un detalle por tu parte —repuso él.

Ella paseó la mirada por la oficina y, después, la volvió a dirigir a ellos.

—En fin, imagino que estaréis de lo más ocupados. Como he dicho, simplemente se me ha ocurrido pasar por aquí. Me alegro de verla..., eh... —Su sonrisa vaciló.

Moira se sintió herida ante aquel desprecio de la mujer. ¿Cuántas veces se habían visto en los últimos cinco años? Y ni siquiera se había molestado en recordar su nombre.

—Moira —intervino el señor Stirling cuando el silencio se volvió incómodo.

—Sí. Moira. Claro. Me alegro de verla de nuevo.

—Ahora mismo vuelvo. —El señor Stirling acompañó a su mujer a la puerta. Moira vio cómo intercambiaban unas palabras más y, después, con un pequeño movimiento de su mano enguantada, la mujer se despedía y desaparecía.

La secretaria respiró hondo y trató de que no le importara. El señor Stirling se quedó inmóvil mientras su mujer salía del edificio.

Casi antes de darse cuenta de lo que estaba haciendo, Moira salió del despacho y se dirigió rápidamente a su mesa. Sacó una llave de su bolsillo y abrió el cajón para buscar entre las distintas cartas hasta que lo encontró. Estuvo de vuelta en el despacho del señor Stirling antes que él.

Él cerró la puerta al entrar y miró por la pared de cristal, casi como si esperara que su mujer volviera. Parecía haberse ablandado, como si estuviese algo más tranquilo.

—Muy bien —dijo a la vez que se sentaba—. Estabas hablando de la fiesta de la oficina. Habías planeado algo. —Una pequeña sonrisa apareció en sus labios.

A Moira se le entrecortó la respiración. Tuvo que tragar saliva antes de poder hablar con normalidad.

—Lo cierto, señor Stirling, es que hay otra cosa más.

Él había sacado una carta y se disponía a firmarla.

—Bien. ¿De qué se trata?

—Esto llegó hace dos días. —Le pasó el sobre escrito a mano—. Al apartado de correos del que me habló usted. —Al ver que él no decía nada, añadió—: Le he estado echando un vistazo, como me pidió.

Él se quedó mirando el sobre y, a continuación, levantó la vista hacia ella. Había empalidecido de una forma tan rápida que ella creyó que podría estar a punto de desmayarse.

—¿Estás segura? No puede ser.

—Pero...

—Debes de haberte equivocado de número.

—Le aseguro que tenía el apartado de correos correcto. El número trece. Di el nombre de la señora Stirling, como usted... me indicó.

Lo abrió y, después, se encorvó sobre el escritorio mientras leía las pocas líneas. Ella seguía de pie al otro lado, sin intención de mostrar curiosidad, consciente de que el aire de la habitación se había cargado. Ya empezaba a estar asustada de lo que había hecho.

Cuando él levantó los ojos, parecía haber envejecido varios años. Se aclaró la garganta, arrugó el papel con una mano y lo tiró con cierta fuerza a la papelera que tenía debajo de su mesa. Su expresión era de rabia.

—Debe de haberse perdido en el sistema de correos. Nadie debe saber nada de esto. ¿Entendido?

Ella dio un paso atrás.

—Sí, señor Stirling. Por supuesto.

—Cancela el apartado de correos.

—¿Ahora? Aún está el informe de auditoría...

—Esta tarde. Haz lo que sea necesario. Pero cancélalo. ¿Me has oído?

—Sí, señor Stirling. —Se colocó la carpeta debajo del brazo y salió del despacho. Recogió su bolso y su abrigo y se preparó para ir a la oficina de correos.

Jennifer tenía pensado volver a casa. Estaba cansada, el trayecto al despacho había sido infructuoso y había empezado a llover, lo que hizo que los peatones se apresuraran por las aceras con los cuellos de los abrigos levantados y las cabezas agachadas. Pero en los escalones del trabajo de su marido se dio cuenta de que no podía volver a esa casa silenciosa.

Bajó a la acera y llamó a un taxi moviendo la mano hasta que vio que la luz amarilla viraba hacia ella. Montó en él limpiándose las gotas de lluvia de su abrigo rojo.

—¿Conoce un sitio que se llama Alberto's? —preguntó cuando el conductor se giraba hacia la ventanilla divisoria.

—¿En qué parte de Londres se encuentra? —preguntó.

—Lo siento. No tengo ni idea. Creía que quizá usted lo sabría.

Él frunció el ceño.

—Hay un club Alberto's en Mayfair. Puedo llevarla allí, pero no estoy seguro de si estará abierto.

—Muy bien —respondió ella mientras se acomodaba en el asiento.

Tardaron solamente quince minutos en llegar. El taxi se detuvo y el conductor le señaló hacia el otro lado de la calle.

—Ese es el único Alberto's que conozco —dijo—. No estoy seguro de que sea sitio para usted, señora.

Ella limpió la ventanilla con la manga y miró. Unas barandillas de metal flanqueaban la entrada a un sótano con escalones que desaparecían de la vista. Un cartel en mal estado lucía el nombre y había dos tejos mustios en grandes macetones a ambos lados de la puerta.

—¿Es ahí?

—¿Cree que es ese?

Ella trató de sonreír.

—Bueno, eso lo sabré enseguida.

Le pagó y se quedó de pie bajo la llovizna, en la acera. La puerta estaba a medio abrir, sujeta por un cubo de basura. Al entrar, le bombardeó el olor a alcohol, tabaco rancio, sudor y perfume. Dejó que los ojos se le acostumbraran a la tenue luz. A su izquierda, un guardarropa vacío y sin nadie, una botella de cerveza y un juego de llaves sobre el mostrador. Avanzó por el estrecho vestíbulo y empujó la doble puerta que daba a una enorme sala vacía, con sillas apiladas sobre mesas redondas delante de un pequeño escenario. Abriéndose paso entre ellas, una anciana arrastraba una aspiradora mientras mascullaba de vez en cuando y en voz baja con evidente tono de desaprobación. Había una barra a lo largo de una pared. Detrás de ella, una mujer fumaba y hablaba con un hombre que estaba llenando de botellas los estantes iluminados.

—Un momento —dijo la mujer al verla—. ¿Qué desea?

Jennifer sintió la mirada escrutadora de la mujer sobre ella. No era del todo simpática.

—¿Está abierto?

—¿Le parece que esté abierto?

Se apretó el bolso contra el vientre al sentirse, de repente, cohibida.

—Lo siento. Volveré en otro momento.

—¿A quién busca, señora? —dijo el hombre, incorporándose. Tenía el pelo negro y engominado hacia atrás y el tipo de piel pálida e hinchada que era muestra de demasiado alcohol y muy poco aire fresco.

Ella se quedó mirándolo mientras trataba de averiguar si lo que sentía era un atisbo de reconocimiento.

—¿Me... me han visto aquí antes? —preguntó.

Él la miró con expresión algo divertida.

—No, si es eso lo que usted quiere que diga.

La mujer ladeó la cabeza.

—Tenemos en este lugar muy mala memoria con las caras.

Jennifer subió los pocos escalones que llevaban a la barra.

—¿Conocen a un hombre que se llama Felipe?

—¿Quién es usted? —preguntó la mujer.

—Eso... eso no importa.

—¿Por qué busca a Felipe?

Sus expresiones se habían endurecido.

—Tenemos un amigo en común —explicó ella.

—En ese caso, su amigo debería haberle dicho que le resultaría complicado encontrar a Felipe.

Jennifer se mordió el labio mientras se preguntaba hasta dónde podría dar una explicación razonable.

—No suelo tener mucho contacto con él...

—Está muerto, señora.

—¿Qué?

—Felipe. Está muerto. Este sitio tiene ahora un nuevo dueño. Ha venido por aquí todo tipo de gente diciendo que él les debía esto o aquello y ya le puedo decir a usted que no va a sacarme nada.

—No he venido por...

—A menos que me pueda enseñar la firma de Felipe en un pagaré, no va a conseguir nada. —Ahora la mujer miraba con atención su ropa, sus joyas, con una sonrisa de satisfacción, como si hubiese averiguado qué podría estar haciendo Jennifer ahí.

—Su familia se ha quedado con su patrimonio. Lo que queda de él. Eso incluye a su esposa —dijo con tono desagradable.

—Yo no tengo nada que ver con el señor Felipe a nivel personal. Le doy mi pésame —repuso Jennifer con delicadeza. Tan rápido como pudo, salió del club y volvió a subir las escaleras hacia la luz gris del día.

Moira buscó entre las cajas de adornos hasta que encontró lo que buscaba. Después, sacó y ordenó lo que había en su interior. Pegó dos trozos de espumillón alrededor de cada puerta. Se quedó sentada en su mesa durante casi media hora, juntó las guirnaldas de papel que se habían roto durante el año y las pegó sobre los escritorios. En la pared colocó varios cordeles y colgó de ellos las tarjetas de felicitación que habían enviado los asociados comerciales. Envolvió las lámparas con relucientes ristras de papel de plata, asegurándose de que no quedaban muy cerca de las bombillas para no provocar un incendio.

En la calle, el cielo se había oscurecido. Las farolas de sodio iluminaban toda la calle. Poco a poco, casi en el mismo orden de siempre, el personal de la oficina londinense de Minerales y Minas Acme salía del edificio. Primero, Phyllis y Elsie, las mecanógrafas, que siempre se marchaban a las cinco en punto, aunque no parecían tener el mismo rigor en puntualidad cuando debían entrar. A continuación, David Moreton, de contabilidad, y, poco después, Stevens, que se iba al pub de la esquina a tomar varios chupitos tonificantes de whisky antes de dirigirse a su casa. El resto salía en pequeños grupos, mientras se envolvían en sus bufandas y abrigos, los hombres recogiéndolos del perchero del rincón, unos cuantos despidiéndose de ella al pasar por el despacho del señor Stirling. Felicity Harewood, la encargada de las nóminas, vivía a tan solo una parada de Moira, en Streatham, pero ni una sola vez le había propuesto que fueran en el mismo autobús. Cuando Felicity entró en mayo, Moira pensó que podría resultar agradable tener a alguien con quien charlar durante la vuelta a casa, una mujer con la que podría intercambiar recetas o hacer algún comentario sobre lo acontecido durante el día en el aire viciado del autobús 274. En la única ocasión que Moira y ella habían coincidido en el mismo autobús, había mantenido la cabeza agachada sobre una novela durante la mayor parte del trayecto, aunque Moira estaba casi segura de que sabía que se encontraba tan solo dos asientos por detrás de ella.

El señor Stirling salió a las siete menos cuarto. Se había mostrado distraído e impaciente la mayor parte de la tarde, llamando al director de la fábrica para reprenderle por las bajas por enfermedad y cancelando una reunión que tenía programada para las cuatro. Cuando ella regresó de la oficina de correos, él la miró, como para confirmar que había hecho lo que le había pedido, y, después, continuó con su trabajo.

Moira empujó dos mesas vacías hacia el final de la sala, junto a contabilidad. Les colocó encima unos manteles alegres y les sujetó con alfileres a los bordes unas tiras de espumillón. En diez días, esta sería la base para el bufé. Mientras tanto, serviría como sitio donde colocar los regalos que llegaban de los proveedores y como buzón a través del cual se suponía que los trabajadores se enviarían felicitaciones.

Casi a las ocho estuvo terminado. Moira echó un vistazo a la oficina vacía, convertida en un lugar reluciente y alegre gracias a sus esfuerzos; se alisó la falda y se permitió imaginarse las expresiones de placer en los rostros de todos cuando entraran por la puerta por la mañana.

No le iban a pagar por esto, pero eran los pequeños gestos, los trabajos extra, lo que marcaba la diferencia. Las demás secretarias no sabían que la labor de una asistente personal no consistía solo en escribir a máquina correspondencia personal y en asegurarse de que todo se archivaba correctamente. Se trataba de un rol mucho mayor que ese. Consistía en asegurarse de que una oficina no solo iba bien, sino de que la gente que había en ella se sintiera parte de..., en fin, de una familia. Un buzón de Navidad y unos cuantos adornos alegres eran lo que al final hacía que una oficina permaneciera unida y se convirtiera en un lugar al que a uno le gustaría volver.

El pequeño árbol de Navidad que había colocado en el rincón parecía más bonito ahí. Tenía poco sentido tenerlo en casa, ahora que no había nadie que lo viera aparte de ella. Aquí lo disfrutaría mucha gente. Y si, por casualidad, alguien hacía algún comentario sobre el bonito ángel que había en lo alto o las encantadoras bolas de cristal esmerilado, ella podría decirles con tono despreocupado, como si se le acabara de ocurrir, que habían sido las preferidas de su madre.

Moira se puso el abrigo. Recogió sus cosas, se ató la bufanda y dejó el bolígrafo y el lápiz bien colocados sobre la mesa, listos para la mañana siguiente. Fue al despacho del señor Stirling, llaves en mano, para cerrar la puerta y, después, tras mirar por encima del hombro, entró rápidamente para buscar la papelera bajo la mesa de su jefe.

Tardó solo un momento en encontrar la carta escrita a mano. Vaciló un poco antes de recogerla y, tras mirar de nuevo por el cristal para asegurarse de que seguía sola, la alisó sobre la mesa y empezó a leer.

Se quedó completamente inmóvil.

Después, volvió a leerla.

La campana de la calle tocó las ocho. Sobresaltada por el sonido, Moira salió del despacho del señor Stirling, dejó la papelera fuera para que las limpiadoras la vaciaran y cerró la puerta con llave. Metió la carta en el fondo del cajón de su mesa, lo cerró y se metió la llave en el bolsillo.

Por una vez, el trayecto de autobús hasta Streatham duró un suspiro. Moira Parker tenía muchísimas cosas en las que pensar.

Agradezco lo que dijiste. Pero espero que cuando leas esta carta entiendas lo magnánimo [sic] tanto de mi arrepentimiento como de mi remordimiento por cómo te he tratado y el camino que he decidido seguir... Mi relación con M está condenada al fracaso, siempre lo ha estado. Ojalá no hubiese tardado tres años en darme cuenta de que lo que empezó como una aventura veraniega debería haber quedado en eso.

Un hombre a una mujer, por carta

7

Se veían todos los días, sentados en la puerta de cafeterías bañadas por el sol o adentrándose hacia las abrasadas colinas en el pequeño Daimler de ella para comer en sitios que escogían de improviso, sin pensárselo dos veces. Ella le habló de su niñez en Hampshire y en Eaton Place, de los ponis, del internado, del pequeño y cómodo mundo que había sido su vida hasta que se casó. Le contó que, incluso a los doce años, se había sentido ahogada, que había sabido que necesitaba un lienzo más grande y que nunca se había imaginado que los amplios confines de la Costa Azul pudieran contener un círculo social tan restringido y controlado como el que había dejado atrás.

Le habló de un muchacho del pueblo del que se había enamorado a los quince años y de que, cuando su padre se enteró de aquella relación, la había llevado a un cobertizo y la había azotado con sus tirantes.

—¿Por enamorarte?

Ella le contó la historia un poco a la ligera y él trató de ocultar lo mucho que le había perturbado.

—Por enamorarme del tipo de chico que no debía. Supongo que yo era un poco traviesa. Me dijeron que había llevado la deshonra a la familia. Dijeron que no tenía moral; que, si no tenía cuidado, ningún hombre decente querría casarse conmigo. —Se rio, pero sin alegría—. Por supuesto, el hecho de que mi padre tuviese una amante durante años era una cuestión muy distinta.

—Y, entonces, apareció Laurence.

Ella le sonrió con picardía.

—Sí. ¿A que tuve suerte?

Él hablaba con ella del modo en que la gente le cuenta secretos de toda la vida a otros pasajeros que viajan en el mismo vagón de tren: con desahogada confianza, consciente del hecho tácito de que es muy poco probable que vuelvan a coincidir. Le habló de su puesto durante tres años como corresponsal del *Nation* en África central, de que al principio había recibido como una buena noticia la oportunidad de escapar de su deteriorado matrimonio, pero que no había reunido la fortaleza necesaria para enfrentarse a las atrocidades que tuvo que presenciar: el proceso de independencia del Congo había supuesto la muerte de miles de personas. Se encontró teniendo que pasar una noche tras otra en el club de corresponsales extranjeros de Leopoldville, anestesiándose a base de whisky o de, lo que era peor, vino de palma, hasta que la mezcla de todos los horrores que había visto con un episodio de fiebre amarilla casi acabó con él.

—Tuve una especie de crisis nerviosa —dijo tratando de fingir un tono despreocupado—, aunque nadie es tan descortés como para hablar de ello, por supuesto. Le echaron la culpa a la fiebre amarilla y me instaron a que no volviera.

—Pobre Boot.

—Sí. Pobrecito. Sobre todo cuando eso dio a mi exmujer otra buena razón para no dejarme ver a mi hijo.

—Y yo pensando que tu problema consistía en que eras un infiel en serie. —Colocó una mano sobre la de él—. Lo siento. Era una broma. No quiero ser frívola.

—¿Te estoy aburriendo?

—Al contrario. No es frecuente para mí pasar el rato con un hombre que de verdad quiere hablar conmigo.

Él no bebía estando con ella y ya no lo echaba de menos. El desafío que ella generaba le suponía un buen sustituto del alcohol y, además, le gustaba poder controlar quién era cuando estaban juntos. Tras no haber hablado mucho desde sus últimos meses en África, por temor de lo que pudiese revelar, las debilidades que pudiese sacar a la luz, ahora veía que quería hacerlo. Le gustaba cómo ella le miraba cuando él hablaba, como si nada de lo que pudiese decir fuera a cambiar la opinión que se había formado de él, como si nada de lo que él le confiara pudiera ser usado más tarde en su contra.

—¿Qué les pasa a los antiguos corresponsales de guerra cuando se cansan de tantos problemas? —preguntó ella.

—Se les retira a los rincones oscuros de la redacción y aburren a todo el mundo con anécdotas de sus días de gloria —contestó—. O se quedan en la zona hasta que los matan.

—¿Y tú de qué tipo eres?

—No lo sé. —Levantó los ojos hacia ella—. Aún no me he cansado de meterme en problemas.

Se dejó llevar relajadamente por los suaves ritmos de la Costa Azul: los largos almuerzos, las horas al aire libre, las interminables charlas con personas que eran simples conocidos. Daba largos paseos a primera hora de la mañana, a unas horas en las que antes estaba muerto para el mundo, disfrutando del aire del mar, de los amables saludos intercambiados con personas que no estaban malhumoradas por culpa de la resaca o la falta de sueño. Se sentía tranquilo como no se había sentido desde hacía muchos años. Eludía los telegramas que Don le

LA ÚLTIMA CARTA DE AMOR

enviaba en los que le hablaba amenazante de las nefastas consecuencias si no le enviaba pronto algo de utilidad.

—¿No te gustó el reportaje? —le había preguntado él.

—Estaba bien, pero pasó a la sección de negocios el martes pasado y los de contabilidad quieren saber por qué sigues presentando gastos cuatro días después de haberlo escrito.

Ella le llevó a Montecarlo, recorriendo con el coche las curvas vertiginosas de las carreteras de montaña mientras él veía las manos fuertes y delgadas de ella sobre el volante y se imaginaba introduciéndose con reverencia cada uno de los dedos en su boca. Le llevó a un casino e hizo que se sintiera como un dios cuando convirtió las pocas libras de él en una cuantiosa victoria en la ruleta. Ella comía mejillones en un café del paseo marítimo, arrancándolos de sus conchas con delicadeza pero sin piedad, y él perdió la facultad del habla. Jennifer se había filtrado en su conciencia de una forma tan absoluta, absorbiéndole todo pensamiento lúcido, que no solo no podía pensar en nada más, sino que no le importaba. En sus ratos de soledad, su mente viajaba a un millón de resultados posibles y se quedaba maravillado al pensar en cuánto tiempo había pasado desde que se había sentido tan embobado por una mujer.

El motivo estaba en que ella era una rareza, algo genuino e inalcanzable. Debería haberse dado por vencido días atrás. Pero el pulso se le aceleraba cuando metían otra nota por debajo de su puerta en la que le preguntaba si quería ir con ella a tomar unas copas a la Piazza o, quizá, una rápida excursión hasta Menton.

¿Qué podía haber de malo en eso? Él tenía treinta años y no recordaba la última vez que se había reído tanto. ¿Por qué no iba a poder disfrutar un poco de la alegría con la que contaban otras personas? Todo aquello estaba tan alejado de su vida habitual que le parecía irreal.

Fue el viernes por la noche cuando recibió el telegrama que le decía lo que llevaba varios días esperando: tenía un billete para su tren de regreso al día siguiente y le esperaban en las oficinas del *Nation* el lunes por la mañana. Cuando lo leyó sintió una especie de alivio: esto que tenía con Jennifer Stirling se había convertido en algo curiosamente desconcertante. Normalmente, no habría dedicado tanto tiempo y energía a una mujer cuya pasión no estaba garantizada. La idea de no volver a verla le inquietaba, pero una parte de él deseaba regresar a sus viejas rutinas, a redescubrir la persona que era.

Cogió su traje del perchero y lo colocó sobre la cama. Haría las maletas y, después, le enviaría una nota para darle las gracias por su tiempo y para proponerle que, si alguna vez quería quedar para almorzar juntos en Londres, le llamara por teléfono. Si decidía contactar con él allí, lejos de la magia de este lugar, quizá pasaría a ser una mujer como todas las demás: una placentera distracción física.

Cuando estaba metiendo los zapatos en la maleta recibió la llamada del conserje: una mujer le esperaba en la recepción.

—¿Es rubia?

—Sí, señor.

—¿Le importa pedirle que se ponga al teléfono?

Oyó unas breves palabras en francés y, después, la voz de ella, un poco entrecortada, insegura.

—Soy Jennifer. Me preguntaba... si podríamos tomar una copa un momento.

—Encantado, pero no estoy preparado del todo. ¿Quieres subir y me esperas aquí?

Ordenó la habitación rápidamente, dando patadas a prendas sueltas para meterlas debajo de la cama. Volvió a poner un folio en la máquina de escribir, como si hubiese estado trabajando en el artículo que había enviado una hora antes por cable. Se puso una camisa limpia, aunque no tuvo tiempo de abotonársela. Cuando oyó que llamaban suavemente a la puerta, abrió.

—Qué agradable sorpresa —dijo—. Estaba terminando una cosa, pero entra.

Ella se quedó incómoda en el pasillo. Cuando vio su pecho desnudo, apartó la mirada.

—¿Te importa si espero abajo?

—No. Por favor. Solo serán unos minutos.

Entró y se acercó al centro de la habitación. Iba vestida con un vestido sin mangas de color dorado claro con cuello mandarín. Tenía los hombros ligeramente rosados por haberle dado el sol mientras conducía. Llevaba el pelo suelto sobre los hombros, un poco alborotado, como si hubiese ido hasta allí con prisas.

Sus ojos se fijaron en la cama, llena de cuadernos y la maleta a medio hacer. La cercanía hizo que se quedaran un momento en silencio. Ella fue la primera en recuperar la compostura.

—¿No vas a ofrecerme una copa?

—Lo siento. Soy un desconsiderado. —Llamó para pedir un gin-tonic que llegó a los pocos minutos—. ¿Adónde vamos?

—¿Cómo?

—¿Me da tiempo a afeitarme? —Entró en el baño.

—Claro. Adelante.

Lo había hecho a propósito, pensó después: hacerla partícipe de esa intimidad impuesta. Él tenía mejor aspecto: la palidez amarilla de enfermo había desaparecido de su piel, las arrugas del estrés de sus ojos se habían alisado. Abrió el agua caliente y la vio por el espejo del baño mientras se aplicaba espuma en el mentón.

Ella estaba distraída, preocupada. Mientras la cuchilla le raspaba la piel, él la veía caminar por la habitación, como un animal inquieto.

—¿Estás bien? —gritó él mientras enjuagaba la cuchilla en el agua.

—Estoy bien. —Se había bebido ya la mitad del gin-tonic y se estaba sirviendo otro.

Él terminó de afeitarse, se secó la cara y se puso un poco de la loción que había comprado en la farmacia. Era fuerte, con toques de cítrico y romero. Se abrochó la camisa y se colocó bien el cuello mirándose al espejo. Le encantaba este momento. La convergencia del apetito con la posibilidad. Tenía una curiosa sensación de triunfo. Salió del baño y la encontró de pie junto al balcón. El cielo se estaba oscureciendo, las farolas del paseo marítimo se iluminaban a medida que anochecía. Tenía su copa en una mano y el otro brazo colocado con cierto aire defensivo sobre el pecho. Él dio un paso hacia ella.

—He olvidado decirte lo guapa que estás —dijo—. Me gusta cómo te sienta ese color. Es...

—Larry vuelve mañana.

Se apartó del balcón y lo miró.

—He recibido un telegrama esta tarde. Nos vamos a Londres el martes.

—Entiendo —contestó él. Ella tenía en su brazo diminutos pelos rubios. La brisa del mar se intensificó y los acarició.

Cuando levantó la mirada, se contemplaron fijamente a los ojos.

—No soy una mujer infeliz —dijo ella.

—Lo sé.

Ella le estaba mirando con atención y con una expresión seria en su encantadora boca. Se mordió el labio y, a continuación, se puso de espaldas a él. Se quedó inmóvil.

—El botón de arriba —dijo.

—¿Perdona?

—Yo no puedo desabrochármelo.

Algo se encendió dentro de él. Lo sintió casi como un alivio, que aquello fuera a suceder, que la mujer con la que había soñado, que había evocado por las noches en esa cama, fuera a ser suya por fin. Su distancia, su resistencia, casi le habían sobrepasado. Quería sentir la liberación que llega con la descarga, quería sentirse agotado, notar cómo se sosegaba el dolor del deseo incesante.

Le cogió la copa y ella se puso una mano en el pelo, levantándolo desde la nuca. Él obedeció a la orden silenciosa y elevó sus manos hacia la piel de ella. Normalmente seguros, sus dedos titubeaban, los sentía gruesos y torpes. Los miró como desde la distancia, luchando con el botón recubierto de seda, y, mientras lo desabrochaba, vio que las manos le temblaban. Se quedó quieto y le miró el cuello: expuesto ahora, doblado ligeramente hacia delante, como si le suplicara. Deseó colocar la boca sobre él, ya podía saborear esa piel pálida y algo pecosa. Colocó allí su dedo pulgar, tierno, deleitándose ante la expectativa de lo que le aguardaba. Ella soltó un pequeño suspiro por la presión, tan sutil que él, más que oírlo, lo sintió. Y algo se ahogó en su interior.

Se quedó mirando el punto en el que su pelo rubio se encontraba con su piel, los finos dedos que aún lo levantaban. Y supo, con espantosa certeza, lo que iba a pasar.

Anthony O'Hare cerró los ojos con fuerza y, entonces, con exquisita meticulosidad, volvió a abrocharle el vestido. Dio un pequeño paso hacia atrás.

Ella vaciló, como si estuviese tratando de averiguar qué había hecho, notando quizá la ausencia de la piel de él sobre la suya.

Entonces, se dio la vuelta, con la mano en la parte de atrás de su cuello, para verificar lo que acababa de ocurrir. Le miró y su rostro, inquisitivo al principio, se ruborizó.

—Lo siento —empezó a decir él—. Pero yo... no puedo.

—Ah. —Se estremeció. Se llevó la mano a la boca y un profundo rubor le invadió el cuello—. Dios mío.

—No. No lo entiendes, Jennifer. No es que...

Ella le empujó para abrirse paso y cogió su bolso. Y entonces, antes de que él pudiese decir nada más, ella ya estaba forcejeando con el pomo de la puerta y corriendo por el pasillo.

—¡Jennifer! —gritó él—. ¡Jennifer! ¡Deja que te explique!
—Pero, cuando llegó a la puerta, ella ya no estaba.

El tren francés avanzaba pesadamente por el paisaje reseco hacia Lyon, como si estuviese decidido a concederle tiempo más que suficiente para pensar en todas las cosas que había hecho mal y en las que no podría haber cambiado aunque hubiese querido. Varias veces en una hora pensó en pedirse un whisky largo en el vagón restaurante. Veía a los camareros moverse hábilmente arriba y abajo por el vagón, llevando copas en bandejas de plata, un ballet coreografiado de inclinaciones y paseos, y supo que solo necesitaba levantar un dedo para sentir ese consuelo. Después, apenas podía estar seguro de qué era lo que había evitado que lo hiciera.

Por la noche, se metió en la litera, sacada con desdeñosa eficacia por el camarero. Mientras el tren seguía traqueteando en medio de la oscuridad, encendió la luz junto a la cama y cogió un libro que había encontrado en el hotel, abandonado por algún viajero anterior. Leyó varias veces la misma página sin concentrarse y, por fin, lo dejó con desagrado. Tenía un periódico francés, pero el espacio era demasiado estrecho como para desplegar bien las páginas y la letra demasiado pequeña para leerla bajo la luz tenue. Dormitaba y se despertaba y, a medida que Inglaterra se iba acercando, el futuro se cernió sobre él como una gran nube negra.

Por fin, cuando amaneció, buscó un papel y un bolígrafo. Jamás le había escrito una carta a una mujer, aparte de algunas notas breves de agradecimiento a su madre por cualquier regalito que ella le hubiese enviado y a Clarissa por algún asunto de dinero y su breve disculpa a Jennifer tras la primera noche. Ahora, consumido por una dolorosa melancolía, atormentado por la mirada avergonzada en los ojos de Jennifer, liberado de la expectativa de volver a verla, escribía de forma irreflexiva, con el único deseo de poder explicarse.

> *Querida mía:*
> *No conseguí que me escucharas cuando te fuiste con tanta prisa, pero necesito que sepas que no te estaba rechazando. Estabas tan lejos de la verdad que apenas puedo soportarlo.*
>
> *Esta es la verdad: no eres la primera mujer casada con la que he hecho el amor. Conoces mis circunstancias personales y, para ser sincero, estas relaciones, tal cual son, me han venido bien. No quería intimar con ninguna. Cuando nos conocimos, decidí pensar que contigo no sería diferente...*
>
> *... Es por esa razón, mi querida niña, que volví a abrochar ese botón de tu cuello. Y, por ese motivo, he permanecido despierto durante las dos últimas noches, odiándome a mí mismo por lo único decente que he hecho nunca.*
> *Perdóname.*
> *B*

La dobló y se la metió con cuidado en el bolsillo del pecho y, a continuación, por fin, se quedó dormido.

Don apagó su cigarrillo y estudió el folio escrito a mano mientras el joven que esperaba incómodo a un lado de su mesa cambiaba el peso de su cuerpo de un pie a otro.

—No sabes escribir *bigamia*. Es con a, no con o.

Arrastró su lápiz con fuerza por encima de tres líneas.

—Y esta introducción es espantosa. Tienes a un hombre que se ha casado con tres mujeres que se llaman Hilda, todas en un radio de tres kilómetros la una de la otra. Como artículo es un regalo. Tal y como lo has escrito, yo preferiría estar leyendo unas actas municipales sobre alcantarillado.

—Lo siento, señor Franklin.

—Y una mierda lo siento. Arréglalo. Esto era para primera hora y ya son las cuatro menos veinte. ¿Qué narices te pasa? ¡«Bigomia»! Aprende de O'Hare, aquí presente. Pasa tanto tiempo en África que no sabemos si lo que manda está bien o mal escrito. —Le lanzó el folio al joven, que se revolvió para agarrarlo y salió rápidamente del despacho.

—Y bien —dijo Don con un chasquido de lengua—. ¿Dónde está mi maldito reportaje? «Secretos de los ricos y famosos de la Costa Azul».

—Ya está casi —mintió Anthony.

—Más vale que sea rápido. Le tengo reservada media página para el sábado. ¿Lo has pasado bien?

—No ha estado mal.

Don ladeó la cabeza.

—Sí, eso parece. En fin..., tengo buenas noticias.

Las ventanas de su despacho estaban tan cubiertas de nicotina que cualquiera que se rozara sin querer con ellas se mancharía de amarillo las mangas de la camisa. Anthony miró por el aire viciado y dorado de la redacción. Llevaba ya dos días yendo de un sitio a otro con la carta en el bolsillo, tratando de averiguar cómo podría hacérsela llegar. No dejaba de ver su cara, el rubor de espanto al darse cuenta de que lo que ella pensaba había sido un error.

—¿Tony?

—Sí.

—Tengo buenas noticias para ti.

—Bien. Sí.

—He estado hablando con la sección de internacional y quieren que vaya alguien a Bagdad. Que le eche un vistazo a un tipo de la embajada polaca que asegura ser una especie de superespía. Información seria, hijo. Perfecta para ti. Te tendrá fuera de la redacción una o dos semanas.

—Ahora no puedo irme.

—¿Necesitas un par de días?

—Tengo que solucionar un asunto personal.

—¿Quieres que también les diga a los argelinos que aplacen el alto el fuego, por si es impedimento para tus asuntos domésticos? ¿Estás de broma, O'Hare?

—Entonces, envía a otro. Lo siento, Don.

El golpeteo metronómico de Don con su bolígrafo sobre la mesa se fue volviendo más irregular.

—No lo entiendo. Estás todo el tiempo paseándote por la redacción maldiciendo porque necesitas salir en busca de noticias «de verdad», te doy una historia por la que Peterson se cortaría el brazo derecho y, de repente, tú quieres quedarte en tu mesa.

—Como te he dicho antes, lo siento.

Don se quedó con la boca abierta. La cerró. Se puso de pie pesadamente, atravesó el despacho y cerró la puerta. A continuación, volvió a su asiento.

—Tony, esta es una buena historia. Deberías estar encantado. Es más, necesitas esta historia. Tienes que demostrarles que pueden confiar en ti. —Se quedó mirándolo—. ¿Has perdido las ganas? ¿Me estás diciendo que quieres quedarte con el trabajo fácil?

—No. Es que... Concédeme solo uno o dos días.

Don apoyó la espalda en su asiento, encendió un cigarrillo e inhaló con fuerza.

—Dios mío —exclamó—. Es por una mujer.

Anthony no dijo nada.

—Sí. Has conocido a una mujer. ¿Qué pasa? ¿No puedes ir a ningún sitio hasta que abra las piernas?

—Está casada.

—¿Desde cuándo te ha detenido eso?

—Es... Es la esposa. Es la mujer de Stirling.

—¿Y?

—Y es demasiado buena.

—¿Para él? No me digas.

—Para mí. No sé qué hacer.

Don levantó los ojos al techo.

—Un ataque de conciencia, ¿eh? Me preguntaba por qué tendrías tan mal aspecto. —Negó con la cabeza y habló como si hubiese alguien más en esa pequeña habitación—. No me lo puedo creer. Precisamente O'Hare. —Dejó el bolígrafo en la mesa con su mano rechoncha—. Vale. Este es el plan. Ve a verla, haz lo que tengas que hacer y sácate esa espinita. Después, sube al avión que sale mañana a mediodía. Diré a los de la sección que sales esta noche. ¿Qué te parece? Y escríbeme algún maldito artículo decente.

—¿«Sácate esa espinita»? Siempre has sido un romántico.

—¿Quieres que te lo diga de una forma más bonita?

Anthony se tocó la carta en su bolsillo.

—Te debo una —dijo.

—Me debes ochenta y tres —refunfuñó Don.

No le resultó difícil encontrar la dirección de Stirling. Había rastreado el ejemplar de la oficina del *Who's Who,* la publicación anual de biografías de personajes más prominentes, y ahí estaba, al final de su entradilla, debajo de «casado con: Jennifer Louisa Verrinder, nacida en 1934». Esa noche, después del trabajo, había ido en coche a Fitzrovia y había aparcado en la plaza, unas puertas más allá de la casa blanca de estuco.

Una villa de estilo Regencia como las del arquitecto Nash, con columnas que flanqueaban el porche delantero; tenía el aire de una asesoría de Harley Street. Se quedó sentado en el coche mientras se preguntaba qué estaría haciendo ella tras esos visillos. Se la imaginó sentada con una revista, quizá con la mirada perdida hacia el extremo de la habitación, pensando en un momento desperdiciado en la habitación de un hotel de Francia. Sobre las seis y media, una mujer de mediana edad salió de la casa, colocándose el abrigo y mirando al cielo, como si estuviese comprobando si iba a llover. Se cubrió el pelo con un gorro para la lluvia y se fue calle abajo con paso rápido. Una mano invisible cerró las cortinas y la húmeda tarde dio lugar a la noche, pero él seguía sentado en su Hillman, mirando hacia el número treinta y dos.

Había empezado a quedarse dormido cuando, por fin, se abrió la puerta de la calle. Mientras se incorporaba, vio que ella salía. Eran casi las nueve. Llevaba un vestido blanco sin mangas y un pequeño chal sobre los hombros y bajó los escalones con cuidado, como si no se fiara de sus pies. Después, apareció Stirling detrás de ella, dijo algo que Anthony no pudo oír y ella asintió. A continuación, subían a un coche grande y negro. Cuando salió a la calle, Anthony puso en marcha el suyo. Se incorporó al tráfico, un coche por detrás de ellos, y los siguió.

No fueron muy lejos. El chófer se detuvo en la puerta de un casino de Mayfair para que ellos se bajaran. Ella se alisó el vestido y entró, quitándose el chal mientras caminaba.

Anthony esperó hasta que estuvo seguro de que Stirling había entrado y detuvo su Hillman en el hueco que había tras el coche negro.

—¿Me lo aparca, por favor? —gritó al portero incrédulo mientras le lanzaba las llaves y le dejaba un billete de diez chelines en la mano.

—Señor, ¿puedo ver su carné de socio? —Atravesaba a paso rápido el vestíbulo cuando un hombre con uniforme del casino le detuvo—. ¿Señor? ¿Su carné de socio?

Los Stirling estaban a punto de entrar en el ascensor. Solo pudo verla a ella en medio de la multitud.

—Tengo que hablar con una persona. Tardaré dos minutos.

—Señor, me temo que no puedo dejarle entrar sin...

Anthony se metió la mano en el bolsillo y sacó todo lo que llevaba dentro —cartera, llaves de casa, pasaporte— y lo puso en las manos del hombre.

—Tome. Cójalo todo. Le prometo que solo van a ser dos minutos. —Y mientras el hombre se quedaba mirándolo boquiabierto, él se abrió paso entre la muchedumbre y entró en el ascensor cuando las puertas se cerraban.

Stirling estaba a la derecha, así que Anthony se bajó el ala del sombrero sobre la cara, pasó por su lado, seguro de que no le había visto, y se movió hacia atrás hasta dejar la espalda pegada a la pared.

Todos miraban hacia la puerta. Stirling, delante de él, hablaba con alguien a quien parecía conocer. Anthony le oyó murmurar algo sobre mercados, una crisis en los préstamos; el otro hombre asentía entre murmullos. Sentía el pulso latiéndole en los oídos y el cosquilleo del sudor al caerle por la espalda. Ella sostenía su bolso delante con las dos manos enguantadas y gesto sereno. Solo un mechón suelto de pelo rubio cayéndole del moño confirmaba que era humana y no una aparición celestial.

—Segunda planta.

Las puertas se abrieron para dejar que dos personas salieran y un hombre entrara. El resto de pasajeros se movió amablemente para dejar espacio al recién llegado. Stirling seguía hablando con voz grave y sonora. Era una noche cálida y, en los reducidos confines del ascensor, Anthony era muy consciente de los cuerpos que le rodeaban, los olores a perfume, fijador y gomina que había en el aire cargado, con una leve brisa cuando las puertas se cerraban.

Levantó un poco la cabeza y se quedó mirando a Jennifer. Estaba a menos de treinta centímetros, tan cerca que podía notar las connotaciones de su aroma y cada diminuta peca de sus hombros. Siguió mirándola hasta que ella giró un poco la cabeza y le vio. Abrió los ojos de par en par y las mejillas se le sonrojaron. Su marido seguía concentrado en su conversación.

Ella miró al suelo y, después, sus ojos volvieron a deslizarse hacia Anthony. El movimiento de su pecho revelaba lo mucho que le impactaba su presencia. Sus ojos se cruzaron y, en esos pocos segundos de silencio, él le dijo todo. Le dijo que era la cosa más increíble que había visto nunca. Le dijo que se aparecía ante él en sus horas de vigilia y que cada sensación, cada experiencia que había tenido en su vida hasta ese momento, carecía de emoción e importancia en comparación con la enormidad de aquello.

Le dijo que la amaba.

—Tercera planta.

Ella parpadeó y se separaron cuando un hombre de atrás se disculpó y pasó entre los dos para salir del ascensor. Cuando el hueco se estrechó tras él, Anthony se metió la mano en el bolsillo y sacó la carta. Dio un paso a la derecha y se la tendió por detrás de la chaqueta de un hombre que tosió e hizo que se sobresaltaran un poco. Su marido negaba con la cabeza al oír algo que su acompañante había dicho. Los dos hombres se rieron sin ganas. Por un momento, Anthony pensó que ella no iba a cogerle la carta, pero, entonces, extendió rápida y disimuladamente su mano enguantada y, mientras él se quedaba inmóvil, el sobre desaparecía en el bolso de ella.

—Cuarta planta —dijo el botones—. Restaurante.

Todos salvo Anthony se movieron hacia delante. Stirling echó un vistazo hacia su derecha, al parecer, acordándose de la presencia de su mujer, y extendió una mano, no por cariño, según observó Anthony, sino para que ella pasara delante. Las puertas se cerraron tras ella y él se quedó solo cuando, con el anuncio del botones de «Planta baja», el ascensor empezó a descender.

Anthony casi no se esperaba una respuesta. Ni siquiera se había preocupado de mirar el correo hasta que salió de casa, tarde, y vio dos cartas en el felpudo. Medio caminaba medio corría por la acera achicharrada y llena de gente, esquivando a las enfermeras y pacientes que salían del enorme hospital St. Bartholomew, con la maleta aporreándole las piernas. Se suponía que tenía que estar en Heathrow a las dos y media y no estaba seguro ni siquiera ahora de si iba a conseguir llegar a tiempo. La visión de la letra de Jennifer le había provocado una especie de impacto seguido de pánico cuando se dio cuenta de que ya eran las doce menos diez y estaba en el otro extremo de Londres.

Postman's Park, a mediodía.

Por supuesto, no había encontrado taxi. Había recorrido en el metro parte del camino y el resto lo había hecho corriendo. La camisa, bien planchada, ahora se le pegaba a la piel. El pelo le caía sobre la frente sudada. «Perdone», murmuró cuando una mujer con tacones altos chasqueó la lengua al verse obligada a apartarse. «Perdone». Un autobús se detuvo entre columnas de humo púrpura, y oyó que el revisor tocaba el timbre para que volviera a ponerse en marcha. Vaciló mientras los pasajeros se bajaban en la acera, mientras trataba de recuperar el aliento, y se miró el reloj. Eran ya las doce y cuarto. Era completamente posible que ella hubiese dejado de esperarle.

¿Qué demonios estaba haciendo? Si perdía ese vuelo, Don se encargaría en persona de que se dedicara a la sección de bodas y efemérides durante los próximos diez años. Lo considerarían como una muestra más de su incapacidad para salir adelante, un motivo para darle la próxima buena historia a Murfett o Phipps.

Giró por King Edward Street jadeando y, a continuación, se vio en un oasis diminuto del centro de la City. Postman's Park era un pequeño jardín creado por un filántropo de la época victoriana para conmemorar la vida de los héroes comunes. Fue caminando hasta el centro respirando con fuerza.

Era azul, un suave revoloteo azul. Mientras la visión se le enfocaba, vio a varios carteros con su uniforme azul, algunos caminando, otros tumbados en el césped, unos cuantos alineados a lo largo del banco que había delante de las placas de cerámica vidriada que conmemoraban cada acto de valentía. Los carteros de Londres, liberados de sus rondas y sus bolsos con el correo, disfrutaban del sol del mediodía, en mangas de camisa, con sus fiambreras, charlando, intercambiando comida, descansando en la hierba bajo la sombra veteada de los árboles.

La respiración se le había calmado. Dejó caer la maleta y sacó un pañuelo para darse toques en la frente y, a continuación, recorrió un pequeño círculo, tratando de ver por detrás de los grandes helechos, el muro de la iglesia y el interior de los enclaves en sombra de los edificios de oficinas. Recorrió con la vista el parque buscando un vestido esmeralda brillante, el destello del pelo dorado que la haría destacar.

No estaba.

Miró el reloj. Las doce y veinte. Había estado y se había ido. Quizá había cambiado de opinión. Quizá Stirling había encontrado la maldita carta. Fue entonces cuando recordó el segundo sobre, el que le había enviado Clarissa y que se había metido en el bolsillo al salir de casa. Lo sacó entonces y lo leyó de inmediato. Nunca podía ver su letra sin oír su voz tensa y decepcionada o evocar las blusas limpias y siempre abotonadas hasta el cuello cuando ella iba a visitarle, como si él pudiese aprovecharse de ella solo por vislumbrar un atisbo de su piel.

Querido Anthony:
Te envío esta nota como muestra de cortesía para
hacerte saber que voy a casarme.

Su instinto de propiedad se vio levemente impactado ante la idea de que Clarissa pudiese encontrar la felicidad con otra persona. Había pensado que sería incapaz de encontrarla al lado de nadie.

He conocido a un buen hombre que es propietario de una
cadena de tiendas de telas y que está dispuesto a
aceptarnos a mí y a Phillip. Es generoso y dice que le va a
tratar como si fuera su hijo. La boda será en septiembre.
Me resulta difícil abordar esto, pero quizá quieras
considerar cuánto contacto deseas mantener con el niño.
A mí me gustaría que pudiese vivir como una familia
normal y podría ser que un continuo contacto irregular
contigo le haga más difícil amoldarse.
Por favor, piénsatelo y hazme saber tu opinión.
No vamos a necesitar más ayuda económica de tu
parte, pues Edgar podrá mantenernos. Te adjunto más
abajo nuestra nueva dirección.
Atentamente,
Clarissa

Lo leyó dos veces, pero hasta la tercera no entendió qué era lo que ella le proponía: que Phillip, su hijo, debía ser criado por un honrado comerciante de telas sin el «continuo contacto irregular» de su padre. Todo se le vino encima. Sintió un urgente deseo de beber y vio una taberna al otro lado de la calle, más allá de las vallas del parque.

—Dios mío —dijo en voz alta dejando caer las manos sobre las piernas y agachando la cabeza. Se quedó allí, encogido durante un minuto, tratando de ordenar sus pensamientos, de permitir que el pulso volviera a la normalidad. Entonces, con un suspiro, se incorporó.

Ella estaba delante de él. Llevaba un vestido blanco estampado con enormes rosas rojas y unas gafas de sol grandes. Se las colocó sobre la cabeza. Del pecho de él salió un fuerte suspiro al verla.

—No me puedo quedar —empezó a decir cuando recuperó la voz—. Tengo que viajar a Bagdad. Mi avión sale en..., no tengo ni idea de cómo...

Ella estaba preciosa, eclipsando a las flores de los arreglados parterres, deslumbrando a los carteros, que habían dejado de hablar al verla.

—Yo no... —Él negaba con la cabeza—. Puedo decirlo todo por carta, pero luego, cuando te veo, yo...

—Anthony —dijo ella, como si estuviese confirmando que era él.

—Volveré dentro de una semana, más o menos —continuó él—. Si quieres verme entonces, seré capaz de explicarte. Hay tantas cosas que...

Pero ella dio un paso adelante, le tomó la cara entre sus dos manos enguantadas y lo atrajo hacia ella. Hubo una levísima vacilación y, después, juntó sus labios con los de él, con su boca cálida, complaciente pero también exigente. Anthony se olvidó del vuelo. Se olvidó del parque, de su hijo perdido y de su exmujer. Se olvidó de la historia que su jefe creía que debía ocuparle la mente. Se olvidó de que las emociones, por experiencia propia, eran más peligrosas que las armas. Se permitió hacer lo que Jennifer le exigía: entregarse a ella y hacerlo libremente.

—Anthony —repitió ella. Y con esa única palabra no solo se entregó a sí misma, sino que también le concedió una nueva y mejor versión de su futuro.

Hemos terminado.

Una mujer a Jeanette Winterson,
por mensaje de texto

8

Una vez más, él no le hablaba. Para tratarse de un hombre tan poco expresivo, los estados de ánimo de Laurence Stirling podían ser retorcidamente volátiles. Jennifer miraba a su marido durante el desayuno mientras él leía su periódico. Aunque había bajado antes que él y le había servido el desayuno tal y como le gustaba, en los treinta y tres minutos que habían pasado desde que la había visto esa mañana él no había pronunciado ni una sola palabra.

Ella bajó la mirada a su bata, se comprobó el peinado. Nada fuera de su sitio. Su cicatriz, que sabía que a él no le agradaba, estaba cubierta bajo la manga. «¿Qué le he hecho?». ¿Debería haberle esperado? Él había vuelto a casa tan tarde la noche anterior que ella se había despertado solo un momento al oír la puerta de la calle. ¿Había dicho algo en sueños?

El reloj marcaba su recorrido melancólico hacia las ocho, interrumpido tan solo por el susurro intermitente del periódico de Laurence cuando lo abría y lo volvía a doblar. En la calle, oyó pasos en los escalones de entrada, el breve traqueteo del cartero al introducir el correo en el buzón, y, después, la voz de un niño, que se quejaba en voz alta mientras pasaba junto a la ventana.

Ella trató de hacer algún comentario sobre la nieve, un titular sobre el elevado coste del combustible, pero Laurence apenas se limitó a suspirar, como si estuviese molesto, y ella no dijo nada más.

Mi amante no me trataría así, le dijo en silencio mientras se untaba mantequilla en la tostada. Sonreiría, me acariciaría la cintura al pasar junto a mí en la cocina. De hecho, era probable que incluso ni desayunaran en la cocina: él le traería a la cama una bandeja de cosas deliciosas, le daría un café al despertarse mientras intercambiaban besos alegres cubiertos de migas. En una de las cartas, él le había escrito:

Cuando comes, durante ese momento te entregas por completo a la experiencia. Te observé en aquella primera cena y deseé que pudieras dedicarme esa misma concentración a mí.

La voz de Laurence interrumpió su ensimismamiento.

—Esta noche nos invitan a una copa en casa de los Moncrieff, antes de la fiesta de Navidad de la empresa. ¿Lo recuerdas?

—Sí —contestó ella sin levantar la vista.

—Yo estaré de vuelta sobre las seis y media. Francis nos espera a esa hora. —Sintió que se quedaba mirándola, como si esperara alguna respuesta más, pero era demasiado terca como para intentarlo. Después, él se fue, dejando a Jennifer en una casa en silencio y con el sueño de un desayuno imaginario mucho más apetecible que el que había vivido.

¿Recuerdas aquella primera cena? Fui un verdadero estúpido y tú lo sabías. Y estuviste absolutamente

encantadora, querida J, incluso a pesar de mi comportamiento tan descortés.

Yo estaba muy enfadado esa noche. Ahora supongo que ya me había enamorado de ti en ese momento, pero los hombres somos absolutamente incapaces de ver lo que tenemos delante. Era más fácil hacer pasar mi desasosiego por otra cosa completamente distinta.

Había desenterrado ya siete cartas de sus escondites por toda la casa; siete cartas que exponían ante ella el tipo de amor que había vivido, el tipo de persona en el que se había convertido a partir de él. En esas palabras escritas a mano, se veía reflejada en multitud de formas: impulsiva, apasionada, fácil de perder los estribos y de olvidar...

Él parecía su polo opuesto. Desafiaba, proclamaba y prometía. Era un agudo observador; de ella, de las cosas que le rodeaban. No ocultaba nada. Ella parecía ser la primera mujer de la que se había enamorado de verdad. Se preguntaba, al leer de nuevo sus palabras, si él era también el primer hombre del que ella se había enamorado de verdad.

Cuando me mirabas con esos ojos tuyos, infinitos y delicuescentes, yo me preguntaba qué podría ser lo que veías en mí. Ahora sé que es una visión estúpida del amor. Tú y yo no podíamos ya dejar de amarnos como la tierra no podía dejar de dar vueltas alrededor del sol.

Aunque las cartas no siempre llevaban fecha, resultaba posible establecer cierta cronología. Esta había llegado poco después de conocerse; otra, después de algún tipo de discusión; una tercera, después de un encuentro apasionado. Él quería que ella dejara a Laurence. En varias cartas le pedía que lo hiciera. Al parecer, ella se había resistido. ¿Por qué? Ahora pensaba en el hombre frío de la cocina, en el silencio opresor de la casa. ¿Por qué no me fui?

Leía las siete cartas de forma obsesiva, buscando pistas, tratando de averiguar la identidad de aquel hombre. La última tenía fecha de septiembre, unas semanas antes de su accidente. ¿Por qué no se había puesto él en contacto? Prácticamente, nunca se habían llamado por teléfono ni habían tenido un lugar de encuentro específico. Cuando ella vio que algunas de las cartas iban dirigidas a un apartado de correos, fue a la oficina postal para ver si había alguna más. Pero el buzón había sido asignado a otra persona y no había ninguna carta para ella.

Se convenció de que él se daría a conocer. ¿Cómo era posible que el hombre que había escrito esas cartas, el hombre cuyas emociones estaban inundadas de premura, se limitara a quedarse esperando sin hacer nada? Ya no creía que fuese Bill. No era que le costara creer que sintiera algo por él, pero la idea de engañar a Violet le parecía imposible, tanto por parte de ella como de él. Por tanto, le quedaban Jack Amory y Reggie Carpenter. Y Jack Amory acababa de anunciar su compromiso con una tal señorita Victoria Nelson de Camberley, Surrey.

La señora Cordoza entró en la habitación cuando Jennifer estaba terminando de peinarse.

—¿Puede asegurarse de que el vestido azul oscuro de seda está planchado para esta noche? —le preguntó. Sostenía una cadena de diamantes sobre su piel pálida. A él le encantaba su cuello:

Todavía no he podido mirarlo sin desear besarlo.

—Lo he dejado sobre la cama.

La señora Cordoza pasó por su lado para recogerlo.

—Lo haré ahora, señora Stirling.

Reggie Carpenter estaba flirteando. No había otra palabra para describirlo. El primo de Yvonne estaba apoyado sobre el asiento de Jenny, con los ojos fijos en su boca, que se retorcía traviesa como si hubiesen compartido una broma secreta.

Yvonne los miró al ir a darle una copa a Francis, que estaba sentado a poca distancia. Se inclinó para murmurar en el oído de su marido:

—¿No puedes llevarte a Reggie con los hombres? Prácticamente está sentado en el regazo de Jennifer desde que ella ha llegado.

—Lo he intentado, cariño, pero, como no me lo lleve a rastras, poco más puedo hacer.

—Entonces, ve a por Maureen. Parece como si estuviese a punto de echarse a llorar.

Desde el momento en que abrió la puerta a los Stirling —Jennifer con un abrigo de visón y, al parecer, ya bebida, y él con gesto serio—, había tenido un mal presentimiento, como si se esperara algo desagradable. Había tensión entre ellos y, luego, Jennifer y Reggie se habían pegado el uno al otro de tal forma que resultaba francamente exasperante.

—Ojalá la gente dejara sus peleas en casa —murmuró Yvonne.

—Voy a darle a Larry un whisky doble. Al final, se calmará. Es probable que haya tenido un mal día en el despacho. —Francis se puso de pie, le acarició el brazo y se marchó.

Apenas había probado nadie los bocaditos de salchicha. Con un suspiro, Yvonne cogió una bandeja de canapés y se dispuso a pasarlos entre todos.

—Coge uno, Maureen.

La novia de veintiún años de Reggie apenas se dio cuenta de que le estaban hablando. Inmaculada con su vestido de lana de color teja, estaba sentada con la espalda erguida en una silla de comedor, lanzando miradas asesinas a las dos personas que tenía a la derecha, sin que pareciera que ninguno notara su presencia. Jennifer tenía la espalda apoyada en el respaldo del sillón, mientras que Reggie estaba sentado en el brazo. Le susurró algo y los dos estallaron en sonoras carcajadas.

—¿Reggie? —dijo Maureen—. ¿No habías dicho que iríamos al centro a ver a los demás?

—Bueno, pueden esperar —respondió él con desdén.

—Iban a reunirse con nosotros en el Green Rooms, Bichito. A las siete y media, dijiste.

—¿Bichito? —Jenny dejó de reír y miró fijamente a Reggie.

—Es su apodo —repuso Yvonne a la vez que le ofrecía la bandeja—. Era un bebé ridículamente pequeño. Mi tía decía que al principio pensó que había dado a luz a un insecto.

—Bichito —repitió Jenny.

—Sí. Pequeño pero irresistiblemente achuchable. Y lo sigo siendo, especialmente cuando me meto en la cama... —Levantó una ceja y se inclinó más hacia ella.

—Reggie, ¿podemos hablar?

—No si me miras con esa cara, querida prima. Yvonne cree que estoy flirteando contigo, Jenny.

—No solo lo cree —intervino Maureen, con frialdad.

—Vamos, Mo. No seas tan pesada. —Su voz, aunque seguía siendo jocosa, revelaba cierto tono de fastidio—. No he tenido ocasión de hablar con Jenny desde hace mucho tiempo. Solo nos estamos poniendo al día.

—¿De verdad ha pasado tanto tiempo? —preguntó Jennifer con tono inocente.

—Una eternidad —respondió él con vehemencia.

Yvonne vio que la expresión de la muchacha se entristecía.

—Maureen, cariño, ¿quieres venir a ayudarme a preparar más copas? Solo Dios sabe dónde habrá ido el inútil de mi marido.

—Está ahí. Él...

—Vamos, Maureen. Por aquí.

La chica la siguió al comedor y cogió la botella de crema de menta que Yvonne le pasó. Derrochaba furia e impotencia.

—¿Qué se piensa esa mujer que está haciendo? Está casada, ¿no?

—Jennifer solo está... No tiene ninguna intención de nada.

—¡Está todo el rato encima de él! ¡Mírala! ¿Le gustaría a ella que yo rondara así a su marido?

Yvonne miró hacia la sala de estar, donde Larry, con expresión de desaprobación contenida, estaba sentado ahora sin escuchar apenas lo que Francis le decía. Es probable que ella ni se diera cuenta, pensó.

—Sé que es tu amiga, Yvonne, pero, por lo que a mí respecta, es una completa zorra.

—Maureen, sé que Reggie no se está portando bien, pero no puedes hablar así de mi amiga. No tienes ni idea de lo que ha sufrido últimamente. Ahora, pásame esa botella, por favor.

—¿Y qué me dices de lo que ella me está haciendo sufrir? Es humillante. Todos saben que yo estoy con Reggie y ella le tiene comiendo de su mano.

—Jennifer tuvo un accidente de coche terrible. No hace mucho que ha salido del hospital. Como te he dicho, solo se está soltando el pelo un poco.

—Y también bajándose las bragas.

—Mo...

—Está borracha. Y es una vieja. ¿Qué edad tendrá? ¿Veintisiete? ¿Veintiocho? Mi Reggie es, por lo menos, tres años más joven que ella.

Yvonne respiró hondo. Se encendió un cigarrillo, le pasó otro a la chica y cerró la puerta doble.

—Mo...

—Es una ladrona. Está tratando de robármelo. Lo veo claramente, aunque tú no lo veas.

Yvonne bajó la voz.

—Mo, querida, tienes que entender que hay que distinguir entre flirteos y flirteos. Reggie y Jenny se están divirtiendo ahí, pero ninguno de los dos se plantearía nunca engañar a sus parejas. Están tonteando, sí, pero lo hacen en una habitación llena de gente, no tratan de esconderlo. Si fuesen mínimamente en serio, ¿crees que ella se comportaría así delante de Larry? —Sonaba convincente, incluso para ella misma—. Cariño, cuando vayas haciéndote mayor verás que no hacer caso a tu pareja mientras hablas con otros forma parte de la vida. —Se metió un anacardo en la boca—. Es uno de los grandes consuelos por tener que estar casada con un hombre durante años.

La chica frunció el ceño, pero se desinfló un poco.

—Supongo que tienes razón —dijo—. Pero no creo que sea forma de comportarse para una señora. —Abrió las puertas y volvió a la sala de estar. Yvonne tomó aire y salió tras ella.

Se fueron apurando las copas a medida que el tono de la conversación se volvía más alto y alegre. Francis regresó al comedor y preparó más cócteles Snowball mientras Yvonne ensartaba con destreza las cerezas en los palillos de cóctel para decorarlos. Se daba cuenta ahora de que se sentiría fatal si tomaba más de dos copas, así que se bebió una con curaçao azul y después se limitó a tomar zumo. Las reservas de champán iban disminuyendo a toda velocidad. Francis apagó la música, con la esperanza de que la gente captara la indirecta y se marchara, pero Bill y Reggie volvieron a ponerla y trataron de hacer que todos se pusieran a bailar. En un momento dado, los dos hombres agarraron a Jennifer de las manos mientras danzaban alrededor de ella. Como Francis estaba ocupado con las copas, Yvonne se acercó adonde Laurence estaba sentado y se colocó a su lado. Se había jurado a sí misma que conseguiría sacarle una sonrisa.

Él no dijo nada; le dio un largo trago a su copa, miró a su mujer y volvió a desviar la mirada. Irradiaba descontento.

—Se está poniendo en ridículo —murmuró cuando el silencio entre los dos se volvió demasiado evidente.

Es a ti a quien está poniendo en ridículo, pensó Yvonne.

—Simplemente está contenta. Ha sido una época rara para ella, Larry. Solo... trata de pasarlo bien.

Cuando le miró, él la observaba fijamente. Yvonne se sintió un poco incómoda.

—¿No me habías dicho que el médico te había avisado de que quizá no se comportaría de forma normal? —añadió ella. Él le había contado eso cuando Jennifer estaba en el hospital, cuando él aún hablaba con la gente.

Laurence dio otro sorbo a su copa sin apartar los ojos de ella.

—Tú lo sabías, ¿verdad?

—¿Qué sabía?

Sus ojos la bombardeaban en busca de alguna pista.

—¿Qué es lo que sabía, Larry?

Francis había puesto una rumba. Detrás de ellos, Bill rogaba a Jennifer que bailara con él y ella le suplicaba que la dejara.

Laurence se acabó la copa.

—Nada.

Ella se inclinó hacia delante y puso una mano sobre la de Laurence.

—Ha sido duro para vosotros dos. Estoy segura de que necesitáis un poco de tiempo para... —La interrumpió otra carcajada de Jennifer. Reggie se había puesto una de las flores cortadas entre los dientes y la agarraba para bailar un tango improvisado.

Laurence se deshizo de ella con delicadeza justo cuando Bill, jadeante, se sentaba al lado de los dos.

—Ese Reggie se está pasando un poco, ¿verdad? Yvonne, ¿no deberías hablar con él?

Ella no se atrevió a mirar a Laurence, pero su voz, cuando habló, sonó tranquila.

—No te preocupes, Yvonne —dijo con la mirada fija en algún punto lejano—. Yo me ocupo.

Se encontró a Jennifer en el baño poco antes de las ocho y media. Estaba inclinada sobre el lavabo de mármol, retocándose el maquillaje. Desvió los ojos hacia Yvonne cuando entró y, después, de nuevo al espejo. Yvonne notó que estaba enrojecida. Casi mareada.

—¿Quieres un poco de café? —preguntó.

—¿Café?

—Antes de irte a la fiesta de trabajo de Larry.

—Yo creo... —contestó Jennifer mientras se perfilaba los labios con inusual cuidado— que para ese jolgorio es más probable que necesite otra copa bien fuerte.

—¿Qué estás haciendo?

—Me estoy poniendo pintalabios. ¿Qué te parece que estoy...?

—Con mi primo. Estás siendo muy grosera —lo dijo con más brusquedad de la que pretendía. Pero Jennifer no pareció notarlo.

—¿Cuándo fue la última vez que salimos con Reggie?

—¿Qué?

—¿Cuándo fue la última vez que salimos con él?

—No tengo ni idea. Quizá cuando vino con nosotros a Francia en verano.

—¿Qué es lo que suele beber cuando no toma cócteles?

Yvonne tomó aire para tranquilizarse.

—Jennifer, cariño, ¿no crees que deberías moderarte un poco?

—¿Qué?

—En lo que estás haciendo con Reggie. Estás molestando a Larry.

—A él le importa un pimiento lo que yo haga —dijo con desdén—. ¿Qué es lo que bebe Reggie? Tienes que decírmelo. Es de suma importancia.

—No lo sé. Whisky. Jenny, ¿va todo bien en casa? ¿Entre tú y Larry?

—No sé a qué te refieres.

—Probablemente me esté metiendo donde no me llaman, pero Larry parece terriblemente descontento.

—¿Larry?

—Sí. Y yo no despreciaría mucho sus sentimientos, querida.

Jenny la miró.

—¿Sus sentimientos? ¿Crees que a alguien le importa un poco lo que yo he pasado?

—Jenny, yo...

—A nadie le importa lo más mínimo. Se supone que yo debo seguir adelante sin más, mantener la boca cerrada y seguir interpretando el papel de esposa cariñosa. Todo con tal de que Larry no ponga mala cara.

—Pero si quieres saber mi opinión...

—No. No quiero. Métete en tus asuntos, Yvonne. En serio.

Las dos mujeres se quedaron inmóviles. El aire vibraba alrededor de ellas, como si acabaran de darse un puñetazo.

Yvonne sintió una presión en el pecho.

—¿Sabes una cosa, Jennifer? Que puedas tener a cualquiera de los hombres que están en esta casa no significa que debas hacerlo. —Su tono era duro.

—¿Qué?

Yvonne colocó bien las toallas del toallero.

—Ese numerito de princesita desamparada está muy visto. Ya sabemos que eres guapa, Jennifer, ¿vale? Todas sabemos que nuestros maridos te adoran. Pero, para variar, preocúpate un poco por los sentimientos de los demás.

Se quedaron mirándose.

—¿Es eso lo que piensas de mí? ¿Que me comporto como una princesita?

—No. Lo que creo es que estás comportándote como una zorra.

Jennifer la miró con los ojos abiertos de par en par. Abrió la boca como si fuese a decir algo y, después, la cerró, tapó el lápiz de labios, enderezó los hombros y lanzó una mirada fulminante a Yvonne. A continuación, salió.

Yvonne se dejó caer pesadamente sobre la tapa del inodoro y se limpió la nariz. Se quedó mirando la puerta del baño con la esperanza de que se volviera a abrir, pero, cuando vio que no iba a pasar, dejó caer la cabeza entre las manos.

Poco después, oyó la voz de Francis.

—¿Estás bien, nena? No sabía dónde estabas. ¿Te encuentras bien?

Cuando levantó la mirada, él vio la expresión de sus ojos; se arrodilló de inmediato y la agarró de las manos.

—¿Estás bien? ¿Es el bebé? ¿Necesitas que haga algo?

Ella sintió un fuerte estremecimiento y dejó que él le cubriera las manos con las suyas. Se quedaron así un rato, escuchando la música y el parloteo de la planta de abajo y, después, la risa aguda de Jennifer. Francis se metió la mano en el bolsillo y le encendió un cigarrillo a su mujer.

—Gracias. —Lo cogió e inhaló con fuerza. Por fin, volvió a mirarlo con sus oscuros ojos serios—. Prométeme que seguiremos siendo felices después de que venga el bebé, querido Franny.

—¿Qué...?

—Prométemelo.

—Sabes que no puedo hacerlo —contestó poniéndole una mano en la mejilla—. Siempre me he sentido orgulloso de tenerte esclavizada e infeliz.

Ella no pudo evitar sonreír.

—Animal.

—Hago lo que puedo. —Se puso de pie y se alisó los pantalones—. Oye, debí imaginar que estarías agotada. Voy a poner fin a la fiesta y tú y yo podremos acostarnos. ¿Qué te parece?

—A veces... —empezó a decir con tono cariñoso mientras él le ofrecía una mano para que se levantara— me parece que después de todo no he desperdiciado en ti un buen anillo de boda.

El aire era frío y las aceras que rodeaban la plaza estaban casi vacías. El alcohol la había calentado. Se sentía mareada, borracha.

—No creo que podamos encontrar un taxi por aquí —dijo Reggie con tono alegre mientras se levantaba el cuello—. ¿Qué vais a hacer vosotros? —Su aliento soltaba vaho en el aire de la noche.

—Larry tiene chófer. —Su marido estaba de pie en el bordillo, mirando calle abajo—. Pero parece que ha desaparecido. —De repente, aquello le pareció muy gracioso y trató de contener la risa.

—Le he dado la noche libre —murmuró Laurence—. Llevaré yo el coche. Quédate aquí mientras voy a por las llaves. —Subió los escalones de la puerta de su casa.

Jennifer se apretó el abrigo alrededor del cuerpo. No podía dejar de mirar a Reggie. Era él. «Bichito». Tenía que serlo.

Apenas se había apartado de ella en toda la velada. Estaba segura de que había mensajes ocultos en muchos de los comentarios que él había hecho. «No he tenido ocasión de hablar con Jenny desde hace mucho tiempo». Había visto algo en su forma de decirlo. Estaba segura de que no se lo había imaginado. Bebía whisky. «Bichito». La cabeza le daba vueltas a toda velocidad. Había bebido demasiado, pero no le importaba. Tenía que asegurarse.

—Vamos a llegar muy tarde —dijo la novia de Reggie con tono apenado, y Reggie lanzó a Jennifer una mirada de complicidad.

Miró el reloj.

—Es probable que ya no los veamos. Se habrán ido ya a cenar.

—¿Y qué vamos a hacer?

—¿Quién sabe? —repuso él encogiéndose de hombros.

—¿Has estado alguna vez en el club Alberto's? —preguntó Jennifer de repente.

En la cara de Reggie apareció una sonrisa lenta, pero también taimada.

—Ya sabes que sí, señora Stirling.

—¿Sí? —El corazón le palpitaba con fuerza. Le sorprendía que nadie más pudiera oírlo.

—Creo que te vi allí la última vez que fui. —La expresión de él era juguetona, casi malvada.

—Decías que íbamos a salir por ahí —se quejó Maureen con fastidio, metiéndose las manos en los bolsillos de su abrigo. Fulminó con la mirada a Jennifer, como si fuera culpa de ella.

Ojalá no estuviese ella aquí, pensó Jennifer, con el pulso latiéndole a toda velocidad.

—Venid con nosotros —dijo de pronto.

—¿Qué?

—A la fiesta de Laurence. Probablemente sea mortalmente aburrida, pero seguro que podremos animarla un poco. Habrá mucho alcohol —añadió.

Reggie parecía encantado con la idea.

—Cuenta con nosotros —contestó.

—¿Mi opinión al respecto importa? —El descontento de Maureen podía verse en su rostro.

—Vamos, Mo. Será divertido. Si no, vamos a estar solos tú y yo en algún triste restaurante.

La desesperación de Maureen se veía en sus ojos y Jennifer sintió una punzada de culpa, pero decidió reprimirla. «Tenía que saberlo».

—¿Laurence? —gritó—. Laurence, querido. Reggie y Maureen vienen con nosotros. ¿No te parece divertido?

Laurence vaciló en lo alto de los escalones, con las llaves en la mano y mirando a unos y a otros.

—Maravilloso —respondió y, a continuación, bajó los escalones y abrió la puerta de atrás del gran coche negro.

Jennifer parecía haber subestimado el potencial de desenfreno de la celebración navideña de Minerales y Minas Acme. Quizá fuesen los adornos o la gran cantidad de comida y bebida o incluso la prolongada ausencia del jefe, pero cuando llegaron a la fiesta del despacho estaba en pleno apogeo. Alguien había traído un gramófono portátil, las luces estaban atenuadas y habían apartado las mesas para dejar espacio para una pista de baile en la que una muchedumbre cantaba y se sacudía al ritmo de Connie Francis.

—¡Larry! ¡No nos habías dicho que tus trabajadores eran tan entusiastas del jazz! —exclamó Reggie.

Jennifer le dejó en la puerta, observando la escena que tenía ante él mientras ella se unía al grupo de bailarines. Los sentimientos de Laurence podían verse en su rostro: su lugar de trabajo, sus dominios, su refugio, le resultaba irreconocible, su personal ya no estaba bajo su control y eso no le gustaba. Vio que su secretaria se levantaba de su silla, donde quizá habría estado sentada toda la noche, y le decía algo. Él asintió y trató de sonreír.

—¡Bebida! —gritó Jennifer, deseando alejarse de él lo máximo posible—. ¡Ábrete camino, Reggie! Vamos a emborracharnos.

Jennifer apenas era consciente de las miradas de sorpresa a medida que pasaba junto a los empleados de su marido, muchos de los cuales habían perdido sus corbatas y tenían los rostros enrojecidos por el alcohol y el baile. Las miradas de todos pasaron de ella a Laurence.

—Hola, señora Stirling.

Reconoció al contable que había hablado con ella en el despacho un par de semanas antes y le sonrió. La cara le brillaba por el sudor y tenía el brazo alrededor de una chica risueña que llevaba un gorro de fiesta.

—¡Ah, hola! Quizá pueda decirnos dónde están las bebidas, ¿verdad?

—Por allí. Junto a las mesas de las mecanógrafas.

Habían preparado una enorme cuba de ponche. Llenaban vasos de papel que iban pasando por encima de las cabezas de la gente. Reggie le pasó uno y ella se bebió el contenido de un trago, soltando después una carcajada cuando la potencia de la bebida le hizo toser y escupir. Después, se puso a bailar, perdida en un mar de cuerpos, apenas sin notar la sonrisa de Reggie y su mano tocándole de vez en cuando la cintura. Vio que Laurence la miraba impasible desde la pared y, después, aparentemente con desgana, entablaba conversación con uno de los hombres de más edad y más sobrios. No quería acercarse a él. Estaba deseando que se fuera a casa y la dejara allí bailando.

No volvió a ver a Maureen. Posiblemente, la muchacha se había ido. Todo se volvió confuso y el tiempo se alargó, se volvió elástico. Estaba divirtiéndose. Sintió calor, levantó los brazos por encima de la cabeza y se dejó llevar por la música, sin ser consciente de la curiosidad de las demás mujeres. Reggie le hizo darse la vuelta y ella se rio con fuerza. ¡Dios, estaba viva! Ese era su lugar. Era la primera vez que no se sentía extraña en un mundo que todos insistían en decirle que era el suyo.

La mano de Reggie tocó la suya. Notó su impacto y su electricidad. Él la miraba ahora con intensidad, con sonrisas de complicidad. «Bichito». Ahora estaba articulando algo con la boca.

—¿Qué? —preguntó ella apartándose un mechón sudoroso de la cara.

—Hace calor. Necesito otra copa.

Jennifer sintió la radiactividad de la mano de él en su cintura. Le siguió de cerca, camuflada por los cuerpos que los rodeaban. Cuando miró hacia atrás para ver a Laurence, había desaparecido. Probablemente, en su despacho, pensó. La luz del interior estaba encendida. Laurence debía de estar odiando esto. Su marido odiaba todo tipo de diversión. A veces, en estas últimas semanas, ella se había preguntado si incluso la odiaba a ella.

Reggie estaba poniéndole otro vaso de papel en la mano.

—Aire —gritó él—. Necesito un poco de aire.

Y, entonces, salieron, solos, al vestíbulo principal, donde hacía fresco y no había ruido. Los sonidos de la fiesta se diluyeron cuando cerraron la puerta al salir.

—Por aquí —dijo él llevándola junto al ascensor hasta una salida de incendios—. Vamos a salir a las escaleras. —Forcejeó con la puerta y, a continuación, salieron al frío de la noche. Jennifer lo engulló como si estuviese saciando una gran sed. Por debajo de ellos, podía ver la calle y alguna que otra luz de freno de coche—. Estoy empapado —dijo él tirándose de la camisa—. Y no tengo la menor idea de dónde está mi chaqueta.

Ella se descubrió mirándole el cuerpo, ahora claramente perfilado por la tela mojada, y se obligó a apartar la vista.

—Pero ha sido divertido —murmuró.

—Y tanto. No he visto bailar al viejo Larry.

—Él no baila —repuso ella, preguntándose cómo podía decir aquello con tanta seguridad—. Nunca.

Se quedaron en silencio un momento, mirando hacia la oscuridad de la ciudad. A lo lejos, podían oír el tráfico y, detrás de ellos, los sonidos apagados de la fiesta. Se sentía tensa, sin aliento ante la expectativa.

—Toma. —Reggie sacó un paquete de cigarrillos de su bolsillo y le encendió uno.

—Yo no... —Se interrumpió. ¿Qué sabía ella? Quizá sí se hubiese fumado cientos de ellos—. Gracias. —Lo cogió con cautela entre dos dedos, inhaló y tosió.

Reggie se rio.

—Lo siento —se disculpó ella con una sonrisa—. Parece que se me da fatal.

—Sigue de todos modos. Se te subirá a la cabeza.

—Ya estoy mareada. —Sintió que se ruborizaba un poco.

—Apuesto a que es por la proximidad a mí —dijo él sonriendo a la vez que daba un paso hacia ella—. Me preguntaba cuándo podría estar contigo a solas. —Le rozó la parte interior de la muñeca—. Resulta bastante complicado hablar en clave, con todos los demás alrededor.

Ella se preguntó si le había oído bien.

—Sí —contestó cuando pudo hablar, y la voz se le inundó de alivio—. Dios mío, quería decir algo antes. Ha sido muy difícil. Te lo explicaré más tarde, pero hubo un momento... Abrázame. Abrázame, Bichito. Abrázame.

—Estaré encantado de hacerlo.

Dio un paso hacia ella y la rodeó con los brazos, atrayéndola hacia él. Ella no dijo nada, limitándose a absorber lo que se sentía al estar en sus brazos. Él acercó la cara hacia la de ella y Jennifer cerró los ojos, preparada, inhalando el aroma masculino de su sudor, sintiendo la inesperada cercanía de su pecho, deseando ser transportada a otro lugar. Te he esperado durante tanto tiempo, le dijo en silencio, levantando la cara hacia él.

Sus labios se encontraron y, durante un instante, ella se excitó con el roce. Pero el beso fue torpe, dominante. Los dientes de él se chocaron contra los de ella, su lengua se abrió paso con fuerza hacia el interior de su boca y ella tuvo que apartarse.

Él parecía tranquilo. Deslizó las manos por sus nalgas, acercándola tanto que ella notó cómo apretaba su cuerpo contra el suyo. La miraba con los ojos inundados de deseo.

—¿Quieres que busquemos una habitación en un hotel? ¿O... aquí?

Ella se quedó mirándole. Tenía que ser él, se decía. Todo indicaba que era así. Pero ¿cómo podría B ser tan..., tan distinto a lo que había escrito?

—¿Qué pasa? —preguntó él al ver que algo de esto se reflejaba en su rostro—. ¿Demasiado frío para ti? ¿O no quieres que vayamos a un hotel? ¿Demasiado arriesgado?

—Yo...

Esto estaba mal. Se apartó de sus brazos.

—Lo siento. Creo que no... —Se llevó una mano a la cabeza.

—¿No quieres hacerlo aquí?

Ella frunció el ceño. Entonces, lo miró.

—Reggie, ¿sabes lo que significa «delicuescente»?

—Deli... ¿qué?

Ella cerró los ojos y, a continuación, los volvió a abrir.

—Tengo que irme —balbuceó. De repente, se sentía increíblemente sobria.

—Pero a ti te gusta jugar. Te gusta tener un poco de acción.

—¿Que me gusta un poco de qué?

—Bueno, yo no soy el primero, ¿no?

Jennifer parpadeó.

—No entiendo.

—No te hagas la inocente, Jennifer. Te vi, ¿recuerdas? Con tu otro amiguito. En Alberto's. En plan acaramelado. Sé qué querías decir antes cuando te has referido a eso delante de todos.

—¿Mi amiguito?

Él dio una calada a su cigarrillo y, a continuación, lo apagó con fuerza con el tacón.

—Con que es así como te gusta jugar, ¿eh? ¿Qué pasa? ¿Que no estoy a la altura porque no conozco una estúpida palabra?

—¿Qué amigo? —Le agarraba ahora de la manga de la camisa, incapaz de controlarse—. ¿De quién estás hablando?

Él se apartó con rabia.

—¿Estás jugando conmigo?

—No —protestó ella—. Solo necesito saber con quién me viste.

—¡Dios! Sabía que debía haberme ido con Mo cuando he tenido oportunidad. Al menos, ella sabe apreciar a un hombre. No es una..., una calientabraguetas —espetó.

De repente, sus facciones, enrojecidas y furiosas, se inundaron de luz. Jennifer se dio la vuelta y vio que Laurence sujetaba abierta la puerta de la salida de incendios. Este contempló el espectáculo iluminado de su esposa y el hombre que se alejaba de ella. Reggie, con la cabeza agachada, pasó junto a Laurence para entrar en el edificio sin decir una palabra a la vez que se limpiaba la boca.

Ella se quedó allí, inmóvil.

—Laurence, no es lo que...

—Entra —dijo él.

—Yo solo...

—Entra. Ya. —Hablaba con voz baja, aparentemente calmada. Tras una breve vacilación, ella avanzó hacia la escalera. Se dirigió a la puerta, preparándose para volver a la fiesta, aún temblando por la confusión y el impacto, pero, cuando pasaban junto al ascensor, él la agarró de la muñeca para que se girara.

Ella bajó la mirada hacia la mano que la sujetaba y, a continuación, levantó los ojos hacia su cara.

—No creas que puedes humillarme, Jennifer —dijo él en voz baja.

—¡Suéltame!

—Lo digo en serio. No soy ningún tonto al que puedas...

—¡Suéltame! ¡Me estás haciendo daño! —exclamó tirando hacia atrás.

—Escúchame. —Se le movió un músculo de la mandíbula—. No voy a permitirlo. ¿Me has oído? No voy a permitirlo. —Tenía los dientes apretados. Había mucha rabia en su voz.

—¡Laurence!

—¡Larry! ¡Me llamas Larry! —gritó él a la vez que levantaba el puño que tenía libre. Se abrió la puerta y salió el hombre aquel de contabilidad. Se estaba riendo, rodeando con el brazo a la chica de antes. Vio la escena y su sonrisa desapareció.

—Ah... Solo íbamos a salir a tomar el aire, señor —dijo con incomodidad.

Fue en ese instante cuando Laurence le soltó la muñeca y Jennifer aprovechó al momento para pasar junto a la pareja y salir corriendo escaleras abajo.

Hay muchas cosas de ti que me encantan, pero también hay otras que odio. Supongo que deberías saber que ahora pienso cada vez más en las cosas que me molestan de ti.

Como la vez que machacaste aquella langosta.

O tu forma de gritar y dar palmadas a aquellas vacas para que se apartaran de la carretera. ¿Por qué no podíamos esperar a que pasaran? Podríamos haber llegado tarde al cine...

Tu forma descuidada de cortar las verduras.

Tu constante negatividad.

Tuve que dar tres capas de pintura para tapar tu número de teléfono cuando lo escribiste en mi pared con bolígrafo rojo. Sé que estaba redecorando, pero fue un verdadero derroche de pintura.

Un hombre a una mujer, por carta

9

Anthony estaba sentado en un taburete de la barra, con una mano alrededor de una taza de café vacía, mirando hacia la escalera que llevaba a la planta baja en busca de algún atisbo de un par de piernas delgadas que las bajaran. De vez en cuando descendía alguna pareja que comentaba entre exclamaciones el calor tan inusual para la época del año y su enorme sed al pasar junto a Sherrie, la aburrida chica del guardarropa sentada en su taburete con una novela. Él miraba sus caras y volvía a girarse hacia la barra.

Eran las siete y cuarto. A las seis y media, le había dicho ella en la carta. Volvió a sacársela del bolsillo y manoseó sus pliegues mientras examinaba las grandes y curvadas letras que confirmaban que vendría. «Te quiero, J».

Llevaban cinco semanas intercambiando cartas, las de él enviadas a una oficina de correos de Langley Street, donde ella había adquirido el apartado de correos 13 —el único, según le había dicho la cartera, que nadie quería—. Se habían visto solo cinco o seis veces y sus encuentros solían ser breves —demasiado breves—, limitados a las pocas ocasiones en que su agenda de trabajo o la de Laurence lo permitía.

Pero lo que no siempre podía expresarle en persona se lo decía por escrito. Le escribía casi todos los días y le contaba todo, sin pudor ni vergüenza. Era como si se hubiese abierto una presa. Le decía lo mucho que la echaba de menos, le hablaba de su vida en el extranjero, de que hasta ahora se había sentido siempre inquieto, como si siempre tratase de escuchar alguna conversación que estuviese teniendo lugar en otra parte.

Exponía sus defectos ante ella —egoísta, terco, a menudo insensible— y le decía que gracias a ella había empezado a corregirlos. Le decía que la quería, una y otra vez, deleitándose al ver las palabras sobre el papel.

Por el contrario, las cartas de ella eran cortas y directas. «Nos vemos aquí», decían. O: «A esa hora no, mejor media hora después». O simplemente: «Sí. Yo también». Al principio, él había temido que esa brevedad quisiera decir que ella no le quería tanto, y le costaba conciliar la persona que ella era cuando estaban juntos —cercana, cariñosa, bromista, preocupada por el bienestar de él— con las palabras que le escribía.

Una noche, al llegar muy tarde —al parecer, Laurence había llegado pronto a casa y ella se había visto obligada a inventarse que una amiga estaba enferma para poder salir de la casa—, lo había encontrado en la barra borracho y comportándose como un grosero.

—Qué bien que te hayas pasado por aquí —había dicho él con tono sarcástico, a la vez que levantaba una copa hacia ella. Había bebido dos whiskies dobles en las dos horas que había estado esperando.

Ella se había quitado el pañuelo de la cabeza, había pedido un martini y, un segundo después, lo había cancelado.

—¿No te quedas?

—No quiero verte así.

Él la había reprendido por la cantidad de carencias que veía en ella —la falta de tiempo, la falta de nada por escrito que pudiese guardarse para sí—, sin reparar en la mano que Felipe, el camarero, le había puesto sobre el brazo para que se calmara. Lo que sentía le aterraba y quería que ella sufriera por ello.

—¿Qué pasa? ¿Tienes miedo de escribir algo que pueda ser usado como prueba contra ti?

Se había odiado al pronunciar aquellas palabras, sabía que se había vuelto desagradable, el objeto de compasión que con tanta desesperación había tratado de ocultar ante ella.

Jennifer se había dado la vuelta y había subido rápidamente las escaleras sin hacer caso de sus gritos de disculpa, sus ruegos para que volviera.

A la mañana siguiente, él le había dejado un mensaje de una sola palabra en el apartado de correos y, después de dos largos días dominados por la sensación de culpa, había recibido una carta:

Boot. No me resulta fácil expresar mis sentimientos por escrito. No me resulta fácil expresarlos en general. Tú te dedicas al mundo de las palabras y yo atesoro cada una que me escribes. Pero no juzgues lo que yo siento por el hecho de que no responda de igual forma.

Me temo que si yo tratara de escribir como tú te decepcionarías mucho. Como ya te dije una vez, rara vez se me pide mi opinión sobre nada, mucho menos con respecto a algo tan importante como esto, y no me es fácil ofrecerla. Ten por seguro que estoy aquí. Confía en mis actos, en mis muestras de cariño. Esa es mi forma de entregarme.

Tuya,

J

Él había llorado de vergüenza y alivio al recibirla. Había sospechado después que una parte de su silencio respondía a que aún seguía sintiendo la humillación de aquella habitación de hotel, por mucho que él tratara de convencerla de sus motivos para no haberle hecho el amor. Por mucho que le dijera, sospechaba que ella aún seguía sin convencerse de que no era más que una mujer casada más.

—¿No va a venir tu novia? —Felipe se sentó en el taburete de al lado. El club estaba ya lleno de gente. Las mesas bullían de parloteos, un pianista tocaba en un rincón y quedaba media hora más hasta que Felipe tuviera que coger su trompeta. En el techo, el ventilador daba vueltas lentamente, sin apenas remover el aire cargado—. No irás a terminar destrozado otra vez, ¿verdad?

—Es café.

—Debes tener cuidado, Tony.

—Ya te lo he dicho. Es café.

—No me refiero a la bebida. Un día de estos vas a terminar tonteando con la mujer equivocada. Un día, algún marido vendrá a por ti.

Anthony levantó la mano para pedir más café.

—Felipe, me halaga que te tomes tan en serio mi bienestar, pero, en primer lugar, te diré que siempre tengo cuidado a la hora de elegir a mis parejas. —Esbozó una media sonrisa—. Créeme, hay que tener cierta confianza en tu poder de discreción para permitir que un dentista te perfore la boca menos de media hora después de que hayas..., eh..., recibido la visita de su mujer.

Felipe no pudo evitar reírse.

—No tienes vergüenza, amigo.

—Ninguna. Porque, en segundo lugar, no va a haber más mujeres casadas.

—Solo solteras, ¿no?

—No. Ninguna mujer más. Esta es la definitiva.

—La definitiva con cien más, querrás decir. —Felipe soltó una carcajada—. A continuación, me dirás que te vas a meter a cura.

Y ahí estaba la ironía: cuanto más escribía y más trataba de convencerla de lo que sentía, más parecía ella sospechar que las palabras no significaban nada, que salían de su bolígrafo con demasiada facilidad. Se había burlado de él varias veces con respecto a esto, pero él notaba el sabor plomizo de la verdad que subyacía.

Ella y Felipe veían lo mismo: a alguien incapaz de amar de verdad. Alguien que desearía lo imposible solo durante el tiempo que tardara en conseguirlo.

—Algún día, amigo Felipe, puede que te sorprendas.

—Tony, llevas ya tanto tiempo sentándote aquí que no me puedes sorprender. Y, mira, hablando de la reina de Roma, aquí llega tu regalo de cumpleaños. Y qué buen envoltorio.

Anthony levantó los ojos y vio un par de zapatos de seda verde esmeralda bajando por las escaleras. Caminaba despacio, con una mano en la barandilla, como había hecho la primera vez que él la vio bajar los escalones de la puerta de su casa, mostrándose centímetro a centímetro hasta que su rostro, ruborizado y ligeramente húmedo, quedó justo delante de él. Al verla, sintió por un momento que se quedaba sin respiración.

—Lo siento mucho —dijo ella a la vez que le daba un beso en la mejilla. Él sintió una cálida ráfaga de perfume y notó que la humedad de las mejillas de ella pasaba a las de él. Le dio un ligero apretón en los dedos—. Ha sido... difícil llegar hasta aquí. ¿Nos podemos sentar en algún sitio?

Felipe les mostró un reservado y ella trató de alisarse el pelo.

—Creía que no ibas a venir —dijo él después de que Felipe le trajera un martini.

—La madre de Laurence ha hecho una de sus visitas inesperadas. No paraba de hablar. Yo me he quedado sentada sirviéndole té y con ganas de ponerme a gritar.

—¿Dónde está él? —Extendió una mano por debajo de la mesa y rodeó la de ella. Dios, le encantaba sentir ese tacto.

—De viaje en París. Se reúne con alguien de Citroën para hablar sobre zapatas para los frenos o algo así.

—Si fueses mía, no te dejaría sola ni un minuto —aseguró Anthony.

—Apuesto a que le cuentas eso a todas las chicas.

—No digas eso —respondió él—. No me gusta.

—No finjas que no has usado antes tus mejores frases con otras mujeres. Te conozco, Boot. Me lo contaste, ¿recuerdas?

Él soltó un suspiro.

—Así que de eso sirve mi sinceridad. No me extraña que nunca antes me haya apetecido probarla. —Notó que ella se movía en el asiento para poder estar uno junto al otro, con sus piernas enroscadas en las de él, y algo en su interior se calmó. Jennifer se bebió su martini y, después, otro más, y allí, en aquel acogedor reservado, con ella a su lado, disfrutó de una fugaz sensación de posesión. La banda se puso en marcha, Felipe empezó a tocar su trompeta y, mientras ella miraba, con su rostro iluminado por la luz de las velas y el placer, él la observó en secreto, consciente con absoluta seguridad de que ella sería la única mujer que le podría hacer sentir así en su vida.

—¿Bailamos?

Había ya otras parejas en la pista moviéndose al ritmo de la música casi a oscuras. Él la agarró, inhalando el aroma de su pelo, sintiendo la presión de su cuerpo contra el de él, permitiéndose pensar que solo estaban ellos dos, la música y la suavidad de su piel.

—¿Jenny?

—Sí.

—Bésame.

Desde aquel primer beso en Postman's Park, todos los demás habían sido a escondidas: en su coche, en una calle solitaria de las afueras, en la parte posterior de un restaurante... Él vio que en sus labios empezaba a dibujarse una protesta: «¿Aquí? ¿Delante de toda esta gente?». Esperaba que ella le dijera que era demasiado arriesgado. Pero puede que ella notara algo en su expresión y, relajando su rostro como siempre hacía cuando solo estaba a pocos milímetros de la de él, levantó una mano hasta su mejilla y le dio un beso tierno y apasionado.

—Tú sí me haces feliz, ¿lo sabes? —dijo ella en voz baja, dándole a entender que antes no lo era. Enredó sus dedos en los de él con una sensación de posesión, de seguridad—. No puedo fingirlo, me haces feliz.

—Entonces, déjale. —Las palabras salieron de su boca antes de darse cuenta de lo que estaba diciendo.

—¿Qué?

—Déjale. Vente a vivir conmigo. Me han ofrecido un nuevo puesto. Podríamos desaparecer.

—No.

—¿No qué?

—Que no digas eso. Sabes que es imposible.

—¿Por qué? —preguntó él. Pudo notar el tono de exigencia de su propia voz—. ¿Por qué es imposible?

—Nosotros... no nos conocemos de verdad el uno al otro.

—Sí que nos conocemos. Sabes que sí.

Bajó la cabeza y volvió a besarla. Notó que esta vez ella se resistía un poco y la atrajo hacia él con la mano en la parte inferior de su espalda, sintiendo cómo su cuerpo se unía al suyo. La música cesó, él le levantó el pelo de la nuca con una mano, notó la humedad que tenía debajo y se detuvo. Ella tenía los ojos cerrados, la cabeza ligeramente ladeada hacia un lado, los labios levemente separados.

Abrió sus ojos azules, miró a los de él y, a continuación, sonrió, una excitante media sonrisa que expresaba su deseo. ¿Con qué frecuencia podía ver un hombre una sonrisa así? No era una expresión de tolerancia, de cariño ni de compromiso. «Sí, de acuerdo, querido, si tú quieres». Jennifer Stirling le deseaba. Le deseaba igual que él la deseaba a ella.

—Estoy muy acalorada —dijo ella sin apartar los ojos de los suyos.

—Entonces, deberíamos salir a tomar el aire. —La agarró de la mano y la llevó a través de las parejas que bailaban. Llegaron a la relativa intimidad del pasillo, donde él ahogó la risa de ella con sus besos, sus manos enredadas en su pelo, la boca cálida de ella bajo sus labios. Jennifer le devolvía los besos cada vez con más fervor, sin vacilar ni siquiera cuando oyeron unos pasos que se acercaban. Él notó que las manos de ella se introducían por debajo de su camisa y el roce de sus dedos era tan intensamente placentero que perdió por un momento el raciocinio. ¿Qué hacer? ¿Qué hacer? Sus besos se volvieron más profundos, más apremiantes. Sabía que si no la tomaba podría explotar. Se separó de ella, con las manos sobre su cara, y vio sus ojos cargados de deseo. Su piel sonrojada fue su respuesta.

Miró a su derecha. Sherrie seguía concentrada en su libro, el guardarropa superfluo con el pegajoso calor de agosto. Ni había reparado en ellos, tras años de toqueteos amorosos a su alrededor.

—Sherrie —dijo a la vez que se sacaba un billete de diez chelines del bolsillo—. ¿Te apetece hacer un descanso?

Ella levantó una ceja y, a continuación, cogió el dinero y se bajó de su taburete.

—Diez minutos —respondió sin rodeos. Y entonces Jennifer, entre risas, siguió a Anthony al interior del guardarropa, quedándose sin aliento cuando él corrió la cortina oscura todo lo que pudo sobre el pequeño hueco.

La oscuridad era completa, el olor de los mil abrigos que allí habían sido depositados permanecía en el aire. Abrazados el uno al otro, fueron dando trompicones hasta el final de la barra del perchero, con las perchas de alambre chocando sobre sus cabezas, como platillos susurrantes. No podía verla, pero, después, la notó delante de él, con la espalda contra la pared, sus labios sobre los de él, ahora con mayor deseo, murmurando su nombre.

Una parte de él sabía, incluso en ese momento, que ella sería su perdición.

—Dime que pare —susurró con la mano sobre sus pechos, la respiración sofocada en su garganta, consciente de que ese sería el único momento para frenar—. Dime que pare. —El movimiento de la cabeza de ella fue una negativa silenciosa—. Dios —murmuró él. Y entonces les invadió el frenesí, la respiración de ella se convirtió en cortos jadeos y levantó una pierna alrededor de él. Anthony deslizó las manos por debajo de su vestido, pasándolas sobre la seda y el encaje de su ropa interior. Sintió que los dedos de ella se enroscaban en su pelo mientras con la otra mano buscaba sus pantalones y una parte de él se quedó ligeramente impactada, como si se hubiese imaginado que el natural sentido del decoro de ella excluía un apetito así.

El tiempo se detuvo, el aire se convirtió en un vacío que los envolvía, y la respiración de los dos se fundió. Los tejidos se apartaron a un lado. Las piernas se humedecieron, las suyas preparadas para soportar el peso de ella. Y entonces —oh, Dios—, él se introdujo en ella y, por un momento, todo se detuvo: la respiración de ella, el movimiento, el corazón de él. El mundo, posiblemente. Sintió la boca abierta de ella sobre la suya, oyó cómo tomaba aire. Y, a continuación, empezaron a moverse y él era solo una cosa, solo podía sentir una cosa, sordo al choque de las perchas, a la música amortiguada al otro lado de la pared, la exclamación amortiguada de alguien que saludaba a un amigo en el pasillo. Eran él y Jennifer, moviéndose despacio y, después, más rápido, con ella aferrada a él con más fuerza, ya sin risas, con los labios de él sobre la piel de ella, el aliento de ella en el oído de él. Notó la violencia cada vez mayor de sus movimientos, sintió que ella se perdía en alguna parte alejada de sí misma. Él sabía, con algún rincón de su mente aún racional, que ella no debía hacer ningún ruido. Y al notar el grito que se iba formando en la parte más profunda de su garganta mientras echaba la cabeza hacia atrás lo sofocó con su boca, absorbiendo el sonido, el placer de ella, con tanta seguridad que se convirtió en su propio placer.

«Un placer vicario».

Y luego empezaron a dar traspiés, él con calambres en las piernas al bajarla. Y se quedaron abrazados, sosteniéndose el uno al otro, mientras él notaba las lágrimas en las mejillas de ella al estremecerse, sin fuerzas entre sus brazos. Más tarde, Anthony no podría recordar lo que le dijo en ese momento: «Te quiero. Te quiero. No me dejes nunca. Eres preciosa». Recordó que le secó las lágrimas de los ojos con ternura, las palabras susurradas de ella tranquilizándolo, las medias sonrisas, sus besos, sus besos, sus besos...

Y luego, como si estuviesen al final de un túnel lejano, oyeron la tos de Sherrie llamándoles la atención. Jennifer se alisó la ropa, dejó que él le colocara bien la falda y él sintió la mano de ella al empujarle a lo largo de la poca distancia que les devolvía a la luz, al mundo real, aún con las piernas débiles, sin haber recuperado aún el aliento, lamentando ya el dejar atrás ese paraíso de oscuridad.

—Quince minutos —dijo Sherrie con los ojos sobre su novela mientras Jennifer salía al pasillo. Llevaba bien alisado el vestido. Solo el pelo aplastado por detrás indicaba lo que había ocurrido.

—Si tú lo dices... —contestó él a la vez que le pasaba otro billete a la chica.

Jennifer se giró hacia él con la cara aún sonrojada.

—¡Mi zapato! —exclamó levantando un pie cubierto solo por la media. Estalló en una carcajada con una mano cubriéndose la boca. Él quiso regocijarse con su expresión traviesa. Había temido que, de repente, ella se mostrara reflexiva y arrepentida.

—Voy a por él —repuso a la vez que se agachaba para volver a entrar.

—¿Quién dijo que ya no hay caballeros? —murmuró Sherrie.

Buscó en la oscuridad el zapato de seda esmeralda, llevándose la mano libre al pelo para comprobar si estaba en el mismo estado que el de ella. Le gustó notar el olor almizcleño del sexo que ahora se mezclaba con vestigios del perfume. Pero nunca había sentido nada así. Cerró los ojos un momento, evocando el tacto de ella, la sensación de...

—¡Hola, señora Stirling!

Encontró el zapato debajo de una silla volcada y oyó la voz de Jennifer, un breve murmullo de conversación.

Cuando salió, un joven se había detenido junto al guardarropa. Llevaba un cigarrillo en la comisura de la boca y tenía un brazo alrededor de una chica de pelo oscuro que daba palmadas con entusiasmo en dirección a la música.

—¿Cómo estás, Reggie? —Jennifer extendió una mano y él la estrechó brevemente.

Anthony vio que los ojos del joven se deslizaban hacia él.

—Muy bien. ¿El señor Stirling está con usted?

Ella apenas se alteró.

—Laurence está en viaje de negocios. Este es Anthony, un amigo nuestro. Ha tenido la amabilidad de sacarme esta noche.

Extendió una mano.

—Encantado.

Anthony notó su sonrisa como si fuese una mueca.

Reggie se quedó quieto, levantando los ojos hacia el pelo de Jennifer y el leve sonrojo de sus mejillas, con una incómoda mirada de complicidad. Señaló con la cabeza hacia los pies de ella.

—Parece que... ha perdido un zapato.

—Mis zapatos de baile. Los he dejado aquí y he cogido unos equivocados, tonta de mí. —Su voz sonaba tranquila, sin fisuras.

Anthony lo levantó en el aire.

—Lo he encontrado —dijo—. He vuelto a dejar tus zapatos de calle debajo del abrigo. —Sherrie permanecía inmóvil a su lado, con la cara enterrada en su libro.

Reggie sonrió, disfrutando claramente de la incomodidad que había provocado. Anthony se preguntó por un momento si estaba esperando a que le ofrecieran una copa o a que le pidieran que se uniera a ellos, pero ni en broma pensaba hacerlo.

Por suerte, la acompañante femenina de Reggie le tiró del brazo.

—Vamos, Reggie. Mira, Mel está allí.

—El deber me llama. —Reggie se despidió con la mano y desapareció abriéndose paso entre las mesas—. Disfruten de... su baile.

—Maldita sea —dijo ella entre susurros—. Maldita sea. Maldita sea. Maldita sea.

Él la acompañó a la sala principal.

—Vamos a por una copa.

Se sentaron en su reservado, con el éxtasis de diez minutos antes como un recuerdo lejano. A Anthony no le había gustado aquel joven nada más verlo, pero por aquel momento de estrés le podría haber dado un puñetazo.

Ella engulló su martini de un solo trago. En otras circunstancias, a él le habría parecido divertido. Sin embargo, ahora era un indicativo de su angustia.

—Deja de preocuparte —dijo él—. No puedes hacer nada.

—Pero ¿y si lo cuenta...?

—Pues dejas a Laurence. Así de sencillo.

—Anthony...

—No puedes volver con él, Jenny. No después de esto. Lo sabes.

Ella sacó una polvera y se frotó el rímel por debajo de sus ojos. La cerró de golpe, con evidente insatisfacción.

—Jenny.

—Piensa en lo que me estás pidiendo. Lo perdería todo. Mi familia..., toda mi vida. Quedaría deshonrada.

—Pero me tendrías a mí. Yo te haría feliz. Eso dijiste.

—Para las mujeres es distinto. Me quedaría...

—Nos casaríamos.

—¿De verdad crees que Laurence va a querer divorciarse alguna vez de mí? ¿Crees que me dejaría marchar? —Se le había nublado la expresión.

—Sé que él no está hecho para ti. Yo sí. —Al ver que ella no contestaba, continuó—: ¿Eres feliz con él? ¿Es esta la vida que quieres? ¿Estar prisionera en una jaula de oro?

—Yo no soy una prisionera. No seas absurdo.

—No lo ves.

—No. Eso es lo que tú quieres ver. Larry no es un hombre malo.

—Aún no lo ves, Jenny, pero vas a ser cada vez más desgraciada con él.

—¿Ahora eres adivino además de gacetillero?

Él seguía sintiéndose en carne viva y eso le hizo volverse imprudente.

—Te aplastará, hará desaparecer aquello que hace que seas tú. Jennifer, ese hombre es un loco, un loco peligroso, y estás demasiado ciega como para verlo.

Ella giró la cabeza de pronto.

—¿Cómo te atreves? ¿Cómo te atreves?

Él vio las lágrimas en sus ojos y el calor que sentía en su interior se disipó. Buscó en su bolsillo un pañuelo y se dispuso a secarle los ojos, pero ella le bloqueó la mano.

—No —murmuró—. Reggie puede vernos.

—Lo siento. No quería hacerte llorar. Por favor, no llores.

—Es que resulta muy difícil —murmuró ella—. Yo creía que era feliz. Pensaba que mi vida estaba bien. Y entonces apareciste tú y nada..., ya nada tiene sentido. Todas las cosas que yo había planeado..., casas, niños, vacaciones..., ya no las quiero. No duermo. No como. Pienso en ti a todas horas. Sé que no voy a poder dejar de pensar en eso. —Señaló hacia el guardarropa—. Pero la idea de marcharme... —resopló— es como mirar hacia un abismo.

—¿Un abismo?

Ella se sonó la nariz.

—Amarte sería pagar un precio muy alto. Mis padres me desheredarían. No tendría nada que llevarme. Y yo no sé hacer nada, Anthony. No se me da bien hacer nada, aparte de vivir como vivo. ¿Y si ni siquiera supiera llevar una casa contigo?

—¿Crees que eso me importa?

—Al final, te importaría. Una señora consentida. Eso fue lo primero que pensaste de mí y tenías razón. Puedo conseguir que los hombres me quieran, pero no sé hacer nada más.

El labio inferior le temblaba. Él, furioso consigo mismo, deseó no haber usado nunca esa expresión contra ella. Se quedaron en silencio, viendo cómo Felipe tocaba, ambos sumidos en sus pensamientos.

—Me han ofrecido un trabajo —dijo él por fin—. En Nueva York, como corresponsal de las Naciones Unidas.

Ella le miró.

—¿Te vas?

—Escúchame. He sido un desastre durante años. Cuando estuve en África, me derrumbé. Cuando regresé a casa, estaba deseando volver allí. Era incapaz de quedarme quieto en ningún lugar, no podía escapar de la sensación de que debía estar en otro sitio, haciendo otra cosa. —Le agarró una mano—. Y entonces te conocí. De repente, puedo ver un futuro. Puedo verle sentido a quedarme quieto, a hacerme una vida en un sitio. Trabajar en las Naciones Unidas estaría bien. Yo solo quiero estar contigo.

—No puedo. No lo entiendes.

—¿El qué?

—Tengo miedo.

—¿De lo que él podría hacer? —Notó cómo la rabia le invadía—. ¿Crees que yo le tengo miedo? ¿Crees que no podría protegerte?

—No. No de él. Por favor, baja la voz.

—¿De esa gente ridícula de la que te rodeas? ¿De verdad te importa lo que opinen? Son gente vacía y estúpida con...

—¡Basta! ¡No es por ellos!

—Entonces, ¿qué? ¿De qué tienes miedo?

—Tengo miedo de ti.

Él se esforzaba por entenderla.

—Pero yo no...

—Tengo miedo de lo que siento por ti. Tengo miedo de amar tanto a alguien. —La voz se le quebró. Dobló su servilleta, retorciéndola entre sus delgados dedos—. Yo le quiero, pero no así. He sentido cariño y desprecio por él, y la mayor parte del tiempo llevamos una vida razonablemente buena juntos y yo me he adaptado y sé que puedo vivir así. ¿Lo entiendes? Sé que puedo vivir así el resto de mi vida y que no sería tan malo. Muchas mujeres están peor.

—¿Y conmigo?

Tardó tanto en responder que él estuvo a punto de repetir la pregunta.

—Si me permitiera amarte, me obsesionaría. No habría otra cosa más que tú. Tendría un miedo constante a que cambiaras de opinión. Y entonces, si lo hicieras, yo me moriría.

Él le agarró las manos, se las llevó a los labios, sin hacer caso de sus susurros de protesta. Le besó los dedos. Quería introducirla entera dentro de él. Quería envolverla por completo con su cuerpo y no soltarla nunca.

—Te quiero, Jennifer —dijo—. Nunca voy a dejar de quererte. Nunca he querido a nadie antes de ti y no habrá nunca nadie después de ti.

—Eso lo dices ahora —contestó ella.

—Porque es la verdad. —Negó con la cabeza—. No sé qué más quieres que diga.

—Nada. Ya lo has dicho todo. Lo tengo todo por escrito, tus preciosas palabras. —Apartó la mano de la suya y cogió su martini—. Pero eso no hace que sea más fácil.

Había alejado su pierna de la de él. Anthony sintió el dolor de su ausencia.

—¿Qué estás diciendo? —Se esforzaba por mantener la voz bajo control—. ¿Que me quieres pero que no hay esperanza para los dos?

El rostro de ella se arrugó un poco.

—Anthony, creo que los dos sabemos que... —No terminó la frase.

No fue necesario.

Arthur James ya no aparece como «En una relación».

Un hombre a una mujer a través de una
actualización de Facebook (nombre cambiado)

10

Ella había visto que la señora Stirling desaparecía de la fiesta de la oficina y que el señor Stirling estaba cada vez más inquieto hasta que dejó su vaso con un golpe y salió al vestíbulo detrás de ellos. Casi vibrando de emoción, ella había querido seguirle, ver qué estaba pasando, pero Moira Parker se controló lo suficiente como para quedarse donde estaba. Nadie más parecía haberse dado cuenta de que él se había ido.

Por fin, él regresó a la fiesta. Moira le vio entre los movimientos de las cabezas de la gente, completamente solo. Su expresión no mostraba mucha emoción, pero vio en sus rasgos una tensión que ni siquiera ella había visto nunca.

«¿Qué ha pasado ahí afuera? ¿Qué estaba haciendo Jennifer Stirling con ese joven?».

Una chispa casi indecente de satisfacción se encendió dentro de ella, alimentando su imaginación hasta hacerla arder. Quizá se había visto obligado a ver a su mujer como la criatura egoísta que era. Moira sabía que, cuando la oficina volviera a abrir, solo unas pocas palabras provocarían que la conducta de esa mujer se convirtiera en la comidilla. Pero, con repentina melancolía, pensó que eso implicaría que el señor Stirling también lo fuera y la perspectiva de ver a ese hombre tan valiente, solemne y estoico como blanco de los frívolos cotilleos de las secretarias hizo que el corazón se le encogiera. ¿Cómo iba a humillarle en el único sitio donde debía considerársele por encima de todos los demás?

Moira permaneció, impotente, en el otro lado de la sala, temerosa de tratar de consolar a su jefe, pero tan apartada de la juerga de sus compañeros de trabajo que era como si estuviese en otra habitación. Le observaba mientras él se acercaba a la barra improvisada y, con una mueca, aceptaba una copa de lo que parecía ser whisky. Se la bebió de un trago y pidió otra. Tras una tercera, saludó con la cabeza a los que le rodeaban y se fue a su despacho.

Moira se abrió paso entre la gente. Eran las once menos cuarto. La música había cesado y todos habían empezado a irse a casa. Los que no se marchaban estaban claramente dirigiéndose a otro sitio alejado de las miradas de sus compañeros. Tras el perchero de los abrigos, Stevens se besaba con la mecanógrafa pelirroja como si nadie pudiera verlos. La chica tenía la falda subida a media altura de los muslos y los rollizos dedos de él tiraban de las ligas de color carne que ahora quedaban a la vista. Se dio cuenta de que el chico del correo no había regresado tras llevar a Elsie Machzynski a coger un taxi y se preguntó qué podría decirle más tarde a Elsie para hacerle saber que se había dado cuenta, aunque los demás no lo hubieran hecho. ¿Es que todos excepto ella estaban obsesionados con los asuntos de la carne? ¿Es que los saludos formales y las educadas conversaciones de cada día no eran más que la máscara de una naturaleza orgiástica que ella no tenía?

—Vamos al Cat's Eye Club. ¿Te apetece venir, Moira? Así te sueltas un poco el pelo.

—No va a venir —dijo Felicity Harewood con tanto desprecio que, por un momento, Moira creyó que podría sorprenderlos a todos y decir: «Pues la verdad es que sí me apetece. Me encantaría ir con vosotros». Pero la luz del despacho del señor Stirling estaba encendida. Moira hizo lo que cualquier asistente personal responsable de un alto ejecutivo habría hecho. Se quedó a limpiar.

Era casi la una de la noche cuando terminó. No lo hizo todo ella sola. La chica nueva de contabilidad le sostenía una bolsa mientras ella recogía las botellas vacías y el jefe de ventas, un sudafricano alto, las ayudó a recoger los vasos de papel cantando en voz alta desde el baño de señoras. Por fin, solo quedó Moira, que estaba frotando las manchas del linóleo que pudiera quitar y sirviéndose de un recogedor y un cepillo para barrer las patatas fritas y los cacahuetes que se habían quedado aplastados entre las baldosas. Los hombres podrían volver a poner en su sitio las mesas cuando volvieran a la oficina. Aparte de unos cuantos banderines de papel que ondeaban, el lugar casi volvía a parecer una oficina.

Miró el árbol de Navidad destrozado, con sus adornos rotos o desaparecidos, y el pequeño buzón, que se había quedado algo aplastado al sentarse alguien sobre él, con el papel de crespón tristemente despegado por los lados. Se alegró de que su madre no estuviera viva para ver sus preciosas bolas de Navidad tiradas por ahí con tanto descuido.

Estaba guardando los últimos adornos cuando vio al señor Stirling. Estaba sentado en su sillón de piel, con la cabeza entre las manos. Sobre la mesa de al lado de la puerta estaban los restos de la bebida y, casi por impulso, sirvió dos dedos de whisky en un vaso. Atravesó la oficina y llamó a la puerta. Él llevaba puesta todavía la corbata. Formal incluso a estas horas.

—He estado limpiando un poco —dijo ella cuando él la miró. De repente, se sintió avergonzada.

Él miró por la ventana y Moira se dio cuenta de que no se había percatado de su presencia.

—Muy amable por tu parte, Moira —respondió en voz baja—. Gracias. —Cogió el whisky que ella le acercó y se lo bebió, esta vez despacio.

Moira vio la expresión desmoronada de su jefe, el temblor de sus manos. Se quedó junto a la esquina de la mesa, segura por una vez de que su presencia allí estaba justificada. Sobre la mesa, en montones bien ordenados, estaban las cartas que ella había dejado para que él las firmara ese mismo día. Ahora le parecía que había pasado una eternidad.

—¿Quiere otro? —preguntó cuando él se acabó la copa—. Hay un poco más en la botella.

—Creo que ya he tomado suficiente. —Hubo un largo silencio—. ¿Qué se supone que tengo que hacer, Moira? —Negaba con la cabeza, como si estuviese en medio de una continua discusión interna que ella no podía oír—. Se lo he dado todo. Todo. Nunca le ha faltado de nada.

Su voz sonaba titubeante, entrecortada.

—Dicen que todo está cambiando. Que las mujeres quieren algo nuevo... Dios sabrá qué. ¿Por qué tiene que cambiar todo?

—No todas las mujeres —respondió ella en voz baja—. Hay muchísimas mujeres que piensan que sería maravilloso tener un marido que las mantenga, al que poder cuidar, con quien formar un hogar.

—¿Eso crees? —Tenía los ojos enrojecidos por el agotamiento.

—Lo sé. Un hombre al que servirle una copa cuando llega a casa, al que preparar la comida y por el que preocuparse un poco. Yo..., para mí sería absolutamente precioso. —Se sonrojó.

—Entonces, ¿por qué...? —Suspiró.

—Señor Stirling —dijo ella, de repente—, usted es un jefe maravilloso. Un hombre maravilloso. En serio. —Continuó—: Ella es muy afortunada por tenerle. Debe saberlo. Y usted no se merece..., no se merecía que... —Se interrumpió, consciente a medida que hablaba de que estaba incumpliendo algún protocolo tácito—. Lo siento mucho —dijo cuando el silencio se alargó incómodamente—. Señor Stirling, no quería dar a entender...

—¿Es malo... —empezó a preguntar Laurence en voz tan baja que, al principio, ella no estuvo segura de qué era lo que decía— que un hombre quiera que lo abracen? ¿Le hace eso menos hombre?

Ella sintió el escozor de las lágrimas en los ojos... y algo por debajo de ellas, algo más perspicaz y agudo. Se acercó un poco y colocó un brazo ligeramente sobre sus hombros. ¡Esa sensación al tocarlo! Alto y de espalda ancha, con la chaqueta tan preciosamente amoldada a su cuerpo. Sabía que reviviría ese momento una y otra vez el resto de su vida. Su tacto, el atrevimiento de acariciarle... El placer casi le hizo perder el sentido.

Cuando vio que él no hacía nada para detenerla, se inclinó un poco y, conteniendo la respiración, puso la cabeza sobre su hombro. Un gesto de consuelo, de solidaridad. Esto es lo que se siente, pensó feliz. Deseó por un momento que alguien tomara una foto de ellos dos abrazados de una forma tan íntima. Después, levantó la cabeza y sintió una repentina punzada de alarma... y de vergüenza.

—Lo siento. Voy a... —Se incorporó, sin saber qué decir. Pero la mano de él estaba sobre la de ella. Cálida. Cercana.

—Moira —dijo con ojos entrecerrados y la voz como un gruñido de desesperación y deseo. Puso las manos sobre la cara de ella, la giró y la atrajo hacia la suya, hacia su boca, buscándola con desesperación y decisión. Un sonido se escapó de la garganta de ella, un grito ahogado de sorpresa y placer, y, a continuación, respondió a su beso. Era solo el segundo hombre al que besaba, y el instante superó a todo lo que lo había precedido, adornado como estaba tras años de deseo no correspondido. Dentro de ella, tuvieron lugar pequeñas explosiones mientras la sangre le corría a toda velocidad y el corazón trataba de salírsele del pecho.

Sintió cómo él la empujaba con cuidado hasta que su espalda quedó tendida sobre la mesa, murmurando algo con voz ronca y apremiante, con las manos en el cuello de su vestido, en sus pechos, con su aliento cálido sobre su clavícula. Inexperta, no sabía bien dónde colocar las manos, las piernas, pero se descubrió agarrándose a él, deseosa de darle placer, perdida en nuevas sensaciones. «Te adoro», le dijo en silencio. «Toma de mí lo que desees».

Pero, aunque estaba entregada al placer, Moira sabía que debía mantener una parte de ella lo suficientemente consciente como para recordar. Incluso cuando él se echó sobre ella, entró en ella, con su falda subida sobre las caderas, el bote de tinta clavándosele incómodamente en el hombro, ella sabía que no suponía ninguna amenaza para Jennifer Stirling. Las Jennifer de este mundo siempre son el primer premio que una mujer como ella jamás podría ser. Pero Moira Parker contaba con una ventaja. Era agradecida de una forma que Jennifer Stirling y esas que siempre conseguían que se les diera todo nunca podrían ser. Y sabía que incluso una breve noche podría ser la más preciada de todas las cosas y que, si este iba a ser el momento más decisivo de su vida amorosa, una parte de ella debería ser lo suficientemente consciente como para guardarla en algún lugar a buen recaudo. Después, cuando hubiese terminado, podría revivirla durante esas noches eternas en las que volvería a estar sola.

Aguardaba sentada en la gran sala de estar de la parte delantera de la casa cuando él llegó. Ella vestía un chaquetón de tweed y un gorro de color frambuesa, con su bolso de charol negro y sus guantes a juego apoyados con esmero sobre su regazo. Oyó que su coche se detenía, vio que los faros se apagaban y se puso de pie. Retiró unos centímetros la cortina y lo vio sentado en el asiento del conductor, dejando que sus pensamientos marcharan al ralentí del motor al apagarse.

Miró hacia atrás, hacia sus maletas, y después se apartó de la ventana.

Él entró y dejó caer su abrigo en la silla del recibidor. Ella oyó cómo dejaba las llaves en el cuenco que tenían dispuesto para tal propósito sobre la mesa y el estrépito de algo que se caía al suelo. ¿La fotografía de la boda? Él vaciló un momento en la puerta de la sala de estar y, a continuación, entró y la vio.

—Creo que debo marcharme. —Vio cómo dirigía la mirada a la maleta que tenía preparada a sus pies, la que había usado cuando salió del hospital tantas semanas atrás.

—Crees que debes marcharte.

Ella respiró hondo. Pronunció las palabras que había estado ensayando durante las dos últimas horas:

—Esto no nos está haciendo felices a ninguno de los dos. Ambos lo sabemos.

Pasó junto a ella para ir hacia el armario de las bebidas y se sirvió tres dedos de whisky. Por la forma de sostener el decantador, Jennifer se preguntó cuánto habría bebido desde que ella había vuelto a casa. Se llevó el vaso de cristal tallado hasta un sillón y se sentó pesadamente. Levantó la mirada hacia ella y la sostuvo sobre sus ojos durante unos momentos. Ella trató de no moverse.

—Y bien... —dijo él—. ¿Tienes algo más en mente? ¿Algo que te pueda hacer más feliz? —Su tono era de sarcasmo, desagradable. El alcohol había desatado algo dentro de él. Pero ella no sentía miedo. Tenía la libertad que le daba haber tomado conciencia de que él no era su futuro.

Se quedaron mirándose el uno al otro, como combatientes enfrentados en una batalla angustiosa.

—Lo sabes, ¿verdad? —dijo ella.

Él bebió un poco de su whisky sin dejar de mirarla.

—¿Qué es lo que sé, Jennifer?

Ella tomó aire.

—Que quiero a otra persona. Y que no es Reggie Carpenter. Nunca fue él. —Toqueteaba su bolso mientras hablaba—. Lo he sabido esta noche. Reggie ha sido un error, un desvío de la verdad. Pero tú estás siempre muy enfadado conmigo. Lo estás desde que salí del hospital. Porque sabes, igual que yo, que hay otra persona que me quiere y que no tiene miedo de decírmelo. Por eso no querías que yo hiciera demasiadas preguntas. Por eso mi madre y todos los demás han estado tan dispuestos a que yo siga adelante sin más. No queríais que recordara. Nunca lo habéis querido.

Casi esperaba que él estallara rabioso, pero, en lugar de ello, se limitó a asentir con la cabeza. Entonces, mientras Jennifer contenía la respiración, él levantó su copa hacia ella.

—Y... ese amante tuyo ¿a qué hora va a llegar? —Miró su reloj y, después, las maletas—. Supongo que va a venir a recogerte.

—Él... —Tragó saliva—. Yo... No va a ser así.

—Entonces, vas a verte con él en otro sitio.

Estaba muy calmado. Como si casi estuviese disfrutando de esto.

—Más adelante. Sí.

—Más adelante —repitió él—. ¿A qué se debe el retraso?

—Yo... no sé dónde está.

—No sabes dónde está. —Laurence se acabó el whisky. Se puso de pie con esfuerzo y se sirvió otro.

—No lo recuerdo, ya lo sabes. Estoy empezando a hacerlo y aún no tengo las ideas claras, pero ahora sé que esto... —hizo un gesto alrededor de la habitación— no me gusta por algún motivo. No me gusta porque estoy enamorada de otra persona. Así que lo lamento mucho, pero tengo que irme. Es lo mejor. Para los dos.

Él volvió a asentir con la cabeza.

—¿Puedo preguntarte qué es lo que tiene ese caballero, tu amante, que yo no tenga?

La farola que estaba fuera de la ventana parpadeó.

—No lo sé —confesó—. Solo sé que le quiero. Y que él me quiere.

—Ah, que tú le quieres, ¿no? ¿Y qué más sabes? ¿Dónde vive? ¿A qué se dedica? ¿Cómo va a mantenerte, con esos gustos tan lujosos? ¿Te va a comprar vestidos nuevos? ¿Te va a permitir tener una asistenta? ¿Joyas?

—Nada de eso me importa.

—Pues antes sí que te importaba.

—Ahora soy distinta. Solo sé que me ama y eso es lo que de verdad importa. Puedes burlarte de mí todo lo que quieras, Laurence, pero no sabes...

Se levantó de su asiento de un salto y ella se echó hacia atrás.

—Yo lo sé todo sobre tu amante, Jenny —bramó. Sacó un sobre arrugado del bolsillo interior de la chaqueta y lo blandió ante ella—. ¿De verdad quieres saber qué te pasó? ¿De verdad quieres saber dónde está tu amante? —Salpicaba saliva por su boca y la miraba con ojos asesinos.

Ella se quedó inmóvil, con la respiración atrapada en el pecho.

—Esta no es la primera vez que me dejas. No. Lo sé, igual que sé de su existencia, porque encontré esta carta en tu bolso después del accidente.

Jennifer vio la letra ya familiar en el sobre y fue incapaz de apartar la mirada de él.

—Esto es de él. En la carta te pide que vayas a verlo. Quiere huir contigo. Los dos solos. Lejos de mí. Empezar una nueva vida juntos. —Su rostro se contrajo en una mueca, en parte de furia, en parte de pena—. ¿Va a volver ahora a por ti, cariño? —Le lanzó la carta y ella la cogió con dedos temblorosos. La abrió y la leyó:

Mi querido y único amor:
Lo que te dije iba en serio. He llegado a la conclusión de
que el único modo de seguir adelante es que uno de los dos
tome una decisión valiente...
   Voy a aceptar el empleo. Estaré en el andén 4 de
Paddington a las 19:15 del viernes...

—Te suena de algo, ¿verdad, Jenny?

—Sí —susurró ella. En su mente aparecían destellos de imágenes. Pelo oscuro. Una chaqueta de lino arrugada. Un pequeño parque salpicado de hombres vestidos de azul.

«Boot».

—¿Sí que lo conoces? ¿Sí que lo empiezas a recordar todo?

—Sí, empiezo a recordar... —Casi podía verle. Estaba ahora muy cerca.

—Está claro que todo no.

—¿A qué te...?

—Está muerto, Jennifer. Murió en el coche. Tú sobreviviste al accidente y ese caballero amigo tuyo murió. Muerto en el acto, según la policía. Así que no hay nadie ahí afuera esperándote. No hay nadie en la estación de Paddington. No te queda nadie a quien puedas recordar, maldita sea.

La habitación había empezado a dar vueltas a su alrededor. Le oía hablar, pero sus palabras se negaban a cobrar sentido, a echar raíces en nada que tuviera significado.

—No —dijo ella, temblando.

—Me temo que sí. Puedo buscarte los artículos de los periódicos, si es que de verdad quieres alguna prueba. Nosotros..., tus padres y yo, nos encargamos de que tu nombre no saliera a la luz, por razones obvias. Pero en ellos informan de su muerte.

—No. —Le empujó, golpeando con sus brazos rítmicamente sobre el pecho de él. «No, no, no». No quería oír lo que él le decía.

—Murió en el acto.

—¡Basta! ¡Deja de decir eso! —Se lanzó entonces sobre él, salvaje, sin control, dando gritos. Ella oía su propia voz como si llegara desde lejos, apenas sin darse cuenta de cómo sus puños tocaban la cara de él, su pecho, y, después, cómo las manos de él, más fuertes, le agarraban las muñecas hasta que no se pudo mover.

Él se mantuvo inflexible. Igual que las palabras que había dicho.

«Muerto».

Jennifer se hundió en el sillón y, por fin, él la soltó. Se sentía como si se hubiese encogido, como si la habitación se hubiese ensanchado y la hubiese engullido. «Mi querido y único amor». Dejó caer la cabeza, de forma que solamente podía ver el suelo, y las lágrimas se le deslizaron por la nariz hasta terminar sobre la cara alfombra.

Mucho rato después, ella levantó la mirada hacia él. Laurence tenía los ojos cerrados, como si la escena le resultara demasiado desagradable de contemplar.

—Si lo sabías —empezó a decir—, si veías que yo estaba empezando a recordar, ¿por qué...? ¿Por qué no me has contado la verdad?

Él ya no estaba furioso. Se sentó en el sillón de enfrente, derrotado de pronto.

—Porque esperaba..., cuando vi que no recordabas nada, que podríamos dejarlo todo atrás. Esperaba que pudiéramos salir adelante como si nada de eso hubiese pasado.

«Mi querido y único amor».

No tenía adónde ir. Boot estaba muerto. Llevaba muerto todo ese tiempo. Se sintió estúpida, abandonada, como si se lo hubiese imaginado todo en un arrebato de capricho infantil.

—Y... —la voz de Laurence interrumpió el silencio— no quería que cargaras con la culpa de saber que, sin ti, ese hombre podría seguir vivo.

Y ahí estaba. Un dolor tan agudo que sintió como si la hubiesen atravesado.

—Cualquiera que sea la opinión que tienes de mí, Jennifer, yo creía que así podrías ser más feliz.

Pasó el tiempo. Ella no estaría segura más tarde de si habían sido horas o minutos. Un rato después, Laurence se puso de pie. Se sirvió otro vaso de whisky y se lo bebió, con la misma facilidad que si hubiese sido agua. Después, dejó el vaso con cuidado sobre la bandeja de plata.

—¿Y qué pasa ahora? —preguntó ella con voz apagada.

—Yo me voy a la cama. La verdad es que estoy muy cansado. —Se dio la vuelta y fue hacia la puerta—. Te aconsejo que hagas lo mismo.

Después de que se fuera, ella se quedó allí un rato más. Podía oírle moverse pesadamente por las tablas del suelo de arriba, el avanzar cansado y borracho de sus pasos, el sonido de la cama al acostarse. Estaba en el dormitorio principal. En el de ella.

Volvió a leer la carta. Leyó palabras de un futuro que no le pertenecería. Un amor sin el que había sido incapaz de vivir. Leyó las palabras del hombre que la había querido más incluso de lo que podía expresar, un hombre de cuya muerte ella era responsable sin saberlo. Por fin, vio su rostro: vivo, esperanzado, lleno de amor.

Jennifer Stirling cayó al suelo, acurrucada con la carta apretada a su pecho, y, en silencio, empezó a llorar.

Querido J... Sé que he sido una estúpida y lo siento. Sé que mañana vas a venir a casa, pero yo no estaré allí para verte. David y yo nos casamos en *** y no volveré a verte nunca más. En lo más profundo de mí, te quiero, pero otra parte de mí quiere a David aún más. Adiós, G. Besos.

Una mujer a un hombre, por carta

11

Los vio por la ventana de la cafetería, que estaba medio empañada pese a que era una noche de final de verano. Su hijo estaba sentado en la mesa más cercana a la ventana, balanceando las piernas mientras leía el menú. Se detuvo en la acera y observó esas piernas más largas, la pérdida de la redondez que habían tenido cuando era niño. Pudo adivinar el hombre en el que se iba a convertir. Anthony sintió que el corazón se le encogía. Se escondió el paquete debajo del brazo y entró.

La cafetería la había elegido Clarissa: un lugar grande y bullicioso donde las camareras llevaban uniformes antiguos y mandiles blancos. Se había referido a ella como salón de té, como si la avergonzara la palabra *cafetería*.

—¿Phillip?

—¿Papi?

Se detuvo junto a la mesa complacido ante la sonrisa del niño al verle.

—Clarissa —añadió.

Ella estaba menos enfadada, pensó de inmediato. Había tenido una tensión en su rostro durante los últimos años que le había hecho sentir culpable cada vez que se veían. Ahora, ella le devolvía la mirada con una especie de curiosidad, como quien examina algo que pudiera darse la vuelta y morder; de una forma analítica y desde la distancia.

—Tienes muy buen aspecto —observó él.

—Gracias —respondió ella.

—Y tú has crecido —le dijo a su hijo—. Dios mío, creo que has crecido quince centímetros en dos meses.

—Tres meses. Y es así como crecen a su edad. —La boca de Clarissa adoptó la mueca de leve desaprobación que él tan bien conocía. Eso le hizo pensar por un momento en los labios de Jennifer. No creía haberla visto nunca hacer eso con su boca, quizá su naturaleza se lo impedía.

—¿Y tú? ¿Estás... bien? —preguntó ella mientras le servía una taza de té y la empujaba hacia él.

—Muy bien, gracias. He estado trabajando mucho.

—Como siempre.

—Sí. ¿Y tú, Phillip? ¿Cómo va el colegio?

El rostro de su hijo estaba enterrado en el menú.

—Responde a tu padre.

—Bien.

—Bien. ¿Sigues teniendo buenas notas?

—Las tengo aquí. He pensado que querrías verlas. —Ella metió la mano en su bolso y se las pasó.

Anthony vio, con inesperado orgullo, las repetidas referencias al «carácter educado» y los «verdaderos esfuerzos» de Phillip.

—Es capitán del equipo de fútbol. —Clarissa no podía ocultar el placer en su voz.

—Bien hecho —dijo él con una palmada en el hombro de su hijo.

—Hace sus deberes todas las noches. Yo me aseguro de que sea así.

Phillip no le miraba. ¿Es que Edgar había ocupado ya el hueco de la figura paterna que él temía que existiera en la vida de Phillip? ¿Jugaba con él al críquet? ¿Le leía cuentos? Anthony sintió que algo en su interior se nublaba y dio un sorbo a su té para tratar de recomponerse. Llamó a una camarera y pidió una bandeja de pasteles.

—La más grande que tenga. Es una celebración anticipada —dijo.

—No va a querer cenar —protestó Clarissa.

—Solo es un día.

Ella miró hacia otro lado, como si tratara de morderse la lengua.

Alrededor de ellos, el bullicio de la cafetería parecía ir en aumento. Los pasteles llegaron en una bandeja de plata de varias alturas. Vio que la mirada de su hijo se deslizaba hacia ellos y le hizo una señal para que se sirviera él mismo.

—Me han ofrecido un puesto nuevo —dijo cuando el silencio se volvió demasiado pesado.

—¿En el *Nation*?

—Sí, pero en Nueva York. Su corresponsal de las Naciones Unidas se jubila y me han preguntado si quiero ocupar su lugar durante un año. Me lo ofrecen con un apartamento, justo en el centro de la ciudad. —Le costó creer a Don cuando se lo comunicó. Con eso demostraban su fe en él. Don le había dicho que, si lo hacía bien, ¿quién sabía?, el año que viene por estas fechas podría volver a estar viajando.

—Qué bien. —Ella cogió un pequeño dulce de nata y lo colocó en el plato que tenía delante.

—Ha sido un poco por sorpresa, pero es una buena oportunidad.

—Sí. Bueno. A ti siempre te ha gustado viajar.

—No se trata de viajar. Estaré trabajando en Nueva York.

Había sido casi un alivio cuando Don se lo dijo. Esto lo decidiría todo. Le daban un nuevo puesto y eso significaba que Jennifer podría irse con él también, empezar una nueva vida..., y, aunque trataba de no pensar en ello, sabía que, si ella le decía que no, eso le proporcionaría una vía de escape. Londres ya estaba demasiado vinculado a ella: en el tiempo que llevaban juntos se habían marcado puntos de referencia por toda la ciudad.

—En fin, vendré varias veces al año y sé lo que me dijiste, pero me gustaría enviar cartas.

—No sé...

—Me gustaría contarle un poco a Phillip cómo es mi vida allí. Quizá incluso podría venir a visitarme cuando sea un poco más mayor.

—Edgar cree que será mejor para todos no complicar las cosas. No le gustan... los trastornos.

—Edgar no es el padre de Phillip.

—Es tan padre como lo has sido tú.

Se fulminaron con la mirada el uno al otro.

Phillip tenía su pastel en medio del plato y las manos ocultas por debajo de los muslos.

—Bueno, no hablemos de esto ahora. Es el cumpleaños de Phillip. —Animó el tono de su voz—. Espero que quieras ver tu regalo, ¿no?

Su hijo no dijo nada. Dios, pensó Anthony. ¿Qué le estamos haciendo? Buscó debajo de la mesa y sacó un paquete grande y rectangular.

—Puedes guardarlo hasta el gran día, si quieres, pero tu madre me ha dicho que ibas..., que ibais a salir todos mañana, así que he pensado que quizá preferías que te lo diera ahora.

Se lo dio. Phillip lo cogió y miró a su madre con cautela.

—Supongo que puedes abrirlo, pues mañana no vas a tener mucho tiempo —dijo ella tratando de sonreír—. Si me disculpáis, voy a empolvarme la nariz. —Se levantó y él la vio caminar entre las mesas mientras se preguntaba si estaría tan triste como él tras esa conversación. Quizá había salido a buscar un teléfono público desde el que poder llamar a Edgar para quejarse de lo irracional que era su exmarido.

—Entonces, venga —le dijo al chico—. Ábrelo.

Libre de la mirada de su madre, Phillip se mostró un poco más animado. Rasgó el papel marrón y se quedó inmóvil, sorprendido, al ver lo que escondía.

—Es un tren eléctrico —anunció Anthony—. El mejor que hay. Y con la locomotora del Escocés Volador. ¿Has oído hablar de ella?

Phillip asintió con la cabeza.

—Trae bastantes vías y he pedido que incluyan una pequeña estación y algunos hombres. Están en esta bolsa de aquí. ¿Crees que podrás montarlo?

—Le pediré a Edgar que me ayude.

Aquello fue como una patada fuerte en las costillas. Anthony se obligó a controlar el dolor. Al fin y al cabo, no era culpa del niño.

Se quedaron en silencio un rato. Entonces, Phillip sacó la mano, cogió su pastel y se lo metió en la boca, un acto irreflexivo realizado con un ávido placer. A continuación, cogió otro, uno de chocolate, y le lanzó a su padre un guiño de complicidad antes de hacer lo mismo que con el primero.

—Entonces, ¿sigues alegrándote de ver a tu viejo papá?

Phillip extendió las manos y apoyó la cabeza contra el pecho de Anthony, que le envolvió entre sus brazos y lo abrazó con fuerza mientras aspiraba el olor de su pelo, sintiendo el ímpetu visceral que tanto se esforzaba por no reconocer.

—¿Estás ya mejor? —preguntó el niño cuando se apartó. Había perdido un diente delantero.

—¿Cómo dices?

Phillip empezó a sacar la locomotora de su caja.

—Mamá decía que no eras el de antes, que por eso no escribías.

—Estoy mejor, sí.

—¿Qué te ha pasado?

—Hubo... cosas desagradables cuando estuve en África. Cosas que me afectaron. Me puse enfermo y, después, me volví un poco tonto y empecé a beber demasiado.

—Eso sí que es ser tonto.

—Sí. Sí que lo es. No voy a volver a hacerlo.

Clarissa regresó a la mesa. Anthony vio, con sorpresa, que tenía la nariz sonrosada y los ojos enrojecidos. Trató de mirarla con una sonrisa y recibió a cambio otra más lánguida.

—Le gusta su regalo —dijo Anthony.

—Dios mío. Es un buen regalo. —Miró la reluciente locomotora y la clara felicidad de su hijo y añadió—: Espero que le hayas dado las gracias, Phillip.

Anthony puso un pastel en un plato y se lo pasó a ella. Después, cogió otro para él y se quedaron allí sentados como un mal retrato de vida familiar.

—Deja que le escriba —dijo Anthony un momento después.

—Estoy tratando de empezar una vida nueva, Anthony —susurró ella—. Intento empezar de nuevo. —Casi era una súplica.

—Solo son cartas.

Se quedaron mirándose por encima de la mesa de formica. Al lado de ellos, su hijo daba vueltas a las ruedas de su nuevo tren, tarareando feliz.

—Una carta. ¿Qué trastorno puede causar eso?

Jennifer abrió el periódico que Laurence había dejado, lo alisó sobre la mesa de la cocina y pasó una página. Podía verle a través de la puerta abierta, mirándose en el espejo del vestíbulo, enderezándose la corbata.

—No te olvides de la cena en Henley esta noche. Han invitado a las esposas, así que igual quieres empezar a pensar en lo que te vas a poner.

Al ver que ella no respondía, insistió con tono malhumorado:

—¿Jennifer? Es esta noche. Y va a ser en una carpa.

—Seguro que un día entero es suficiente tiempo para poder elegir un vestido —contestó.

Él estaba ahora en la puerta. Frunció el ceño al ver lo que estaba haciendo.

—¿Por qué te molestas en eso?

—Estoy leyendo el periódico.

—No es propio de ti. ¿Es que no han llegado tus revistas?

—Solo... he pensado que podría intentar leer un poco. Ver qué pasa en el mundo.

—No veo que haya nada ahí que pueda ser de tu incumbencia.

Ella miró a la señora Cordoza, que fingía no escuchar mientras fregaba los platos en el fregadero.

—Estaba leyendo sobre ese juicio de *El amante de Lady Chatterley* —dijo con lenta parsimonia—. La verdad es que es bastante fascinante.

Pudo notar, más que ver, su malestar. Ella seguía con la mirada fija en el periódico.

—La verdad es que no entiendo por qué están armando tanto jaleo con eso. No es más que un libro. Por lo que sé, solo es una historia de amor entre dos personas.

—Bueno, hay muchas cosas que tú no entiendes, ¿no? Es una obscenidad. Moncrieff lo ha leído y dice que es subversivo.

La señora Cordoza estaba frotando una sartén con fuerza. Había empezado a canturrear en voz baja. En la calle, se había levantado viento y unas hojas de color rojo pasaron rozando la ventana de la cocina.

—Se nos debería permitir juzgar estas cosas por nuestra cuenta. Somos adultos. Los que creen que les puede ofender no tienen por qué leerlo.

—Sí. Bueno. No empieces en esta cena a dar opiniones sobre estos asuntos sin saber, ¿entendido? No son del tipo de gente que quiere oír cómo una mujer pontifica sobre cosas de las que no sabe nada.

Jennifer tomó aire antes de responder.

—Bueno, quizá pueda preguntarle a Francis si me puede prestar su libro. Así puede que sí sepa de lo que hablo. ¿Te parecería bien? —Se le endureció la mandíbula y un pequeño músculo se movió en su mejilla.

El tono de Laurence sonó desdeñoso mientras cogía su maletín.

—Estas últimas mañanas has estado de mal humor. Espero que puedas estar un poco más agradable esta noche. Si esto es lo que consigues leyendo el periódico, quizá pida que me lo envíen al despacho.

No se levantó de la silla para besarle en la mejilla, como habría hecho antes. Se mordió el labio y continuó con la mirada fija en el periódico hasta que supo por el sonido de la puerta al cerrarse que su marido se había ido al despacho.

Llevaba tres días sin apenas dormir ni comer. Ahora, la mayor parte de las noches las pasaba en vela, esperando a que algo de dimensiones bíblicas cayera sobre su cabeza desde la oscuridad. Todo ese tiempo sentía una rabia silenciosa por Laurence. De repente, le veía a través de los ojos de Anthony y descubría que estaba de acuerdo con su juicio condenatorio. Después, odiaba a Anthony por hacerla pensar así sobre su marido y se sentía aún más furiosa por no poder decírselo. Por la noche, recordaba las manos de Anthony sobre ella, su boca, se imaginaba haciéndole cosas que, a la luz del día, le hacían sonrojarse. En una ocasión, desesperada por reprimir su confusión, por volver a ponerse del lado de su marido, le despertó, deslizó una pálida pierna por encima de él y le besó. Pero él se quedó paralizado, le preguntó qué demonios le pasaba y se limitó a apartarla. Le dio la espalda, dejándola derramar en silencio lágrimas de humillación sobre su almohada.

Durante esas horas en vela, además de la conflagración tóxica de deseo y culpa, barajaba infinitas posibilidades: podría marcharse, superar de alguna forma la culpa, la pérdida de dinero y la angustia de su familia. Podría tener un amante, buscar la forma de que ella y Anthony pudiesen vivir una realidad paralela a sus vidas corrientes. Desde luego, no solo lady Chatterley había hecho algo así. Su círculo social estaba plagado de chismes sobre quién estaba con quién. Podría poner fin a eso y ser una buena esposa. Si su matrimonio no funcionaba, era culpa de ella por no esforzarse lo suficiente. Y eso podía solucionarse: todas las revistas femeninas lo decían. Podía ser un poco más amable, un poco más cariñosa, arreglarse más. Como diría su madre, podía contentarse con lo que tenía.

Había llegado al principio de la cola.

—¿Saldrá esto en el correo de la tarde? ¿Y puede mirar mi apartado de correos? Mi nombre es Stirling, buzón 13.

No había venido desde la noche que habían estado en Alberto's, tras convencerse de que eso era lo mejor. Esta cosa —no se atrevía a llamarlo aventura— había ido demasiado lejos. Tenían que dejar que se enfriaran las cosas para poder pensar con claridad. Pero tras su desagradable conversación con su marido esa mañana, su determinación se había venido abajo. Había escrito una carta de forma apresurada, apoyada en su pequeño escritorio de la sala de estar mientras la señora Cordoza pasaba la aspiradora. Le había implorado que la comprendiera. No sabía qué hacer: no quería hacerle daño..., pero no podía soportar estar sin él.

> *Estoy casada. Una cosa es que un hombre abandone su matrimonio, pero ¿una mujer? Ahora mismo, nada de lo que yo haga puede parecerte mal. Solo ves lo positivo en todo lo que hago. Sé que llegará un día en que eso cambie. No quiero que veas en mí todo aquello que desprecias en los demás.*

Lo que había escrito era confuso, un revoltijo, con letra garabateada e irregular.

La encargada de correos cogió la carta de sus manos y regresó con otra.

El corazón aún se le aceleraba cuando veía su letra. Sus palabras estaban tan bellamente enlazadas que podía recitarse párrafos enteros en la oscuridad, como si fuese poesía. La abrió con impaciencia, aún en el mostrador, apartándose a un lado para que atendieran a la siguiente persona de la cola. Sin embargo, esta vez las palabras eran distintas.

Si alguien notó la profunda quietud de la mujer rubia del abrigo azul, su forma de extender una mano para mantener el equilibrio junto al mostrador mientras terminaba de leer su carta, probablemente estaría demasiado ocupado con sus propios paquetes y formularios como para prestar mucha atención. Se quedó allí un poco más, con la mano temblándole al lanzar la carta al interior del bolso y mientras salía despacio, con paso algo vacilante, a la luz del sol.

Estuvo caminando sin destino por las calles del centro de Londres durante toda la tarde, mirando los escaparates con cierta intensidad. Incapaz de regresar a casa, esperó a que las ideas se le aclararan sobre las aceras bulliciosas. Horas después, cuando entró por la puerta de la calle, la señora Cordoza estaba en el recibidor, con dos vestidos echados sobre su brazo.

—No me ha dicho cuál quería para la cena de esta noche, señora Stirling. He planchado estos, por si le parecía bien alguno de ellos. —El sol inundaba el recibidor con la luz rosada del final del verano mientras Jennifer seguía en la puerta. La penumbra gris regresó cuando la cerró al entrar.

—Gracias. —Pasó junto a la asistenta y entró en la cocina. El reloj de la pared decía que eran casi las cinco. ¿Estaba él haciendo las maletas?

Jennifer cerró la mano sobre la carta en su bolsillo. La había leído tres veces. Miró la fecha: sí que se refería a esta noche. ¿Cómo podía haber tomado una decisión como esa tan rápidamente? ¿Cómo era posible que fuese a hacerlo? Se maldijo por no haber recogido antes la carta, por no haber tenido tiempo para rogarle que lo reconsiderara.

Yo no soy tan fuerte como tú. Cuando te conocí, pensé que eras una cosita pequeña y frágil, alguien a quien tenía que proteger. Ahora me doy cuenta de que estaba equivocado con respecto a nosotros. Tú eres más fuerte que yo, puedes soportar vivir con la posibilidad de un amor así y el hecho de que nunca se nos va a permitir compartirlo.

Te pido que no me juzgues por mi debilidad. Para mí, la única forma de poder resistir es estar en un lugar donde nunca te vea, donde nunca me atormente la posibilidad de verte con él. Necesito estar en algún sitio donde la pura necesidad te saque de mis pensamientos a cada minuto, a cada hora. Eso no sería posible aquí.

En un momento estaba furiosa con él por tratar de forzarla a actuar. Al siguiente, la atrapaba el miedo de que él se marchara. ¿Cómo sería saber con certeza que nunca más le volvería a ver? ¿Cómo iba a continuar con su vida, tras haber vislumbrado la alternativa que él le había mostrado?

Voy a aceptar el empleo. Estaré en el andén 4 de Paddington a las 19:15 del viernes y nada en el mundo me haría más feliz que saber que tienes el valor de venir conmigo.

Si no vienes, sabré que lo que podamos sentir el uno por el otro no es suficiente. No te culparé, cariño mío. Sé que las últimas semanas has sufrido una presión insoportable y yo siento ese peso en lo más profundo. Detesto la idea de haberte podido causar algún tipo de infelicidad.

Había sido demasiado sincera con él. No debería haberle confesado su confusión, sus noches de angustia. Si él no hubiese creído que ella estaba tan turbada, no habría tenido la necesidad de actuar así.

Debes saber que tienes en tus manos mi corazón y mis esperanzas.

Y luego esto: esta enorme ternura. Anthony, que no podía soportar la idea de rebajarla, que quería protegerla de sus peores sentimientos, le había proporcionado las dos salidas más fáciles: irse con él o quedarse donde estaba sin remordimientos, sabiendo que era amada. ¿Qué otra cosa podría haber hecho?

¿Cómo podía ella tomar una decisión tan trascendental en tan poco tiempo? Había pensado en ir a la casa de él, pero no estaba segura de encontrarlo allí. Había pensado en ir al periódico, pero temía que algún columnista de cotilleos la viera, convertirse en objeto de curiosidad o, lo que era peor, ponerle a él en una situación embarazosa. Además, ¿qué podía decirle para que cambiara de idea? Él tenía razón en todo lo que decía. No había otro final posible más que este. No había forma alguna de hacerlo bien.

—Ah, el señor Stirling ha llamado para decir que la recogerá sobre las siete menos cuarto. Va un poco retrasado en el despacho. Ha enviado a su chófer para recoger su traje para la cena.

—Sí —contestó ella, distraída. De repente, se sintió febril y extendió una mano hacia la barandilla.

—Señora Stirling, ¿se encuentra bien?

—Estoy bien.

—Parece que necesita descansar un poco. —La señora Cordoza dejó los vestidos con cuidado en la silla del recibidor y cogió el abrigo de Jennifer—. ¿Le preparo un baño? Puedo traerle una taza de té mientras se llena la bañera, si quiere.

Ella miró a la asistenta.

—Sí. Supongo que sí. ¿Ha dicho a las siete menos cuarto? —Empezó a subir las escaleras.

—Señora Stirling, los vestidos. ¿Cuál?

—Ah. No sé. Elija usted.

Se metió en la bañera, casi sin darse cuenta de lo caliente que estaba el agua, aturdida ante lo que estaba a punto de pasar. Soy una buena esposa, se decía. Iré a la cena de esta noche y me mostraré divertida y alegre y no opinaré sobre cosas de las que no sé nada.

¿Qué era lo que Anthony había escrito una vez? Que ser una persona decente también resulta placentero. «Aunque ahora no lo sientas».

Salió de la bañera. No podía tranquilizarse. Necesitaba algo que la distrajera de sus pensamientos. De repente, deseó poder medicarse, dormir durante las siguientes dos horas. Incluso los dos meses siguientes, pensó con tristeza mientras cogía la toalla.

Abrió la puerta del baño y, allí, sobre la cama, la señora Cordoza había puesto los dos vestidos: a la izquierda estaba el azul oscuro que se había puesto la noche del cumpleaños de Laurence. Habían pasado una velada alegre en el casino. Bill había ganado mucho dinero en la ruleta y se había empeñado en invitar a todos a champán. Ella había bebido demasiado y se había mareado, incapaz de comer. Ahora, en el silencio del dormitorio, recordaba otras partes de la noche que obedientemente había suprimido de su relato. Recordó que Laurence la había criticado por gastar demasiado dinero en fichas para apostar. Recordó cómo él había murmurado que le estaba avergonzando, hasta que Yvonne le había dicho, cariñosamente, que no fuera tan gruñón. «Te aplastará, hará desaparecer aquello que hace que seas tú». Le recordó en la puerta de la cocina esta mañana. «¿Por qué te molestas en eso? Espero que puedas estar un poco más agradable esta noche».

Miró el otro vestido de la cama: brocado dorado claro con cuello mandarín y sin mangas. El vestido que se había puesto la noche que Anthony O'Hare se había negado a hacerle el amor.

Fue como si una pesada niebla se hubiese levantado. Dejó caer la toalla y se vistió. Después, empezó a arrojar cosas sobre la cama. Ropa interior. Zapatos. Medias. ¿Qué demonios se mete en la maleta cuando te dispones a irte para siempre?

Le temblaban las manos. Casi sin saber lo que estaba haciendo, bajó su maleta de lo alto del armario y la abrió. Metió cosas en su interior con una especie de abandono, temiendo que, si se detenía a pensar en lo que estaba haciendo, renunciaría.

—¿Se marcha a algún sitio, señora? ¿Quiere que la ayude a hacer la maleta? —La señora Cordoza había aparecido en la puerta detrás de ella con una taza de té en las manos.

Jennifer se llevó una mano al cuello. Se giró, casi ocultando la maleta detrás de ella.

—No..., no. Solo voy a llevar algo de ropa a la señora Moncrieff. Para su sobrina. Cosas de las que ya me he cansado.

—Hay algunas cosas en el lavadero que dijo que ya no le quedaban bien. ¿Quiere que las suba?

—No. Yo lo haré.

La señora Cordoza miró por detrás de ella.

—Pero ese vestido dorado..., a usted le encanta.

—Señora Cordoza, ¿me hace el favor de dejar que yo ordene mi propio armario? —estalló.

La asistenta se estremeció.

—Lo siento mucho, señora Stirling —dijo antes de retirarse en silencio.

Jennifer empezó a llorar y los sollozos se abrieron paso con desagradables estallidos. Trepó sobre la colcha, se llevó las manos a la cabeza y empezó a soltar alaridos, sin saber qué debía hacer, solo que con cada segundo de indecisión su vida pendía de un hilo. Oía la voz de su madre, veía su cara de espanto al conocer la noticia de la deshonra de su familia, los susurros de placentera conmoción en la iglesia. Veía la vida que había planeado, los niños que, sin duda, suavizarían la frialdad de Laurence, que le obligarían a relajarse un poco. Veía una serie de cuartuchos alquilados, a Anthony trabajando todo el día, a ella misma con miedo en un lugar desconocido y sin él. Le veía cansándose de ella y de sus vestidos grises, con los ojos puestos ya en otra mujer casada.

«Nunca voy a dejar de quererte. Nunca he querido a nadie antes de ti y no habrá nunca nadie después de ti».

Cuando se incorporó, la señora Cordoza estaba a los pies de la cama.

Se secó los ojos y la nariz y se dispuso a disculparse por lo que le había dicho cuando vio que la mujer le estaba preparando la maleta.

—Le he metido los zapatos planos y los pantalones marrones. No hay que lavarlos mucho.

Jennifer se quedó mirándola, aún con hipo.

—Va ropa interior y un camisón.

—Yo..., yo no...

La señora Cordoza siguió haciendo la maleta. Sacó cosas que Jennifer ya había metido para volverlas a doblar envueltas en papel de seda y las introdujo de nuevo con el mismo cuidado y reverencia que si se tratara de un recién nacido. Jennifer estaba hipnotizada ante la visión de aquellas manos que alisaban sus prendas y las volvían a colocar.

—Señora Stirling —dijo la señora Cordoza sin levantar la vista—. Nunca le he dicho esto. En Sudáfrica, donde yo vivía, era costumbre cubrir las ventanas con ceniza cuando un hombre moría. Cuando mi marido murió, yo dejé las ventanas sin cubrir. De hecho, las limpié tanto que brillaban.

Cuando vio que tenía la atención de Jennifer, continuó doblando ropa. Ahora los zapatos, metidos suela contra suela dentro de una bolsa de algodón fino y colocados con cuidado en el fondo, un par de zapatillas blancas, un cepillo.

—Sí que amé a mi marido cuando éramos jóvenes, pero no era un hombre bueno. Cuando nos hicimos mayores, le fue importando cada vez menos su forma de comportarse conmigo. Cuando, de repente, murió, que Dios me perdone, yo sentí como si alguien me hubiese liberado. —Vaciló sin apartar los ojos de la maleta a medio hacer—. Si alguien me hubiese dado la oportunidad hace muchos años, me habría ido. Creo que habría podido tener una vida distinta.

Colocó las últimas prendas dobladas en lo alto y cerró la tapa y las hebillas a cada lado del asa.

—Son las seis y media. El señor Stirling dijo que llegaría a casa a las siete menos cuarto, por si lo ha olvidado usted. —Sin pronunciar una palabra más, se incorporó y salió de la habitación.

Jennifer miró su reloj y, a continuación, terminó de vestirse. Corrió por la habitación y metió los pies en el par de zapatos que tenía más cerca. Fue a su tocador y buscó en el fondo de un cajón el dinero que tenía para compras de emergencia que siempre había guardado envuelto en un par de medias y se metió los billetes en el bolsillo con unos cuantos anillos y collares que cogió del joyero. Después, asió la maleta y bajó corriendo las escaleras.

La señora Cordoza sostenía en sus manos el impermeable.

—Le será más fácil encontrar taxi en New Cavendish Street. Le diría que Portland Place, pero creo que el chófer del señor Stirling suele venir por ahí.

—New Cavendish Street.

Ninguna de las dos mujeres se movió, aturdidas quizá por lo que habían hecho. Entonces, Jennifer se acercó y dio de forma impulsiva un abrazo a la señora Cordoza.

—Gracias. Yo...

—Le diré al señor Stirling que, por lo que yo sé, usted ha salido de compras.

—Sí. Sí, gracias.

Salió al aire del atardecer, que, de repente, parecía cargado de posibilidades. Bajó con cuidado los escalones mientras recorría la plaza con la mirada en busca de la habitual luz amarilla de algún taxi. Cuando llegó a la acera echó a correr hacia el interior del crepúsculo de la ciudad.

Notó una abrumadora sensación de alivio. Ya no tendría que ser la señora Stirling, vestir, comportarse, amar de una forma determinada. En medio de aquella vorágine, se dio cuenta de que no tenía ni idea de quién sería ni dónde estaría un año después y estuvo a punto de echarse a reír ante aquella idea.

Las calles estaban llenas de peatones que caminaban y las farolas se fueron encendiendo en medio del crepúsculo que lo invadía todo. Jennifer corría, con la maleta golpeándole las piernas y el corazón latiéndole con fuerza. Eran casi las siete menos cuarto. Se imaginó a Laurence llegando a casa y llamándola con tono de fastidio y a la señora Cordoza colocándose el pañuelo en la cabeza mientras le comentaba que la señora había salido hacía mucho tiempo a hacer unas compras. Pasaría otra media hora antes de que él empezara a preocuparse de verdad; para entonces, ella ya estaría en el andén.

«Ya voy, Anthony», le dijo en silencio, y la burbuja que se formó en su pecho podría haber sido de emoción, de miedo o de una embriagadora mezcla de los dos.

El incesante movimiento de la gente por el andén le hacía imposible poder ver bien. Se deslizaban por delante de él, serpenteando unos con otros de tal forma que ya no sabía qué estaba buscando. Anthony se encontraba junto a un banco de hierro forjado, con sus maletas en los pies, y miró el reloj por milésima vez. Eran casi las siete y cuarto. Si ella iba a venir, ¿no debería estar ya allí?

Levantó la mirada hacia el panel de información y, a continuación, al tren que le llevaría hasta Heathrow. Cálmate, hombre, se dijo. Vendrá.

—¿Va usted en el de las siete y cuarto, señor?

El guardia estaba detrás de él.

—El tren va a salir en un momento, señor. Si es el suyo, le aconsejo que suba.

—Estoy esperando a una persona.

Miró hacia el puesto de recogida de billetes al otro lado del andén. Allí estaba una anciana que buscaba un billete que había perdido. Negaba con la cabeza de tal forma que sugería que no era la primera vez que, al parecer, su bolso se había

tragado algún documento importante. Al lado, había dos mo-
zos de estación charlando. No había nadie más.

—El tren no va a esperar, señor. El siguiente es a las nueve cuarenta y cinco, si le sirve eso de algo.

Empezó a caminar entre los dos bancos de hierro, tratando de no volver a mirar el reloj. Pensó en la cara de ella aquella
noche en Alberto's cuando le dijo que le amaba. No había en
su rostro ningún atisbo de engaño, solo sinceridad. No era
propio de ella mentir. Él no se atrevía a pensar en lo que se
sentiría al despertar a su lado cada mañana, el auténtico júbilo
de ser amado por ella, de tener la libertad de amarla también.

La carta que le había enviado había sido como una apuesta, un ultimátum, pero esa noche había sabido que ella tenía
razón: no podían seguir así. La fuerza de sus sentimientos se
convertiría en algo tóxico. Terminarían echándose la culpa el
uno al otro por no haber sabido hacer lo que tanto deseaban. En
el peor de los casos, se decía sin cesar, al menos, se habría comportado de forma honrosa. Pero, de algún modo, no creía que
fuese a suceder lo peor. Ella iba a venir. Todo lo que veía en ella
le decía que lo haría.

Volvió a mirar el reloj, se pasó los dedos por el pelo mientras lanzaba miradas por encima de los pocos viajeros que pasaban por el puesto de control de billetes.

«Esto va a ser bueno para ti —le había dicho Don—. Te
mantendrá alejado de los problemas». Se había preguntado si
su redactor jefe se sentía secretamente aliviado por saber que
estaría en algún otro lugar del mundo.

«Puede que sea así», se respondió a la vez que se aparta-
ba mientras un grupo de hombres de negocios pasaba entre
empujones para subir al tren. «Tengo quince minutos para averiguar si es verdad».

Costaba creerlo. Había empezado a llover poco después de que ella llegara a New Cavendish Street, con el cielo volviéndose al principio de un naranja turbio y, después, negro. Como si se tratara de alguna orden dada en silencio, todos los taxis estaban ocupados. Cada silueta negra que veía tenía la luz amarilla apagada, con la sombra de algún pasajero dirigiéndose ya a su destino. De todos modos, empezó a mover el brazo en el aire. «¿No se dan cuenta de lo urgente que es esto?», quería gritarles. «Mi vida depende de este trayecto».

Llovía ahora de forma torrencial, a cántaros, como una tormenta tropical. A su alrededor se levantaron paraguas, con las puntas clavándosele mientras ella cambiaba el peso de su cuerpo de un pie a otro sobre la acera. Se fue calando, hasta quedar completamente empapada.

Mientras el minutero de su reloj se acercaba a las siete, la vaga excitación se iba convirtiendo en un bulto más duro parecido al miedo. No iba a llegar a tiempo. En cualquier momento, Laurence iría a buscarla. No podía ir a pie, ni aun deshaciéndose de la maleta.

La ansiedad fue en aumento, como una oleada dentro de ella, mientras el tráfico salpicaba agua al pasar rociando las piernas de los desprevenidos.

Fue al ver al hombre de la camisa roja cuando se le ocurrió. Empezó a correr, empujando a la gente que le bloqueaba el paso, sin preocuparle por una vez la impresión que podría causar. Corrió por las conocidas calles hasta encontrar la que buscaba. Dejó la maleta en lo alto de las escaleras y bajó, con el pelo revoloteándole, al interior del oscuro club.

Felipe estaba en la barra, secando vasos. No había allí nadie más aparte de Sherrie, la chica del guardarropa. El bar parecía petrificado en un silencio abrumador, a pesar de la música suave que se oía de fondo.

—No está aquí, señora. —Felipe ni siquiera levantó la vista.

—Lo sé. —Jadeaba tanto que apenas podía hablar—. Pero esto es muy importante. ¿Tiene coche?

La mirada que le lanzó no era agradable.

—Puede que sí.

—¿Podría llevarme a la estación? ¿A Paddington?

—¿Quiere que yo la lleve? —Miró su ropa mojada y el pelo aplastado de su cabeza.

—Sí. ¡Sí! Solo tengo quince minutos. Por favor.

Él se quedó mirándola. Vio que tenía un vaso grande de whisky medio vacío delante.

—¡Por favor! No se lo pediría si no fuese tremendamente importante. —Se inclinó hacia delante—. Es para reunirme con Tony. Mire, tengo dinero. —Rebuscó los billetes en su bolsillo. Los sacó mojados.

Él metió el brazo por una puerta detrás de él y sacó un juego de llaves.

—Yo no quiero su dinero.

—Gracias. Ay, gracias —dijo ella entre jadeos—. Rápido. Tenemos menos de quince minutos.

Su coche estaba a pocos pasos de allí, pero, cuando llegaron, él también estaba empapado. No le abrió la puerta. Jennifer tiró de ella y metió su maleta mojada en el asiento trasero con un gruñido.

—¡Rápido! ¡Por favor! —exclamó apartándose mechones de pelo mojado de la cara, pero él permaneció inmóvil en el asiento del conductor, aparentemente pensando. Dios, por favor, que no esté borracho, pensó ella en silencio. Por favor, que no me diga ahora que ha cambiado de opinión—. Por favor, no tenemos mucho tiempo. —Trataba de controlar la angustia de su voz.

—Señora Stirling, antes de llevarla...

—¿Sí?

—Necesito saber... Tony es un buen hombre, pero...

—Sé que estuvo casado. Sé que tiene un hijo. Lo sé todo —dijo ella con impaciencia.

—Es más frágil de lo que parece.

—¿Qué?

—No le rompa el corazón. Nunca le he visto así con una mujer. Si no está segura, si cree que existe una mínima posibilidad de que usted regrese con su marido, por favor, no haga esto.

La lluvia chocaba contra el capó del pequeño coche. Ella extendió una mano y la colocó sobre su brazo.

—Yo no soy... No soy como usted cree. En serio.

Él la miró de reojo.

—Yo... solo quiero estar con él. Lo estoy dejando todo por él. Solo él. Por Anthony —dijo ella, y sus palabras le dieron ganas de reír de miedo y ansiedad—. ¡Y, ahora, vamos! ¡Por favor!

—De acuerdo —contestó él mientras ponía en marcha el coche de tal forma que las ruedas le derraparon—. ¿Adónde? —Apuntó el coche hacia Euston Road, golpeando el botón en un intento por hacer que los limpiaparabrisas se pusieran en marcha. Ella pensó en las ventanas de la señora Cordoza, fregadas hasta dejarlas brillantes, y, después, sacó la carta del sobre.

Mi querido y único amor:
Lo que te dije iba en serio. He llegado a la conclusión de que el único modo de seguir adelante es que uno de los dos tome una decisión valiente...

Voy a aceptar el empleo. Estaré en el andén 4 de Paddington a las 19:15 del viernes...

—Al andén cuatro —gritó—. Tenemos once minutos. ¿Cree que podremos...?

SEGUNDA PARTE

NO TE QUIERO, NO VENGAS.

> Un hombre a una mujer, novia de guerra,
> por telegrama

12

Verano de 1964

La enfermera se movía despacio por el pabellón, empujando un carrito sobre el que se habían dispuesto cuidadosamente varias filas de vasos de papel que contenían pastillas de colores llamativos.

—Dios mío, no más... —murmuró la mujer de la cama 16c.

—No iremos a discutir ahora, ¿verdad? —La enfermera dejó un vaso de agua en la mesilla.

—Si tomo una cosa de esas más voy a empezar a tener estertores.

—Sí, pero tenemos que bajar esa presión arterial, ¿verdad?

—¿Sí? No sabía que...

Jennifer, sentada en la silla que estaba junto a su cama, cogió el vaso y se lo pasó a Yvonne Moncrieff, cuyo vientre hinchado como una cúpula bajo las mantas no parecía tener nada que ver con el resto de su cuerpo.

Yvonne soltó un suspiro. Se metió las pastillas en la boca, las tragó obedientemente y, después, miró con una sonrisa sarcástica a la joven enfermera, que siguió avanzando por el pabellón de maternidad hacia la siguiente paciente.

—Jenny, querida, planea una fuga. No creo que pueda soportar pasar otra noche aquí dentro. Tantos gemidos y quejidos..., no te lo creerías.

—Creía que Francis te iba a llevar a una habitación privada.

—No ahora que creen que voy a pasar aquí varias semanas. Ya sabes lo cauteloso que es con el dinero. «¿Qué sentido tiene, cariño, si podemos recibir una atención perfectamente buena gratis? Además, así tendrás otras señoras con las que charlar». —Tomó aire a la vez que giraba la cabeza hacia la mujer grande y llena de pecas que estaba en la cama de al lado—. Sí, porque tengo tantas cosas en común con esa Lilo Lil... ¡Trece hijos! ¡Trece! Yo creía que estábamos mal con tres en cuatro años, pero, Dios santo, no soy más que una principiante.

—Te he traído más revistas. —Jennifer las sacó del bolso.

—Ah, el *Vogue*. Eres un encanto, pero voy a tener que pedirte que te lo lleves. Pasarán meses antes de poder meterme en nada de lo que aparece en sus páginas y voy a terminar echándome a llorar. Voy a reservar una nueva faja para el día después de la llegada de este pequeñín... Cuéntame algo emocionante.

—¿Emocionante?

—¿Qué vas a hacer el resto de la semana? No sabes lo que es estar aquí encerrada día tras día, con el tamaño de una ballena, obligada a comer arroz con leche y preguntándome qué estará pasando en el mundo.

—Ah..., pues es bastante aburrido. Copas esta noche en no sé qué embajada. La verdad es que preferiría quedarme en casa, pero Larry está empeñado en que vaya con él. Ha habido una conferencia en Nueva York sobre gente que está enfermando por el amianto y quiere ir a decirles que piensa que un tal Selikoff, que tiene algo que ver con todo eso, es un buscapleitos.

—Pero con cócteles, vestidos bonitos...

—Lo cierto es que yo preferiría acurrucarme mientras veo *Los Vengadores.* Hace demasiado calor como para arreglarse.

—¡Uf! Ni que lo digas. Me siento como si estuviese atrapada en mi propio horno de aquí —dijo dándose palmadas en el vientre—. ¡Ah! Sabía que tenía que contarte una cosa. Mary Odin se pasó ayer por aquí. Me dijo que Katherine y Tommy Houghton han decidido divorciarse. ¿Y a que no sabes lo que van a hacer?

Jennifer negó con la cabeza.

—Un divorcio de hotel. Al parecer, él ha aceptado que lo «pillen» en un hotel con una mujer para que puedan quedar libres sin los habituales retrasos. Pero eso no es todo.

—¿No?

—Mary dice que la mujer que ha aceptado que le hagan las fotografías con él es, en realidad, su amante. La que envió aquellas cartas. La pobrecita Katherine cree que él le está pagando a alguien para que lo haga. Ella ya está usando una de las cartas de amor como prueba. Al parecer, él le ha dicho a Katherine que le encargó a un amigo que las escribiera para que fuesen reales. ¿No es lo más espantoso que has oído nunca?

—Espantoso.

—Rezo por que Katherine no venga a verme. Sé que voy a terminar descubriéndole el pastel. Pobrecita. Y todos lo saben, menos ella.

Jennifer cogió una revista y empezó a hojearla, haciendo comentarios sobre alguna receta o el patrón de algún vestido. Se dio cuenta de que su amiga no la escuchaba.

—¿Estás bien? —Puso una mano sobre la colcha—. ¿Te traigo algo?

—Mantén los ojos abiertos por mí, ¿de acuerdo? —La voz de Yvonne sonaba tranquila, pero sus dedos hinchados tamborileaban sin cesar sobre la sábana.

—¿Qué quieres decir?

—Francis. Mantén los ojos abiertos ante cualquier visita inesperada. Visita femenina. —Había girado la cara hacia la ventana.

—Estoy segura de que Francis...

—Jenny, tú hazlo por mí, ¿de acuerdo?

Una breve pausa. Jennifer se miró un hilo suelto en la parte delantera de su falda.

—Por supuesto.

—Y, bueno, cuéntame qué vas a ponerte esta noche —dijo Yvonne cambiando de tema—. Como te he dicho, estoy deseando volver a ponerme ropa de calle. ¿Sabes que los pies me han crecido dos números? Si van a peor voy a terminar saliendo de aquí con botas de agua.

Jennifer se puso de pie y cogió su bolso, que había dejado en el respaldo de su silla.

—Casi se me olvida. Violet me ha dicho que vendrá después del té.

—Ay, señor. Más anécdotas sobre el terrible problema de Frederick con las caquitas.

—Vendré mañana, si puedo.

—Diviértete, querida. Yo daría lo que fuera por estar en un cóctel antes que estar aquí atrapada escuchando el incesante parloteo de Violet —repuso Yvonne suspirando—. Y pásame ese ejemplar del *Queen* antes de irte, ¿quieres? ¿Qué opinas del pelo de Jean Shrimpton? Se parece un poco a como lo llevaste tú en aquella desastrosa cena en casa de Maisie Barton-Hume.

Jennifer entró en su cuarto de baño y cerró la puerta antes de dejar caer la bata al suelo. Había sacado la ropa que iba a llevar esa noche: un vestido suelto de seda con cuello redondo y color vino tinto, con un chal de seda. Se recogería el pelo y se pondría los pendientes de rubíes que Laurence le había regalado por su treinta cumpleaños. Él se quejaba de que se los ponía poco. En su opinión, si se gastaba dinero en ella, al menos debía mostrar pruebas de ello.

Una vez decidida la ropa, se sumergiría en su bañera hasta que tuviese que pintarse las uñas. Después, se vestiría y, cuando Laurence llegara a casa, ella estaría dándose los últimos toques de maquillaje. Cerró los grifos y miró su reflejo en el espejo del armarito, secando el cristal cuando se empañó. Se quedó contemplándose hasta que el espejo volvió a enturbiarse. Después, abrió el armarito y buscó entre los botes marrones del estante superior hasta que encontró el que quería. Se tragó dos Valium con agua que bebió del vaso del lavabo. Vio el pentobarbital, pero decidió que sería demasiado si quería beber. Y desde luego que quería beber.

Se metió en la bañera al oír la puerta de la calle que anunciaba que la señora Cordoza había vuelto del parque y se deslizó en la reconfortante agua.

Laurence había llamado para decir que llegaría tarde otra vez. Ella se sentó en la trasera del coche mientras Eric, el chófer, se movía por las calles calurosas y secas para por fin detenerse en la puerta de la oficina de su marido.

—¿Espera en el coche, señora Stirling?

—Sí, gracias.

Vio cómo el joven subía rápidamente los escalones y desaparecía en el vestíbulo. A ella ya no le interesaba entrar en el despacho de su marido. Hacía alguna que otra aparición en recepciones y para desear feliz Navidad a los empleados cuando él insistía en que lo hiciera, pero ese lugar le hacía sentir incómoda. Su secretaria la miraba con una especie de curioso desdén, como si le hubiese hecho algo. Puede que se lo hubiese hecho. Últimamente, era habitual que le costara saber qué cosas había hecho mal.

Se abrió la puerta y salió Laurence con su traje gris oscuro de tweed, seguido del chófer. Aunque la temperatura estuviese por encima de los veinte grados, Laurence siempre vestía lo que consideraba adecuado. Las nuevas tendencias en moda masculina le resultaban incomprensibles.

—Ah, estás aquí. —Se metió en el asiento de atrás al lado de ella, llevando con él una oleada de aire caliente.

—Sí.

—¿Todo bien en casa?

—Todo bien.

—¿Ha llamado el chico para limpiar los escalones?

—Justo después de que te fueras.

—Quería salir sobre las seis. Malditas llamadas transatlánticas. Siempre entran después de lo que dicen.

Ella asintió con la cabeza. Sabía que no esperaba que respondiera.

Se incorporaron al tráfico de la noche. Al otro lado de Marylebone Road, ella pudo imaginarse el espejismo verde de Regent's Park y vio grupos de chicas que caminaban hacia allí con paso tranquilo y entre risas sobre las aceras resplandecientes, deteniéndose para intercambiar exclamaciones. Últimamente, había empezado a sentirse rara, mayor, cuando se enfrentaba a estas niñas sin corsé y con sus faldas cortas y sus llamativos maquillajes. Parecía que no les importara lo que los demás pudiesen pensar de ellas. Probablemente les llevaba solo diez años, pensó Jennifer, pero ella bien podría ser de la generación de su madre.

—Ah. Llevas ese vestido. —La voz de él estaba cargada de un tono de desaprobación.

—No sabía que no te gustara.

—Ni me gusta ni me disgusta. Es que creía que querrías llevar algo que te hiciera parecer menos... huesuda.

Nunca acababa. Aunque ella pensara que se había cubierto el corazón con un caparazón permanente de porcelana, él seguía encontrando el modo de desconcharlo.

Tragó saliva.

—Huesuda. Gracias. Supongo que ahora no puedo hacer mucho al respecto.

—No te enfades. Pero podrías pensar un poco más en tu forma de presentarte. —La miró brevemente—. Y quizá podrías usar un poco más de eso que llevas en la cara aquí —dijo señalándose bajo los ojos—. Pareces bastante cansada. —Apoyó la espalda en el asiento y se encendió un puro—. Muy bien, Eric. Rápido. Quiero estar allí antes de las siete.

Con un zumbido obediente del motor, el coche aumentó la velocidad. Jennifer miraba el ajetreo de las calles sin decir nada.

Elegante. Serena. Calmada. Estas eran las palabras que los amigos de ella, los de Laurence y sus socios usaban para describirla. La señora Stirling, un dechado de virtudes, siempre bien arreglada, nunca propensa a las emociones, histerias y estridencias de otras esposas inferiores. En ocasiones, cuando Laurence escuchaba algo así, decía: «¿Esposa perfecta? Si ellos supieran, ¿eh, cariño?». Los hombres que estaban en su presencia se reían serviciales y ella también sonreía. A menudo, esas veladas terminaban mal. En ciertas ocasiones, cuando ella descubría miradas fugaces entre Yvonne y Francis a alguno de los comentarios más mordaces de Laurence, o cuando veía que Bill se

LA ÚLTIMA CARTA DE AMOR

sonrojaba, ella sospechaba que su relación podría ser muy bien objeto de comentarios privados. Pero ninguno la presionaba. Al fin y al cabo, la vida hogareña de un hombre era una cuestión privada. Eran buenos amigos, demasiado buenos como para inmiscuirse.

—Y aquí está la encantadora señora Stirling. Estás preciosa. —El agregado sudafricano la agarró de las manos y la besó en las mejillas.

—¿No demasiado huesuda? —preguntó ella con tono inocente.

—¿Qué?

—Nada. —Sonrió—. Tú tienes un aspecto estupendo, Sebastian. Está claro que casarte te ha sentado bien.

Laurence dio al joven una palmada en la espalda.

—A pesar de todas mis advertencias.

Los dos hombres se rieron y Sebastian Thorne, que aún lucía el resplandor de los bien emparejados de verdad, sonreía orgulloso.

—Pauline está allí, por si quieres saludarla, Jennifer. Sé que está deseando verte.

—Voy para allá —contestó, agradecida por poder escaparse tan pronto—. Disculpadme.

Habían pasado cuatro años desde el accidente. Cuatro años en los que Jennifer se había enfrentado a la pena, la culpa, la pérdida de una aventura amorosa que apenas podía recordar, y había hecho serios intentos por salvar la relación que sí tenía.

En las pocas ocasiones en que había dejado que sus pensamientos volaran en esa dirección, había llegado a la conclusión de que debía de haberla invadido una especie de locura después de haber encontrado esas cartas. Recordaba sus esfuerzos frenéticos por averiguar la identidad de Boot, su equivocación al pensar que era Reggie y de qué manera temeraria le había perseguido, y casi sentía como si esas cosas le hubiesen pasado a otra persona. Ahora no podía imaginarse sintiendo una pasión así. No podía imaginarse la intensidad del deseo. Durante mucho tiempo, había estado arrepentida. Había traicionado a Laurence y su única esperanza era poder recompensárselo. Era lo menos que él podría esperar de ella. Se había entregado a esa tarea y había hecho desaparecer de su mente los pensamientos en ninguna otra persona. Las cartas, las que aún tenía, estaban bien guardadas en una caja de zapatos oculta en el fondo de su armario.

Deseaba haber sabido entonces que la rabia de Laurence iba a ser algo tan corrosivo y duradero. Ella le había pedido que la comprendiera, que le diera otra oportunidad, y él había mostrado un placer casi perverso al recordarle todos los aspectos en que ella le había ofendido. No le gustaba mencionar de forma explícita su traición —pues, al fin y al cabo, eso implicaba una pérdida de control por su parte y ella entendía ahora que a Laurence le gustaba que los demás le vieran siempre al control de todos los aspectos de su vida—, pero sí le hacía saber, cada día y en multitud de formas, cuáles eran sus defectos. Su forma de vestir. El modo de llevar la casa. Su incapacidad para hacerle feliz. Había días en que ella sospechaba que lo estaría pagando el resto de su vida.

Durante el último año, más o menos, él se había mostrado menos voluble. Ella sospechaba que tenía una amante. Saber eso no la perturbaba. De hecho, se sentía aliviada. Sus exigencias hacia ella habían ido a menos y eran menos duras. Sus menosprecios verbales parecían menos bruscos, como una costumbre que él no podía molestarse en romper.

Las pastillas ayudaban, tal y como ya le había dicho el señor Hargreaves. Aunque la hacían sentirse curiosamente apagada, pensaba que era un precio que probablemente merecía la pena pagar. Sí, como Laurence solía comentar a menudo, ella podía ser aburrida. Sí, puede que ya no brillara en las cenas, pero las pastillas conseguían que ya no llorara en momentos poco oportunos ni estuviese deseando salirse de la cama. Ya no le tenía miedo al mal humor de él y le importaba poco cuando él se le acercaba por las noches. Y, lo que era más importante, ya no se sentía tan destrozada por el dolor por todo lo que había perdido o por aquello de lo que era responsable.

No. Jennifer Stirling pasaba sus días moviéndose de forma majestuosa, con su cabello y su maquillaje perfectos, con una encantadora sonrisa en el rostro. La elegante y serena Jennifer, que daba las mejores cenas, tenía una casa bonita y conocía a lo mejor de la sociedad. La esposa perfecta para un hombre de su condición.

Y tenía sus recompensas. Eso sí se le permitía.

—Estoy absolutamente encantada de tener nuestra propia casa. ¿No pensabas lo mismo cuando tú y el señor Stirling os casasteis?

—Mi memoria no da para tanto. —Miró a Laurence, que estaba hablando con Sebastian, con una mano levantada hacia la boca mientras daba caladas a su sempiterno puro. En el techo, los ventiladores giraban perezosos y las mujeres se congregaban debajo de ellos en grupos enjoyados, dándose ocasionales toques con sus pañuelos de paño fino en el cuello.

Pauline Thorne sacó una pequeña cartera que contenía fotografías de su nueva casa.

—Nos hemos decantado por muebles modernos. Sebastian me dijo que podía hacer lo que yo quisiera.

Jennifer pensó en su casa, sus pesados muebles de caoba, la ostentosa decoración. Admiraba los limpios y blancos sillones de las fotografías, tan suaves que podrían haber sido cáscaras de huevo, las alfombras de colores luminosos, los cuadros modernos de las paredes. Laurence consideraba que su casa debía ser un reflejo de sí mismo. La veía como un lugar imponente donde se respiraba historia. Al mirar estas fotografías,

Jennifer se dio cuenta de que ella lo veía como un lugar pomposo, inmóvil. Asfixiante. Se recordó a sí misma que no debía ser desagradable. «A mucha gente le encantaría vivir en una casa como la de ella».

—Va a aparecer el mes que viene en la revista *Your House*. La madre de Seb la detesta. Dice que siempre que pone un pie en nuestra sala de estar piensa que va a ser abducida por los alienígenas. —La muchacha se rio y Jennifer sonrió—. Cuando le comenté que quizá convirtiera uno de los dormitorios en el cuarto del bebé, dijo que, a juzgar por el resto de la decoración, probablemente sacaría a un bebé de un huevo de plástico.

—¿Estáis deseando tener niños?

—Todavía no. Ni en mucho tiempo... —Colocó una mano en el brazo de Jennifer—. Espero que no te importe que te lo cuente, pero acabamos de terminar nuestra luna de miel. Mi madre me dio la famosa charla antes de irme. Ya sabes..., cómo debía someterme a Seb, que podría ser «un poco desagradable».

Jennifer pestañeó.

—Realmente pensaba que me iba a quedar traumatizada. Pero no es para nada así, ¿verdad?

Jennifer dio un sorbo a su copa.

—¿Estoy siendo demasiado indiscreta?

—En absoluto —contestó cortésmente. Supuso que quizá su cara había adquirido una palidez aterradora—. ¿Quieres tomar otra copa, Pauline? —preguntó cuando pudo volver a hablar—. Creo que la mía está vacía.

Se sentó en el baño de señoras y abrió su bolso. Desenroscó la tapa de un pequeño bote marrón y se tomó otro Valium. Solo uno, y quizá una copa más. Se sentó en el retrete, esperando a que el corazón volviera a latirle a la velocidad normal, y abrió la polvera para empolvarse la nariz, aunque no lo necesitara.

Pauline se había mostrado casi ofendida cuando se había alejado de ella, como si hubiese visto desairadas sus confidencias. Pauline se comportaba como una niña excitada y encantada por que le hubiesen permitido entrar en ese mundo nuevo de los adultos.

¿Alguna vez se había sentido así con Laurence?, se preguntó Jennifer sin entusiasmo. A veces, pasaba junto a su foto de bodas del recibidor y era como si mirase a unos desconocidos. La mayoría de las veces, trataba de no hacer caso. Cuando estaba con el humor torcido, como a veces decía Laurence que estaba, le daban ganas de gritarle a esa chica confiada de ojos grandes, de decirle que no se casara nunca. Hoy en día muchas mujeres no lo hacían. Tenían carreras profesionales y dinero propio y no se sentían obligadas a vigilar todo lo que decían ni hacían por si ofendían al único hombre cuya opinión, al parecer, importaba.

Trató de no pensar en Pauline Thorne dentro de diez años, cuando las palabras de adoración de Sebastian ya hubiesen quedado en el olvido, cuando las exigencias del trabajo, de los niños, de las preocupaciones por el dinero o el puro tedio de la rutina diaria hubiesen apagado su brillo. No debía mostrarse resentida. Mejor dejar que esa chica disfrutara del momento. Puede que su historia tuviera un final distinto.

Respiró hondo y volvió a aplicarse lápiz de labios.

Cuando regresó a la fiesta, Laurence había cambiado a un nuevo grupo. Ella se quedó en la puerta, observando cómo él se inclinaba para saludar a una joven a la que no reconocía. Él escuchaba con atención lo que ella decía, asintiendo. Volvió a hablar y todos los hombres rieron. Laurence acercó la boca a su oído y le murmuró algo y la mujer asintió, sonriendo. Seguro que le encontraba de lo más encantador, pensó Jennifer.

Eran las diez menos cuarto. Le habría gustado marcharse, pero sabía muy bien que no debía presionar a su marido. Se irían cuando él estuviese listo.

El camarero se acercaba hacia ella. Le puso delante una bandeja de plata llena de copas de champán.

—¿Señora?

De repente, su casa parecía estar a una distancia imposible.

—Gracias —contestó ella a la vez que cogía una.

Fue entonces cuando le vio, medio oculto tras una palmera. Al principio, le observó casi distraída, mientras una parte lejana de su mente se daba cuenta de que alguna vez había conocido a alguien cuyo pelo se unía al cuello de la camisa de la manera en que le ocurría a ese hombre. Hubo un tiempo —quizá un año atrás o más— en que le había visto por todas partes, un fantasma, su torso, su pelo, su risa trasplantada a otros hombres.

Su acompañante se reía a carcajadas, moviendo la cabeza a ambos lados como si le estuviese suplicando que no continuara. Levantaron sus copas el uno hacia el otro. Y entonces él se giró.

El corazón de Jennifer se detuvo. El sonido de la sala desapareció y, después, todo se inclinó. Ella no notó cómo la copa se le caía de los dedos y apenas oyó el golpe que resonó en el vasto atrio, un breve paréntesis en las conversaciones, los pasos rápidos de un camarero que corría hacia ella para limpiarlo. Oyó que Laurence, a poca distancia de ella, decía algo con tono de desprecio. Se quedó clavada al suelo hasta que el camarero le puso una mano en el brazo y le dijo: «Échese atrás, señora, por favor. Apártese».

La sala volvió a inundarse de conversaciones. La música continuó. Y, mientras ella miraba, el hombre del pelo oscuro le devolvió la mirada.

*Un consejo: la próxima vez que tengas un lío con una madre soltera, no esperes meses para asegurarte de que te presenta a su hijo. No lleves a ese niño al fútbol. No juegues a la familia feliz en pizzerías. No digas cosas como que es muy divertido estar todos juntos... y luego te largues, porque, como le dijiste a ****, NUNCA ESTUVISTE SEGURO DE QUE ELLA TE GUSTARA DE VERDAD.*

Una mujer a un hombre, por postal

13

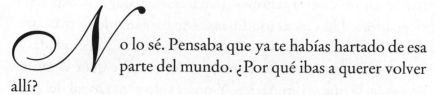o lo sé. Pensaba que ya te habías hartado de esa parte del mundo. ¿Por qué ibas a querer volver allí?

—Es una noticia importante y yo soy el mejor para escribirla.

—Ya estás haciendo un buen trabajo en las Naciones Unidas. Los jefes están contentos.

—Pero lo interesante de verdad está en el Congo, Don, lo sabes.

A pesar de los cambios sísmicos que habían tenido lugar, a pesar de su ascenso desde la sección de noticias a redactor jefe ejecutivo, el despacho de Don Franklin y el propio Don habían cambiado poco desde que Anthony O'Hare se había marchado de Inglaterra. Anthony había regresado cada año para visitar a su hijo y hacer acto de presencia en la redacción y, cada año, las ventanas estaban algo más manchadas de nicotina y las enormes montañas de recortes de prensa se elevaban de una forma algo más caótica.

—A mí me gusta así —decía Don cuando le preguntaban—. Además, ¿por qué narices iba a querer tener una visión más clara de esa lamentable lluvia?

Pero el despacho desaliñado y lleno de papeles de Don era una anomalía. El *Nation* estaba cambiando. Sus páginas eran más llamativas e imaginativas, dirigidas a un público más joven. Había secciones de reportajes llenas de consejos sobre maquillaje o que hablaban de las últimas tendencias musicales, cartas sobre anticonceptivos y columnas de cotilleos que informaban de aventuras extramatrimoniales de algunos personajes. En las oficinas del periódico, entre los hombres de camisas remangadas, había chicas con faldas cortas que se encargaban de las fotocopias y se apiñaban en grupos en los pasillos. Interrumpían sus conversaciones para mirarle pasar con expresión evaluadora. Las chicas londinenses se habían vuelto más atrevidas. Rara vez estaba solo durante sus visitas a la ciudad.

—Lo sabes tan bien como yo. Aquí nadie tiene la misma experiencia que yo en África. Y no es solo el personal del consulado de Estados Unidos el que está siendo tomado como rehén, son todos los blancos. Del país están llegando noticias terribles. A los jefes simba no les importa lo que están haciendo los rebeldes. Vamos, Don. ¿Me estás diciendo que Phipps es el mejor para ese trabajo? ¿O MacDonald?

—No lo sé, Tony.

—Créeme, a los americanos no les gusta que Carlson, su misionero, esté siendo mostrado por ahí como moneda de cambio. —Se inclinó hacia delante—. Se está barajando una operación de rescate... Se rumorea que la van a llamar Dragón Rojo.

—Tony, no sé si el redactor jefe quiere que ahora mismo haya alguien allí. Esos rebeldes están enajenados.

—¿Quién tiene mejores contactos que yo? ¿Quién sabe más del Congo y más sobre las Naciones Unidas? Llevo cuatro años en la madriguera, Don, cuatro malditos años. Me necesitas allí. Y yo necesito estar allí. —Podía ver cómo la determinación de Don se tambaleaba. La autoridad que a Anthony le proporcionaban los años que había pasado fuera y su apariencia impecable añadían más peso a sus peticiones. Durante cuatro años había informado fielmente sobre las idas y venidas políticas en el laberinto de las Naciones Unidas.

Durante el primer año le había dado poca importancia a todo lo que no fuera levantarse por las mañanas y asegurarse de que podía realizar su trabajo. Pero, desde entonces, le había estado dando vueltas a la irritante convicción de que la verdadera noticia, su vida, incluso, se estaba desarrollando en algún lugar lejos de donde se encontraba. Ahora el Congo, que se balanceaba sobre el borde del abismo desde el asesinato de Lumumba, amenazaba con derrumbarse y el sonido de su sirena, que antes había sido un zumbido lejano, se oía ahora de forma más insistente.

—Las reglas del juego han cambiado ahora allí —dijo Don—. No me gusta. No estoy seguro de que debamos tener a nadie en ese país hasta que todo se tranquilice un poco.

Pero Don sabía tan bien como Anthony que esa era la maldición de las corresponsalías de conflictos: el bien y el mal quedaban bien delimitados; la adrenalina aumentaba y uno se veía invadido por el arrojo, la desesperación y la camaradería. Podía quemarte, pero a cualquiera que hubiese estado allí le costaba disfrutar del esfuerzo tedioso de la vida «normal» en casa.

Cada mañana, Anthony hacía llamadas y buscaba en los periódicos las pocas líneas que habían conseguido publicarse para interpretar lo que estaba pasando. Iba a ser algo grande: podía sentirlo en el tuétano. Necesitaba estar allí, saborearlo y reflejarlo en el papel. Durante cuatro años había estado medio muerto. Necesitaba volver a sentirse vivo.

Anthony se apoyó sobre el escritorio.

—Oye, Philmore me ha dicho que el director le ha preguntado concretamente por mí. ¿Quieres decepcionarle?

Don encendió otro cigarrillo.

—Claro que no. Pero él no estaba aquí cuando tú... —Sacudió la ceniza del cigarrillo en un cenicero desbordado.

—¿Así que es eso? ¿Te preocupa que pueda recaer?

Por la avergonzada risa entre dientes de Don supo todo lo que necesitaba saber.

—Llevo años sin tomar una copa. He mantenido la nariz limpia. Me vacunaré contra la fiebre amarilla, si eso es lo que te preocupa.

—Solo estoy pensando en ti, Tony. Es peligroso. Mira, ¿qué me dices de tu hijo?

—Él no es un factor a tener en cuenta. —Dos cartas al año, si había suerte. Clarissa solo pensaba en Phillip, claro. Era mejor para él que no sufriera el trastorno del contacto cara a cara—. Deja que vaya tres meses. Para finales de año habrá terminado. Eso es lo que dicen.

—No sé...

—¿Alguna vez he incumplido un plazo? ¿No te he enviado buenas historias? Por el amor de Dios, Don, me necesitas allí. El periódico me necesita allí. Tiene que ser alguien que sepa moverse. Alguien con contactos. Imagínatelo. —Pasó su mano por un titular imaginario—: «Nuestro corresponsal en el Congo mientras los rehenes blancos son rescatados». Hazlo por mí, Don, y después hablaremos.

—No puedes quedarte quieto en un mismo sitio, ¿eh?

—Sé dónde tengo que estar.

Don hinchó sus mejillas como un hámster humano y, después, resopló con fuerza.

—De acuerdo, hablaré con el dios de las alturas. No te prometo nada, pero hablaré con él.

—Gracias. —Anthony se puso de pie para marcharse.

—Tony.

—¿Qué?

—Tienes buen aspecto.

—Gracias.

—Lo digo en serio. ¿Te apetece tomar una copa esta noche? ¿Tú, yo y algunos de la vieja panda? Miller está en Londres. Podríamos tomarnos unas cervezas... o agua con hielo, Coca-Cola, lo que sea.

—He dicho que iba a ir a una cosa con Douglas Gardiner.

—¿Cómo?

—En la embajada de Sudáfrica. Tengo que poner al día mis contactos.

Don negó con la cabeza con gesto de resignación.

—Gardiner, ¿eh? Dile de mi parte que no sabría escribir ni en una bolsa de papel.

Cheryl, la secretaria de la redacción, estaba de pie junto al armario de papelería y le guiñó un ojo cuando pasó junto a ella al salir. Le guiñó el ojo de verdad. Anthony O'Hare se preguntó si las cosas habían cambiado más de lo que pensaba mientras él estaba fuera.

—¿Que te ha guiñado el ojo? Tony, amigo mío, has tenido suerte de que no te haya empujado contra ese maldito armario.

—Solo he estado fuera unos años, Dougie. Sigue siendo el mismo país.

—No. —Douglas pasó la vista por la sala—. No lo es, amigo. Londres es ahora el centro del universo. Todo sucede aquí, colega. La igualdad entre hombres y mujeres no es más que una parte.

Tenía que reconocer que era verdad lo que Douglas había dicho. Incluso el aspecto de la ciudad había cambiado: habían desaparecido muchas de las sobrias calles, las elegantes y desaliñadas fachadas y los ecos de la penuria de posguerra. Habían sido sustituidos por letreros luminosos, boutiques para mujeres con nombres como Party Girl y Jet Set, restaurantes extranjeros y rascacielos. Cada vez que regresaba a Londres se sentía más forastero: habían desaparecido puntos de referencia conocidos y los que resistían habían quedado ensombrecidos por la Torre de la Oficina de Correos u otros ejemplos de su arquitectura futurista. Su viejo edificio de apartamentos había sido demolido y sustituido por algo de lo más moderno. El club de jazz Alberto's era ahora un local de rock and roll. Incluso la ropa era más llamativa. La generación más vieja, anclada en los marrones y azules oscuros, parecía ahora más anticuada y descolorida de lo que en realidad había sido.

—Y bien..., ¿echas de menos estar en el campo de batalla?

—Qué va. Algún día tendremos todos que dejar los cascos de metal, ¿no? Hay en este trabajo mujeres más atractivas, eso seguro. ¿Qué tal por Nueva York? ¿Qué opinas de Johnson?

—No es Kennedy, eso te lo aseguro... ¿Y qué haces ahora? ¿Moverte por la alta sociedad?

—No es como cuando te fuiste, Tony. No quieren esposas de embajadores ni chismes sobre indiscreciones. Ahora todo gira en torno a las estrellas del pop, como los Beatles y Cilla Black. Nadie de alcurnia. La columna de sociedad es ahora igualitaria.

El sonido de un vaso al romperse resonó en el enorme salón de baile. Los dos hombres interrumpieron su conversación.

—Vaya. Alguien ha bebido demasiado —comentó Douglas—. Algunas cosas no cambian. Las damas siguen sin soportar bien el alcohol.

—Bueno, yo tengo la sensación de que algunas de las chicas de la redacción tienen más aguante que yo.

—¿Sigues sin beber?

—Llevo ya más de tres años.

—No durarías mucho en este trabajo. ¿Lo echas de menos?

—Cada maldito día.

Douglas había dejado de reírse y miraba por detrás de él. Anthony giró la cabeza.

—¿Tienes que hablar con alguien? —Se hizo amablemente a un lado.

—No. —Douglas entrecerró los ojos—. Creía que alguien me estaba mirando. Pero creo que es a ti. ¿La conoces?

Anthony se dio la vuelta. Y la mente se le quedó en blanco. Entonces sintió el impacto con la inevitable brutalidad de una bola de demolición. Claro que ella estaba allí. La única persona en la que había intentado no pensar. La única que esperaba no volver a ver. Había venido a Inglaterra para pasar algo menos de una semana y allí estaba ella. La primera noche que salía.

Vio su vestido rojo oscuro, la postura casi perfecta que la hacía sobresalir entre todas las demás mujeres de la sala. Cuando sus miradas se cruzaron, ella pareció balancearse.

—No. No sería a ti —comentó Douglas—. Mira, va hacia la terraza. Sé quién es. Es... —Chasqueó los dedos—. Stirling. La mujer de ese tal Stirling. El magnate del amianto. —Inclinó la cabeza a un lado—. ¿Te importa si nos acercamos? Puede servirme para mi columna. Hace unos años era la reina de la alta sociedad. Probablemente prefieran un artículo sobre Elvis Presley, pero nunca se sabe...

Anthony tragó saliva.

—Claro. —Se colocó bien el cuello, respiró hondo y siguió a su amigo entre la multitud en dirección a la terraza.

—Señora Stirling.

Ella estaba mirando hacia la bulliciosa calle londinense, de espaldas a él. Su pelo estaba peinado en un recogido escultural de brillantes rizos y de las orejas le pendían unos rubíes. Se giró despacio y se llevó la mano a la boca.

Tenía que pasar, se dijo él. Quizá verla así, verse obligado a saludarla, significaría que por fin podría darle un final. Y, mientras pensaba esto, no se le ocurría qué decirle. ¿Tendrían alguna conversación de cortesía? Quizá ella se disculparía y se marcharía. ¿Le avergonzaba lo que había pasado? ¿Se sentía culpable? ¿Se había enamorado de otra persona? Esos pensamientos se arremolinaban con fuerza en la mente de Anthony.

Douglas extendió la mano, ella la estrechó, pero sus ojos se posaron en Anthony. De su rostro había desaparecido todo el color.

—¿Señora Stirling? Douglas Gardiner, del *Express*. Nos conocimos en Ascot, creo, en verano.

—Ah, sí —contestó ella, la voz se le entrecortó—. Lo siento —susurró—. Yo..., yo...

—¿Se encuentra bien? Está muy pálida.

—Yo..., la verdad es que estoy un poco mareada.

—¿Quiere que vaya a por su marido? —Douglas la agarró del codo.

—¡No! —contestó—. No. —Tomó aire—. Solo un vaso de agua, si es tan amable.

Douglas le lanzó a él una mirada fugaz. «Mira lo que tenemos aquí».

—Tony..., ¿te quedas un momento con la señora Stirling, por favor? Vuelvo enseguida. —Douglas volvió a entrar en la fiesta y, al cerrar la puerta, amortiguando el sonido de la música, solo quedaron ellos dos. Ella le miraba con los ojos abiertos de par en par y expresión de espanto. No parecía capaz de hablar.

—¿Tan malo es? Me refiero a verme. —Había en la voz de él un ligero tono de tensión. No podía evitarlo.

Ella parpadeó, apartó los ojos y volvió a mirarlo, como para confirmar que seguía de verdad ahí.

—Jennifer, ¿quieres que me vaya? Lo siento, no quería molestarte. Es que Dougie...

—Me dijeron..., me dijeron que tú... estabas... muerto. —La voz le salía como si estuviese tosiendo.

—¿Muerto?

—En el accidente. —Estaba sudando, con la piel pálida y cerosa. Por un momento, él se preguntó si de verdad iba a desmayarse. Dio un paso adelante y la giró hacia el saliente del balcón mientras se quitaba la chaqueta para que ella pudiera sentarse. Jennifer dejó caer la cabeza entre las manos y soltó un leve gemido—. No puedes estar aquí. —Era como si hablase consigo misma.

—¿Qué? No entiendo. —Se preguntó brevemente si se había vuelto loca.

Jennifer levantó lá mirada.

—Íbamos en un coche. Hubo un accidente... ¡No puedes ser tú! Es imposible. —Bajó los ojos a sus manos, como si esperara que se evaporaran.

—¿Un accidente? —Se arrodilló junto a ella—. Jennifer, la última vez que te vi fue en un club, no en un coche.

Ella negaba con la cabeza, al parecer sin comprender nada.

—Te escribí una carta...

—Sí.

—Pidiéndote que te vinieras conmigo.

Ella asintió.

—Y estuve esperando en la estación. No apareciste. Pensé que habías decidido no hacerlo. Después, recibí tu carta, me la hicieron llegar, en la que dejabas claro, en repetidas ocasiones, que estabas casada.

Pudo decirlo con voz muy calmada, como si no fuese más importante que si hubiese estado esperando a un viejo amigo. Como si su ausencia no le hubiese sesgado la vida, su felicidad, durante cuatro años.

—Pero yo iba a reunirme contigo.

Se quedaron mirándose.

Ella volvió a dejar caer la cara entre sus manos y los hombros empezaron a agitársele. Él se puso de pie, miró detrás de ella, hacia el salón de baile iluminado, y le puso una mano sobre el hombro. Ella se estremeció, como si le hubiese quemado. Él se fijó en la silueta de su espada por debajo del vestido y la respiración se le quedó atrapada en la garganta. No podía pensar con claridad. Apenas podía pensar en nada.

—Todo este tiempo... —dijo ella mirándole con lágrimas en los ojos—. Todo este tiempo... y estabas vivo.

—Yo supuse... que simplemente no habías querido venir conmigo.

—¡Mira! —Se levantó la manga para enseñarle la línea dentada y en relieve que le recorría el brazo—. No recordaba nada. Durante varios meses. Aún recuerdo poco de esa época. Él me dijo que habías muerto. Me dijo que...

—Pero ¿no veías mi nombre en el periódico? Hay artículos míos casi a diario.

—Yo no leo los periódicos. Ya no. ¿Para qué?

Las implicaciones de lo que ella decía empezaban a cobrar sentido y Anthony empezó a sentir que perdía el equilibrio. Ella se giró hacia las puertas del balcón, ahora medio empañadas, y, a continuación, se secó los ojos con los dedos. Él le ofreció su pañuelo y ella lo cogió con timidez, como si aún temiese tener contacto con su piel.

—No puedo seguir aquí afuera —dijo ella cuando recuperó la compostura. El rímel le había dejado una mancha negra por debajo del ojo y él controló el impulso de limpiársela—. Se estará preguntando dónde estoy. —Había nuevas arrugas alrededor de sus ojos; la ingenuidad de su piel había quedado suplantada por algo más tenso. La niñez había desaparecido, sustituida por una nueva y sutil sabiduría. Él no podía dejar de mirarla.

—¿Cómo puedo ponerme en contacto contigo?

—No puedes. —Movió ligeramente la cabeza a un lado y a otro, como si estuviese tratando de aclarársela.

—Me hospedo en el Regent —dijo él—. Llámame mañana. —Se metió la mano en el bolsillo y escribió algo en una tarjeta de visita.

Ella la cogió y se quedó mirándola, como si estuviese grabando la información en su memoria.

—Aquí tiene. —Douglas había aparecido entre los dos. Le extendió un vaso de agua—. Su marido está hablando con unas personas justo al otro lado de la puerta. Puedo ir a por él si quiere.

—No..., no. Ya me recupero. —Dio un sorbo al vaso—. Muchas gracias. Tengo que irme, Anthony.

Cuando vio el modo en que ella pronunciaba su nombre, «Anthony», se dio cuenta de que estaba sonriendo. Ahí estaba ella, a pocos centímetros de distancia. Ella le había amado, había sufrido por él. Había intentado llegar hasta él aquella noche. Fue como si la tristeza de cuatro años se hubiese borrado.

—¿Es que se conocen?

Anthony oyó que Douglas le hablaba como si estuviese lejos, le vio dirigiéndose hacia las puertas. Jennifer daba sorbos al agua sin que sus ojos dejaran de mirarle. Sabía que en las próximas horas maldeciría a los dioses que hubiesen considerado divertido hacer que sus vidas se separaran y sufrieran por el tiempo que habían perdido. Pero, por el momento, solo podía sentir que la alegría le inundaba, porque aquello que creía haber perdido para siempre había regresado a él.

Llegó el momento de que ella se fuera. Se puso de pie y se alisó el pelo.

—¿Tengo... buen aspecto?

—Estás...

—Está maravillosa, señora Stirling. Como siempre. —Douglas abrió la puerta.

Una pequeña sonrisa, desgarradora por lo que con ella le expresaba a Anthony. Pasó por su lado, extendió una mano delgada y le tocó el brazo justo por encima del codo. Y, a continuación, entró en la atestada sala de baile.

Douglas levantó una ceja cuando la puerta se cerró después de que ella saliera.

—No me lo digas. ¿Otra de tus conquistas? —preguntó—. Viejo astuto. Siempre consigues lo que deseas.

Anthony seguía con la mirada fija en la puerta.

—No —contestó en voz baja—. No siempre.

Jennifer mantuvo silencio durante el corto trayecto de vuelta a la casa. Laurence se había ofrecido a llevar en el coche a un compañero de trabajo al que ella no conocía, lo cual implicó que pudiera permanecer en silencio mientras los dos hombres hablaban.

—Por supuesto, Pip Marchant ha vuelto a las andadas, con todo su capital invertido en un único proyecto.

—Es un rehén del destino. Su padre era igual.

—Seguro que si retrocedes lo suficiente en su árbol genealógico llegarás a la burbuja especulativa de los Mares del Sur.

—¡Yo creo que se pueden encontrar varias de ellas! Todas llenas solo de aire caliente.

El aire del interior del gran coche negro estaba cargado por el humo del puro. Laurence se mostraba hablador, terco, como solía ponerse cuando estaba rodeado de empresarios o iba macerado en whisky. Ella apenas le oía, abrumada por lo que acababa de saber. Miraba hacia las calles silenciosas mientras el coche se deslizaba, sin ver la belleza que la rodeaba ni las personas esporádicas que caminaban despacio en dirección a sus casas, sino el rostro de Anthony. Sus ojos marrones, cuando se clavaron en los de ella; su cara un poco más arrugada, pero, quizá, más atractiva, más relajada. Aún podía sentir la calidez de su mano sobre su espalda.

«¿Cómo puedo ponerme en contacto contigo?».

Vivo durante esos cuatro años. Viviendo, respirando, dando sorbos a tazas de café y escribiendo a máquina. Vivo. Podría haberle escrito, haberle hablado. Haberse ido con él.

Tragó saliva en un intento por contener la emoción tumultuosa que amenazaba con desbordarse en su interior. Llegaría un momento en el que habría que enfrentarse a todo lo que había llevado a aquello, al hecho de que ella estuviese ahí, en ese coche con un hombre que ya ni siquiera consideraba necesario reconocer su presencia. Ahora no era ese momento. La sangre le hervía por dentro. «Vivo», decía.

El coche se detuvo en Upper Wimpole Street. Eric bajó del asiento del chófer y abrió la puerta del pasajero. El empresario se apeó soltando humo de su puro.

—Muchas gracias, Larry. ¿Te veo esta semana en el club? Te invito a cenar.

—Estoy deseándolo. —El hombre se dirigió con caminar pesado hacia la puerta de su casa, que se abrió, como si alguien hubiese estado esperando su llegada. Laurence vio cómo su amigo desaparecía y, después, volvió a mirar al frente—. A casa, por favor, Eric. —Se removió en su asiento.

Ella sintió que la miraba.

—Estás muy callada. —Siempre decía eso con tono de desaprobación.

—¿Sí? No he creído que tuviera nada que añadir a vuestra conversación.

—Sí. Bueno. No ha estado mal la velada, al final. —Se acomodó en el asiento con un gesto de asentimiento.

—No —contestó ella en voz baja—. No ha estado mal en absoluto.

Lo siento, pero tengo que romper contigo. No te sientas mal, porque no es culpa tuya. Dave ha dicho que quiere intentarlo contigo si a mí me parece bien. Por favor, no, porque tendría que seguir viéndote.

Un hombre a una mujer, por mensaje de texto

14

En tu hotel a mediodía. J

Anthony miraba fijamente la carta con aquella única línea.

—Entregado en mano esta mañana. —Cheryl, la secretaria de la redacción, estaba delante de él, con un lápiz entre sus dedos índice y corazón. Su pelo corto y asombrosamente rubio era tan denso que él se preguntó por un momento si sería una peluca—. No estaba segura de si debía llamarte, pero Don ha dicho que ibas a venir.

—Sí. Gracias. —Dobló la nota con cuidado y se la metió en el bolsillo.

—Una monada.

—¿Quién..., yo?

—Tu nueva novia.

—Muy graciosa.

—Lo digo en serio. Aunque me ha parecido que tenía demasiada clase para ti. —Se sentó en el filo de su mesa mientras le miraba a través de sus pestañas increíblemente negras.

—Sí que tiene demasiada clase para mí. Y no es mi novia.

—Ah, sí, se me olvidaba. Ya tienes una en Nueva York. Esta está casada, ¿no?

—Es una vieja amiga.

—¡Ja! Yo también tengo viejos amigos así. ¿Te la vas a llevar a África contigo?

—No sé si me voy a ir a África. —Se reclinó en su asiento y entrelazó los dedos por detrás de la cabeza—. Y estás siendo de lo más entrometida.

—Esto es un periódico, por si no te habías dado cuenta. Nos dedicamos a ser entrometidos.

Él apenas había dormido, con los sentidos hipersensibles a todo lo que le rodeaba. Había dejado de intentar dormir a las tres y fue a sentarse al bar del hotel, bebiendo tazas de café, repasando su conversación, tratando de dar sentido a lo que habían hablado. Durante la madrugada, había contenido el deseo de coger un taxi hasta la plaza y sentarse en la puerta de su casa solo por el placer de saber que ella estaba dentro, a unos metros de distancia.

«Iba a reunirme contigo».

Cheryl seguía mirándole. Él tamborileaba con los dedos sobre la mesa.

—Sí —contestó él—. Bueno, en mi opinión, todo el mundo anda demasiado interesado en las historias de los demás.

—Así que sí que tienes una historia con ella. Sabes que en el departamento de redacción están ya haciendo apuestas sobre ella.

—Cheryl...

—Bueno, es que no hay mucho de que hablar a estas horas de la mañana. ¿Y qué hay en la carta? ¿Dónde la vas a ver? ¿En algún lugar bonito? ¿Ella lo paga todo, visto lo forrada que está?

—¡Dios santo!

—Pues, entonces, no debe de tener mucha experiencia en aventuras amorosas. Dile que la próxima vez que entregue una nota de amor debería quitarse antes el anillo de casada.

Anthony dejó escapar un suspiro.

—Jovencita, como secretaria estás desaprovechada.

Ella bajó la voz hasta convertirla en un susurro:

—Si me dices su nombre, compartiré contigo el dinero. Es un buen pellizco.

—Dios mío, que me envíen a África. La Unidad de Interrogatorios del Ejército Congolés no es nada en comparación contigo.

Ella soltó una carcajada gutural y volvió a su máquina de escribir.

Él desdobló la nota. La simple visión de aquella letra redondeada le devolvió de nuevo a Francia, a las notas que recibía por debajo de la puerta en una semana idílica un millón de años atrás. Una parte de él había sabido que ella se pondría en contacto con él. Se sobresaltó al ver que Don ya había entrado.

—Tony, el director quiere hablar contigo. Arriba.

—¿Ahora?

—No. El martes de dentro de tres semanas. Sí, ahora. Quiere hablar contigo sobre tu futuro. Y, no, por desgracia, no te van a despedir. Creo que está tratando de decidir si te envía de vuelta a África o no. —Don le clavó un dedo en el hombro—. ¿Hola? ¿Estás sordo? Tienes que aparentar que sabes lo que haces.

Anthony apenas le oía. Eran ya las once y cuarto. El director no era un hombre al que le gustara hacer las cosas con prisas y era del todo posible que estuviese con él, por lo menos, una hora. Se giró hacia Cheryl.

—Rubia, hazme un favor. Llama a mi hotel. Diles que Jennifer Stirling iba a verse conmigo a las doce. Pídeles que alguien le informe de que llegaré más tarde, pero que no se marche. Que llegaré. Que no se vaya.

La sonrisa de Cheryl estaba llena de satisfacción.

—¿La *señora* Jennifer Stirling?

—Como te he dicho antes, es una vieja amiga.

Anthony vio que Don llevaba la misma camisa del día anterior. Siempre llevaba la camisa del día anterior. También vio que negaba con la cabeza.

—Dios mío, ¿otra vez esa tal Stirling? ¿Cuándo dejarás de meterte en problemas?

—No es más que una amiga.

—Y yo soy Twiggy. Vamos. Ve a explicarle al Gran Jefe Blanco por qué debe dejar que te ofrezcas como sacrificio ante los rebeldes simba.

Sintió alivio al ver que ella seguía allí. Se había retrasado más de media hora. Estaba sentada junto a una mesita del lujoso y recargado salón donde las molduras de escayola se asemejaban al glaseado de un pastel de Navidad exageradamente adornado y la mayoría de las demás mesas estaban ocupadas por ancianas viudas que lanzaban exclamaciones de sorpresa en voz baja ante las maldades del mundo moderno.

—He pedido té —dijo ella cuando él se sentó enfrente mientras se disculpaba por quinta vez—. Espero que no te importe.

Llevaba el pelo suelto. Vestía un jersey negro y unos pantalones beis entallados. Estaba más delgada que antes. Él supuso que era esa la moda.

Trató de controlar su respiración. Se había imaginado muchas veces este momento, agarrándola entre sus brazos en su reencuentro apasionado. Ahora se sentía desconcertado ante la serenidad de ella, la formalidad del entorno.

Llegó una camarera empujando un carrito del que cogió una tetera, una jarra de leche, unos sándwiches de pan blanco cortados con precisión, tazas, platillos y platos. Él vio que probablemente podría meterse cuatro sándwiches de esos en la boca a la vez.

—Gracias.

—Tú no... tomas azúcar —dijo ella con el ceño fruncido, como si estuviese tratando de recordar.

—No.

Dieron un sorbo a su té. Él abrió la boca varias veces para hablar, pero no dijo nada. Seguía mirándola de reojo, apreciando detalles diminutos. La familiar forma de sus uñas. Sus muñecas. Su forma de erguirse cada cierto tiempo desde la cintura, como si una voz lejana le estuviese diciendo que pusiera la espalda recta.

—Lo de ayer fue una gran sorpresa —dijo ella por fin a la vez que dejaba su taza sobre el platillo—. Yo... debo pedirte disculpas por el modo en que me comporté. Debiste de pensar que estaba muy rara.

—Es completamente comprensible. No todos los días se ve a alguien que ha resucitado de entre los muertos.

Una pequeña sonrisa.

—Algo así.

Sus ojos se cruzaron y los apartaron hacia otro lado. Ella se inclinó hacia delante y sirvió más té.

—¿Dónde vives ahora?

—He estado en Nueva York.

—¿Todo este tiempo?

—No había ningún motivo real para regresar.

Otro silencio incómodo que rompió ella:

—Tienes buen aspecto. Muy bueno.

Tenía razón. Era imposible vivir en el corazón de Manhattan y andar desaliñado. Había vuelto este año a Inglaterra con un armario de buenos trajes y multitud de nuevos hábitos: buen afeitado, zapatos limpios, abstinencia...

—Tú estás muy guapa, Jennifer.

—Gracias. ¿Te vas a quedar mucho tiempo en Inglaterra?

—Probablemente no. Quizá me vuelva a ir fuera. —Observó su rostro para ver el efecto que la noticia podría tener en ella. Pero ella se limitó a coger la leche—. No —dijo él levantando una mano—. Gracias.

La mano de ella se quedó inmóvil, como si se sintiese decepcionada consigo misma por haberse olvidado.

—¿Qué tiene en mente el periódico para ti? —Puso un sándwich en un plato y lo dejó delante de él.

—Quieren que me quede aquí, pero yo quiero volver a África. Las cosas se han puesto muy complicadas en el Congo.

—¿No es muy peligroso?

—Esa no es la cuestión.

—Quieres estar en el meollo.

—Sí. Es una historia importante. Además, me horroriza quedarme sentado en una mesa. Estos últimos años han sido... —Trató de pensar en una expresión que pudiera usar sin peligro: «¿Estos años en Nueva York me han mantenido cuerdo? ¿Me han permitido estar alejado de ti? ¿Han evitado que me lanzara a una granada en algún país extranjero?» —... útiles, porque probablemente el director necesitaba verme bajo un prisma distinto —dijo por fin—. Pero estoy dispuesto a dar un paso adelante. Volver a lo que mejor se me da.

—¿Y no hay lugares más seguros donde puedas satisfacer esa necesidad?

—¿Te parece que soy de los que quieren andar entre sujetapapeles y archivos?

Ella lo miró con una pequeña sonrisa.

—¿Y tu hijo?

—Apenas le veo. Su madre prefiere que me mantenga alejado. —Dio un sorbo a su té—. Una corresponsalía en el Congo no supondría una gran diferencia cuando solo nos comunicamos por carta.

—Eso debe de ser duro.

—Sí. Sí que lo es.

Un cuarteto de cuerda había empezado a tocar en el rincón. Ella miró hacia atrás un momento, lo cual le proporcionó unos segundos para observarla sin reparos, su perfil, la pequeña inclinación de su labio superior. Algo en él se contrajo y supo, con una punzada de dolor, que nunca más amaría a nadie como había amado a Jennifer Stirling. Cuatro años no habían servido para liberarle y, probablemente, tampoco servirían otros diez. Cuando Jennifer volvió a girarse hacia él, Anthony supo que no podía hablar o lo delataría todo, se abriría en canal como alguien mortalmente herido.

—¿Te gustaba Nueva York? —preguntó ella.

—Probablemente fue mejor para mí que quedarme aquí.

—¿Dónde vivías?

—En Manhattan. ¿Conoces Nueva York?

—No lo suficiente como para hacerme una idea real de dónde dices —confesó ella—. ¿Y... te has vuelto a casar?

—No.

—¿Tienes novia?

—He estado saliendo con alguien.

—¿Americana?

—Sí.

—¿Está casada?

—No. Curiosamente.

La expresión de ella no varió.

—¿Vais en serio?

—Aún no lo he decidido.

Ella se permitió sonreír.

—No has cambiado.

—Tú tampoco.

—Yo sí —repuso ella en voz baja.

Él quería tocarla. Deseaba tirar toda la vajilla de la maldita mesa, lanzarse por encima de ella y abrazarla. De repente, se sentía furioso, agobiado en ese lugar tan ridículo y formal. Ella había estado rara la noche anterior, pero, al menos, sus tumultuosas emociones eran reales.

—¿Y a ti? ¿Te ha tratado bien la vida? —preguntó al ver que ella no iba a hablar.

Le dio un sorbo a su té. Parecía casi letárgica.

—¿Que si me ha tratado bien la vida? —Ella sopesó la respuesta—. Bien y mal. Estoy segura de que no soy diferente a ninguna otra.

—¿Sigues pasando temporadas en la Costa Azul?

—No, si puedo evitarlo.

Quiso preguntarle: «¿Es por mí?». No parecía que ella fuese a dar más explicaciones. ¿Dónde estaba el ingenio? ¿La pasión? ¿Esa sensación latente que había tenido en su interior de algo que amenazaba con entrar en erupción, ya fuese una risa inesperada o una oleada de besos? Parecía estar aplastada, enterrada bajo los gélidos buenos modales.

En el rincón, el cuarteto de cuerda hizo una pausa entre dos tiempos. Anthony sentía una frustración cada vez mayor.

—Jennifer, ¿por qué me has invitado a venir aquí?

Se dio cuenta de que parecía cansada, pero también febril, con los pómulos encendidos por unos puntos de colores llamativos.

—Lo siento —continuó él—. No quiero ningún sándwich. No quiero sentarme en este lugar a escuchar esa maldita música de cuerda. Si me he ganado algo por estar supuestamente muerto durante los últimos cuatro años debe ser el derecho a no tener que sentarme a tomar el té y mantener una conversación de cortesía.

—Yo... solo quería verte.

—¿Sabes? Cuando te vi al otro lado de la sala ayer seguía enfadado contigo. Todo este tiempo he supuesto que le habías elegido a él, ese modo de vida, en lugar de a mí. He ensayado discusiones contigo en mi cabeza, te he reprendido por no haber contestado a mis últimas cartas...

—Por favor, no... —Levantó una mano en el aire para interrumpirle.

—Y, entonces, te veo y me dices que intentaste venirte conmigo. Y tengo que replantearme todo aquello que he creído durante los últimos cuatro años, todo lo que creía que era real.

—No hablemos de eso, Anthony, de lo que podría haber sido... —Colocó las manos sobre la mesa por delante de ella, como si estuviese repartiendo cartas de una baraja—. Yo... no puedo.

Se quedaron sentados uno enfrente del otro, la mujer inmaculadamente vestida y el hombre tenso. A él se le ocurrió la idea, por un breve momento de humor negro, de que para los que les miraran parecían lo suficientemente tristes como para ser un matrimonio.

—Dime una cosa —preguntó él—. ¿Por qué le eres tan leal? ¿Por qué te has quedado con alguien que claramente no te hace feliz?

Ella levantó los ojos hacia los de él.

—Supongo que porque le fui muy desleal.

—¿Crees que él ha sido leal contigo?

Ella le sostuvo un momento la mirada y, a continuación, miró su reloj.

—Tengo que irme.

Él la miró con una mueca de dolor.

—Lo siento. No diré nada más. Solo necesito saber...

—No es por ti. De verdad. Es que tengo que ir a otro sitio.

Él se contuvo.

—Por supuesto. Perdona. He sido yo el que ha llegado tarde. Siento haberte hecho perder el tiempo. —No podía evitar la rabia de su voz. Maldijo a su director por robarle esa media hora tan valiosa, se maldijo por lo que ya sabía que eran oportunidades desaprovechadas y por haberse permitido acercarse a algo que aún tenía el poder de abrasarle.

Ella se puso de pie para marcharse y apareció un camarero para ayudarla con el abrigo. Siempre habría alguien para ayudarla, pensó él distraídamente. Era de ese tipo de mujeres. Él se quedó inmóvil, pegado a la mesa.

¿La había malinterpretado? ¿Tenía un recuerdo equivocado de la intensidad del breve tiempo que estuvieron juntos? Le entristeció la idea de que fuese así. ¿Era peor tener el recuerdo de algo perfecto que ha sido mancillado, sustituido por otra cosa que no tiene explicación y que es decepcionante?

El camarero le sostenía el abrigo por los hombros. Ella metió los brazos por las mangas, de uno en uno, con la cabeza agachada.

—¿Esto es todo?

—Lo siento, Anthony. De verdad que tengo que irme.

Él se puso de pie.

—¿No vamos a hablar de nada? ¿Después de todo esto? ¿Alguna vez piensas siquiera en mí?

Antes de que él pudiese decir nada más, ella se dio la vuelta y se marchó.

Jennifer se echó agua fría por decimoquinta vez en sus ojos enrojecidos e hinchados. En el espejo del baño, su reflejo le mostraba a una mujer derrotada. Una mujer tan alejada de la señora consentida de hacía cinco años que bien podría haberse tratado de dos especies distintas más que de dos personas distintas. Dejó que sus dedos recorrieran las sombras que tenía bajo los ojos, las nuevas arrugas de estrés que tenía en la frente, y se preguntó qué había visto él al mirarla.

«Te aplastará, hará desaparecer aquello que hace que seas tú».

Abrió el armario de las medicinas y miró la ordenada fila de botes marrones. No podía contarle que había estado tan asustada antes de reunirse con él que se había tomado el doble de la dosis de Valium recomendada. No podía decirle que le había oído como si le hablara a través de la niebla, que había estado tan disociada de lo que hacía que apenas podía sostener la tetera. No podía decirle que el hecho de tenerle tan cerca como para poder ver cada arruga de sus manos y aspirar el olor de su colonia la había paralizado.

Jennifer abrió el grifo de agua caliente y el agua cayó por el desagüe, salpicando por encima de la porcelana y dejando manchas oscuras sobre sus pantalones claros. Cogió el Valium del estante de arriba y abrió la tapa.

Tú eres más fuerte que yo, puedes soportar vivir con la posibilidad de un amor así y el hecho de que nunca se nos va a permitir compartirlo.

No tan perspicaz como creías, Boot.

Oyó la voz de la señora Cordoza abajo y cerró la puerta del baño. Colocó las dos manos sobre el borde del lavabo. «¿Puedo hacerlo?».

Levantó el bote y vació el contenido por el desagüe, viendo cómo el agua se llevaba las pequeñas pastillas blancas. Desenroscó otro, apenas sin detenerse a mirar su contenido. Sus «pequeñas ayudas». Todos las tomaban, le había dicho Yvonne con tono despreocupado la primera vez que Jennifer se había sentado en su cocina y vio que no podía dejar de llorar. Los médicos estaban encantados de recetarlas. Eso la aplacaría un poco. Estoy tan aplacada que ya no me queda nada dentro, pensó antes de coger el siguiente bote.

Habían desaparecido todas. El estante estaba vacío. Se quedó mirándose en el espejo mientras, con un borboteo, las últimas pastillas desaparecían de su vista.

Había problemas en Stanleyville. Había llegado una nota de la sección internacional del *Nation* para informar a Anthony de que los rebeldes congoleños, el autoproclamado ejército simba, había empezado a apresar más grupos de rehenes blancos en el hotel Victoria como represalia contra las fuerzas del Gobierno congoleño y sus mercenarios blancos. «Ten el equipaje preparado. La cosa se pone en marcha», decía. «El director ha firmado un permiso especial para que vayas. Con la exigencia de que no permitas que te maten ni te capturen».

Por primera vez, Anthony no salió corriendo hacia la redacción para ver las últimas noticias enviadas por cable. No llamó a sus contactos de las Naciones Unidas ni del ejército. Se quedó tumbado en la cama de su hotel, pensando en una mujer que le había querido lo suficiente como para dejar a su marido y que, después, en el espacio de cuatro años, había desaparecido.

Se sobresaltó al oír que llamaban a su puerta. La camarera parecía querer limpiar cada media hora. Tenía una forma tan molesta de silbar mientras trabajaba que él no podía ignorar su presencia.

—Vuelva más tarde —gritó, y se giró para ponerse de lado.

¿Había sido simplemente el impacto de ver que estaba vivo lo que había hecho que literalmente vibrara delante de él? ¿Se había dado cuenta hoy de que los sentimientos que antes tenía hacia él se habían evaporado? ¿Se había limitado a cumplir con las formalidades y le había citado como haría cualquiera con un viejo amigo? Sus modales siempre habían sido exquisitos.

Llamaron otra vez, tímidamente. Era casi más fastidioso que si la chica se hubiese limitado a abrir la puerta para entrar. Al menos, en ese caso, él podría haberle gritado. Se levantó y fue a la puerta.

—En serio, prefiero que...

Jennifer estaba delante de él, con el cinturón bien apretado a su cintura y una mirada luminosa.

—Cada día.

—¿Qué?

—Cada mes. Cada día. A cada hora. —Hizo una pausa y, después, añadió—: Por lo menos, cada hora. Durante cuatro años.

El pasillo estaba en silencio.

—Pensaba que estabas muerto, Anthony. He llorado por ti. He llorado por la vida que esperaba haber tenido contigo. He leído una y otra vez tus cartas hasta hacerlas pedazos. Cuando creí que yo podría haber sido la culpable de tu muerte, me odié tanto que apenas pude superar cada día. Si no hubiese sido por...

Se contuvo.

—Y entonces, en una fiesta a la que ni siquiera quería asistir, te vi. Eras tú. ¿Y me preguntas por qué quería verte? —Respiró hondo, como para serenarse.

Oyeron pasos al otro lado del pasillo. Él extendió una mano.

—Entra —dijo.

—No podía quedarme sentada en casa. Tenía que decirte algo antes de que te fueras de nuevo. Tenía que hablar contigo.

Él dio un paso atrás y ella entró en el interior de una habitación doble y grande; sus generosas dimensiones y aspecto decente eran prueba de la mejora de su posición en el periódico. Él se alegró de que, por una vez, la tuviera ordenada, con una camisa planchada colgada en el respaldo de la silla y sus zapatos buenos juntos a la pared. La ventana estaba abierta y dejaba entrar el ruido de la calle. Se acercó a cerrarla. Ella dejó el bolso en la silla y el abrigo encima de él.

—Es un peldaño más —dijo él con incomodidad—. La primera vez que volví me alojé en un albergue de Bayswater Road. ¿Quieres una copa? —Se sentía curiosamente cohibido con ella sentada junto a la mesita—. ¿Llamo para pedir algo? ¿Un café, quizá? —añadió.

Dios, cómo deseaba tocarla.

—No he dormido —dijo ella frotándose la cara con gesto triste—. No podía pensar con claridad cuando te vi. He tratado de ponerlo todo en orden. Nada tiene sentido.

—Esa tarde, hace cuatro años, ¿ibas en el coche con Felipe?

—¿Felipe? —Lo miró sin entender.

—Mi amigo del club Alberto's. Murió en la época en la que me fui, en un accidente de coche. Esta mañana he buscado los recortes. Hay una referencia a una mujer sin identificar que iba con él. Es la única explicación que puedo darle.

—No lo sé. Como te dije ayer, aún hay partes de las que no me puedo acordar. Si no hubiese encontrado las cartas, puede que nunca te hubiese recordado. Quizá nunca hubiese sabido...

—Pero ¿quién te dijo que yo había muerto?

—Laurence. No me mires así. No es un hombre cruel. Yo creo que de verdad pensaba que lo estabas. —Esperó un momento—. Él sabía que había... alguien. Leyó tu última carta. Después del accidente, debió de sumar dos más dos...

—¿Mi última carta?

—En la que me decías que me reuniera contigo en la estación. La llevaba encima cuando tuve el accidente.

—No lo entiendo. Esa no fue mi última carta...

—No hagamos... —Se interrumpió—. Por favor..., es demasiado...

—Entonces, ¿qué?

Ella le miraba con intensidad.

—Jennifer, yo...

Ella se acercó tanto a él que incluso bajo la luz tenue él podía ver cada diminuta peca de su cara, cada pestaña que se estrechaba en una punta negra tan afilada como para atravesarle el corazón a un hombre. Estaba con él y, sin embargo, estaba lejos, como si estuviese tomando una decisión.

—Boot —dijo ella con voz suave—. ¿Estás enfadado conmigo? ¿Todavía?

«Boot».

Él tragó saliva.

—¿Cómo iba a estarlo?

Ella levantó las manos y recorrió la forma de su cara, sus dedos tan ligeros que apenas le tocaban.

—¿Hacíamos esto?

Él se quedó mirándola.

—¿Antes? —insistió ella parpadeando—. No lo recuerdo. Solo sé lo que me escribías.

—Sí. —La voz se le quebró—. Sí que hacíamos esto. —Sentía los dedos fríos de ella sobre su piel y recordó su olor.

—Anthony —murmuró, y había dulzura en su forma de pronunciar su nombre, una ternura insoportable que expresaba todo el amor y la pérdida que él también había sentido.

Ella apoyó su cuerpo contra el suyo y Anthony oyó el suspiro que la recorrió por dentro y, a continuación, sintió el aliento de sus labios. Todo se paralizó a su alrededor. Los labios de ella estaban sobre los suyos y algo se abrió en su pecho. Se oyó a sí mismo ahogando un grito y se dio cuenta, horrorizado, de que los ojos se le habían inundado de lágrimas.

—Lo siento —susurró, avergonzado—. Lo siento. No sé... por qué...

—Lo sé —respondió ella—. Lo sé. —Le puso las manos alrededor del cuello y besó las lágrimas que le recorrían las mejillas mientras le murmuraba. Se quedaron abrazados, eufóricos, desesperados, sin que ninguno de los dos pudiese comprender aquel giro en los acontecimientos. El tiempo se convirtió en algo borroso, los besos más intensos, las lágrimas se fueron secando. Él le quitó el jersey por la cabeza y se quedó casi inmóvil mientras ella le desabrochaba los botones de la camisa. Y con un placentero tirón, se la quitó y su piel se pegó a la de ella y se tumbaron en la cama, envueltos el uno en el otro, sus cuerpos fieros, casi torpes por el deseo.

Él la besaba y sabía que estaba tratando de expresarle la profundidad de lo que sentía. Incluso mientras se perdía dentro de ella sentía cómo su pelo le acariciaba la cara y el pecho, sus labios en contacto con su piel, sus dedos; era consciente de que eran dos personas que solo estaban completas cuando estaban juntas.

Ella se sentía viva debajo de él mientras le incendiaba. Él le besaba la cicatriz que le subía hasta el hombro, sin hacer caso de cómo ella se encogía con renuencia hasta aceptar lo que él le estaba diciendo: que esa rugosidad plateada a él le resultaba bella; esa cicatriz le decía que ella le había amado. Le decía que había querido ir con él. La besaba porque no había ninguna parte de ella que él no quisiese curar, ninguna parte de ella que no adorara.

Vio cómo el deseo crecía dentro de ella como si fuese un regalo compartido entre los dos, la infinita variedad de expresiones que cruzaba por su cara. La veía expuesta, atrapada en alguna lucha íntima, y, cuando ella abrió los ojos, se sintió bendecido.

Cuando él llegó al orgasmo, volvió a llorar, porque una parte de sí mismo siempre había sabido, aunque había decidido no creerlo, que debía haber algo que le pudiera hacer sentir así. Y el hecho de haber recuperado eso era más de lo que podía esperar.

—Te conozco —murmuró ella, con la piel sudorosa contra la de él, sus lágrimas mojándole el cuello—. Sí que te conozco.

Por un momento, él no pudo hablar, solo mirar al techo, sentir el aire fresco que los rodeaba, las piernas de ella apretadas húmedas contra las suyas.

—Oh, Jenny —dijo—. Gracias a Dios.

Cuando recuperó el aliento, ella se apoyó sobre un codo y le miró. Algo en ella había cambiado: sus rasgos se habían elevado, las arrugas del sufrimiento habían desaparecido alrededor de sus ojos. Él la rodeó con los brazos, atrayéndola hacia él con tanta fuerza que sus cuerpos parecían haberse soldado. Anthony volvió a sentir que se excitaba y ella sonrió.

—Quiero decir algo, pero nada parece... suficientemente trascendental —dijo él.

Ella lucía una sonrisa espléndida: saciada, cariñosa, inundada de una irónica sorpresa.

—Nunca en mi vida me había sentido así —dijo.

Se miraron el uno al otro.

—¿O sí? —añadió.

Él asintió. Ella se quedó con la mirada perdida.

—En ese caso... gracias.

Él se rio y ella se dejó caer entre risas sobre su hombro.

Los cuatro años se habían diluido hasta quedar en nada. Él veía con una nueva claridad el sendero de su vida futura. Se quedaría en Londres. Rompería con Eva, su novia de Nueva

York. Era una chica dulce, despreocupada, alegre, pero él sabía que cada mujer con la que había salido durante los últimos cuatro años había sido una pobre imitación de la mujer que estaba a su lado. Jennifer dejaría a su marido. Él se ocuparía de ella. No iban a desaprovechar la oportunidad una segunda vez. Tuvo una repentina visión de ella con su hijo, los tres saliendo en familia, y el futuro relucía cargado de una promesa imprevista.

Sus pensamientos quedaron interrumpidos cuando ella le besó el pecho, el hombro y el cuello con una intensa concentración.

—Sabes que vamos a tener que hacerlo otra vez —dijo él haciéndola girarse para que sus piernas quedaran entrelazadas con las suyas, su boca a pocos centímetros de distancia—. Solo para asegurarnos de que lo recuerdes.

Ella no dijo nada, se limitó a cerrar los ojos.

Esta vez, cuando él le hizo el amor, fue muy despacio. Le hablaba a su cuerpo con el suyo propio. Sintió que las inhibiciones de ella desaparecían, los latidos de su corazón contra el suyo, el reflejo de ese borroso tatuaje. Pronunció el nombre de ella un millón de veces, solo por el placer de poder hacerlo. Entre susurros, le dijo todo lo que siempre había sentido por ella.

Cuando ella le dijo que le amaba, fue con tal intensidad que él se quedó sin respiración. El resto del mundo se detuvo y se fue reduciendo hasta que solo quedaron ellos dos, una maraña de sábanas, piernas y brazos, pelo y suaves gemidos.

—Eres lo más exquisito... —Él la observó abrir los ojos mientras comprendía tímidamente dónde acababa de estar—. Haría eso contigo cien veces, solo por el placer de verte la cara.

—Ella no dijo nada y él se sintió ahora ávido—. Un placer vicario —dijo de repente—. ¿Te acuerdas?

Más tarde, él no estaba seguro de cuánto tiempo habían pasado allí tumbados, como si cada uno deseara absorber al otro a través de la piel. Oía los sonidos de la calle, algunos pasos recorriendo el pasillo al otro lado de la puerta, una voz a lo lejos. Sentía el ritmo de la respiración de ella sobre su pecho. La besó en la cabeza y dejó que sus dedos se apoyaran sobre su pelo enredado. Una paz perfecta había caído sobre él, impregnándole hasta los huesos. Estoy en casa, pensó. Esta es mi casa.

Ella se removió entre sus brazos.

—Vamos a pedir que nos suban algo de beber —dijo él besándola en el cuello, en el mentón, en el espacio donde la mandíbula se juntaba con la oreja—. Una celebración. Té para mí, champán para ti. ¿Qué opinas?

Entonces, la vio, una sombra inoportuna, los pensamientos de ella viajando hasta algún sitio que no era esa habitación.

—Ah —dijo incorporándose—. ¿Qué hora es?

Él miró el reloj.

—Las cuatro y veinte. ¿Por qué?

—¡No! Tengo que estar abajo a y media. —Se había levantado de la cama y se inclinaba para recoger su ropa.

—¡Vaya! ¿Y por qué tienes que bajar?

—La señora Cordoza.

—¿Quién?

—Mi asistenta viene a por mí. Se supone que debo ir de compras.

—Llega tarde. ¿Tan importantes son esas compras? Jennifer, tenemos que hablar, decidir qué vamos a hacer ahora. Yo tengo que decirle a mi director que no me voy al Congo.

Ella se estaba vistiendo con movimientos bruscos, como si nada importara más que darse prisa: sostén, pantalones, jersey. El cuerpo que él había tomado, que había hecho suyo, desaparecía de su vista.

—¿Jennifer? —Se levantó de la cama, cogió sus pantalones y se los abrochó por la cintura—. No puedes irte sin más.

Ella estaba de espaldas a él.

—Está claro que tenemos que hablar de muchas cosas, de cómo vamos a planearlo todo.

—No hay nada que planear. —Abrió su bolso, sacó un cepillo y atacó su pelo con pasadas cortas y fuertes.

—No lo entiendo.

Cuando ella se giró para mirarle, su rostro se había cerrado, como si le hubiesen puesto por delante un telón.

—Anthony, lo siento, pero... no podemos vernos más.

—¿Qué?

Sacó una polvera y empezó a limpiarse el rímel corrido por debajo de los ojos.

—No puedes decir eso después de lo que acabamos de hacer. No puedes terminarlo sin más. ¿Qué narices está pasando?

Ella se mostraba inflexible.

—Estarás bien. Siempre lo estás. Oye, yo... tengo que irme. ¡Lo siento mucho!

Cogió el bolso y el abrigo. La puerta se cerró cuando salió con un chasquido decisivo.

Anthony fue tras ella y la abrió.

—¡No hagas esto, Jennifer! ¡No me dejes otra vez! —Su voz resonó en el pasillo ya vacío, rebotando sobre las puertas de las demás habitaciones—. ¡Esto no es ningún juego! ¡No voy a esperarte otros cuatro años!

Se quedó inmóvil por el impacto hasta que, maldiciendo, se recompuso y entró corriendo en su habitación para ponerse la camisa y los zapatos.

Cogió la chaqueta y salió corriendo al pasillo con el corazón golpeándole en el pecho. Bajó los escalones de dos en dos como una exhalación hasta el vestíbulo. Vio cómo se abrían las puertas del ascensor y allí estaba ella, sus tacones golpeando rápidos por el suelo de mármol, recompuesta, recuperada, a un millón de kilómetros de donde se encontraba apenas unos minutos antes. Estaba a punto de gritarle cuando oyó el grito.

—¡Mami!

Jennifer se agachó con los brazos ya extendidos. Una mujer de mediana edad caminaba hacia ella. La niña se soltó de su mano. La pequeña se lanzó sobre los brazos de Jennifer, que la levantó, con el eco de su voz borboteando por todo el vestíbulo.

—¿Vamos a ir a Hamleys? La señora Cordoza ha dicho que sí.

—Sí, cariño. Vamos a ir ahora mismo. Solo tengo que hacer una cosa en la recepción.

Dejó a la niña en el suelo y la agarró de la mano. Quizá fue por la intensidad de la mirada de él, pero algo hizo que mirara hacia atrás cuando se dirigía al mostrador. Lo vio. Sus ojos se quedaron fijos en los de él y Anthony pudo ver en ellos un atisbo de disculpa..., de culpabilidad.

Jennifer apartó la mirada, escribió algo y, a continuación, se giró hacia el recepcionista, con el bolso en el mostrador. Hubo un intercambio de algunas palabras y, después, se fue, salió por las puertas de cristal al sol de la tarde, con la niña parloteando a su lado.

El significado de lo que había visto penetró en la mente de Anthony, como unos pies en arenas movedizas. Esperó a que ella hubiese desaparecido y, después, como si despertara de un sueño, se puso la chaqueta.

Estaba a punto de salir cuando el conserje fue corriendo hacia él.

—¿Señor O'Hare? La señora me ha pedido que le dé esto. —Le puso una nota en la mano.

Desdobló el pequeño papel del hotel.

Perdóname, pero tenía que saberlo.

No concebimos en nuestro corazón tomar un marido, sino que nos recomienda encarecidamente esta vida de soltería.

La reina Isabel I al príncipe Erik de Suecia, por carta

15

*M*oira Parker avanzó entre las mesas de las mecanógrafas y apagó la radio que estaba colocada en equilibrio sobre un montón de guías de teléfonos.

—¡Eh! —protestó Annie Jessop—. La estaba escuchando yo.

—No está bien tener música a todo volumen en una oficina —contestó Moira con firmeza—. El señor Stirling no quiere que se le distraiga con tanto barullo. Este es un lugar de trabajo. —Era la cuarta vez esa semana.

—Más bien una funeraria. Vamos, Moira. Vamos a dejarla bajita. Ayuda a llevar mejor el día.

Oyó las risas desdeñosas y levantó un poco más el mentón.

—Haríais mejor en entender que solo se asciende en Minerales y Minas Acme con una actitud profesional.

—Y con el elástico de las bragas suelto —murmuró alguien detrás de ella.

—¿Perdón?

—Nada, señorita Parker. ¿Prefiere que pongamos la emisora de canciones de guerra? ¿Eso le gustaría? Como la de

LA ÚLTIMA CARTA DE AMOR

We're going to hang out the washing on the Siegfried Line*.
—Hubo otro estallido de carcajadas.

—La voy a dejar en el despacho del señor Stirling. Quizá podáis preguntarle qué prefiere él.

Oyó los murmullos de desagrado mientras cruzaba la oficina haciendo oídos sordos. A medida que la empresa había ido creciendo, el nivel del personal había descendido en proporción. Ahora ya nadie mostraba respeto por sus superiores, por la ética del trabajo ni por lo que el señor Stirling había conseguido. Con bastante frecuencia, se sentía de tan mal humor de camino a casa que llegaba al cruce de Elephant and Castle antes incluso de que su labor de croché la pudiera distraer. A veces, era como si solo ella y el señor Stirling —y quizá la señora Kingston, de contabilidad— fueran conscientes de cómo había que comportarse.

¡Y la ropa! «Niñas monas», se llamaban a sí mismas, cosa que resultaba de lo menos acertado. Todas acicaladas y arregladas, bobas e infantiles, las mecanógrafas se pasaban más tiempo pensando en su aspecto, con sus faldas cortas y su absurdo maquillaje de ojos, que en las cartas que se suponía que tenían que transcribir. Había tenido que mandar repetir tres de ellas ayer por la tarde. Faltas de ortografía, fechas sin incluir, incluso un «Saludos cordiales» cuando ella había dejado claro que tenía que ser «Atentamente». Cuando se lo señaló, Sandra levantó los ojos al cielo, sin importarle que Moira la estuviera viendo.

Esta soltó un suspiro, se puso el transistor debajo del brazo y, tras pensar por un momento que la puerta del despacho del señor Stirling rara vez estaba cerrada a la hora del almuerzo, empujó el picaporte y entró.

---

* Canción escrita por un capitán del Ejército británico durante la Segunda Guerra Mundial para levantar la moral de las tropas. *[N. del T.]*

Marie Driscoll estaba sentada enfrente de él, y no en la silla que Moira usaba cuando tomaba dictados, sino sobre su escritorio. Fue una visión tan pasmosa que tardó un rato en entender que él se había apartado de forma repentina al entrar ella.

—Ah, Moira.

—Lo siento, señor Stirling. No sabía que había alguien más aquí. —Lanzó a la chica una mirada incisiva. ¿Qué demonios se creía que estaba haciendo? ¿Es que todos se habían vuelto locos?—. Yo... he traído esta radio. Las chicas la tenían puesta demasiado alta. He pensado que, si tenían que darle explicaciones a usted, eso les haría considerarlo bien antes.

—Entendido. —Él se sentó en su sillón.

—Me preocupaba que pudieran estar molestándole.

Hubo un largo silencio. Marie no hizo gesto alguno de moverse y se limitó a sacudirse algo de la falda, que terminaba a mitad de su muslo. Moira esperó a que se marchara.

Pero fue Stirling quien habló.

—Me alegra que hayas venido. Quería hablar contigo en privado. Señorita Driscoll, ¿nos disculpa un momento?

Con evidente renuencia, la chica bajó los pies al suelo y pasó junto a Moira mientras la miraba fijamente. Llevaba demasiado perfume, pensó Moira. La puerta se cerró cuando salió y, a continuación, solo quedaron ellos dos. Y eso le gustaba a Moira.

El señor Stirling le había hecho dos veces el amor durante los meses siguientes a la primera vez. Quizá lo de «hacer el amor» era una pequeña exageración: en ambas ocasiones él había estado muy borracho y resultó más breve y práctico de lo que había sido la primera vez, y al día siguiente él no había hecho referencia alguna al asunto.

A pesar de sus intentos de hacerle saber que no le rechazaría —los sándwiches caseros que ella le había dejado sobre el escritorio, la forma especialmente cuidadosa de peinarse...—

no había vuelto a ocurrir. Aun así, ella sabía que era alguien especial para él y disfrutaba pensando en ello cuando sus compañeras de trabajo hablaban del jefe en la cafetería. Ella era consciente del estrés que ese engaño le debía de provocar y, aunque deseaba que las cosas fuesen distintas, respetaba su admirable comedimiento. En las raras ocasiones en que Jennifer Stirling se pasaba por allí, Moira ya no se sentía intimidada por el glamur de aquella mujer. «Si hubieses sido buena esposa, él nunca habría necesitado acudir a mí». La señora Stirling nunca había sabido ver lo que tenía delante.

—Siéntate, Moira.

Ella se acomodó de una forma mucho más decorosa que la Driscoll, colocando las piernas con cuidado y lamentando, de repente, no haberse puesto su vestido rojo. A él le gustaba verla con ese vestido, se lo había dicho varias veces. Oyó risas que venían del exterior del despacho y se preguntó, distraída, si habrían sacado algún otro transistor.

—Les diré a esas chicas que se comporten —murmuró—. Estoy segura de que debe de pensar usted que están haciendo muchísimo ruido.

Él no parecía oírla. Estaba revolviendo papeles sobre su mesa. Cuando levantó la vista no la miró a los ojos.

—Voy a cambiar a Marie, con efectos inmediatos...

—Ah, me parece que esa es una muy buena...

—... para que sea mi asistente personal.

Hubo un breve silencio. Moira intentó que no se notara lo mucho que le importaba. El volumen de trabajo había aumentado, se dijo. Era comprensible que él pensara que necesitaba un segundo par de manos.

—Pero ¿dónde se va a sentar? —preguntó—. Solo hay espacio para una mesa en el despacho de fuera.

—Soy consciente de ello.

—Supongo que podría cambiar a Maisie...

—Eso no será necesario. He decidido quitarte a ti un poco de trabajo. Vas a... trasladarte a la sala de mecanografía.

No le había oído bien.

—¿A la sala de mecanografía?

—He ordenado a los de nóminas que sigas con el mismo sueldo, así que va a ser un buen cambio para ti, Moira. Quizá puedas tener algo más de vida fuera de la oficina. Un poco más de tiempo para ti.

—Pero yo no quiero tiempo para mí.

—No hagamos ningún alboroto ahora. Como te he dicho, vas a tener el mismo sueldo y tendrás el mayor rango entre las chicas de la sección. Se lo dejaré claro a las demás. Como has dicho, necesitan que haya alguien capaz de encargarse de ellas.

—Pero no entiendo... —Se puso de pie, con los dedos apretados sobre el transistor. El pánico se abría paso en su pecho—. ¿Qué he hecho mal? ¿Por qué me quita mi puesto?

Él la miró con gesto de fastidio.

—No has hecho nada malo. Todas las empresas mueven a su gente de vez en cuando. Los tiempos están cambiando y yo quiero que la oficina se refresque un poco.

—¿Que la oficina se refresque?

—Marie es perfectamente capaz.

—¿Marie Driscoll va a hacer mi trabajo? Pero si no sabe nada de cómo se dirige una oficina. No conoce el sistema de pagas rodesiano, los números de teléfono ni cómo reservarle billetes de avión. No conoce el sistema de archivos. Se pasa la mitad del tiempo en el baño de señoras maquillándose. ¡Y llega tarde! ¡Siempre! Dos veces esta semana he tenido que reprenderla. ¿Ha visto usted los datos de las tarjetas de horarios de entrada? —Las palabras le salían a borbotones.

—Estoy seguro de que aprenderá. No es más que un puesto de secretaria, Moira.

—Pero...

—La verdad es que no tengo tiempo para seguir hablando de esto. Por favor, saca tus cosas de los cajones esta tarde y empezaremos mañana con la nueva estructura.

Cogió la caja de puros dejando claro que la conversación había llegado a su fin. Moira se puso de pie y extendió una mano hacia el borde de la mesa para mantener el equilibrio. La bilis se le fue elevando hacia la garganta y la sangre le latía en los oídos. Era como si ese despacho estuviese cayéndosele encima, ladrillo a ladrillo.

Él se metió un puro en la boca y ella oyó el chasquido cuando cortó el extremo.

Caminó despacio hacia la puerta y la abrió, oyendo el repentino silencio en el despacho de fuera, que le indicó que las demás habían sabido que esto iba a ocurrir antes de que se lo dijeran a ella.

Vio las piernas de Marie Driscoll, extendidas hacia su mesa. Unas piernas largas y delgadas con unas medias de un color ridículo. ¿Quién narices se atrevía a llevar medias de color azul intenso en una oficina y esperar que la tomaran en serio?

Cogió su bolso de la mesa y atravesó la oficina con paso vacilante hacia el baño de señoras, sintiendo las miradas de las curiosas y las sonrisas de las menos compasivas quemándole la espalda de su rebeca azul.

—¡Moira! ¡Está sonando tu canción! La de *No me acostumbro a la idea de perderte...*

—No seas mala, Sandra. —Se oyó otro sonoro estallido de risas y, después, la puerta del baño se cerró detrás de ella.

Jennifer estaba de pie en medio del pequeño y desolado parque infantil viendo cómo las congeladas niñeras parloteaban sobre sus cochecitos Silver Cross, oyendo los gritos de los niños pequeños que se chocaban y tropezaban cayendo al suelo como si fuesen bolos.

La señora Cordoza se había ofrecido a llevar a Esmé, pero Jennifer le había dicho que necesitaba tomar el aire. Durante cuarenta y ocho horas no había sabido qué hacer, con el cuerpo aún sensible tras las caricias de él y la mente transportándose a lo que había hecho. No podía anestesiarse ante aquello con el Valium: tenía que sufrirlo. Su hija sería un recuerdo de que había hecho lo correcto. Habían quedado muchas cosas sin hablar. Aunque se decía a sí misma que no había planeado seducirle, sabía que era mentira. Había deseado un pequeño trozo de él, un recuerdo bonito y valioso para llevárselo con ella. ¿Cómo iba a saber que estaba abriendo la caja de Pandora? Y, lo que era peor, ¿cómo iba a imaginar que él se quedaría tan destrozado?

Aquella noche de la embajada Anthony parecía saber mantener la compostura. Seguro que no había sufrido tanto como ella; no podía haber sentido lo que ella. Había creído que él era más fuerte. Pero ahora no podía dejar de pensar en él, en su vulnerabilidad, sus alegres planes para los dos. Y el modo en que la había mirado cuando atravesaba el vestíbulo del hotel en dirección a su hija.

Había oído su voz de angustia y confusión resonando por el pasillo a sus espaldas: «¡No hagas esto, Jennifer! ¡No voy a esperarte otros cuatro años!».

Perdóname, le decía en silencio, mil veces al día. Pero Laurence nunca va a permitir que me la lleve. Y tú, precisamente tú, no podrías pedirme que la abandonara. Tú, más que nadie, deberías entenderlo.

Cada cierto rato, se secaba los ojos mientras culpaba al viento o a alguna pequeña mota que misteriosamente se le había metido en uno de ellos. Se sentía emocionalmente en carne viva, completamente sensible a cualquier cambio en la temperatura, sacudida por sus vaivenes anímicos.

Laurence no es un hombre malo, se decía una y otra vez. Es un buen padre, a su manera. Si le costaba ser amable con Jennifer, ¿quién podía culparlo? ¿Cuántos hombres podrían perdonar a su esposa por haberse enamorado de otro? A veces, ella se había preguntado si, de no haberse quedado embarazada tan rápido, él se habría cansado de ella y habría decidido dejarla libre. Pero no lo creía: tal vez Laurence ya no la amara, pero no contemplaría la idea de que ella pudiese estar en ningún otro lado sin él.

Y ella es mi consuelo. Empujó a su hija en el columpio, viendo cómo sus piernas volaban hacia arriba, con sus rizos rebotando y moviéndose con la brisa. Esto es mucho más de lo que tienen buena parte de las mujeres. Como le había dicho Anthony una vez, resulta reconfortante saber que has hecho lo que debes.

—¡Mamá!

Dorothy Moncrieff había perdido su gorro y Jennifer se distrajo brevemente buscándolo, las dos niñas caminando con ella alrededor de los columpios, el tiovivo, buscando bajo los bancos, hasta que lo encontraron sobre la cabeza de otro niño.

—No se debe robar —dijo Dorothy con solemnidad mientras volvían por el parque infantil.

—Sí —repuso Jennifer—, pero no creo que ese niño estuviese robando. Probablemente no sabía que el gorro fuera tuyo.

—Si no sabes lo que está bien y lo que está mal, probablemente seas un estúpido —declaró Dorothy.

—Estúpido —repitió Esmé, encantada.

—Bueno, eso puede ser —dijo Jennifer. Volvió a colocarle la bufanda a su hija y las mandó de nuevo a jugar, esta vez al recinto de arena, con órdenes de que tenían terminantemente prohibido lanzarse arena la una a la otra.

«Querido Boot», escribió en otra de las miles de cartas imaginarias que había redactado en los últimos dos días. «Por favor, no te enfades conmigo. Debes saber que, si hubiese algún modo de que pudiera irme contigo, lo haría...».

No enviaría ninguna carta. ¿Qué iba a decir, aparte de lo que ya había dicho? Me perdonará con el tiempo, intentaba convencerse a sí misma. Tendrá una buena vida.

Trató de bloquear su mente ante la pregunta obvia: ¿cómo iba a ser su propia vida? ¿Cómo iba a seguir adelante sabiendo lo que sabía ahora? Los ojos se le habían vuelto a enrojecer. Se sacó el pañuelo del bolsillo y volvió a darse ligeros toques sobre ellos girándose para no llamar la atención. Quizá al final le hiciera una visita rápida a su médico. Solo un pequeño refuerzo que la ayudase a soportar los dos días siguientes.

Le llamó la atención una silueta envuelta en un abrigo de tweed que atravesaba el césped en dirección al parque infantil. Los pies de aquella mujer avanzaban con determinación y con una especie de regularidad mecánica, a pesar de lo enlodada que estaba la hierba. Sorprendida, se dio cuenta de que se trataba de la secretaria de su marido.

Moira Parker fue directa hasta ella y se colocó tan cerca que Jennifer tuvo que dar un paso hacia atrás.

—¿Señorita Parker?

Tenía los labios apretados y los ojos le brillaban con determinación.

—Su asistenta me ha dicho dónde estaba. ¿Puedo hablar con usted un momento?

—Eh..., sí. Claro. —Se giró brevemente—. Niñas. ¿Dottie? ¿Esmé? Estaré aquí mismo.

Las niñas levantaron los ojos y, a continuación, siguieron cavando.

Se apartaron unos cuantos pasos y Jennifer se colocó cuidando de poder vigilar a las niñas. Le había prometido a la niñera de los Moncrieff que llevaría a casa a Dorothy hacia las cuatro y ya eran menos cuarto. Sonrió.

—¿Qué pasa, señorita Parker?

Moira metió la mano en el interior de su desgastado bolso y sacó una gruesa carpeta.

—Esto es para usted —contestó con brusquedad.

Jennifer la cogió. La abrió y, de inmediato, colocó la mano sobre los papeles porque el viento amenazaba con echarlos a volar.

—No pierda ninguno. —Era una orden.

—Lo siento... No entiendo. ¿Qué es esto?

—Son las personas a las que él ha sobornado.

Como Jennifer la miró con expresión de no entender, Moira continuó:

—Mesotelioma. Una enfermedad de los pulmones. Son trabajadores a los que ha sobornado para ocultar el hecho de que trabajar para él les ha provocado enfermedades terminales.

Jennifer se llevó una mano a la cabeza.

—¿Qué?

—Los que ya han muerto están al fondo. Sus familias tuvieron que firmar cláusulas de renuncia que les impedían decir nada para así poder recibir el dinero.

A Jennifer le costaba comprender lo que aquella mujer le decía.

—¿Muertos? ¿Cláusulas de renuncia?

—Los obligó a decir que él no era responsable. Los sobornó. Los sudafricanos apenas han recibido nada. Los trabajadores de las fábricas de aquí han sido más caros.

—Pero el amianto no produce daños. No son más que alborotadores de Nueva York que están tratando de echarle la culpa. Laurence me lo contó.

No parecía que Moira la escuchara. Pasó la mano por una lista que había en la primera hoja.

—Están todos por orden alfabético. Puede hablar usted con las familias, si quiere. La mayoría de sus direcciones están al principio. A él le aterra que los periódicos se enteren de todo esto.

—Son solo los sindicatos... Él me dijo que...

—Hay otras empresas que están teniendo el mismo problema. Yo he escuchado un par de conversaciones telefónicas que él ha mantenido con Goodasbest, de Estados Unidos. Están financiando investigaciones para hacer que el amianto parezca inofensivo.

La mujer hablaba tan rápido que a Jennifer le daba vueltas la cabeza. Miró a las dos niñas, que ahora se lanzaban puñados de arena la una a la otra.

—¿Es usted consciente de que para él sería la ruina si alguien se enterara de lo que ha hecho? —preguntó Moira Parker sin rodeos—. Al final, todo saldrá a la luz. Tiene que ser así. Siempre termina sabiéndose todo.

Jennifer agarraba la carpeta con cautela, como si también pudiese estar contaminada.

—¿Por qué me da esto? ¿Por qué demonios cree que yo querría hacer nada que perjudicara a mi esposo?

La expresión de Moira Parker cambió y casi la miró con gesto de culpa. Apretó los labios hasta convertirlos en una delgada línea roja.

—Por esto. —Sacó un papel arrugado y lo depositó sobre la mano de Jennifer—. Llegó pocas semanas después de su accidente. Hace años. Él no sabe que yo lo guardo.

Jennifer lo desdobló, con el viento azotándole los dedos. Conocía la letra.

Había jurado no volver a ponerme en contacto contigo. Pero seis semanas después no me siento mejor. Estar sin ti —a miles de kilómetros de distancia— no me

LA ÚLTIMA CARTA DE AMOR

proporciona alivio alguno. El hecho de que ya no me atormente tu cercanía ni tenga pruebas diarias de mi incapacidad para conseguir lo único que de verdad deseo no me ha curado. Solo ha empeorado las cosas. Mi futuro es como un camino vacío y sombrío.

No sé qué estoy tratando de decirte, querida Jenny. Solo que, si tienes la más mínima sensación de que tomaste la decisión equivocada, esta puerta seguirá abierta.

Y si piensas que tu decisión fue la correcta, al menos quiero que sepas esto: en algún lugar de este mundo hay un hombre que te quiere, que sabe lo valiosa, inteligente y buena que eres. Un hombre que siempre te ha amado y que, para su desgracia, sospecha que siempre te amará.

Tuyo,

B

Jennifer se quedó mirando la carta mientras el rubor desaparecía de su cara. Miró la fecha. Casi cuatro años atrás. Justo después del accidente.

—¿Ha dicho que Laurence tenía esto?

Moira Parker miraba al suelo.

—Me ordenó que cancelara el apartado de correos.

—¿Él sabía que Anthony seguía vivo? —Estaba temblando.

—Yo no sé nada de eso. —Moira Parker se levantó el cuello del abrigo. Consiguió mostrar una mirada de desaprobación.

Una piedra fría se había instalado en el corazón de Jennifer. Sintió que el resto de su cuerpo se endurecía alrededor de ella.

Moira Parker cerró su bolso.

—En fin, haga lo que quiera con todo eso. Por lo que a mí respecta, él puede colgarse de un árbol.

Seguía murmurando mientras se alejaba por el parque. Jennifer se dejó caer sobre el banco sin mirar a las dos niñas, que ahora se frotaban alegremente arena cada una sobre el pelo de la otra. Volvió a leer la carta.

Acompañó a Dorothy Moncrieff a su casa para dejarla con su niñera y le pidió a la señora Cordoza que llevara a Esmé a la tienda de golosinas.

—Cómprele una piruleta y, quizá, cien gramos de caramelos. —Se quedó en la ventana para verlas bajar por la calle, cada paso de su hija un pequeño saltito ante la expectativa. Cuando doblaron la esquina, abrió la puerta del estudio de Laurence, una habitación en la que rara vez entraba y a la que Esmé tenía prohibido el acceso por temor a que sus deditos curiosos movieran de sitio alguno de sus muchos objetos valiosos.

Más tarde, no estaría segura de por qué había entrado allí. Nunca le había gustado: los lúgubres estantes de caoba, llenos de libros que él nunca había leído; el persistente olor a humo de puro; los trofeos y titulaciones por logros que ella no reconocía como tales: «Empresario del año de la Asociación Round Table», «Mejor tirador», «Mejor cazador de venados de Cowbridge 1959», «Trofeo de golf 1962». Él apenas lo usaba. Era una muestra de pretenciosidad, un lugar con el que ofrecía a sus invitados masculinos la posibilidad de «escapar» de las mujeres, un refugio donde aseveraba que podrían encontrar la paz.

Había dos cómodos sillones a cada lado de la chimenea, con sus asientos apenas hundidos. En ocho años, nunca se había encendido el fuego de la chimenea. En el aparador, los vasos de cristal tallado jamás se habían rellenado de buen whisky del decantador que estaba junto a ellos. Las paredes estaban llenas de fotografías de Laurence estrechando la mano de otros empresarios, dignatarios que habían venido de visita, el ministro de Comercio de Sudáfrica, el duque de Edimburgo... Era un lugar para ser visto por otras personas y un motivo más para que los hombres le admiraran. «Laurence Stirling, un cabrón con suerte».

Jennifer estaba en la puerta junto al carrito lleno de caros palos de golf y el bastón taburete en el rincón. En su pecho se formó un nudo apretado y fuerte, justo en el punto de la tráquea, donde se suponía que el aire se expandía por los pulmones. Se dio cuenta de que no podía respirar. Cogió un palo de golf y fue al centro de la habitación. De su garganta se escapó un pequeño sonido, como el jadeo de alguien que ha terminado una larga carrera. Levantó el palo por encima de su cabeza, como si imitara un swing perfecto, y lo soltó de tal forma que el impacto dio de lleno contra el decantador. Los cristales salieron disparados por toda la habitación y, después, volvió a mover el palo, hacia las paredes, haciendo que las fotografías se rompieran en pedazos dentro de sus marcos y los trofeos cayeran de sus estantes. Aporreó los libros encuadernados en piel, los pesados ceniceros de cristal. Daba golpes con furia, de forma sistemática, su esbelto cuerpo impulsado por una rabia que aún seguía naciendo en su interior.

Tiró los libros de sus estantes, lanzó por los aires los marcos que había en la chimenea. Dejó caer el palo como un hacha haciendo astillas el pesado escritorio de estilo georgiano y, después, hacia los lados, provocando silbidos al moverlo. Lo balanceó en el aire hasta que los brazos le dolieron y todo el cuerpo se le empapó de sudor, respirando con ráfagas cortas y agudas. Por fin, cuando ya no quedaba nada más que romper, se quedó en el centro de la habitación, con los zapatos haciendo crujir los cristales rotos, apartándose un mechón de pelo sudado de la frente mientras observaba lo que había hecho. «La encantadora señora Stirling. La dulce señora Stirling. Tranquila. Serena. Contenida. Su fuego se apagó».

Jennifer Stirling dejó caer el palo doblado a sus pies. Después, se limpió las manos en la falda, cogió una pequeña esquirla de cristal, que dejó caer con cuidado en el suelo, y salió de la habitación cerrando la puerta después.

La señora Cordoza estaba sentada en la cocina con Esmé cuando Jennifer anunció que iban a salir de nuevo.

—¿La niña no va a merendar? Luego tendrá hambre.

—No quiero salir —dijo Esmé.

—No tardaremos mucho, cariño —contestó ella con frialdad—. Señora Cordoza, puede tomarse el resto del día libre.

—Pero yo...

—En serio. Es lo mejor.

Alzó en brazos a su hija, y cogió la maleta que acababa de preparar y los dulces en la bolsa de papel sin hacer caso a la perplejidad de la asistenta. Después, salió, bajó los escalones y llamó a un taxi.

Ella le vio al abrir la puerta doble, frente a su despacho, hablando con una joven en su mesa. Oyó un saludo, oyó su propia respuesta contenida, y se sorprendió a sí misma por ser capaz de mantener una conversación tan normal.

—¡Cómo ha crecido!

Jennifer miró a su hija, que estaba acariciando su collar de perlas, y, después, a la mujer que había hablado.

—Sandra, ¿no? —preguntó.

—Sí, señora Stirling.

—¿Le importaría mucho dejar que Esmé juegue un poco en su máquina de escribir mientras yo entro a ver a mi marido?

Esmé estaba encantada con que la dejaran delante del teclado, entre los arrullos y el alboroto de las mujeres que la rodearon de inmediato, encantadas por tener una razón legítima para dejar de trabajar. A continuación, Jennifer se apartó el pelo de la cara y se encaminó al despacho. Entró en la parte de la secretaría, donde estaba él.

—Jennifer —dijo él levantando una ceja—. No te esperaba.

—¿Podemos hablar?

—Tengo que salir a las cinco.

—No tardaremos mucho.

La acompañó a su despacho, cerró la puerta cuando entraron y le hizo una señal para que se sentara. Pareció un poco molesto cuando ella se negó a sentarse y se dejó caer pesadamente en su sillón de piel.

—¿Y bien?

—¿Qué he hecho para que me odies tanto?

—¿Qué?

—Sé lo de la carta.

—¿Qué carta?

—La que interceptaste en la oficina de correos hace cuatro años.

—Ah, esa —contestó él con desdén. Tenía la expresión de alguien a quien recuerdan que se le ha olvidado comprar algo en la tienda de comestibles.

—Lo sabías y me hiciste creer que estaba muerto. Me hiciste creer que yo era la responsable.

—Pensé que probablemente estaría muerto. Y todo esto ya es historia. No veo por qué hay que volver a sacarlo a relucir. —Se inclinó hacia delante y sacó un puro de la caja de plata de su mesa.

Ella pensó brevemente en la que estaba abollada en su estudio, resplandeciente entre los cristales rotos.

—La cuestión es, Laurence, que me has castigado un día tras otro. Y has dejado que yo misma me castigue. ¿Qué he hecho para merecer eso?

Él lanzó una cerilla al cenicero.

—Sabes muy bien lo que hiciste.

—Dejaste que creyera que yo le había matado.

—Lo que tú pensaras no tiene nada que ver conmigo. De todos modos, como te he dicho, es agua pasada. De verdad que no veo por qué...

—No es agua pasada. Porque él ha vuelto.

Aquello llamó su atención. Jennifer tuvo un leve presentimiento de que la secretaria podría estar escuchando tras la puerta, así que mantuvo la voz baja.

—Así es. Y me voy con él. Esmé también, por supuesto.

—No seas absurda.

—Lo digo en serio.

—Jennifer, ningún tribunal del país permitiría que una niña se quedara con una madre adúltera, una madre que no puede pasar un día sin una farmacia entera de pastillas. El señor Hargreaves prestará declaración de todas las que tomas.

—Ya no las tomo. Las he tirado.

—¿En serio? —Volvió a mirar su reloj—. Enhorabuena. Así que ¿has pasado nada menos que... veinticuatro horas sin ayuda médica? Seguro que a los jueces les parecerá admirable. —Se rio, encantado con su respuesta.

—¿Crees que las enfermedades de pulmón les parecerán también admirables?

Notó la repentina rigidez en el mentón de él, un destello de inseguridad.

—¿Qué?

—Tu antigua secretaria me lo ha dado. Tengo el nombre de cada uno de tus empleados que han enfermado y muerto en los últimos diez años. ¿Cómo se llamaba? —Pronunció la palabra con cuidado, subrayando su dificultad—. Me-so-te-lio-ma.

Él palideció tan rápidamente que ella pensó que iba a desmayarse. Laurence se puso de pie y pasó junto a ella hacia la puerta. La abrió, se asomó y, después, volvió a cerrarla con fuerza.

—¿De qué estás hablando?

—Tengo toda la información, Laurence. Incluso tengo los comprobantes bancarios del dinero que les pagaste.

Él abrió un cajón y revolvió su interior. Cuando se incorporó, parecía abatido. Dio un paso hacia ella de tal modo que se vio obligada a mirarle a los ojos.

—Si me arruinas, Jennifer, tú también quedarás arruinada.

—¿De verdad crees que eso me importa?

—Nunca te concederé el divorcio.

—Muy bien —dijo ella, con mayor determinación al ver la inquietud de él—. Esto es lo que vamos a hacer. Esmé y yo estaremos en una casa cerca para que puedas visitarla. Tú y yo seremos marido y mujer solo de nombre. Me darás una paga razonable para mantenerla y, a cambio, yo me aseguraré de que esos papeles jamás vean la luz.

—¿Estás tratando de sobornarme?

—Oh, yo soy demasiado estúpida como para hacer algo así, Laurence, tal y como tú me has recordado en infinitas ocasiones a lo largo de los años. No, solo te estoy diciendo cómo va a ser mi vida. Puedes quedarte con tu amante, con la casa, con tu fortuna y... tu reputación. Ninguno de tus socios tiene que enterarse. Pero jamás volveré a pisar la misma casa que tú.

Él no tenía idea de que ella supiera nada de su amante. Jennifer vio cómo la furia y la impotencia se extendían por su rostro, mezcladas con una fuerte ansiedad. Después parecieron desaparecer con el intento conciliatorio de una sonrisa.

—Jennifer, estás enfadada. El hecho de que ese tipo haya vuelto a aparecer debe de haberte conmocionado. ¿Por qué no vas a casa y lo hablamos después?

—Los papeles los tiene guardados otra persona. Si algo me pasara, tiene instrucciones de qué hacer.

Él nunca la había mirado con tanto odio. Ella apretó la mano sobre su bolso.

—Eres una zorra —dijo él.

—Contigo lo he sido —respondió ella en voz baja—. Debo de haberlo sido porque, desde luego, no lo he hecho por amor.

Alguien llamó a la puerta y entró su nueva secretaria. La forma en que la mirada de la chica pasaba de uno a otro fue para Jennifer como una pancarta de información adicional. Aquello reactivó su valor.

—En fin, creo que eso era todo lo que tenía que decirte. Me voy ya, querido —añadió; se acercó a él y le besó en la mejilla—. Estaremos en contacto. Adiós, señorita... —Esperó.

—Driscoll —repuso la chica.

—Driscoll. —La miró con una sonrisa—. Por supuesto.

Pasó junto a la chica, recogió a su hija, con el corazón latiéndole con fuerza, y abrió la doble puerta, casi esperando oír la voz de su marido, sus pasos, detrás de ella. Bajó los dos tramos de escaleras hasta el taxi que aún la esperaba.

—¿Adónde vamos? —preguntó Esmé mientras Jennifer la acomodaba en el asiento al lado de ella. Estaba escogiendo entre un puñado de golosinas, su botín de la *troupe* de secretarias.

Jennifer se inclinó hacia delante y abrió la pequeña ventana de la mampara para gritarle al conductor por encima del ruido del tráfico de la hora punta. De repente, se sentía ligera, victoriosa.

—Al hotel Regent, por favor. Tan rápido como pueda.

Más tarde, recordaría ese trayecto de veinte minutos y se daría cuenta de que había visto las calles atestadas, los llamativos escaparates, como si lo hiciera a través de los ojos de un turista, un corresponsal extranjero, alguien que nunca antes los hubiera visto. Solo se fijó en unos cuantos detalles, una impresión de lo primordial, sabiendo que posiblemente no volvería a verlos. Su vida, tal y como la había conocido, había terminado, y sintió deseos de cantar.

Así fue cómo Jennifer Stirling se despidió de su antigua vida, de los días en que había recorrido esas calles cargada de bolsas llenas de compras que carecían de importancia para ella una vez volvía a casa. Era en ese punto, cerca de Marylebone Road, cuando había sentido a diario la tensión de un corsé interno al acercarse a la casa que ya no sentía como un hogar, sino como una especie de penitencia.

Ahí estaba la plaza, destellando al pasar, con su casa silenciosa, un mundo en el que había vivido hacia dentro, consciente de que no podía expresar ningún pensamiento, que no podía realizar ningún acto que no provocara las críticas de un hombre al que había hecho tan infeliz que su único empeño era castigarla sin parar, con su silencio, con sus incesantes desaires y una atmósfera que la condenaba a un frío permanente, incluso en pleno verano.

Un hijo puede protegerte de eso, pero solo hasta cierto punto. Y aunque lo que estaba haciendo significaba que podría caer en desgracia ante los ojos de los que la rodeaban, podría enseñarle a su hija que había otra forma de vida. Una vida que no exigiera tener que anestesiarte. Una vida que no implicara tener que vivir siempre como pidiendo disculpas por ser lo que eres.

Vio la ventana donde antes las prostitutas se mostraban. Aquellas chicas que daban toques en los cristales habían desaparecido para marcharse a otro lugar. Espero que tengáis una vida mejor, les deseó en silencio. Espero que os hayáis liberado de lo que fuera que os tenía encerradas allí. Todos merecen esa oportunidad.

Esmé seguía comiendo sus caramelos, observando el bullicio de las calles desde la otra ventanilla. Jennifer pasó el brazo por encima de la niña y la atrajo hacia ella. Su hija desen-
volvió otro caramelo y se lo metió en la boca.

—Mami, ¿adónde vamos?

—A ver a un amigo y, después, vamos a vivir una aventura, cariño —contestó, exultante con una emoción repentina.
No tenía nada, pensó. Nada.

—¿Una aventura?

—Sí. Una aventura que debió haber ocurrido hace muchísimo tiempo.

El artículo de la página cuatro sobre las negociaciones para el
desarme no iba a ir en primera plana, pensó Don Franklin
mientras su ayudante lanzaba alternativas. Ojalá su mujer no
hubiese puesto cebolla cruda en sus sándwiches de salchicha
de hígado. Siempre le provocaba dolor de tripa.

—Si movemos el anuncio de la pasta dentífrica a este lado,
podríamos rellenar este espacio con el cura bailarín —sugirió
el ayudante.

—Odio ese artículo.

—¿Y la crítica teatral?

—Ya está en la página dieciocho.

—Mirada hacia el sudeste, jefe.

Mientras se frotaba la barriga, Franklin levantó los ojos y vio
a una mujer que atravesaba la redacción con paso rápido. Llevaba
una gabardina corta y, de su mano, una niña rubia. Ver a una niña
en una redacción de periódico hizo que Don se sintiera incómodo,
era como ver a un soldado con enaguas. No estaba bien. La mujer
se detuvo para preguntarle algo a Cheryl y esta señaló hacia él.

Tenía el lápiz cogido por la comisura de la boca cuando
ella se acercó.

—Siento molestarle, pero necesito hablar con Anthony O'Hare —dijo ella.

—¿Y usted es...?

—Jennifer Stirling. Soy amiga suya. Acabo de estar en su hotel, pero me han dicho que se ha marchado. —Tenía mirada de angustia.

—Usted trajo la nota hace un par de días —recordó Cheryl.

—Sí —contestó la mujer—. Fui yo.

Él vio cómo Cheryl la miraba de arriba abajo. La niña llevaba en la mano una piruleta a medio comer, que había dejado un rastro pegajoso en la manga de su madre.

—Se ha ido a África —dijo él.

—¿Qué?

—Que se ha ido a África.

Ella se quedó completamente inmóvil. La niña también.

—No. —La voz se le quebró—. Eso no es posible. Ni siquiera había decidido si se iría.

Don se sacó el lápiz de la boca y se encogió de hombros.

—Las noticias se mueven rápido. Se fue ayer. Cogió el primer vuelo. Estará de viaje los próximos días.

—Pero yo tengo que hablar con él.

—Es imposible contactar con él. —Vio que Cheryl lo miraba. Dos de las otras secretarias se hablaban entre susurros.

La mujer se había quedado pálida.

—Seguro que hay alguna forma de hablar con él. No puede haber ido muy lejos.

—Podría estar en cualquier sitio. Es el Congo. No tienen teléfonos. Nos telegrafiará cuando tenga oportunidad.

—¿El Congo? Pero ¿por qué demonios se ha ido tan pronto? —Su voz se había reducido a un susurro.

—¿Quién sabe? —La miró fijamente—. Quizá quería escapar. —Era consciente de que Cheryl seguía por allí, fingiendo ordenar un montón de papeles que había cerca.

La mujer parecía haber perdido el poder de raciocinio. Se llevó la mano a la cara. Durante un momento de incomodidad, él pensó que se iba a echar a llorar. Si había algo peor que una niña en la redacción de un periódico, era una mujer llorando con una niña en la redacción de un periódico.

Ella respiró hondo para recomponerse.

—Si habla con él, ¿puede decirle que me llame? —Metió la mano en su bolso, del que sacó una carpeta llena de documentos, y, después, varios sobres arrugados. Vaciló y, luego, los metió en la carpeta—. Y dele esto. Él sabrá lo que significa. —Escribió una nota, la arrancó de su cuaderno y la metió bajo la solapa. Dejó la carpeta sobre la mesa, delante de él.

—Claro.

Ella le agarró del brazo. Llevaba un anillo con un diamante del tamaño del maldito Koh-i-noor.

—¿Se asegurará de que lo recibe? Es muy importante. Tremendamente importante.

—Entendido. Ahora, si me disculpa, tengo que seguir. Este es el momento del día en que estamos más ocupados. Aquí tenemos que ceñirnos a una hora de cierre.

Ella se puso seria.

—Lo siento. Por favor, asegúrese de que lo recibe. Por favor.

Don asintió.

Ella esperó sin apartar los ojos de su cara, quizá tratando de convencerse a sí misma de que él cumpliría lo que había dicho. Después, con un último vistazo a la redacción, como para comprobar que O'Hare de verdad no estaba allí, agarró la mano de su hija.

—Siento mucho haberle molestado.

Pareciendo, en cierto modo, más pequeña que cuando había entrado, se dirigió despacio hacia las puertas, como si no tuviese ni idea de adónde iba. Las pocas personas reunidas en torno a la mesa del redactor jefe se quedaron mirándola.

—El Congo —dijo Cheryl un momento después.

—Tengo que dejar terminada la página cuatro. —Don tenía la mirada fija en la mesa—. Adelante con el cura bailarín.

Fue casi tres semanas después cuando a alguien se le ocurrió ordenar la mesa del redactor jefe. Entre las viejas galeradas y los papeles de calco azul oscuro, había una carpeta desgastada.

—¿Quién es B? —preguntó Dora, la secretaria temporal, al abrirla—. ¿Esto es de Bentinck? ¿No se fue hace dos meses?

Cheryl, que estaba discutiendo por teléfono sobre gastos de viaje, se encogió de hombros sin girarse y colocó la palma de la mano sobre el auricular.

—No tengo ni idea de a quién pertenece. Envíalo al archivo. Allí es donde llevo todo lo que no parece que sea de nadie. Así, Don no podrá gritarte. —Después, se quedó pensando un momento—. Bueno, sí que podrá. Por no haberla guardado en su sitio.

La carpeta aterrizó en el carrito que iba destinado al archivo, que se encontraba en las entrañas del edificio, con las viejas ediciones del *Who's Who* y del *Hansard* con las transcripciones del Congreso.

No volvería a aparecer hasta casi cuarenta años después.

TERCERA PARTE

Tú y yo hemos terminado.

Un hombre a una mujer, por mensaje de texto

16

2003

Martes. ¿El Red Lion? ¿Todo bien? John. Bss

Ella espera veinte minutos antes de que llegue él, entre una ráfaga de aire frío y disculpas. Una entrevista de radio se ha alargado más de lo que esperaba. Se ha encontrado con un ingeniero de sonido al que conoció en la universidad y que quería ponerse al día. Habría sido de mala educación salir corriendo.

Pero no es de mala educación dejarme sentada en un pub, contesta ella en silencio, aunque no quiere ponerse de mal humor, así que sonríe.

—Estás muy guapa —dice él acariciándole la cara—. ¿Has ido a la peluquería?

—No.

—Ah. Entonces es que siempre estás guapa. —Y con una sola frase, su retraso ha quedado olvidado.

Lleva una camisa azul oscuro y una chaqueta caqui. Una vez, se burló de él diciéndole que ese era el uniforme de los escritores. Discreto, apagado, caro. Es el atuendo con el que se lo imagina cuando no está con él.

—¿Qué tal por Dublín?

—Con prisas. Con agobios. —Se desenrolla la bufanda del cuello—. Tengo una agente de prensa nueva, Ros, y parece creer que es su deber meterme algo cada quince minutos. Incluso me ha organizado los descansos para ir al baño.

Ella se ríe.

—¿Quieres beber algo? —Él hace una señal a un camarero tras ver su vaso vacío.

—Vino blanco. —No tenía pensado tomar más: está tratando de bajar el ritmo, pero ahora ha llegado él y siente en su estómago esos nudos que solo el alcohol puede aflojar.

John continúa hablando sobre su viaje, los libros vendidos, los cambios en el muelle de Dublín... Ella le observa mientras habla. Ha leído en algún sitio que solo se ve de verdad cómo es alguien durante los primeros minutos de conocerlo, que después solo es una impresión coloreada por lo que has pensado de esa persona. Eso la consolaba por las mañanas cuando se despertaba con la cara hinchada tras haber bebido mucho o con los ojos pixelados por la falta de sueño. Tú siempre serás guapo para mí, le dice en silencio.

—Entonces, ¿no trabajas hoy?

Ella regresa a la conversación.

—Es mi día libre. Trabajé el domingo pasado, ¿recuerdas? Pero voy a pasarme por el trabajo de todos modos.

—¿Con qué estás ahora?

—Nada especialmente emocionante. He encontrado una carta interesante y quería mirar por el archivo por si hay algo más del estilo.

—¿Una carta?

—Sí.

La mira levantando una ceja.

—La verdad es que no hay mucho que contar. —Se encoge de hombros—. Es antigua. De 1960. —No sabe por qué se muestra reticente, pero le resultaría raro hablarle de lo emotivo de la carta. Teme que él piense que tiene alguna razón oculta para enseñársela.

—Ah. Las restricciones eran entonces mucho más firmes. A mí me encanta escribir sobre esa época. Es mucho más efectivo para crear discordia.

—¿Discordia?

—Entre lo que queremos y lo que se nos permite.

Ella se mira las manos.

—Sí. Eso me lo conozco bien.

—Oponer resistencia a los límites..., todos esos códigos de conducta tan rígidos.

—Dilo otra vez. —Le mira a los ojos.

—No —murmura él sonriendo—. No en un restaurante. Chica mala.

El poder de las palabras. Ella siempre le atrapa.

Siente la presión de la pierna de él contra la suya. Después de esto, volverán a su piso y lo tendrá para ella sola durante, al menos, una hora. No es suficiente, nunca lo es, pero solo de pensarlo, tener el cuerpo de él contra el suyo, ya se siente mareada.

—¿Todavía... quieres comer? —pregunta ella despacio.

—Eso depende...

Se quedan mirándose el uno al otro. Para ella, no hay nada en ese bar más que él.

Él se revuelve en su silla.

—Ah, antes de que se me olvide, estaré fuera desde el 17.

—¿Otra gira? —Las piernas de él rodean las de ella por debajo de la mesa. Ellie trata de concentrarse en lo que está diciendo—. Sí que te están manteniendo ocupado en esa editorial.

—No —dice él con tono neutro—. Vacaciones.

Una breve pausa. Y ahí está. Un dolor real, algo parecido a un puñetazo justo por debajo de las costillas. Siempre en su parte más delicada.

—Me alegro por ti. —Aparta las piernas—. ¿Adónde vas?

—A Barbados.

—Barbados. —No puede evitar el tono de sorpresa. Barbados. Nada de acampar por la Bretaña. Nada de irse a la casa de campo de algún primo lejano en la lluviosa Devon. Barbados no suena a monótonas vacaciones con la familia. Suena a lujo, arena blanca, una esposa en biquini. Barbados suena a capricho, a un destino que implica que su matrimonio sigue teniendo valor. Suena a que puede haber sexo entre ellos.

—No creo que haya acceso a internet y las llamadas telefónicas serán difíciles. Solo para que lo sepas.

—Silencio de radio.

—Algo así.

Ella no sabe qué decir. Se siente secretamente furiosa con él, aunque es consciente de que no tiene ningún derecho a estarlo. Al fin y al cabo, ¿alguna vez le ha prometido algo?

—Aun así, no hay vacaciones cuando se va con niños pequeños —dice él a la vez que le da un sorbo a su copa—. Solo es un cambio de escenario.

—¿En serio?

—No te creerías la cantidad de cosas que tienes que llevar. Los malditos cochecitos, las tronas, los pañales...

—Ni me lo imagino.

Se quedan en silencio hasta que llega el vino. Él le sirve una copa y se la pasa. El silencio continúa, se vuelve abrumador, devastador.

—No puedo evitar estar casado, Ellie —dice él por fin—. Lamento hacerte daño, pero no puedo dejar de irme de vacaciones porque...

—... porque yo me ponga celosa —termina ella la frase. Odia lo que eso le hace parecer. Se odia a sí misma por estar ahí sentada como una adolescente enfurruñada. Pero sigue asimilando las implicaciones de lo de Barbados, saber que durante dos semanas ella va a tratar de no imaginárselo haciendo el amor con su esposa.

Ahora es cuando debería marcharme, se dice a sí misma cogiendo su copa. Ahora es cuando cualquier persona sensata recompone los restos de su autoestima, anuncia que se merece algo más y se marcha en busca de otra persona que pueda entregarse del todo, no almuerzos robados o tortuosas noches vacías.

—¿Aún sigues queriendo que vaya a tu casa?

Él la mira con cautela, con una expresión de disculpa que le invade el rostro, marcado por la certeza de saber lo que le está haciendo. Este hombre. Este campo de minas.

—Sí —responde ella.

En las redacciones de periódicos hay jerarquías y los del archivo ocupan un puesto cercano al más bajo. No tanto como el personal de la cafetería o los guardias de seguridad, pero no cerca de los columnistas, redactores y reporteros, que ocupan la sección donde está la acción, la cara de la publicación. Son personal de apoyo, invisibles, infravalorados, que están ahí para obedecer las órdenes de alguien que es más importante. Pero nadie parece haberle explicado esto al hombre con camiseta de manga larga.

—Hoy no aceptamos solicitudes.

Apunta hacia el cartel escrito a mano que está pegado a lo que había sido el mostrador.

Lo sentimos. Sin acceso al archivo hasta el lunes. La mayoría de las solicitudes se pueden atender por internet. Por favor, inténtenlo antes hay y marquen la extensión 3223 en caso de emergencia.

Cuando vuelve a levantar la vista, él ya no está.

Puede que se haya sentido ofendida, pero sigue pensando en John, en su forma de menear la cabeza mientras se ponía la camisa una hora antes.

—¡Vaya! —había dicho mientras se la remetía por la cintura del pantalón—. Nunca antes había tenido sexo rabioso.

—No lo estropees —había contestado ella, frivolizando por el alivio temporal. Estaba tumbada sobre el edredón, mirando por la claraboya hacia el cielo gris de octubre—. Es mejor que estar rabiosa sin sexo.

—Me ha gustado. —Se había inclinado sobre ella para besarla—. Me gusta la idea de que me utilices. Un simple vehículo para tu placer.

Ella le había lanzado una almohada. Él la había mirado de esa forma, con las facciones suavizadas, aún abrazado a ella, a alguna idea, a algún recuerdo de lo que acababa de pasar entre los dos. Era suyo.

—¿Crees que sería más fácil si el sexo no fuese tan bueno? —le había preguntado ella apartándose el pelo de los ojos.

—Sí. Y no.

«¿Porque no estarías aquí si no fuese por el sexo?».

Ella se había incorporado, incómoda de repente.

—Vale —se había apresurado a decir. Le había besado en la mejilla y, después, por si era poco, en la oreja—. Tengo que ir a la redacción. Cierra la puerta cuando salgas. —Y había entrado en el baño.

Consciente de que le había dejado sorprendido, había cerrado la puerta al entrar y había abierto el grifo del agua fría para que bajara ruidosamente por el desagüe. Se había apoyado en el borde de la bañera y le había oído caminar por la sala de estar, probablemente para coger sus zapatos. Después, había oído sus pisadas al otro lado de la puerta.

—¿Ellie? ¿Ellie?

Ella no había respondido.

—Ellie, me voy ya.

Había esperado.

—Hablamos pronto, preciosa. —Había dado un par de toques en la puerta y, después, se había marchado.

Ella se había quedado allí sentada durante casi diez minutos después de oír que la puerta de la calle se cerraba.

El hombre vuelve a aparecer cuando ella está a punto de marcharse. Lleva dos cajas tambaleantes llenas de expedientes y está a punto de abrir una puerta con el trasero y desaparecer de nuevo.

—¿Sigues aquí?

—Has escrito mal «ahí» —dice señalando al cartel.

Él lo mira.

—Escasea últimamente el personal bueno, ¿verdad? —Se gira hacia la puerta.

—¡No te vayas! ¡Por favor! —Se inclina sobre el mostrador levantando en el aire la carpeta que él le había dado—. Necesito mirar algunos de los periódicos de los años sesenta que tienes aquí. Y quería pedirte una cosa. ¿Recuerdas dónde encontraste las cosas que me diste?

—Apenas. ¿Por qué?

—Es que... había algo entre ellas. Una carta. He pensado que podría ser la base de un buen artículo si puedo completarla un poco más.

Él niega con la cabeza.

—Ahora no puedo. Lo siento. Estamos a tope con la mudanza.

—¡Por favor, por favor, por favor! Necesito tener algo antes de que acabe el fin de semana. Sé que estás muy ocupado, pero solo necesito que me muestres dónde y yo me encargo del resto.

Él tiene el pelo despeinado y su camiseta de manga larga llena de polvo. Un archivero poco habitual, parece como si debiera estar surfeando sobre los libros en lugar de amontonándolos.

Resopla, deja la caja en el extremo del mostrador.

—Vale. ¿Qué tipo de carta?

—Es esta. —Se saca el sobre del bolsillo.

—No hay mucho a lo que agarrarse —dice tras mirarla—. Un apartado de correos y una inicial.

Su tono es brusco. Ella se arrepiente de haber hecho el comentario sobre la ortografía.

—Lo sé. Se me ha ocurrido que igual tienes algo más ahí dentro. Quizá yo podría...

—No tengo tiempo de...

—Léela —insiste—. Vamos. Solo léela... —Se interrumpe al recordar que no sabe su nombre. Lleva dos años trabajando ahí y no sabe el nombre de ninguno de los archiveros.

—Rory.

—Yo soy Ellie.

—Sé quién eres.

Ella le mira sorprendida.

—Por aquí abajo nos gusta poder ponerle cara a las firmas. Lo creas o no, también nos hablamos entre nosotros. —Mira la carta—. Estoy bastante ocupado y la correspondencia personal no es el tipo de cosas que nos solemos quedar. Ni siquiera sé cómo ha podido terminar ahí. —Se la devuelve y la mira a los ojos—. Y se escribe a-h-í.

—Dos minutos —insiste ella empujando la carta hacia él—. Por favor, Rory.

Él coge el sobre, saca la carta y lee sin moverse. Termina y levanta los ojos hacia ella.

—Dime que no estás interesado.

Él se encoge de hombros.

—Lo estás. —Ella sonríe—. Sí que lo estás.

Rory abre el mostrador y le hace una señal para que pase con expresión resignada.

—Tendré los periódicos que quieres sobre el mostrador dentro de diez minutos. Las cosas sueltas las he estado metiendo en bolsas de basura para tirarlas, pero, sí, pasa. Puedes revisarlas y ver si hay algo más que te encaje. Pero no se lo cuentes a mi jefe. Y no esperes que yo te ayude.

Pasa ahí tres horas. Se olvida de la carpeta de 1960 y, a cambio, se sienta en el rincón del polvoriento sótano sin reparar apenas en los hombres que pasan por su lado con cajas que llevan nombres como «Elecciones 67», «Desastres ferroviarios» o «Junio-julio 1982». Revisa las bolsas de basura, separando montones de papeles polvorientos, apartándolos de anuncios de antiguas curas, tónicos y marcas de cigarrillos ya olvidadas, con las manos ennegrecidas por el polvo y la tinta vieja. Se sienta en una caja puesta del revés y va amontonando los papeles a su alrededor en pilas caóticas, buscando algo más pequeño que una hoja A3, algo escrito a mano. Lleva tanto tiempo concentrada en ello que se olvida de mirar el móvil por si tiene algún mensaje. Se olvida incluso, por un momento, de la hora que ha pasado en casa con John, que normalmente se le habría quedado grabada en la imaginación durante varios días.

Arriba, lo que queda de la redacción continúa coleando, resumiendo y escupiendo las noticias del día, cambiando una y otra vez a cada hora, artículos enteros escritos y descartados, conforme a las últimas actualizaciones digitales de las agencias de noticias. En los oscuros pasillos del sótano, muy bien podría pensarse que eso está ocurriendo en otro continente.

Casi a las cinco y media, aparece Rory con dos vasos de papel con té. Le da uno a ella y sopla en el suyo mientras se apoya sobre un mueble archivador vacío.

—¿Cómo vas?

—Nada. Muchos tónicos medicinales innovadores o resultados de partidos de críquet de recónditas universidades de Oxford, pero ninguna carta de amor demoledora.

—La posibilidad era muy remota.

—Lo sé. Es que era una de esas... —Se lleva el té a los labios—. No sé. La leí y se me quedó en la cabeza. Quería saber qué pasó. ¿Cómo van las cajas?

—Casi hemos terminado. No me puedo creer que mi jefe no haya dejado que se encarguen de esto los profesionales.

El jefe de archivos lleva en el periódico más tiempo de lo que nadie pueda recordar y es una leyenda por ser capaz de precisar la fecha y la edición de cualquier periódico a partir de las descripciones más vagas.

—¿Por qué no?

Rory suspiró.

—Le preocupaba que pudieran meter algo en el sitio equivocado o que perdieran alguna caja. Yo no paro de decirle que, de todos modos, todo va a terminar registrado digitalmente, pero ya sabes lo que pasa con las ediciones en papel.

—¿De cuántos años hay periódicos?

—Creo que son ochenta de periódicos clasificados y como sesenta de recortes y documentos relacionados. Y lo que da más miedo es que sabe a qué pertenece cada uno de ellos.

Ella empieza a meter de nuevo algunos papeles en una bolsa de basura.

—Quizá debería hablarle de esta carta. Es probable que me pueda decir quién la escribió.

Rory suelta un silbido.

—Solo si no te importa devolverla. No soporta deshacerse de nada. Los demás han estado sacando la basura de verdad cuando él no estaba. Si no, habríamos tenido que llenar varias salas más con ella. Si se entera de que te he dado esa carpeta de papeles viejos, es probable que me despida.

Ellie hace un mohín.

—Entonces, nunca lo sabré —dice con tono melodramático.

—¿Sabrás qué?

—Lo que pasó con mis desafortunados amantes.

Rory se queda pensativo.

—Ella le dijo que no.

—Eres todo un romántico.

—Tenía mucho que perder.

Ella ladea la cabeza mirándolo.

—¿Cómo sabes que iba dirigida a una mujer?

—Las mujeres no trabajaban en aquella época, ¿no?

—Está fechada en 1960. No es la época de las malditas sufragistas.

—A ver. Dámela. —Él extiende la mano para coger la carta—. Vale, puede ser que tuviese un trabajo. Pero estoy seguro de que decía algo sobre ir en tren. Creo que sería mucho menos probable que una mujer dijera que se marchaba para empezar en un nuevo trabajo. —La vuelve a leer apuntando con el dedo—. Él le pide a ella que le siga. Una mujer no le pediría a un hombre que la siga. No en aquella época.

—Tienes una visión muy estereotipada de los hombres y las mujeres.

—No. Simplemente paso mucho tiempo aquí inmerso en el pasado. —Señala a su alrededor—. Y es un país distinto.

—Quizá no fuese dirigida a una mujer —bromea—. Quizá fuese a otro hombre.

—Improbable. La homosexualidad seguía siendo ilegal entonces, ¿no? Habrían hecho referencias a la discreción o algo parecido.

—Pero sí que hay referencias a la discreción.

—No es más que una aventura amorosa —dice él—. Está claro.

—¿Qué eres? ¿La voz de la experiencia?

—¡Ja! Yo no. —Le devuelve la carta y bebe un poco de té.

Tiene dedos largos y de extremos cuadrados. Unas manos de obrero, no las de un archivero, piensa ella distraída. De todos modos, ¿cómo son las manos de un archivero?

—Entonces, ¿nunca te has enrollado con una persona casada? —Le mira el dedo—. ¿O estás casado y nunca has tenido una aventura?

—No. Y no. Nunca he tenido ninguna aventura. Con alguien que esté con otra persona, quiero decir. Me gusta mi vida sencilla. —Señala con la cabeza hacia la carta que ella está volviendo a guardarse en el bolso—. Esas cosas nunca terminan bien.

—¿Qué? ¿Todo amor que no sea sencillo y honesto tiene que terminar de forma trágica? —Nota un tono defensivo en su propia voz.

—Yo no he dicho eso.

—Sí que lo has dicho. Has dicho antes que crees que ella diría que no.

Él se termina el té, aplasta el vaso y lo lanza a la bolsa de basura.

—Habremos terminado en diez minutos. Más vale que cojas lo que quieres. Dime qué es lo que no has podido mirar y trataré de apartártelo.

»Y, por si te sirve de algo, sí que creo probable que ella dijese que no —añade él mientras ella recoge sus cosas; su expresión es indescifrable—. Pero ¿por qué tiene que ser ese el peor desenlace?

*Yo te quiero de todos modos —aunque no exista yo ni
exista el amor ni tan siquiera exista la vida—.
Te quiero.*

Zelda a Scott Fitzgerald, por carta

17

Ellie Haworth está viviendo su sueño. A menudo se dice eso a sí misma cuando se despierta, resacosa por tanto vino blanco, sintiendo el dolor de la melancolía, en su pequeño y perfecto piso que nadie desordena en su ausencia. (Desea en secreto un gato, pero teme convertirse en un tópico). Ocupa un puesto como articulista en un periódico nacional, tiene un pelo obediente, un cuerpo que es prácticamente rechoncho y esbelto en los sitios adecuados y es lo bastante guapa como para llamar la atención, cosa que sigue fingiendo que le ofende. Tiene una lengua afilada —demasiado, según su madre—, ingenio, varias tarjetas de crédito y un coche pequeño que sabe conducir sin ayuda masculina. Cuando se encuentra con gente a la que conoció en el colegio, detecta cierta envidia cuando describe cómo es su vida: no ha llegado a una edad en la que la ausencia de un marido ni de hijos se pueda considerar como un fracaso. Cuando conoce a hombres, ve cómo se fijan en sus atributos —un trabajo estupendo, una buena percha, sentido del humor—, como si fuese un premio que tienen que ganar.

Aunque recientemente se ha dado cuenta de que ese sueño se ha empañado un poco —que la agudeza por la que era conocida en la redacción la ha abandonado desde que John está en su vida, que la relación que al principio le había parecido estimulante ha empezado a obsesionarla de una forma que no es precisamente envidiable—, prefiere no pensar mucho en ello. Al fin y al cabo, es fácil cuando se está rodeada de personas como una misma, periodistas y escritores que beben mucho, que salen de fiesta, que tienen aventuras chapuceras y desastrosas e infelices parejas en casa que, cansadas de su desatención, terminan teniendo también aventuras. Ella es una de esas, una miembro de su séquito que vive la vida de las revistas, una vida que ha perseguido desde que supo que quería escribir. Le va bien, es soltera, egoísta. Ellie Haworth es todo lo feliz que puede ser. Todo lo que cualquiera puede ser, pensándolo bien.

Y nadie lo consigue todo. Eso es lo que Ellie se dice cuando, a veces, se despierta tratando de recordar de quién es el sueño que se supone que está viviendo.

—¡Feliz cumpleaños, vieja zorra! —Corinne y Nicky la están esperando en la cafetería, saludándola con la mano e indicándole un asiento cuando ella entra corriendo con el bolso revoloteando tras ella—. ¡Vamos, vamos! Llegas muuuuy tarde. Tendríamos que estar ya en el trabajo.

—Lo siento. Me han entretenido cuando salía.

Se miran la una a la otra y ella está segura de que sospechan que ha estado con John. Decide no contarles que, en realidad, estaba esperando el correo. Quería ver si le habían enviado algo. Ahora se siente una tonta por haber hecho esperar veinte minutos a sus amigas.

—¿Qué se siente al ser una anciana? —Nicky se ha cortado el pelo. Sigue teniéndolo rubio, pero ahora corto y despeinado. Tiene un aspecto angelical—. Te he pedido un *latte* con leche desnatada. Supongo que a partir de ahora vas a tener que vigilar tu peso.

—Treinta y dos no es precisamente ser anciano. Al menos, eso es lo que me digo a mí misma.

—Yo lo estoy temiendo —dice Corinne—. En cierto modo, treinta y uno es como que acabas de pasar los treinta, casi sigues prácticamente en los veintitantos. Treinta y dos suena peligrosamente cerca de los treinta y cinco.

—Y los treinta y cinco están claramente a un paso de los cuarenta. —Nicky se mira el pelo en el espejo que hay tras el banco.

—Eso sí que es desearme un feliz cumpleaños —dice Ellie.

—¡Eh! Pero seguiremos queriéndote cuando estés llena de arrugas y sola y lleves bragas grandes de color carne. —Colocan dos bolsas sobre la mesa—. Aquí tienes tus regalos. Y no, no puedes devolver ninguno de ellos.

Han elegido a la perfección, como solo saben hacer las amigas de muchos años. Corinne le ha comprado calcetines de cachemira de color gris, tan suaves que Ellie siente deseos de ponérselos ahí mismo. Nicky le ha regalado un cupón para un salón de belleza de precios prohibitivos.

—Es para un tratamiento facial antiedad —le explica con maldad—. Era eso o el bótox.

—Y ya sabemos los que opinas de las inyecciones.

Se siente inundada de amor y gratitud hacia sus amigas. Han sido muchas las noches en las que se han dicho que son las unas para las otras su nueva familia y se han confesado sus miedos por que las demás encuentren antes pareja y se queden solteras y solas. Nicky tiene un nuevo chico que, para variar, parece prometedor. Es solvente, amable y la tiene en ascuas lo suficiente como para hacer que siga interesada. Nicky ha pasado diez años huyendo de hombres que se portan bien con ella. Corinne acaba de terminar una relación de un año. Él estaba bien, dice, pero se habían convertido como en hermanos, «y yo esperaba tener un matrimonio y un par de hijos antes de que eso pasara».

No hablan en serio del temor a perder el tren que tanto les gusta mencionar a sus tías y madres. No hablan de que la mayoría de sus amistades masculinas mantienen ahora relaciones con mujeres cinco o diez años más jóvenes que ellos. Bromean sobre acabar viejas y desgraciadas. Coleccionan amigos gais que prometen tener hijos con ellas «de aquí a diez años» si siguen solteros, aunque ninguna de las dos partes cree que eso pueda ser posible.

—¿Qué te ha regalado?

—¿Quién? —pregunta ella con tono inocente.

—Don Escritor de Novelas. ¿O lo que te ha regalado es el motivo por el que has llegado tarde?

—Ya le han puesto la inyección —se ríe Corinne.

—Sois las dos muy desagradables. —Da un sorbo a su café, que está tibio—. Yo... todavía no le he visto.

—Pero va a llevarte por ahí, ¿no? —dice Nicky.

—Eso creo —responde. De repente, se siente furiosa con ellas por mirarla así, por ver ya lo que va a pasar. Está furiosa consigo misma por no haberse inventado una excusa sobre él. Está furiosa con él por tener que necesitar una.

—¿Has sabido algo de él, Ellie?

—No, pero todavía son las ocho y media. ¡Dios mío, se supone que debo estar en una reunión para un reportaje a las diez y no se me ha ocurrido todavía una sola idea!

—Bueno, que le den. —Nicky se inclina sobre la mesa y le da un abrazo—. Nosotras te compramos una tartita de cumpleaños, ¿verdad, Corinne? Quedaos aquí y yo voy a por uno de esos muffins glaseados. Vamos a celebrar una merienda de cumpleaños anticipada.

Es entonces cuando oye el tono apagado de su móvil. Lo abre.

Feliz cumpleaños, preciosa. Tu regalo llegará luego. Bs

—¿Es él? —pregunta Corinne.

—Sí —contesta sonriendo—. Mi regalo llegará más tarde.

—Como él —resopla Nicky, que ha vuelto a la mesa con el muffin glaseado—. ¿Adónde te lleva?

—Eh..., no me lo ha dicho.

—Enséñamelo. —Nicky coge el teléfono—. ¿Qué narices se supone que significa eso?

—Nicky... —La voz de Corinne tiene cierto tono de advertencia.

—Bueno, es que «Tu regalo llegará luego. Bs» es un poco vago, ¿no?

—Es su cumpleaños.

—Exacto. Y por eso no debería tener que descifrar mensajes cutres de un novio a medio hacer. Ellie, cariño, ¿qué estás haciendo?

Ellie se queda inmóvil. Nicky ha incumplido la regla tácita de que no dirán nada por muy tonta que sea una relación: siempre se apoyarán; expresarán su preocupación a través de lo que no dicen; no dirán cosas como: «¿Qué estás haciendo?».

—No pasa nada —responde—. De verdad.

Nicky la mira.

—Has cumplido treinta y dos años. Llevas teniendo una relación... y enamorada... con este hombre desde hace casi un año, ¿y lo que de verdad te mereces por tu cumpleaños es un miserable mensaje que puede significar o no que quizá os veáis en un futuro sin fecha fija? ¿No se supone que las amantes tienen que recibir, por lo menos, regalos de lencería cara? ¿Algún que otro fin de semana en París?

Corinne hace una mueca de dolor.

—Lo siento, Corinne. Solo digo cómo son las cosas, para variar. Ellie, cariño, te quiero a muerte. Pero, en serio, ¿qué estás sacando de todo esto?

Ellie baja la mirada a su café. La alegría de su cumpleaños se está diluyendo.

—Yo le quiero —dice sin más.

—¿Y él te quiere?

Siente un repentino odio por Nicky.

—¿Sabe que le quieres? ¿Se lo puedes decir de verdad?

Levanta la mirada.

—No tengo más que decir —concluye.

La cafetería se queda en silencio. O quizá es que ella siente como si así fuera.

Ellie se revuelve en su asiento.

Corinne sigue fulminando con la mirada a Nicky, que se encoge de hombros y levanta el muffin en el aire.

—De todos modos, feliz cumpleaños, ¿eh? ¿Alguna quiere otro café?

Se sienta en su silla delante del ordenador. No hay nada en su mesa. Ninguna nota que la avise de que tiene unas flores en recepción. Ni bombones ni champán. Hay dieciocho correos electrónicos en su bandeja de entrada, sin incluir el correo no deseado. Su madre —que se compró un ordenador el año anterior y sigue puntuando cada frase que le manda por correo con un signo de exclamación— le ha enviado un mensaje deseándole «Feliz cumpleaños!» y diciéndole que «El perro está bien después de que le operaran de la cadera!» y que «La operación ha costado más que la de la abuela!!!». La secretaria del jefe de reportajes le ha enviado un mensaje para recordarle la reunión de esta mañana. Y Rory, el archivero, le ha enviado un mensaje diciéndole que se pase luego, pero no antes de las cuatro de la tarde, pues estarán hasta entonces en el nuevo edificio. No hay nada de John. Ni siquiera una felicitación mal disimulada. Se desinfla un poco y hace una mueca cuando ve que Melissa se dirige a su despacho seguida de cerca por Rupert.

Se da cuenta de que tiene un problema mientras revuelve las cosas de su mesa. Se ha dejado obsesionar tanto por la carta que casi no tiene nada que presentar de la edición de 1960, ninguno de esos ejemplos de contraste que le pidió Melissa. Se maldice por haber pasado tanto rato en la cafetería, se alisa el pelo, coge la carpeta de papeles que tiene más cerca —para que, al menos, parezca que se está ocupando de ello— y entra corriendo en la reunión.

—Bien, pues las páginas sobre salud están terminadas, ¿no? ¿Y tenemos el artículo sobre la artritis? Quería esa barra lateral con remedios alternativos. ¿Algún famoso con artritis? Le daría vidilla a las fotos. Estas son un poco sosas.

Ellie revuelve entre sus papeles. Son casi las once. ¿Qué le habría costado enviarle unas flores? Podría haber pagado al florista en efectivo, si de verdad le asusta que salga algo en los movimientos de su tarjeta de crédito; lo ha hecho otras veces.

Quizá se esté echando atrás. Quizá el viaje a Barbados sea su forma de tratar de conectar de nuevo con su mujer. Quizá hablarle de ello sea su forma cobarde de darle a entender que ya no es para él tan importante como antes. Revisa los mensajes de texto guardados en su móvil en un intento de ver si ha habido algún enfriamiento en sus forma de comunicarse.

Bonito artículo sobre los veteranos de guerra. Bs

¿Libre para comer? Estaré por allí sobre las 12:30. J

No hay nadie como tú. No puedo hablar esta noche. Te envío mensaje a primera hora. Bs

Resulta casi imposible saber si hay algún cambio de tono. Hay poco con lo que comparar. Ellie suspira, aplastada por el rumbo de sus pensamientos, por los comentarios tan francos de su amiga. ¿Qué narices está haciendo? Lo que pide es muy poco. ¿Por qué? Porque teme que, si pide más, él se sentirá acorralado y todo el asunto se desmoronará alrededor de ellos. Ellie siempre ha sabido cuál era el trato. No puede decir que él la haya engañado. ¿Pero es razonable esperar recibir tan poco? Una cosa es saber que se te ama con pasión pero que son las circunstancias las que os mantienen alejados. Pero cuando no hay indicio alguno de que eso sea cierto para mantenerlo todo a flote...

—¿Ellie?

—¿Eh? —Levanta la vista y ve que hay diez pares de ojos mirándola.

—Ibas a hablarnos de las ideas para la edición del próximo lunes. —La mirada de Melissa es tan inexpresiva como incisiva—. Las páginas comparando el pasado y el presente.

—Sí —contesta mientras empieza a buscar en la carpeta que tiene en el regazo para ocultar su rubor—. Sí..., bueno, he pensado que podría ser divertido sacar directamente las páginas antiguas. Había un consultorio sentimental y creo que podríamos comparar y contrastar el pasado con el presente.

—Sí —dice Melissa—. Eso es lo que te pedí que hicieras la semana pasada. Ibas a enseñarme lo que habías encontrado.

—Ah. Lo siento. Esas páginas siguen en el archivo. Los encargados están como locos asegurándose de saber dónde está todo en medio de la mudanza —balbucea.

—¿Por qué no haces fotocopias?

—Es que...

—Ellie, vas muy justa. Yo creía que lo tendrías controlado desde hace días. —El tono de Melissa es frío. Los demás que están en la sala bajan la mirada, pues no quieren presenciar la inevitable decapitación—. ¿Quieres que se encargue otro? ¿Una de las chicas que están en prácticas, quizá?

Ella sabe que desde hace meses este trabajo no es para mí más que una sombra de lo que era, piensa Ellie. Sabe que tengo la cabeza en otra parte, en una cama de hotel deshecha o en una casa familiar invisible, manteniendo constantemente una conversación en paralelo con un hombre que no está nunca. Nada más existe aparte de él y ella lo ha adivinado.

Los ojos de Melissa miran al techo.

Ellie es consciente, con repentina claridad, de lo precario de su situación.

—Eh..., tengo una cosa mejor. —El sobre está entre los papeles y se lo lanza a su jefa—. He estado tratando de encontrar alguna pista sobre esto.

Melissa lee la carta y frunce el ceño.

—¿Sabemos quién es?

—Aún no, pero estoy en ello. He pensado que sería un reportaje estupendo si pudiésemos averiguar qué les pasó. Si terminaron juntos.

Melissa asiente.

—Sí. Parece una aventura extramarital. Un escándalo en los años sesenta, ¿verdad? Podríamos usarlo como pretexto para hablar de cómo ha cambiado la moralidad. ¿Estás muy cerca de averiguar quiénes son?

—Estoy tanteando.

—Averigua qué pasó, si les condenaron al ostracismo.

—Si siguieron casados, es posible que no quieran publicidad —comenta Rupert—. Esas cosas eran muy escandalosas en aquel entonces.

—Ofréceles anonimato si es necesario —responde Melissa—. Pero lo ideal sería que tuviéramos fotografías. Al menos, de la época de la carta. Eso haría que resultara más difícil identificarlos.

—Aún no los he encontrado. —La tirantez de su piel le dice a Ellie que ha sido una mala idea.

—Pero los vas a encontrar. Que te ayude uno de los reporteros si lo necesitas. Se les da bien investigar. Y sí, me gustaría tenerlo la semana que viene. Pero, antes, prepara esas páginas del consultorio. Quiero ejemplos para poder poner a doble página al final de la jornada. ¿De acuerdo? Nos reuniremos mañana de nuevo, a la misma hora. —Se dirige ya hacia la puerta, con su pelo perfectamente arreglado ondeando como en un anuncio de champú.

—Doña Correctora Ortográfica.

Le encuentra sentado en la cafetería. Él se quita los auriculares mientras ella se sienta enfrente. Rory está leyendo una guía de América del Sur. Su plato vacío indica que ya ha almorzado.

—Rory, estoy en un buen lío.

—¿Has escrito *otorrinolaringología* con cuatro erres?

—Me he ido de la lengua delante de Melissa Buckingham y ahora tengo que desarrollar la historia de amor más importante jamás contada para la sección de reportajes.

—¿Le has hablado de la carta?

—Me he visto atrapada. Tenía que darle algo. Por la forma en que me miraba he creído que estaba a punto de cambiarme a obituarios.

—Pues va a ser interesante.

—Lo sé. Y antes tengo que revisarme todas las páginas del consultorio sentimental de las ediciones de 1960 y buscar su equivalente moral en la actualidad.

—Eso es sencillo, ¿no?

—Pero me quita tiempo, y hay mil cosas más que se supone que tengo que hacer. Aunque no averigüe qué pasó con nuestros amantes misteriosos. —Sonrió esperanzada—. No sé si podrías ayudarme con alguna de las dos.

—Lo siento. Estoy hasta arriba. Te sacaré los archivos de 1960 cuando vuelva abajo.

—Ese es tu trabajo —protesta ella.

Él sonríe.

—Sí. Y escribir e investigar es el tuyo.

—Es mi cumpleaños.

—Pues feliz cumpleaños.

—Eres un verdadero encanto.

—Y tú estás demasiado acostumbrada a salirte con la tuya. —Le sonríe y ella ve que recoge su libro y su reproductor de MP3. Rory se despide con la mano mientras se dirige a la puerta.

No tienes ni idea de lo equivocado que estás, piensa ella mientras él cierra la puerta al salir.

Tengo veinticinco años y un trabajo bastante bueno, pero no lo suficiente como para hacer todas las cosas que me gustaría hacer: tener una casa, un coche y una mujer.

Porque es evidente que una de esas cosas se adquiere junto con la casa y el coche, murmura Ellie ante el desgastado papel de periódico. O quizá después de la lavadora. Puede que eso sea prioritario.

He notado que muchos de mis amigos se han casado y su nivel de vida ha caído considerablemente. Yo llevo tres años saliendo con bastante regularidad con una chica y me encantaría casarme con ella. Le he pedido que espere tres años hasta que podamos casarnos y podamos vivir en unas condiciones bastante mejores, pero ella dice que no va a esperarme.

Tres años, musita Ellie. No la culpo. No es que le estés dando la impresión de que sientes por ella una gran pasión, ¿no?

O nos casamos este año o no se casará conmigo nunca. Creo que es una actitud poco sensata, pues yo le he dejado claro que su nivel de vida va a ser bastante más bajo. ¿Cree que puedo añadir algún otro argumento a los que ya le he expuesto?

—No, colega —dice Ellie en voz alta mientras desliza otra vieja hoja de periódico bajo la tapa de la fotocopiadora—. Creo que ya has dejado bastante claro lo que piensas.

Vuelve a su mesa, se sienta y saca la carta arrugada y escrita a mano de su carpeta.

Mi querido y único amor... Si no vienes, sabré que lo que podamos sentir el uno por el otro no es suficiente. No te culparé, cariño mío. Sé que las últimas semanas has sufrido una presión insoportable y yo siento ese peso en lo más profundo. Detesto la idea de haberte podido causar algún tipo de infelicidad.

Vuelve a leer esas palabras una y otra vez. En ellas hay pasión, fuerza, aun después de tantos años. ¿Por qué sufrir la gazmoñería de «Le he dejado claro que su nivel de vida va a ser bastante más bajo» cuando puedes tener un «Debes saber que tienes en tus manos mi corazón y mis esperanzas»? Le desea a la novia desconocida del primero que escribe que haya tenido la suerte de huir.

Ellie mira ocasionalmente el correo electrónico y, después, los mensajes del móvil. Tiene treinta y dos años. Ama a una persona que está casada con otra. Sus amigos han empezado a sugerir que esta situación —ella— es ridícula y los odia porque sabe que tienen razón.

Muerde el extremo de un lápiz. Coge la página fotocopiada y vuelve a dejarla.

Después, abre un mensaje nuevo en la pantalla de su ordenador y, antes de poder pensárselo dos veces, escribe:

> El único regalo que de verdad quiero por mi cumpleaños es saber qué significo para ti. Necesito que los dos tengamos una conversación sincera y que yo pueda decirte lo que siento. Necesito saber si tenemos algún tipo de futuro juntos.

Y añade:

> Te quiero, John. Te quiero más de lo que he querido a nadie en toda mi vida y esto está empezando a volverme loca.

Los ojos se le han llenado de lágrimas. Mueve la mano a «Enviar». El departamento se va reduciendo a su alrededor. Apenas es consciente de la presencia de Caroline, la redactora de la sección de salud, que habla por teléfono en la mesa de al lado; del limpiaventanas en su andamio balanceante por fuera de la ventana; del redactor jefe, que está discutiendo con uno de sus reporteros en algún lugar al otro lado de la redacción de la moqueta que falta a sus pies. No ve nada más que el cursor parpadeante, sus palabras, su futuro, expuestos en la pantalla que tiene delante.

> Te quiero más de lo que he querido a nadie en toda mi vida.

Si hago esto ahora, piensa, todo quedará decidido. Será mi forma de tomar el control. Y si no recibo la respuesta que quiero al menos será una respuesta.

Su dedo índice se apoya suavemente en «Enviar».

«Y nunca más tocaré esa cara, besaré esos labios, sentiré esas manos sobre mí. Nunca oiré su modo de decir: "Ellie Haworth", como si esas palabras por sí mismas fuesen de valor».

Suena el teléfono de su mesa.

Se sobresalta, lo mira, como si se hubiese olvidado de dónde se encuentra. A continuación, se seca los ojos con una mano. Se incorpora y, después, contesta.

—¿Sí?

—Oye, chica cumpleañera, baja a las mazmorras a la hora del cierre —dice Rory—. Puede que tenga algo para ti. Y tráeme un café cuando vengas. Es lo que te cobro a cambio de mis esfuerzos.

Ella deja el auricular, vuelve a mirar el ordenador y pulsa «Borrar».

—Bueno, ¿qué has encontrado? —Le pasa la taza de café por encima del mostrador y él la coge. Tiene una leve capa de polvo sobre el pelo y ella controla el deseo de sacudírselo, como se haría con un niño. Ya le trató con condescendencia en una ocasión. No quiere arriesgarse a ofenderle por segunda vez.

—¿Has traído azúcar?

—No —responde ella—. Creía que no tomabas.

—No tomo. —Se inclina hacia delante por encima del mostrador—. Oye..., el jefe anda por aquí. Tengo que ser discreto. ¿A qué hora terminas?

—Cuando digas tú —responde—. Ya he acabado.

Él se frota el pelo. El polvo forma una nube a su alrededor.

—Me siento como el personaje ese de Snoopy. ¿Cómo se llamaba?

Ella niega con la cabeza.

—Pig-Pen. El que llevaba mugre flotando a su alrededor... Estamos moviendo cajas que llevan décadas sin tocarse. No me puedo creer que vayamos a necesitar las actas parlamentarias de 1932, por mucho que él diga. En fin. ¿En el Black Horse dentro de media hora?

—¿El pub?

—Sí.

—Quizá tenga planes. —Siente deseos de preguntarle: «¿No puedes darme sin más lo que hayas encontrado?». Pero incluso ella puede ver lo desagradecida que parecería.

—Solo serán diez minutos. De todos modos, yo tengo que ver después a unos amigos. Pero no pasa nada. Podemos esperar a mañana si lo prefieres.

Ella piensa en su móvil, mudo y recriminador dentro del bolsillo de atrás. ¿Qué alternativa tiene? ¿Correr a casa y esperar allí a que John la llame? ¿Pasar otra noche sentada delante de la televisión, sabiendo que el mundo sigue girando en algún sitio sin ella?

—Bah... ¡Qué diablos! Una copa rápida será estupendo.

—Yo media clara. Me gusta el peligro.

—Clara, ¿eh? Te veo allí.

Él sonríe.

—Yo seré el que lleva una carpeta donde ponga «Top Secret».

—Ah, ¿sí? Yo seré la que grite: «Invítame a una copa de verdad, tacaño. Es mi cumpleaños».

—¿Ningún clavel rojo en el ojal para poder reconocerte?

—Nada que me pueda identificar. Así me será más fácil salir huyendo si no me gusta tu aspecto.

Él asiente con aprobación.

—Muy sensato.

—¿Y no vas a darme ninguna pista de lo que has encontrado?

—¡Será una sorpresa de cumpleaños! —Y dicho esto se va por la puerta doble de atrás hacia el interior de las entrañas del periódico.

El baño de señoras está vacío. Se lava las manos y ve que, ahora que los días en ese edificio están contados, la empresa ya no se molesta en rellenar el dispensador de jabón ni la máquina expendedora de tampones. La semana que viene, sospecha, tendrán que empezar a traer papel higiénico de emergencia.

Se mira la cara, se aplica un poco de rímel y se tapa con maquillaje las bolsas de debajo de los ojos. Se pone carmín y, después, frota los labios. Parece cansada y se dice a sí misma que la iluminación del baño es fuerte, que no se trata de la consecuencia inevitable de haber cumplido un año más. A continuación, se sienta junto a un lavabo, saca el móvil del bolso y escribe un mensaje:

Solo por saber..., ¿lo de «luego» quiere decir esta noche? Estoy tratando de decidir mis planes. E

No da la impresión de pesada, posesiva ni tampoco de desesperada. Indica que es una mujer con muchas ofertas, con cosas que hacer, pero da a entender que a él lo coloca por delante si es necesario. Lo mantiene cinco minutos más, asegurándose de que el tono es completamente correcto, y después lo envía.

La respuesta llega en un momento. El corazón le da un respingo, como le pasa siempre cuando tiene noticias de él.

Difícil decirte ahora. Te llamo luego si veo que puedo ir. J

Una repentina rabia prende en su interior. ¿Eso es todo?, quiere gritarle. ¿Es mi cumpleaños y lo mejor que puedes decir es «Te llamo luego si veo que puedo ir»? Y responde golpeando las pequeñas teclas:

No te molestes. Haré mis planes por mi cuenta.

Y, por primera vez desde hace meses, Ellie Haworth apaga el teléfono antes de metérselo en el bolso.

Pasa más tiempo del que tenía previsto trabajando en el reportaje del consultorio sentimental, redacta una entrevista con una mujer cuyo hijo sufre un tipo de artritis juvenil y, cuando llega al Black Horse, Rory ya está allí. Puede verlo al otro lado de la sala, ahora con el pelo limpio de polvo. Se dirige entre la gente hacia él, disculpándose por los codazos, lo mal que sortea los espacios, y está a punto de decir «Siento llegar tarde» cuando se da cuenta de que no está solo. El grupo de personas que están con él no le resulta familiar. No son de la redacción. Él está en el centro, riéndose. Verle así, fuera de contexto, la deja desconcertada. Se gira para ordenar las ideas.

—¡Eh! ¡Ellie!

Ella dibuja una sonrisa en su rostro y se da la vuelta.

Él levanta una mano.

—Creía que no vendrías.

—Me han entretenido. Lo siento. —Se une al grupo y saluda.

—Deja que te invite a una copa. Es el cumpleaños de Ellie. ¿Qué quieres tomar? —Ella recibe el chaparrón de saludos de esa gente que no conoce, manteniendo la compostura con unas cuantas sonrisas tímidas y deseando no estar allí. Por un momento, se pregunta si podrá marcharse, pero Rory está ya en la barra para pedirle una copa.

—Vino blanco —dice él, girándose para darle una copa—. Habría pedido champán, pero...

—Ya estoy demasiado acostumbrada a salirme con la mía.

Él se ríe.

—Sí. *Touché.*

La presenta a sus amigos y recita de un tirón nombres que ella olvida aun antes de que él haya terminado.

—Bueno... —tantea ella.

—Vamos a lo nuestro. Disculpadnos un momento —dice él antes de dirigirse con ella a un rincón que está más vacío y tranquilo. Solo hay un asiento y él le hace una señal para que se siente ella y a continuación se pone en cuclillas a su lado. Abre la cremallera de su mochila y saca una carpeta donde dice: «Amianto / Estudio de casos: Síntomas».

—Y esto es importante porque...

—Paciencia —contesta él pasándole la carpeta—. He estado pensando en la carta que encontramos la última vez. Estaba con un montón de papeles sobre el amianto, ¿no? Pues hay montones de referencias al amianto ahí abajo, sobre todo de las demandas legales en grupo de los últimos años. Se me ha ocurrido buscar un poco más atrás y he encontrado documentación mucho más antigua. Está fechada en el mismo periodo que los recortes que te di la última vez. Creo que debió separarse de aquel primer archivo. —Hojea los papeles con dedos hábiles—. Y he encontrado esto —dice sacando una carpeta de plástico claro.

El corazón de ella se detiene. Dos sobres. La misma letra. La misma dirección, un apartado de correos de la oficina de Langley Street.

—¿Las has leído?

Él sonríe.

—¿Te parece que me he podido contener? Claro que las he leído.

—¿Puedo?

—Adelante.

El encabezamiento de la primera es sencillo: «Miércoles».

Comprendo tu miedo a ser malinterpretada, pero te aseguro que es infundado. Sí, aquella noche en Alberto's fui un estúpido y nunca podré pensar en mi arrebato sin sentirme avergonzado, pero no fueron tus palabras las que lo provocaron. Fue la falta de ellas. ¿Es que no entiendes, Jenny, que estoy predispuesto a ver lo bueno en todo lo que digas, en lo que hagas? Pero, igual que la naturaleza aborrece el vacío, lo mismo ocurre con el corazón humano. Al ser un hombre tan estúpido e inseguro, como los dos parecemos tan llenos de dudas sobre lo que esto implica de verdad y no podemos decir adónde nos llevará, lo único que me queda es consolarme con lo que puede significar. Solo necesito oír que esto es para ti lo que es para mí: en una palabra, todo.

Si estas palabras aún te llenan de agitación, te ofrezco una opción más fácil. Respóndeme simplemente con una palabra: sí.

En la segunda aparece una fecha, pero sin saludo. La letra, aunque reconocible, está garabateada, como si se hubiese escrito atropelladamente antes de que su autor pudiera pensárselo mejor:

Había jurado no volver a ponerme en contacto contigo. Pero seis semanas después no me siento mejor. Estar sin ti —a miles de kilómetros de distancia— no me proporciona alivio alguno. El hecho de que ya no me atormente tu cercanía ni tenga pruebas diarias de mi incapacidad para conseguir lo único que de verdad deseo no me ha curado. Solo ha empeorado las cosas. Mi futuro es como un camino vacío y sombrío.

No sé qué estoy tratando de decirte, querida Jenny. Solo que, si tienes la más mínima sensación de que tomaste la decisión equivocada, esta puerta seguirá abierta.

Y si piensas que tu decisión fue la correcta, al menos quiero que sepas esto: en algún lugar de este mundo hay un hombre que te quiere, que sabe lo valiosa, inteligente y buena que eres. Un hombre que siempre te ha amado y que, para su desgracia, sospecha que siempre te amará.

Tuyo,

B

—Jenny —dice él.

Ella no contesta.

—Ella no acudió —insiste.

—Sí. Tenías razón.

Él abre la boca como para añadir algo, pero quizá una sombra que ve en la expresión de ella hace que cambie de opinión.

Ellie deja escapar un suspiro.

—No sé por qué —comenta—. Pero me entristece un poco.

—Pero ya tienes tu respuesta. Y tienes una pista del nombre, si de verdad quieres escribir ese reportaje.

—Jenny —susurra Ellie—. No es mucho como para poder continuar.

—Pero es la segunda carta que se ha encontrado en los archivos sobre el amianto, así que puede ser que tenga alguna relación con ello. Puede que merezca la pena revisar los dos archivos. Ver si hay algo más.

—Tienes razón. —Coge la carta, la mete con cuidado en la carpeta de plástico y lo guarda todo en su bolso—. Gracias. De verdad, sé lo ocupado que estás ahora y te lo agradezco.

Él se queda mirándola como si examinara un documento en busca de información. Cuando John la mira, piensa ella, es siempre con una especie de suave disculpa por lo que son, por aquello en lo que se han convertido.

—Parece que estás muy triste.

—Eh..., es que soy una fanática de los finales felices. —Se obliga a sonreír—. Supongo que pensaba que encontraría algo que demostrara que todo había terminado bien.

—No te lo tomes como algo personal —dice él acariciándole el brazo.

—Bueno, la verdad es que me importa muy poco —responde ella con brusquedad—, pero el reportaje quedaría mejor si pudiéramos terminar con un broche de oro. Melissa ni siquiera quiere que escriba nada si no termina bien. —Se aparta un mechón de pelo de la cara—. Ya sabes cómo es: «Subamos los ánimos..., los lectores ya ven bastante tristeza en las páginas de noticias».

—Tengo la sensación de que te he arruinado el cumpleaños —observa él mientras se abren paso por el pub. Tiene que encorvarse y gritar sobre el oído de ella.

—No te preocupes por eso —le contesta ella también gritando—. Es un final bastante apropiado para el día que he tenido.

—Vente con nosotros —le ofrece Rory cogiéndola por el codo—. Vamos a ir a patinar sobre hielo. Uno se ha retirado y tenemos una entrada gratis.

—¿A patinar sobre hielo?

—Es muy divertido.

—¡Tengo treinta y dos años! ¡No puedo ir a patinar sobre hielo!

Ahora es él quien la mira incrédulo.

—Ah..., bueno. —Asiente con gesto de comprensión—. No podemos permitir que te caigas del andador.

—Creía que el patinaje sobre hielo era para niños. Para adolescentes.

—Entonces es que eres una persona con muy poca imaginación, señorita Haworth. Termínate la copa y vente con nosotros. Diviértete un poco. A menos que no puedas librarte de tus planes.

Piensa en su móvil, guardado en el bolso, y tiene la tentación de encenderlo de nuevo. Pero no quiere leer la inevitable disculpa de John. No quiere que el resto de esta noche se tiña con su ausencia, sus palabras, el dolor de no estar con él.

—Si me rompo una pierna, quedas obligado por contrato a llevarme y traerme del trabajo durante seis semanas —dice.

—Podría resultar interesante, porque no tengo coche. ¿Te conformas con que te lleve a cuestas?

No es su tipo. Es sarcástico, un poco rudo, probablemente varios años más joven que ella. Supone que gana mucho menos dinero que ella y que probablemente comparta piso. Es posible que ni siquiera sepa conducir. Pero es la mejor oferta que probablemente reciba a las siete menos cuarto de su treinta y dos cumpleaños y Ellie ha decidido que el pragmatismo es una virtud infravalorada.

—Y si me corto los dedos con el patín de alguien tendrás que sentarte en mi mesa y escribir por mí.

—Para eso solo hace falta un dedo. O una nariz. Dios, los gacetilleros sois una panda de divas —contesta él—. Muy bien, atención todos. Terminad de beber. En las entradas pone que tenemos que estar allí a y media.

Cuando Ellie sale del metro más tarde, se da cuenta de que el dolor que siente en los costados no es de patinar —aunque no se caía tantas veces desde que estaba aprendiendo a andar—, sino porque ha estado riéndose, y mucho, durante casi dos horas. El patinaje ha resultado divertido y estimulante y se ha dado cuenta mientras conseguía dar sus primeros pasitos sobre el hielo de que rara vez ha experimentado el placer de entregarse a una sencilla actividad física.

A Rory se le da bien. También a la mayoría de sus amigos.

—Venimos todos los inviernos —le ha contado señalando hacia la pista de hielo provisional iluminada con reflectores y rodeada de edificios de oficinas—. La montan en noviembre y venimos casi cada dos semanas. Es más fácil si antes te has tomado unas copas. Te relajas más. Vamos..., deja que tus piernas se suelten. Inclínate un poco hacia delante. —Él patinaba de espaldas por delante de ella, con los brazos extendidos para que ella se agarrara a ellos. Cuando se caía, él se reía sin piedad. Resultaba liberador hacer esto con alguien cuya opinión le importaba tan poco. De haber sido John, le habría preocupado que el frío del hielo le pusiera roja la nariz.

Habría estado pensando todo el rato en cuándo tendría que marcharse él.

Habían llegado a la puerta de la casa de ella.

—Gracias —le dice a Rory—. Esta noche iba a ser bastante mala y he terminado pasándolo estupendamente.

—Es lo menos que podía hacer tras arruinarte el cumpleaños con esa carta.

—Lo superaré.

—¿Quién lo iba a imaginar? Ellie Haworth tiene su corazoncito.

—No es más que un rumor desagradable.

—No eres mala, ¿sabes? —dice él con una sonrisa dibujándose en sus ojos—. Para tratarse de una vieja.

Ella quiere preguntarle si se refiere al patinaje, pero, de repente, le inquieta lo que él pueda contestar.

—Y tú eres un encanto.

—Tú eres... —Mira calle abajo hacia la estación de metro.

Ella se pregunta, por un momento, si debería invitarle a entrar. Pero, incluso mientras lo piensa, sabe que no va a funcionar. Su cabeza, su apartamento, su vida, están llenos de John. No hay espacio para este hombre. Quizá lo que siente en realidad por él es un cariño fraternal y solo está algo confundida por el hecho de que no es precisamente feo.

Él vuelve a mirar con atención su cara y ella tiene la inquietante sospecha de que ha visto en su expresión lo que estaba pensando.

—Mejor me voy —dice él señalando hacia sus amigos.

—Sí —contesta—. Pero gracias de nuevo.

—No hay de qué. Te veo en el trabajo. —Le da un beso en la mejilla y, después, se da la vuelta y sale medio corriendo hacia la estación. Ella se queda mirándole con una extraña sensación de vacío.

Ellie sube los escalones de piedra y saca la llave. Va a volver a leer la carta y revisar todos los papeles en busca de claves. Hará algo productivo. Canalizará sus energías. Siente una mano sobre su hombro y se sobresalta sofocando un grito.

John está en el escalón detrás de ella, con una botella de champán y un ramo de flores ridículamente grande bajo el brazo.

—No estoy aquí —dice—. Estoy en Somerset dando una charla a un grupo de escritores que carecen de talento y entre los que hay, al menos, un pelmazo insoportable. —Se queda ahí mientras ella recupera el aliento—. Podrías decir algo, siempre que no sea un «Vete».

Se queda muda.

Él deja las flores y el champán en el escalón y la abraza. Su beso tiene el calor de su coche.

—Llevo casi media hora sentado ahí. Había empezado a sentir pánico de que no volvieras a casa.

Ella se derrite por dentro. Deja caer el bolso, siente su piel, su peso, su tamaño y se permite dejarse caer sobre él. John le agarra la fría cara con sus cálidas manos.

—Feliz cumpleaños —dice cuando por fin se separan.

—¿En Somerset? —pregunta ella algo mareada—. ¿Significa eso que...?

—Toda la noche.

Es su treinta y dos cumpleaños y el hombre al que ama está ahí, con champán y flores, y va a pasar toda la noche en su cama.

—Entonces, ¿entro? —pregunta él.

Ella le mira frunciendo el ceño como si dijera: «¿En serio tienes que preguntármelo?». Después, recoge las flores y el champán y sube.

El martes estoy ocupado. Si te digo la verdad, ya no me vuelve loco la idea de vernos... Supongo que el ser sincero resultará un poco menos insultante que vernos y después decidir no volver a hacerlo más.

Un hombre a una mujer, por correo electrónico

18

*E*llie? ¿Podemos hablar?

Ella está metiendo el bolso debajo de su mesa, con la piel aún húmeda tras la ducha que se ha dado menos de media hora antes, con la cabeza todavía en otra parte. La voz de Melissa, desde su despacho de cristal, suena dura, un cruel regreso a la vida real.

—Claro. —Asiente con la cabeza y sonríe atentamente. Alguien le ha dejado un café. Está tibio. Claramente lleva ahí un rato. Hay una nota debajo, dirigida a Jayne Torvill*, que dice: «¿Comemos?».

No tiene tiempo para asimilarlo. Se ha quitado el abrigo y entra en el despacho de Melissa a la vez que ve con desaliento que el redactor jefe de contenidos sigue aún de pie. Se apoya en una silla y espera a que Melissa rodee lentamente su mesa y se siente. Lleva unos vaqueros negros aterciopelados y un jersey de cuello vuelto también negro y tiene los brazos y el

_____

* Patinadora británica campeona olímpica y varias veces campeona del mundo. [*N. del T.*].

vientre tonificados de alguien que dedica varias horas al Pilates todos los días. Luce lo que las páginas de moda llamarían «joyas vistosas» y que Ellie supone que no es más que una forma moderna de decir «grandes».

Melissa deja escapar un pequeño suspiro y se queda mirándola. Sus ojos son de un llamativo tono violeta y Ellie se pregunta por un momento si lleva lentillas de color. Son exactamente del mismo tono que su collar.

—Esta no es una conversación que me guste del todo mantener, Ellie, pero ya es inevitable.

—¿Eh?

—Son casi las once menos cuarto.

—Ah. Sí, es que...

—Me parece bien que la sección de reportajes esté considerada la más relajada del *Nation,* pero creo que todos pueden entender que las diez menos cuarto es lo más tarde que quiero que mi equipo esté en sus mesas.

—Sí, yo...

—Me gusta ofrecer a mis redactores la posibilidad de prepararse para las reuniones. Eso les da tiempo para leer los periódicos del día, ver las páginas web, hablar, inspirarse y ser de inspiración para otros. —Gira un poco su sillón y mira un correo electrónico—. Asistir a las reuniones es un privilegio, Ellie. Una oportunidad que muchos otros redactores estarían encantados de disfrutar. Me cuesta entender cómo puede uno estar preparado para un determinado nivel profesional si llega apenas unos minutos antes.

Ellie siente un cosquilleo en la piel.

—Con el pelo mojado.

—Lo siento mucho, Melissa. He tenido que esperar al fontanero y...

—No sigas, Ellie —dice en voz baja—. Preferiría que no insultaras mi inteligencia. Y, a menos que vayas a poder convencerme de que tienes que llamar a un fontanero cada dos días de la semana, me temo que voy a tener que llegar a la conclusión de que no te tomas muy en serio este trabajo.

Ellie traga saliva.

—Nuestra presencia en la web implica que ya no hay dónde esconderse en esta redacción. El rendimiento de cada redactor puede ser juzgado no solo por la calidad de su trabajo en nuestras páginas impresas, sino por el éxito que sus artículos tienen en internet. Tu rendimiento, Ellie —consulta un papel que tiene delante—, ha caído casi un cuarenta por ciento en un año.

Ellie no puede decir nada. La garganta se le seca. Los otros jefes de redacción y redactores se están congregando en la puerta del despacho de Melissa con enormes cuadernos y vasos de cartón en sus manos. Ve cómo la miran a través del cristal, algunos curiosos, otros ligeramente avergonzados, como si supieran qué le está pasando. Por un momento, se pregunta si su trabajo ha sido un tema de conversación más generalizado y se siente humillada.

Melissa se inclina por encima de su mesa.

—Cuando te contraté, te mostrabas ávida. Ibas por delante de los demás. Por eso te elegí entre otros reporteros de la región que, francamente, habrían vendido a sus abuelas con tal de ocupar tu puesto.

—Melissa, yo...

—No quiero saber lo que está pasando en tu vida, Ellie. No quiero saber si tienes problemas personales, si ha muerto alguien cercano, si tienes montones de deudas. Ni siquiera quiero saber si estás gravemente enferma. Solo quiero que hagas el trabajo por el que se te paga. Ya deberías saber que los periódicos son implacables. Si no sacas tus artículos, no recibimos la publicidad ni las cifras de tirada. Si no tenemos esas cosas, nos quedamos sin trabajo, unos antes que otros. ¿Estoy hablando con claridad?

—Mucho, Melissa.

—Bien. Creo que no tiene sentido que vengas hoy a la reunión. Organízate y te veo en la reunión de mañana. ¿Cómo llevas el reportaje de las cartas de amor?

—Bien. Sí. —Se pone de pie tratando de aparentar que sabe lo que hace.

—Muy bien. Podrás enseñármelo mañana. Por favor, dile a los demás que pasen cuando salgas.

Un poco después de las doce y media, baja los cuatro tramos de escaleras hasta el archivo, aún de mal humor y sin acordarse de las alegrías de la noche anterior. El archivo es como un almacén vacío. Los estantes que rodean el mostrador están ahora desnudos y han arrancado la nota mal escrita, quedando tan solo dos trozos de cinta adhesiva. Tras la segunda puerta batiente oye que están arrastrando muebles. El jefe del archivo está pasando el dedo por una lista de cifras, con las gafas bajadas sobre el extremo de la nariz.

—¿Está Rory por aquí?

—Está ocupado.

—¿Puede decirle que no puedo comer con él?

—No sé bien dónde está.

Le inquieta que Melissa se dé cuenta de que no está en su mesa.

—Bueno, ¿es probable que lo vaya a ver? Necesito decirle que tengo que terminar un reportaje. ¿Puede decirle que bajaré al final de la jornada?

—Quizá debería dejarle una nota.

—Pero usted ha dicho que no sabía dónde estaba.

Él levanta los ojos con los párpados entrecerrados.

—Lo siento, pero estamos terminando nuestra mudanza. No tengo tiempo para estar pasando mensajes. —Su tono es impaciente.

—Bien. Entonces, tendré que subir al departamento de personal y hacerles perder el tiempo pidiéndoles su teléfono móvil, ¿no? Así podré asegurarme de que no le dejo plantado y le hago perder el tiempo a él.

Él levanta las manos en el aire.

—Se lo diré si le veo.

—No se preocupe. Siento haberle molestado.

Él se gira despacio hacia ella y le clava los ojos con lo que su madre podría calificar como una mirada de las de antes.

—Puede que a los del archivo se nos considere bastante irrelevantes por parte de usted y los de su clase, señorita Haworth, pero, a mi edad, no estoy muy dispuesto a ser el botones de la oficina. Perdone si eso supone un problema para su vida social.

Con un sobresalto, ella recuerda que Rory le dijo que los del archivo pueden poner cara a las firmas. Ella no sabe el nombre de este hombre.

Se sonroja mientras desaparece por la puerta batiente. Se enfada consigo misma por haberse comportado como una adolescente borde, y se enfada con el viejo por ser tan poco colaborador. Se enfada porque la fría reprimenda de Melissa implica que no va a poder disfrutar de un almuerzo alegre fuera de la redacción un día que ha empezado tan bien. John se ha quedado casi hasta las nueve. El tren de Somerset no llegaba hasta las once menos cuarto, dijo, así que no tenía sentido salir corriendo. Ella le preparó una tostada con huevos revueltos —casi lo único que se le da bien cocinar— y se sentó feliz en la cama robándole trozos del plato mientras él comía.

Solo habían pasado una noche entera juntos en una ocasión, durante la primera época de su relación, cuando él decía estar tan obsesionado con ella. Anoche fue como en aquella primera época: él se ha mostrado tierno, cariñoso, como si sus inminentes vacaciones le hubieran vuelto especialmente sensible a los sentimientos de ella.

Ellie no habló del tema: si había aprendido algo durante este último año era a vivir el presente. Se zambullía en cada momento, negándose a nublarlo poniéndose a pensar en el coste. La caída llegaría —como siempre—, pero normalmente reunía suficientes recuerdos como para amortiguarla un poco.

Está en las escaleras, pensando en sus brazos desnudos y llenos de pecas rodeándola, con su cara dormida sobre la almohada. Ha sido perfecto. Perfecto. Una vocecita se pregunta si algún día, si él lo piensa lo suficiente, John se dará cuenta de que podrían pasar toda la vida así.

Es un corto trayecto en taxi hasta la oficina de correos de Langley Street. Antes de salir de la redacción se cuida de hablar con la secretaria de Melissa.

—Este es mi número de móvil por si quiere contactar conmigo —dice con la voz inundada de cortesía y profesionalidad—. Volveré como en una hora.

Aunque es la hora del almuerzo, en la oficina de correos apenas hay gente. Se pone al frente de la inexistente cola y espera obediente a que la voz electrónica anuncie:

—Ventanilla cuatro, por favor.

—¿Puedo hablar con alguien de los apartados de correos, por favor?

—Un momento. —La mujer desaparece y, después, regresa y le hace una señal para que vaya hasta el final, donde hay una puerta—. Margie la atenderá ahí.

Una joven asoma la cabeza por la puerta. Lleva una placa identificativa, una gran cadena de oro con un crucifijo y unos tacones tan altos que Ellie se pregunta cómo puede soportar mantenerse en pie, por no hablar de pasarse todo el día trabajando con ellos puestos. Sonríe y, por un momento, Ellie piensa en lo poco común que es que alguien sonría en esta ciudad.

—Esto le va a parecer extraño —empieza a explicarse Ellie—, pero ¿hay alguna forma de averiguar quién alquiló un apartado de correos hace años?

—Pueden cambiar con bastante frecuencia. ¿De cuándo está hablando? —Ellie se pregunta hasta dónde contarle, pero Margie tiene una cara agradable, así que adopta un tono confidencial. Mete la mano en el bolso y saca las cartas, cuidadosamente guardadas en una carpeta de plástico transparente.

—Es una cosa un poco rara. Son unas cartas de amor que he encontrado. Van dirigidas a un apartado de correos de aquí y quiero devolverlas.

Ha conseguido llamar la atención de Margie. Probablemente resulte un cambio agradable respecto a los pagos de prestaciones o devoluciones de catálogos.

—Apartado de correos trece. —Ellie señala el sobre.

El rostro de Margie revela que lo reconoce.

—¿El trece?

—¿Lo conoce?

—Pues sí. —Margie tiene los labios apretados, como si estuviese considerando hasta dónde puede hablar—. Ese buzón lo ha tenido la misma persona durante... casi cuarenta años. No es que eso sea especialmente insólito.

—¿Entonces?

—La cuestión es que nunca ha tenido una sola carta. Ni una. Nos hemos puesto en contacto con la titular en muchas ocasiones para ofrecerle la oportunidad de cerrarlo. Insiste en que quiere mantenerlo. Nosotros le decimos que es cosa suya si quiere desperdiciar el dinero. —Se queda mirando la carta—. Una carta de amor, ¿no? Qué triste.

—¿Puede darme su nombre? —El estómago de Ellie se tensa. Esta podría terminar siendo una historia mucho mejor de lo que se había imaginado.

La mujer niega con la cabeza.

—Lo siento, no puedo. Por la protección de datos y todo eso.

—¡Por favor! —Piensa en la cara de Melissa si vuelve con un «Amor prohibido que duró cuarenta años»—. Por favor, no tiene ni idea de lo importante que es esto para mí.

—Lo siento, de verdad, pero mi trabajo vale más.

Ellie maldice entre dientes y mira detrás de ella a la cola que, de repente, se ha formado. Margie se está dando la vuelta hacia su puerta.

—Gracias de todos modos —dice Ellie recordando sus buenos modales.

—No hay de qué. —Detrás de ellas un niño empieza a llorar mientras trata de escapar de las correas de su cochecito.

—Espere —le pide Ellie mientras revuelve en su bolso.

—¿Sí?

Sonríe.

—¿Podría..., ya sabe..., dejar una carta en el buzón?

Estimada Jennifer:
Le pido que disculpe mi intromisión, pero he tenido acceso a correspondencia personal que creo que es suya y he encontrado la oportunidad de devolvérsela.
Puede contactar conmigo en el número que aparece abajo.
Atentamente,
Ellie Haworth

Rory se queda mirándolo. Están sentados en el pub que hay enfrente del *Nation*. Está oscuro, incluso a primera hora de la noche, y bajo las farolas de vapor de sodio aún se pueden ver camiones verdes de mudanza al otro lado de la valla y unos hombres con monos de trabajo subiendo y bajando por los amplios escalones de la entrada. Ya llevan varias semanas siendo una visión casi permanente.

—¿Qué? ¿Crees que no he empleado el tono correcto?

—No es eso. —Está sentado en el banco al lado de ella, con un pie doblado contra la pata de la mesa que tienen delante.

—Entonces, ¿qué? Estás haciendo esa cosa con tu cara.

Él sonríe.

—No sé. A mí no me preguntes. Yo no soy periodista.

—Vamos. ¿Qué significa esa cara?

—Pues..., ¿no te hace sentir un poco...?

—¿Qué?

—No sé..., es muy personal. Y vas a pedirle que airee sus trapos sucios en público.

—Quizá se alegre de tener esa oportunidad. Puede que vuelva a encontrarle. —Hay un tono de optimismo rebelde en su voz.

—O quizá esté casada y los dos hayan pasado cuarenta años tratando de olvidar su aventura.

—Lo dudo. Además, ¿cómo sabes que son trapos sucios? Quizá estén ahora juntos. Quizá hayan tenido un final feliz.

—¿Y ha mantenido el apartado de correos abierto durante cuarenta años? No ha habido ningún final feliz. —Le devuelve la carta—. Puede incluso que sea una enferma mental.

—Ah, así que estar enamorada de alguien significa que estás loca. Claro.

—Mantener un apartado de correos durante cuarenta años sin haber recibido una sola carta está en el otro extremo del comportamiento normal.

Tiene razón, admite ella. Pero la idea de Jennifer y su buzón vacío ha prendido en su imaginación. Y lo que es más importante: es lo más parecido que tiene a un buen reportaje.

—Lo pensaré —concluye. No le dice que ha enviado la copia buena esa tarde.

—Entonces, ¿lo pasaste bien anoche? —pregunta él—. ¿No estás muy dolorida?

—¿Qué?

—Por el patinaje sobre hielo.

—Ah. Un poco. —Estira las piernas sintiendo la tensión de los muslos y se ruboriza un poco al rozar la rodilla de él con la suya. Entre ellos han surgido bromas privadas. Ella es Jayne Torvill, la patinadora; y él es el humilde archivero, que está ahí para cumplir sus órdenes. Le envía mensajes con faltas de ortografía deliberadas. «Por fabor, ¿podría la señora lista benir luego a tomar una kopa con el umilde archivero?».

—Me han dicho que has bajado a verme.

Ella le mira y él sonríe de nuevo. Ellie hace una mueca de desagrado.

—Tu jefe es un gruñón. En serio. Ha sido como si le estuviese pidiendo que sacrificara a su primogénito cuando lo único que he hecho era tratar de dejarte un mensaje.

—No es tan malo —dice Rory arrugando la nariz—. Solo está un poco estresado. Muy estresado. Esto es lo último que hace antes de jubilarse y tiene que mudar cuarenta mil documentos de forma ordenada, además de los que se están escaneando para su almacenamiento digital.

—Todos estamos ocupados, Rory.

—Él solo quiere dejarlo todo bien. Es de la vieja escuela. Ya sabes, todo por el bien del periódico. A mí me gusta. Es de una raza en vías de extinción.

Ella piensa en Melissa, la de la mirada fría y los tacones altos, y no puede evitar estar de acuerdo.

—Lo sabe todo sobre este lugar. Deberías hablar con él alguna vez.

—Sí, porque está claro que me ha tomado mucho cariño.

—Estoy seguro de que lo hará si se lo pides de forma agradable.

—¿Como cuando hablo contigo?

—No. He dicho de forma agradable.

—¿Vas a ocupar tú su puesto?

—¿Yo? —Rory se lleva el vaso a los labios—. Qué va. Yo quiero viajar. A América del Sur. Se suponía que esto iba a ser un trabajo de verano. Pero he terminado quedándome dieciocho meses.

—¿Llevas dieciocho meses aquí?

—¿Es que no me has visto? —Pone una mueca de tristeza y ella vuelve a sonrojarse.

—Pues... Sí me pareció que te había visto antes.

—Ah, los gacetilleros solo veis lo que queréis ver. Nosotros somos los parásitos invisibles, que solo estamos ahí para cumplir vuestras órdenes.

Está sonriendo y habla sin maldad, pero ella sabe que hay cierta verdad desagradable en lo que ha dicho.

—Así que soy una gacetillera egoísta e insensible, ciega ante las necesidades de los verdaderos trabajadores y desagradable con los ancianos que se rigen por la ética en el trabajo —dice pensativa.

—Más o menos, así es. —A continuación, Rory la mira fijamente y su expresión cambia—. ¿Qué vas a hacer para redimirte?

Resulta increíblemente difícil mirarle a los ojos. Ellie está tratando de pensar en qué contestar cuando oye su teléfono móvil.

—Perdona —murmura mientras busca en su bolso. Pulsa para abrir el simbolito del sobre.

Solo quería saludar. Salgo mañana de vacaciones. Me pondré en contacto contigo cuando vuelva. Cuídate. Bs. J

Se siente decepcionada. ¿«Saludar» después de las cosas tan íntimas que se susurraban la noche anterior? ¿Después de haber estado juntos de una forma tan desinhibida? ¿Quiere «saludar»?

Vuelve a leer el mensaje. Nunca es muy expresivo por el móvil, eso lo sabe. Le dijo desde el principio que era muy arriesgado, por si daba la casualidad de que su mujer lo viera antes de que él pudiese borrar el mensaje incriminatorio. Y hay cierta dulzura en lo de «Cuídate», ¿no? Le está diciendo que quiere que esté bien. Se pregunta, incluso después de calmarse, hasta dónde estira ella esos mensajes, buscando un fondo en las escasas palabras que él le envía. Cree que están los dos muy conectados y eso está bien. Entiende lo que de verdad quiere decirle él. Pero, en ciertas ocasiones, como hoy, duda de que de verdad haya algo más aparte de esas palabras.

¿Cómo contestar? Le cuesta decirle: «Disfruta de las vacaciones», cuando lo que ella quiere es que lo pase fatal, que su mujer se intoxique con la comida, que sus hijos se quejen sin cesar y que el tiempo empeore estrepitosamente y los tenga a todos encerrados en un sitio desagradable. Quiere que la eche de menos, que la eche de menos, que la eche de menos...

Cuídate tú también. Bs

Cuando levanta la mirada, los ojos de Rory están fijos en los camiones de mudanza de la calle, como si fingiera no estar interesado en lo que está ocurriendo a su lado.

—Perdona —se disculpa ella mientras se guarda el teléfono de nuevo en el bolso—. Era del trabajo. —Conforme lo está diciendo, se pregunta por qué no le está contando la verdad. Él podría ser un amigo. Ya lo es. ¿Por qué no le iba a hablar de John?—. ¿Por qué crees que ya nadie escribe cartas de amor como estas? —añade a la vez que saca una del bolso—. Es decir, sí, hay mensajes y correos y cosas así, pero nadie los redacta con este lenguaje, ¿no? Ya nadie los escribe como nuestro amante desconocido.

Los camiones de la mudanza se han ido. La fachada del edificio del periódico se ha quedado vacía; su entrada parece unas fauces oscuras bajo las farolas de sodio, con los trabajadores que aún quedan en su interior haciendo cambios de última hora para la portada.

—Puede que sí —contesta él, y su rostro ha perdido esa breve suavidad—. O puede que, cuando se es hombre, resulte imposible saber qué es lo que tienes que decir.

El gimnasio del distrito de Swiss Cottage ya no está cerca de la casa de ninguna, tiene equipamientos que normalmente no funcionan y una recepcionista tan mandona que se preguntan si está en ese puesto por alguna oposición, pero ni ella ni Nicky se molestan en sufrir el interminable proceso de darse de baja y buscar otro nuevo. Se ha convertido en su lugar de encuentro semanal. Han pasado varios años desde que resoplaban la una junto a la otra en las bicicletas estáticas o se sometían a la asistencia de compasivos entrenadores personales de veinte años. Ahora, tras unos ocasionales largos de un lado a otro de la pequeña piscina, se sientan en el jacuzzi o en la sauna durante cuarenta minutos para charlar, después de haberse convencido de que estas cosas son «buenas para la piel».

Nicky llega tarde: se está preparando para una conferencia en Sudáfrica y la han entretenido. Ninguna de las dos comenta nada de la tardanza de la otra: asumen que son cosas que pasan, que cualquier inconveniente provocado por el trabajo de la otra queda fuera de ningún reproche. Además, Ellie nunca ha sabido bien a qué se dedica Nicky.

—¿Hará calor allí? —Se ajusta la toalla sentada en el banco caliente de la sauna mientras Nicky se seca los ojos.

—Eso creo. Pero no sé cuánto tiempo voy a poder disfrutarlo. La jefa nueva es una adicta al trabajo. Esperaba tomarme una semana de vacaciones después, pero dice que no puede prescindir de mí.

—¿Cómo es ella?

—No está mal. No se ha implantado un par de testículos ni nada parecido. Pero sí que le echa las horas necesarias y no entiende por qué los demás no hacemos lo mismo. Ojalá volviera el viejo de Richard. Me encantaban nuestros largos almuerzos de los viernes.

—Yo no conozco ya a nadie que tenga un descanso en condiciones para almorzar.

—Aparte de vosotros, los escritorzuelos. Yo pensaba que solo os dedicabais a comer y beber con vuestros contactos.

—Ja. No con mi jefa detrás. —Le cuenta la historia de su reunión de la mañana y Nicky entrecierra los ojos con expresión compasiva.

—Ve con cuidado —dice—. Parece que te tiene en el punto de mira. ¿Va a salir bien el reportaje? ¿Hará eso que deje de estar tan encima de ti?

—No sé si voy a llegar a algo. Y no me siento bien haciendo uso de algunas cosas. —Se frota el pie—. Las cartas son preciosas. Y de mucha intensidad. Si alguien me hubiese escrito una carta así no querría que se hiciera pública.

Oye la voz de Rory mientras dice esto y se da cuenta de que ya no está segura de qué pensar. No había estado preparada para que a él no le gustara la idea de que las cartas se publicaran. Está acostumbrada a que en el *Nation* todos compartan una misma forma de pensar. «El periódico es lo primero. Como siempre ha sido».

—Yo querría ampliarla y ponerla en una valla publicitaria. No conozco a nadie que reciba ya cartas de amor —dice Nicky—. Mi hermana las recibía cuando su novio se mudó a Hong Kong en los años noventa. Al menos, dos por semana. Una vez me enseñó una. —Resopla—. Claro que la mayoría eran sobre lo mucho que echaba de menos su culo.

Dejan de reírse cuando otra mujer entra en la sauna. Intercambian sonrisas de cortesía y la mujer se acomoda en el asiento más alto, extendiendo con cuidado su toalla por debajo de ella.

—Ah. La semana pasada vi a Doug.

—¿Cómo está? ¿Se ha quedado embarazada Lena ya?

—Lo cierto es que me preguntó por ti. Le preocupa haberte enfadado. Me dijo que él y tú discutisteis.

El sudor se le ha metido a Ellie en los ojos, los restos del rímel hacen que le escuezan.

—Ah, no pasa nada. Él solo... —Mira a la mujer que está en el asiento de arriba—. Vive en otro mundo.

—Un mundo en el que nadie tiene nunca una aventura amorosa.

—Se puso un poco... moralista. No pensábamos lo mismo de la mujer de John.

—¿Qué pasa con ella?

Ellie se remueve incómoda sobre su toalla.

—No os preocupéis por mí —dice la voz de la mujer—. Todo lo que se oiga en este lugar queda vedado. —Se ríe y ellas le responden con una sonrisa amable.

Ellie baja la voz.

—Era sobre si yo debía tener muy en cuenta lo que ella pudiera sentir.

—Yo creo que eso debe ser cosa de John.

—Sí, pero ya conoces a Doug. El hombre más bueno del mundo. —Ellie se aparta el pelo de la cara—. Tiene razón, Nicky, pero tampoco es que yo la conozca. No es una persona real. ¿Por qué me iba a importar lo que a ella le pase? Tiene lo que yo más deseo, lo único que me podría hacer feliz. Y no puede estar tan enamorada de él si les presta tan poca atención a sus necesidades y deseos, ¿no? Es decir, si fuesen tan felices, él no estaría conmigo, ¿verdad?

Nicky niega con la cabeza:

—No sé. Cuando mi hermana tuvo a su hijo, no pudo pensar con claridad durante seis meses.

—El hijo pequeño de él tiene casi dos años. —Más que oírla, siente la mofa de Nicky. Es el eterno lado malo de las buenas amistades. Nunca dejan que te salgas con la tuya.

—¿Sabes una cosa, Ellie? —pregunta Nicky apoyando la espalda en el banco y colocando las manos tras la cabeza—. A nivel moral, no me importaría, pero no pareces feliz.

Ellie aprieta las manos con actitud defensiva.

—Sí que soy feliz.

Nicky levanta una ceja.

—Vale. Soy lo más feliz y lo más infeliz que he sido nunca con nadie, si es que eso tiene algún sentido.

Al contrario que sus dos mejores amigas, Ellie nunca ha vivido con ningún hombre. Hasta que cumplió treinta años, había clasificado siempre lo de *matrimonioehijos* —siempre lo veía como una sola palabra— en la carpeta de cosas que haría más tarde, mucho después de haber afianzado su carrera profesional, como lo de beber con sensatez y contratar un plan de pensiones. No quería terminar como algunas chicas de su instituto, agotadas y empujando cochecitos de bebé a los veintitantos años, dependientes económicamente de maridos a los que parecían despreciar.

Su último novio se había quejado de haber pasado la mayor parte de su relación yendo a la zaga mientras ella corría de un sitio a otro «vociferando por el móvil». Le había enfadado aún más que a ella le pareciese gracioso. Pero, desde que cumplió los treinta años, había dejado de ser tan divertido. Cuando visitaba a sus padres en Derbyshire, hacían esfuerzos notorios por no hablar de novios, tanto que se había convertido en otra forma de presión. Se siente bien estando sola, les dice a ellos y a otras personas. Y era verdad, hasta que conoció a John.

—¿Está casado, querida? —pregunta la mujer a través del vapor.

Ellie y Nicky intercambian una mirada sutil.

—Sí —contesta Ellie.

—Si te hace sentir mejor, yo me enamoré de un hombre casado y el martes que viene haremos cuatro años de matrimonio.

—Enhorabuena —dicen las dos a la vez, aunque Ellie es consciente de que le parece raro usar esa palabra en tales circunstancias.

—Somos de lo más felices. Por supuesto, su hija no le habla, pero no pasa nada. Somos felices.

—¿Cuánto tiempo tardó él en dejar a su mujer? —pregunta Ellie incorporándose.

La mujer se está recogiendo el pelo en una cola. No tiene tetas, piensa Ellie, y, aun así, él dejó a su mujer por ella.

—Doce años —responde—. Eso hizo que no pudiésemos tener hijos, pero, como he dicho antes, ha merecido la pena. Somos muy felices.

—Me alegro por usted —dice Ellie mientras la mujer baja. La puerta de cristal se abre dejando entrar una ráfaga de aire frío al marcharse y, después, se quedan las dos solas, sentadas en la cabina caliente y oscura.

Hay un breve silencio.

—Doce años —comenta Nicky frotándose la cara con la toalla—. Doce años, una hija distanciada y ningún hijo en común. Apuesto a que eso hace que te sientas muchísimo mejor.

Dos días después, suena el teléfono. Son las nueve y cuarto y está en su mesa, y lo contesta poniéndose de pie para que su jefa pueda ver que está ahí y trabajando. ¿A qué hora llega Melissa al trabajo? Parece ser la primera en entrar y la última en salir de la sección, pero su pelo y su maquillaje están siempre inmaculados y su ropa bien conjuntada. Ellie sospecha que probablemente tenga un entrenador personal a las seis de la mañana y una cita para peinarse en alguna peluquería exclusiva una hora después. ¿Tiene Melissa vida familiar? Alguien habló una vez de una hija pequeña, pero a Ellie le cuesta creerlo.

—Sección de reportajes —contesta con la mirada perdida en el despacho de cristal. Melissa está al teléfono, caminando de un lado a otro mientras se acaricia el pelo con una mano.

—¿Es este el número de Ellie Haworth? —pregunta una voz refinada, un vestigio de otra época.

—Sí. Soy yo.

—Ah. Al parecer me ha enviado usted una carta. Me llamo Jennifer Stirling.

*¿Qué he hecho? Ese jueves me dijiste que no querías dejarme marchar. Fueron tus palabras, no las mías. Y, después, nada. ¡Estaba convencida de que habías tenido un accidente! S ***** me dijo que ya habías hecho esto antes y yo no quise creerla, pero ahora me siento como una estúpida.*

Una mujer a un hombre, por carta

19

Camina con paso enérgico, con la cabeza agachada bajo la lluvia, maldiciéndose por no haber pensado con antelación y haber llevado un paraguas. Los taxis siguen la estela de los autobuses de ventanas empañadas, rociando agua en elegantes arcos sobre el bordillo. Está en el barrio de St. John's Wood una lluviosa tarde de sábado, tratando de no pensar en las arenas blancas de Barbados, en una mano grande y llena de pecas aplicando crema solar sobre la espalda de una mujer. Se trata de una imagen que aparece en su cabeza con castigadora frecuencia y así ha sido durante los seis días que John lleva fuera. El mal tiempo es como si el cosmos se riera de ella.

El edificio se eleva como un bloque gris desde una acera ancha y bordeada por árboles. Sube los escalones, pulsa el botón del número ocho y espera mientras da saltitos de impaciencia de un pie empapado a otro.

—¿Sí? —La voz suena clara, menos anciana de lo que se había imaginado. Da gracias a Dios de que Jennifer Stirling sugiriera que se vieran hoy. La idea de pasar un sábado entero sin trabajar, sin sus amigos, que todos parecen andar atareados, resultaba aterradora. De nuevo, aquella mano con pecas.

—Soy Ellie Haworth. Vengo por lo de sus cartas.

—Ah. Entre. Estoy en la planta cuarta. Quizá tenga que esperar un rato al ascensor. Es de lo más lento.

Es el tipo de edificios en los que rara vez entra y en una zona que apenas conoce. Sus amigos viven en pisos de nueva construcción con habitaciones diminutas y aparcamientos subterráneos o en dúplex apiñados como pasteles de milhojas en casas adosadas victorianas. Este edificio habla de dinero de toda la vida, inmune a las modas. Le hace pensar en la expresión «señora viuda de» —quizá John la use— y sonríe.

El vestíbulo está cubierto con una alfombra de color turquesa oscuro, un color de otra época. La barandilla de metal que sube los cuatro escalones de mármol tiene la pátina profunda de un pulido frecuente. Por un momento, piensa en las zonas comunes de su edificio, con sus montones de cartas abandonadas y las bicicletas dejadas sin cuidado.

El ascensor sube con solemnidad las cuatro plantas, entre crujidos y tirones, y ella sale a un pasillo alicatado.

—¿Hola? —Ellie ve la puerta abierta.

Después no estaría segura de qué se había imaginado: alguna anciana encorvada con ojos parpadeantes y quizá un bonito chal dentro de una casa llena de pequeñas figuras de animales de porcelana. Jennifer Stirling no es esa mujer. Quizá tenga sesenta y tantos años, pero su figura es esbelta y aún erguida; solo su pelo plateado, con corte bob peinado hacia un lado, insinúa su verdadera edad. Lleva un jersey de cachemira azul oscuro y una chaqueta de lana entallada sobre un par de pantalones sastre que son más de Dries van Noten que de Marks & Spencer. Atado al cuello, un pañuelo verde esmeralda.

—¿Señorita Haworth?

Se da cuenta de que la mujer la ha estado observando, quizá examinándola, antes de pronunciar su nombre.

—Sí. —Ellie extiende la mano—. Ellie, por favor.

El rostro de la mujer se relaja un poco. Cualquiera que fuese el examen, parece que lo ha aprobado. Al menos, por ahora.

—Entra, por favor. ¿Vienes de muy lejos?

Ellie la sigue al interior del apartamento. De nuevo, sus expectativas se ven desafiadas. Ningún animalito por aquí. La habitación es enorme, soleada y sin apenas muebles. Los suelos de madera clara tienen un par de alfombras persas grandes y hay dos sofás Chesterfield tapizados en damasco enfrentados con una mesita de cristal en medio. Los únicos muebles que hay aparte son eclécticos y exquisitos: un sillón que sospecha que debe ser caro, moderno y danés, y una mesa pequeña y antigua con incrustaciones de nogal. Fotografías de familiares y niños pequeños.

—Qué piso tan precioso —dice Ellie, que nunca ha estado especialmente interesada en la decoración de interiores pero que, de repente, sabe cómo quiere vivir.

—Es bonito, ¿verdad? Me mudé aquí en... el 68, creo. Era un edificio bastante deslucido y viejo, pero pensé que sería un buen lugar para criar a mi hija, ya que tenía que vivir en una ciudad. Puede verse Regent's Park desde esa ventana. ¿Me das tu abrigo? ¿Quieres un café? Parece que estás empapada.

Ellie se sienta mientras Jennifer Stirling desaparece en la cocina. En las paredes, que son de un color crema muy claro, hay varias obras grandes de arte moderno. Ellie ve que Jennifer Stirling vuelve a entrar en la habitación y se da cuenta de que no le sorprende que haya podido inspirar tanta pasión en el desconocido autor de las cartas.

Entre las fotografías de la mesa hay una de una mujer joven e increíblemente hermosa que posa como si lo hiciese para un retrato de Cecil Beaton; luego, quizá unos años después, está mirando a un bebé recién nacido, con la expresión de agotamiento, asombro y júbilo que, al parecer, es común entre todas las madres recientes. Su pelo, aunque acaba de dar a luz, está perfectamente peinado.

—Es muy amable por su parte tomarse tantas molestias. Debo decir que su carta me resultaba intrigante. —Ha colocado una taza de café delante de ella y Jennifer Stirling se sienta enfrente y remueve la suya con una diminuta cucharita de plata con un grano de café rojo esmaltado en el extremo. Dios mío, piensa Ellie, su cintura es más estrecha que la mía.

—Siento curiosidad por saber de qué correspondencia se trata. No creo haber tirado nada de forma accidental desde hace años. Suelo triturarlo todo. Mi contable me compró uno de esos aparatos infernales las Navidades pasadas.

—Bueno, en realidad, no fui yo la que la encontró. Un amigo mío ha estado clasificando los archivos del periódico *Nation* y se encontró una carpeta.

El semblante de Jennifer Stirling cambia.

—Y en ella estaba esto.

Ellie mete la mano en su bolso y saca con cuidado la carpeta de plástico con las tres cartas de amor. Observa el rostro de la señora Stirling mientras se las acerca.

—Se las habría enviado, pero...

Jennifer sujeta las cartas con reverencia con ambas manos.

—... no estaba segura de..., en fin, de si querría verlas siquiera.

Jennifer no dice nada. Incómoda, de repente, Ellie da un sorbo a su taza. No sabe cuánto tiempo sigue sentada allí, bebiéndose su café, pero mantiene la vista apartada, no sabe por qué.

—Ah, sí que las quiero.

Cuando levanta la vista, algo ha pasado en la expresión de Jennifer. No está llorando exactamente, pero sus ojos tienen la apariencia contraída de alguien asolado por una intensa emoción.

—Supongo que las has leído.

Ellie se da cuenta de que se ruboriza.

—Lo siento. Estaban en una carpeta de una cosa que no tenía absolutamente nada que ver. No sabía que terminaría encontrando a la dueña. Me parecieron bonitas —añade con incomodidad.

—Sí que lo son, ¿verdad? En fin, Ellie Haworth, a mi edad pocas cosas me sorprenden, pero hoy tú sí que lo has conseguido.

—¿No las va a leer?

—No me hace falta. Sé lo que dicen.

Ellie aprendió mucho tiempo atrás que la habilidad más importante del periodismo es saber cuándo no decir nada. Pero ahora se está sintiendo cada vez más incómoda mientras observa a una mujer mayor que, en cierto modo, ha desaparecido de la habitación.

—Lo siento si la he molestado —dice con cautela cuando el silencio se vuelve abrumador—. No estaba segura de qué hacer, dado que no sabía cuál era su...

—... mi situación —concluye la mujer. Sonríe y Ellie piensa de nuevo en la cara tan bonita que tiene—. Ha sido muy diplomático por tu parte. Pero estas cosas no pueden provocar ningún tipo de vergüenza. Mi marido murió hace muchos años. Es una de las cosas que nunca te dicen sobre lo de envejecer. —La mira con una sonrisa burlona—. Que los hombres mueren mucho antes.

Por un momento, se quedan escuchando la lluvia, el chirrido de los frenos de los autobuses en la calle.

—Bueno, dime una cosa, Ellie —continúa la señora Stirling—. ¿Qué es lo que ha hecho que te esfuerces tanto por devolverme estas cartas?

Ellie considera si hablarle sobre el reportaje o no. Su instinto le dice que no lo haga.

—Porque nunca había leído algo así.

Jennifer Stirling la observa con atención.

—Y... yo también tengo un amante —continúa, sin saber bien por qué lo dice.

—¿Un «amante»?

—Está... casado.

—Ah. Entonces, en estas cartas te has visto reflejada.

—Sí. En toda la historia. Trata sobre querer algo que no puedes tener. Y sobre eso de nunca poder decir lo que de verdad sientes. —Ha bajado la mirada y habla mirándose el regazo—. El hombre con el que estoy, John... En realidad, no sé qué piensa. No hablamos sobre lo que está pasando entre los dos.

—Supongo que no está acostumbrado —comenta la señora Stirling.

—Pero su amante sí. Boot sí.

—Sí. —De nuevo, su mente se pierde en otra época—. Él me lo decía todo. Resulta asombroso recibir una carta así. Saber que eres amada de una forma tan absoluta. A él se le dieron siempre increíblemente bien las palabras.

Por un momento, la lluvia se vuelve torrencial y se oyen truenos al otro lado de las ventanas y gente que grita en la calle.

—He estado un poco obsesionada con su historia de amor, aunque no quiero que esto le suene demasiado raro. He deseado desesperadamente que ustedes dos volvieran a estar juntos. Tengo que preguntarlo: ¿alguna vez..., alguna vez volvieron a estar juntos?

El lenguaje moderno parece inadecuado y, de repente, Ellie se siente cohibida. Piensa que hay algo descortés en lo que ha preguntado. Ha ido demasiado lejos.

Justo cuando Ellie está a punto de disculparse y dispuesta a marcharse, Jennifer vuelve a hablar.

—¿Quieres otra taza de café, Ellie? —pregunta—. Supongo que no tiene mucho sentido que te vayas mientras llueve de esta forma.

Jennifer Stirling se sienta en el sofá tapizado en seda, con el café enfriándose en su regazo, mientras cuenta la historia de una joven esposa en el sur de Francia, de un marido que, según sus palabras, probablemente no era peor que ninguno de los otros de aquella época. Un hombre muy de su tiempo, en el que no cabía el ser expresivo, pues era una señal de debilidad, algo impropio. Y le cuenta una historia de su opuesto, un hombre gruñón, terco, apasionado, dolido, que la desestabilizó desde la primera noche que lo conoció en una cena a la luz de la luna.

Ellie permanece sentada, embelesada, dibujando imágenes en su cabeza, tratando de no pensar en la grabadora que ha encendido en su bolso. Pero ya no se siente descortés. La señora Stirling habla animada, como si esta fuese una historia que estaba deseando contar desde hacía décadas. Dice que es una historia que ha ido uniendo a lo largo de los años y Ellie, aunque no entiende del todo a qué se refiere, no quiere interrumpirla ni hacerle preguntas para esclarecerlo.

Jennifer Stirling le habla del repentino cansancio de su vida dorada, de las noches sin dormir, de su culpa, de la aterradora e irremediable atracción por alguien prohibido, de la desagradable conciencia de que la vida que llevas puede no ser la correcta... Mientras habla, Ellie se muerde las uñas a la vez que se pregunta si es eso lo que John está pensando en ese mismo momento, en alguna playa lejana bañada por el sol. ¿Cómo puede amar a su mujer? ¿Qué quiere de ella? ¿Cómo es posible que no sienta esa atracción?

El relato se vuelve más oscuro, su voz más queda. Habla de un accidente de coche en una calle mojada, de un hombre inocente muerto y de los cuatro años que caminó sonámbula por su matrimonio, resistiendo tan solo gracias a las pastillas y al nacimiento de su hija.

Se interrumpe, echa la mano hacia atrás y le pasa a Ellie un marco con una foto. Aparece una mujer alta y rubia con pantalones cortos y un hombre rodeándola con el brazo. Dos niños y un perro bajo los pies desnudos de ella. Parece un anuncio de Calvin Klein.

—Probablemente, Esmé no sea mucho más mayor que tú —dice—. Vive en San Francisco con su marido, un médico. Son muy felices. —Y añade con sonrisa burlona—: Por lo que yo sé.

—¿Sabe ella algo sobre las cartas? —Ellie deja con cuidado el marco sobre la mesita tratando de no envidiar la espectacular genética de la desconocida Esmé, su vida aparentemente envidiable.

Esta vez, la señora Stirling vacila antes de hablar.

—Nunca le he contado esta historia a ningún ser viviente. ¿Qué hija querría oír que su madre estuvo enamorada de otra persona que no es su padre?

Y, después, habla de un encuentro fortuito, años después, la magnífica sorpresa de descubrir que estaba donde tenía que estar.

—¿Puedes entenderlo? Me había sentido fuera de lugar tanto tiempo... Y, entonces, allí estaba Anthony. Y tuve esa sensación. —Se palpa el pecho—. Que estaba en casa. Que era él.

—Sí —contesta Ellie. Está apoyada en el filo del sofá. El rostro de Jennifer Stirling se ha iluminado. De repente, Ellie puede ver a la muchacha joven que fue—. Conozco esa sensación.

—Por supuesto, lo malo fue que, al volver a verlo, yo no era libre de irme con él. El divorcio era en aquella época una cosa muy distinta, Ellie. Desagradable. Tu nombre quedaba arrastrado por el barro. Yo sabía que mi marido me destruiría si intentaba irme. Y no podía dejar a Esmé. Él..., Anthony..., había dejado atrás a su propio hijo y yo pensaba que él nunca lo había superado de verdad.

—Entonces, ¿nunca llegó a dejar de verdad a su marido? —Ellie siente una profunda decepción.

—Sí que lo hice, gracias a esa carpeta que has encontrado. Él tenía una antigua y curiosa secretaria, la señorita no sé qué. —Hace una mueca—. Nunca he podido recordar su nombre. Supongo que ella estaba enamorada de él. Y entonces, por algún motivo, ella me proporcionó la forma de destruirle. Él sabía que no podía tocarme porque yo tenía esos archivos.

Describe la reunión con la secretaria sin nombre, la sorpresa de su marido cuando ella le contó en su despacho lo que sabía.

—Los expedientes del amianto. —En el apartamento de Ellie habían parecido carecer de importancia, su poder amortiguado por el tiempo.

—Por supuesto, en aquel entonces nadie sabía lo del amianto. Pensábamos que era una cosa maravillosa. Supuso un impacto terrible descubrir que la empresa de Laurence había destruido tantas vidas. Por eso constituí la fundación cuando él murió. Para ayudar a las víctimas. Mira. —Busca en un escritorio y saca un folleto. Tiene información de un programa de ayuda jurídica para los que sufren mesotelioma provocado por el trabajo—. Ya no queda mucho dinero en el fondo, pero aún ofrecemos asesoramiento legal. Tengo amigos en la profesión que proporcionan sus servicios de forma gratuita tanto aquí como en el extranjero.

—¿Aún tiene el dinero de su marido?

—Sí. Ese fue nuestro acuerdo. Yo mantuve su apellido y me convertí en una de esas mujeres recluidas que nunca acompañan a ningún sitio a sus esposos. Todos suponían que había dejado la vida social para criar a Esmé. No era raro en esa época, ¿sabes? Él simplemente llevaba a su amante a los actos sociales. —Se ríe mientras niega con la cabeza—. Por aquel entonces había una doble moral de lo más asombrosa.

Ellie se imagina del brazo de John en algún almuerzo literario. Él siempre cuida de no tocarla en público, de no dar muestra alguna de su relación. Ella esperaba en secreto que les descubrieran besándose o que su pasión fuese tan evidente que se convirtieran en objeto de maliciosos rumores.

Levanta la mirada y ve que Jennifer Stirling tiene los ojos clavados en ella.

—¿Quieres más café, Ellie? Supongo que no tienes prisa por ir a ninguna parte.

—No. Me encantaría. Quiero saber qué pasó.

Su expresión cambia. Su sonrisa se desvanece. Hay un breve silencio.

—Él volvió al Congo —dice—. Solía viajar a los lugares más terribles y peligrosos. En esa época a la gente blanca le sucedían cosas malas allí lejos y él quedó afectado... —Ya no parece estar dirigiendo sus palabras a Ellie—. A menudo, los hombres son mucho más frágiles de lo que parecen, ¿verdad?

Ellie se queda pensativa, tratando de no sentir la amarga decepción que esa información parece implicar. «Esta no es tu vida», se dice con rotundidad. «Esta no tiene por qué ser tu tragedia».

—¿Cómo se llamaba? Supongo que no era Boot.

—No. Esa era una pequeña broma. ¿Has leído a Evelyn Waugh? Su verdadero nombre era Anthony O'Hare. Lo cierto es que resulta raro contarte todo esto después de tanto tiempo. Fue el amor de mi vida, pero no tengo ninguna fotografía de él, solo unos pocos recuerdos. Si no llega a ser por mis cartas, podría pensar que me lo he imaginado todo. Por eso, el hecho de que me las hayas devuelto supone un regalo muy importante.

Ellie nota un nudo en la garganta.

Suena el teléfono y las dos salen de sus pensamientos con un sobresalto.

—Discúlpame —dice Jennifer. Sale al pasillo, coge el teléfono y Ellie oye su respuesta, su voz calmada de inmediato, imbuida de distancia profesional.

—Sí —dice—. Sí, todavía lo hacemos. ¿Cuándo le diagnosticaron?... Lo siento mucho...

Ellie escribe el nombre en su cuaderno y lo guarda en el bolso. Comprueba que la grabadora estaba en marcha, que el micrófono sigue en su sitio. Satisfecha, se queda allí sentada unos minutos más, mirando las fotos familiares, al suponer que Jennifer va a tardar un poco. No parecería adecuado meter prisa a alguien que evidentemente está bajo las garras de una enfermedad de pulmón. Arranca una hoja de su cuaderno, escribe una nota y coge su abrigo. Se acerca a la ventana. En la calle, el tiempo se ha aclarado y los charcos sobre la acera resplandecen con un azul luminoso. A continuación se dirige hacia la puerta y se queda allí con la nota.

—Disculpe un momento. —Jennifer coloca la mano sobre el auricular—. Lo siento mucho —dice—. Es probable que vaya a tardar un rato. —Su voz indica que la conversación que mantenían no va a continuar hoy—. Una persona necesita solicitar una indemnización.

—¿Podemos hablar en otra ocasión? —Ellie levanta en el aire el trozo de papel—. Aquí tiene mis datos. De verdad que me gustaría saber...

Jennifer asiente, con parte de su atención en el auricular.

—Sí. Por supuesto. Es lo menos que puedo hacer. Y gracias de nuevo, Ellie.

Esta se gira para marcharse, con el abrigo sobre el brazo. A continuación, cuando Jennifer está levantando el auricular hacia el oído, vuelve a darse la vuelta.

—Dígame solo una cosa rápida. Cuando volvió a irse..., Boot..., ¿qué hizo usted?

Jennifer Stirling baja el auricular, con mirada nítida y calmada.

—Le seguí.

No ha habido ninguna historia entre nosotros.
Si tratas de sugerir lo contrario, dejaré claro que ha
sido todo producto de tu imaginación.

Un hombre a una mujer, por carta, 1960

20

*D*esea beber algo, señora?

Jennifer abrió los ojos. Llevaba agarrada a los reposabrazos de su asiento casi una hora mientras el avión de la compañía BOAC avanzaba entre sacudidas en dirección a Kenia. Nunca le había gustado mucho volar, pero las incesantes turbulencias habían aumentado la tensión en el avión Comet de tal forma que incluso los corresponsales en África más avezados apretaban la mandíbula con cada sacudida. Hizo una mueca cuando el trasero se le levantó del asiento y se oyó un gemido de consternación procedente de la parte trasera del avión. El olor a cigarrillos rápidamente encendidos había provocado una nube de humo en la cabina.

—Sí —contestó—. Por favor.

—Le traeré uno doble —dijo la azafata guiñando un ojo—. Va a ser un vuelo movidito.

Se bebió la mitad de un trago. Tenía los ojos arenosos tras un viaje que duraba ya cuarenta y ocho horas. Antes de marcharse había permanecido despierta varias noches en Londres, dándole vueltas a la cabeza, contradiciéndose sobre si lo que iba a hacer era una locura, como todo el mundo parecía pensar.

—¿Quiere uno de estos? —El ejecutivo que iba a su lado le ofreció una lata con la tapa abierta hacia ella. Tenía unas manos enormes, con dedos como salchichas secas.

—Gracias. ¿Qué son? ¿Caramelos de menta? —preguntó ella.

Él sonrió bajo su grueso bigote blanco.

—No. —Su acento era marcado, afrikáans—. Son para calmar los nervios. Quizá se alegre después de haberlos tomado.

Ella retiró la mano.

—No, gracias. Una vez me dijeron que no hay que tener miedo de las turbulencias.

—Es verdad. Es con las turbulencias del suelo con las que hay que tener cuidado.

Al ver que no se reía, él se quedó mirándola un momento.

—¿Adónde va? ¿De safari?

—No. Tengo que tomar un vuelo de enlace hacia Stanleyville. Me han dicho que no había ninguno directo desde Londres.

—¿Al Congo? ¿Para qué quiere ir allí, señora?

—Estoy tratando de encontrar a un amigo.

La voz de él tenía un tono de incredulidad.

—¿En el Congo?

—Sí.

La miraba como si estuviese loca. Ella se incorporó un poco en su asiento, soltando por un momento los reposabrazos.

—¿No lee usted los periódicos?

—Un poco. Pero no desde hace unos días. He estado...

—Muy ocupada, ¿no? Señora, es probable que quiera darse la vuelta y volver directa a Inglaterra. —Soltó una risa entre dientes—. Estoy seguro de que no va a llegar al Congo.

Ella se giró para mirar por la ventanilla del avión, a las lejanas montañas con las cimas cubiertas de nieve que estaban por debajo mientras se preguntaba por un momento si habría la más leve posibilidad de que, en ese mismo instante, él pudiera estar allí, tres mil metros por debajo de ella. No tiene usted ni idea de lo lejos que he llegado ya, respondió ella en silencio.

Dos semanas antes, Jennifer Stirling había salido dando tumbos de las oficinas del *Nation,* se había quedado en los escalones de la entrada, con la pequeña y regordeta mano de su hija apretándole la suya, y se había dado cuenta de que no tenía ni idea de qué hacer a continuación. Se había levantado un viento fuerte que estaba lanzando las hojas al interior de las alcantarillas, y la trayectoria sin destino de esas hojas reflejaba su situación. ¿Cómo podía haber desaparecido Anthony? ¿Por qué se había ido sin dejarle ningún mensaje? Recordó su angustia en el vestíbulo del hotel y temió saber la respuesta. Las palabras del hombre gordo del periódico daban vueltas en su cabeza. El mundo parecía tambalearse y, por un momento, creyó que se iba a desmayar.

Entonces, Esmé se quejó de que necesitaba ir al baño. Aquel reclamo tan urgente de la niña la había sacado de sus pensamientos para volver a la realidad.

Se había registrado en el Regent, donde él se había alojado, como si una parte de ella creyera que podría resultarle más fácil encontrarla allí si decidía regresar. Necesitaba creer que él querría encontrarla, que querría saber que por fin era libre.

La única habitación disponible era una suite de la cuarta planta y ella la había aceptado de inmediato. Laurence no se atrevería a poner ninguna objeción en cuanto al dinero. Y mientras Esmé se sentaba contenta delante de la gran televisión, actividad que interrumpía de vez en cuando para dar saltos sobre la enorme cama, ella había pasado el resto de la noche dando vueltas por la habitación, sin parar de pensar, tratando de averiguar cuál sería la mejor forma de hacer llegar un mensaje a un hombre que estaba en algún lugar de las grandes extensiones del África central.

Por fin, mientras Esmé dormía, acurrucada bajo el edredón a su lado, con el pulgar en la boca, Jennifer se había quedado tumbada mirándola sobre la cama del hotel, escuchando los sonidos de la ciudad, conteniendo las lágrimas de impotencia y preguntándose si sería posible, si se esforzaba mucho, enviarle un mensaje por telepatía. «Boot. Por favor, óyeme. Necesito que vuelvas a por mí. No puedo hacer esto yo sola».

Durante el segundo y el tercer día pasó la mayor parte de la jornada centrada en Esmé, llevándola al Museo de Historia Natural y a merendar a Fortnum & Mason. Compraron ropa en Regent Street —pues no se había organizado lo suficiente como para enviar lo que tenían a la lavandería del hotel— y llamaron al servicio de habitaciones para cenar unos sándwiches de pollo asado que les enviaron en una bandeja de plata. De vez en cuando, Esmé preguntaba dónde estaban la señora Cordoza y su papá y Jennifer la tranquilizaba diciéndole que los vería muy pronto. Se sentía agradecida de que su hija se limitara a un flujo de pequeñas solicitudes, en su mayor parte fáciles de satisfacer, y a las rutinas que imponían la merienda, el baño y la cama. Pero una vez que la pequeña se quedaba dormida, cerraba la puerta del dormitorio y se veía invadida por una especie de temor oscuro. «¿Qué había hecho?». A cada hora que pasaba, la enormidad —y futilidad— de sus actos la ahogaban cada vez más. Había lanzado su vida a la basura, había llevado a su hija a vivir a una habitación de hotel... ¿Y para qué?

Llamó al *Nation* dos veces más. Había hablado con el hombre arisco de la barriga grande; ahora reconocía su voz, su forma brusca de expresarse. Él le dijo que sí, que le pasaría el mensaje en cuanto O'Hare llamara. La segunda vez tuvo la clara impresión de que no le decía la verdad.

—Pero ya debe de estar allí. ¿No están todos los periodistas en el mismo lugar? ¿No puede alguien hacerle llegar un mensaje?

—Yo no soy ninguna secretaria. Le dije a usted que le pasaría su mensaje y eso haré, pero se trata de una zona en guerra. Imagino que él tendrá otras cosas en las que pensar.

Y le colgaba.

La suite se convirtió en una burbuja insular cuyos únicos visitantes eran la limpiadora de cada día y el botones del servicio de habitaciones. No se atrevía a llamar a nadie. Ni a sus padres ni a sus amigos, pues aún no sabía qué explicación darles. Le costaba comer y apenas podía dormir. A medida que su confianza se iba diluyendo, su ansiedad aumentaba.

Se fue convenciendo cada vez más de que no podía seguir sola. ¿Cómo iba a sobrevivir? Nunca había hecho nada por sí misma. Laurence se aseguraría de que se quedara aislada. Sus padres la desheredarían. Controlaba el deseo de pedir bebidas alcohólicas que la ayudaran a amortiguar su creciente sensación de catástrofe. Y cada día que pasaba, la vocecita que oía en su cabeza iba volviéndose más clara: «Siempre puedes volver con Laurence». Para una mujer como ella, cuyo único talento era ser un adorno, ¿qué otras opciones había?

En medio de tales vaivenes, como una copia surrealista de vida normal, los días fueron pasando. El sexto día llamó a su casa, suponiendo que Laurence estaría en el trabajo. La señora Cordoza respondió al segundo tono y se sintió conmovida al notar la clara angustia de la mujer.

—¿Dónde está, señora Stirling? Deje que le lleve sus cosas. Déjeme ver a Esmé. He estado muy preocupada.

Jennifer sintió algo de alivio en su interior.

La asistenta fue al hotel con una maleta con sus pertenencias en menos de una hora. Le dijo que el señor Stirling no había dicho nada, aparte de que no esperara que hubiese nadie en casa durante unos días.

—Me dijo que limpiara el estudio. Y cuando fui a ver...
—Se llevó brevemente la mano a la cara—. No supe qué pensar.

—No pasa nada. En serio. —Jennifer no se vio con fuerzas para explicarle lo que había sucedido.

—Yo estaré encantada de ayudarla en lo que pueda —añadió la señora Cordoza—, pero creo que él...

Jennifer le puso una mano en el brazo.

—No se preocupe, señora Cordoza. Créame, nos encantaría tenerla con nosotras, pero creo que va a ser difícil. Y Esmé tendrá que ir a casa a visitar a su padre muy pronto, cuando todo se haya calmado un poco, así que quizá sea mejor para todos que usted esté allí para cuidarla.

Esmé le enseñó a la señora Cordoza sus cosas nuevas y se subió a su regazo para que le hiciese arrumacos. Jennifer pidió té y las dos mujeres sonrieron incómodas mientras ella se lo servía a su sirvienta invirtiendo sus anteriores roles.

—Muchas gracias por venir —dijo Jennifer cuando la señora Cordoza se levantó para irse. Tuvo una sensación de pérdida ante su inminente marcha.

—Avíseme cuando sepa lo que va a hacer —contestó la señora Cordoza mientras se ponía el abrigo. Miró fijamente a Jennifer con los labios apretados y una expresión de inquietud y esta, de manera impulsiva, dio un paso al frente y le dio un abrazo. Los brazos de la señora Cordoza la rodearon con firmeza, como si tratara de infundir fuerza en Jennifer, y se dio cuenta de cuánto había necesitado sentir eso de alguien. Se quedaron así, en medio de la habitación, durante unos segundos. Después, quizá un poco avergonzada, la asistenta se apartó. Tenía la nariz rosada.

—No voy a volver —dijo Jennifer notando cómo sus palabras se clavaban en el aire estancado con una fuerza inesperada—. Buscaré un lugar en el que podamos vivir. Pero no voy a volver.

La mujer asintió.

—La llamaré mañana. —Escribió una nota en una hoja del hotel—. Puede decirle dónde estamos. Probablemente, será mejor que lo sepa.

Esa noche, después de haber acostado a Esmé, llamó a todos los periódicos de Fleet Street para preguntar si podían enviar un mensaje a sus corresponsales por si, por casualidad, se encontraban con Anthony en el África central. Telefoneó a un tío suyo que, según recordaba, había trabajado en aquella zona y le preguntó si se acordaba del nombre de algún hotel. Hizo llamadas a través de la operadora internacional a dos hoteles, uno en Brazzaville y el otro en Stanleyville, y dejó mensajes a los recepcionistas. Uno de ellos le contestó con tono triste:

—Señora, aquí no tenemos huéspedes blancos. Hay disturbios en nuestra ciudad.

—Por favor —insistió ella—. Usted recuerde su nombre. Anthony O'Hare. Dígale «Boot». Él sabrá lo que significa.

Le había enviado otra carta al periódico para que se la hiciesen llegar.

Lo siento. Por favor, vuelve conmigo. Soy libre y te estoy esperando.

La había entregado en la recepción mientras se decía a sí misma que, una vez que la enviara, enviada estaba. Que no debía pensar en su periplo, que no debía pasar los siguientes días imaginando dónde estaría. Había hecho lo que había podido y ahora había llegado el momento de construirse una nueva vida, de estar preparada para cuando a él le llegara uno de los muchos mensajes.

El señor Grosvenor sonreía de nuevo. Parecía como un acto reflejo y ella trató de no reparar en él. Habían pasado once días.

—Por favor, firme usted ahí. —Apuntó con un dedo con buena manicura—. Y ahí. Después, claro está, necesitaremos la firma de su marido aquí. —Sonrió de nuevo con labios algo temblorosos.

—Ah, pues tendrá que enviárselo directamente a él —replicó ella. A su alrededor, el salón de té del hotel Regent estaba lleno de mujeres, caballeros jubilados y cualquiera que viese impedidas sus compras por culpa de una húmeda tarde de miércoles.

—¿Cómo dice?

—Yo ya no vivo con mi marido. Nos comunicamos por carta.

Eso le dejó pasmado. Su sonrisa desapareció y cogió los papeles que tenía en su regazo como si tratara de recomponer sus pensamientos.

—Creo que ya le he dado su dirección. Ahí. —Ella le señaló una de las cartas que tenía en la carpeta—. Y podremos mudarnos el lunes que viene, ¿verdad? Mi hija y yo estamos cansadas de vivir en un hotel.

En la calle, en algún lugar, la señora Cordoza llevaba a Esmé a los columpios. Ahora venía a diario, durante las horas que Laurence estaba en el despacho.

—Hay poco que hacer en esa casa sin usted —le había dicho.

Jennifer había visto cómo la cara de la asistenta se iluminaba cuando cogía en brazos a Esmé y había notado que ella prefería mucho más estar con ellas en el hotel que en la casa vacía de la plaza.

El señor Grosvenor frunció el ceño.

—Ah, señora Stirling, permítame aclarar una cosa... ¿Está diciendo que no va a vivir en la casa con el señor Stirling? Es que el propietario es un caballero respetable. Creía que iba a alquilarla a una familia.

—Y la va a alquilar a una familia.

—Pero usted acaba de decir...

—Señor Grosvenor, vamos a pagar veinticuatro libras a la semana por este alquiler. Soy una mujer casada. Estoy segura de que un hombre como usted estará de acuerdo en que la frecuencia con que mi marido resida en la casa conmigo o si va a vivir o no aquí es asunto únicamente nuestro.

La mano levantada de él era un gesto conciliador mientras el rubor invadía la piel de su cuello. Empezó a balbucear una disculpa:

—Es que...

Le interrumpió una mujer que la llamaba con urgencia. Jennifer se removió en su asiento y vio a Yvonne Moncrieff abriéndose paso por el bullicioso salón de té con su paraguas mojado levantado hacia un camarero desprevenido.

—¡Así que estás aquí!

—Yvonne, yo...

—¿Dónde has estado? No tenía ni idea de qué estaba pasando. Salí la semana pasada del hospital y tu maldita asistenta no me quería decir nada. Y luego Francis me ha dicho...
—Se interrumpió al darse cuenta de lo mucho que se oía su voz. Todo el salón se había quedado en silencio y las caras que las rodeaban las miraban con curiosidad.

—¿Nos disculpa, señor Grosvenor? Creo que ya hemos terminado —dijo Jennifer.

Él ya estaba de pie y había recogido su maletín, que ahora cerraba con gesto decidido.

—Le haré llegar esos papeles al señor Stirling esta tarde. Seguiremos en contacto. —Se dirigió hacia el vestíbulo.

Cuando se hubo ido, Jennifer colocó una mano sobre el brazo de su amiga.

—Lo siento —dijo—. Tengo muchísimas cosas que contarte. ¿Tienes tiempo para subir?

Yvonne Moncrieff había pasado cuatro semanas en el hospital: dos semanas antes y otras dos después del nacimiento de la pequeña Alice. Se había quedado tan agotada cuando volvió a casa que había tardado una semana más en darse cuenta de todo el tiempo que había pasado sin ver a Jennifer. Había llamado dos veces a la casa de al lado pero solo le decían que la señora Stirling no se encontraba en ese momento. Una semana después, había decidido averiguar qué estaba pasando.

—Tu asistenta no hacía otra cosa que negar con la cabeza y decirme que tenía que hablar con Larry.

—Supongo que él le ha ordenado que no diga nada.

—¿Sobre qué? —Yvonne lanzó su abrigo sobre la cama y se sentó en uno de los sillones tapizados—. ¿Por qué demonios te alojas aquí? ¿Habéis discutido Larry y tú?

Había unas sombras malvas bajo los ojos de Yvonne, pero su pelo estaba inmaculadamente peinado. Ya le resultaba extrañamente lejana, como una reliquia de otra época, pensó Jennifer.

—Le he dejado —dijo.

Yvonne movió sus enormes ojos por su cara.

—Larry se emborrachó en nuestra casa hace dos noches. Mucho. Yo supuse que era por el trabajo y me fui a la cama con la niña dejando solos a los hombres. Cuando Francis subió, yo estaba medio dormida, pero le oí decir que Larry le había contado que tienes un amante y que has perdido el juicio. Yo creía que lo había soñado.

—Bueno, una parte es verdad —contestó ella despacio.

Yvonne se llevó una mano a la boca.

—Ay, Señor, no será Reggie.

Jennifer negó con la cabeza y sonrió.

—No. —Suspiró—. Yvonne, te he echado muchísimo de menos. Estaba deseando hablar contigo.... —Le contó la historia a su amiga, saltándose algunos detalles pero revelándole gran parte de la verdad. Al fin y al cabo, era Yvonne. Sus palabras sencillas, resonando en la habitación silenciosa, parecían contradecir la enormidad de lo que había sufrido durante las últimas semanas. Todo había cambiado. Todo. Terminó con una rúbrica—: Le encontraré de nuevo. Sé que le encontraré. Tengo que explicarle.

Yvonne había estado escuchando con atención y Jennifer se dio cuenta de lo mucho que había extrañado su presencia mordaz y honesta.

Al final, Yvonne sonrió tímidamente.

—Estoy segura de que te perdonará —dijo.

—¿Qué?

—Larry. Estoy segura de que te perdonará.

—Larry. —Jennifer apoyó la espalda en el sillón.

—Sí.

—Pero yo no quiero que me perdone.

—No puedes hacer esto, Jenny.

—Él tiene una amante.

—¡Podrás deshacerte de ella! No es más que su secretaria, por el amor de Dios. Dile que quieres empezar de nuevo. Dile que eso es lo que él tiene que hacer también.

Jennifer casi se tambaleó con aquellas palabras.

—Pero yo no quiero estar con él, Yvonne. No quiero estar casada con él.

—¿Prefieres a un periodista mujeriego y sin dinero que quizá ni siquiera regrese?

—Sí. Lo prefiero.

Yvonne metió la mano en su bolso, se encendió un cigarrillo y soltó un gran penacho de humo al centro de la habitación.

—¿Y Esmé?

—¿Qué pasa con Esmé?

—¿Cómo va a llevar lo de criarse sin un padre?

—Va a tener un padre. Le verá a todas horas. De hecho, se va a quedar allí este fin de semana. Le he escrito y él me ha contestado confirmándomelo.

—Sabes que los niños de padres divorciados reciben muchas burlas en el colegio. La hija de los Allsop lo está pasando fatal.

—Nosotros no vamos a divorciarnos. Ninguno de sus compañeros de clase tiene por qué saber nada.

Yvonne seguía dando caladas a su cigarrillo con decisión. Jennifer suavizó el tono de su voz.

—Por favor, trata de comprenderme. No hay ninguna razón por la que Laurence y yo tengamos que vivir juntos. La sociedad está cambiando. No tenemos por qué vernos atrapados en algo que... Estoy segura de que Laurence va a ser mucho más feliz sin mí. Y no tiene por qué afectar al resto. No mucho. Tú y yo podemos seguir igual. De hecho, estaba pensando que quizá podríamos sacar juntas a los niños esta semana. Podríamos llevarles al museo Madame Tussauds. Sé que Esmé está deseando ver a Dottie...

—¿Al Madame Tussauds?

—O a Kew Gardens. Es que el tiempo...

—Basta. —Yvonne levantó una mano con elegancia—. No sigas. No puedo seguir escuchando. Dios mío. Desde luego, estás siendo la mujer más egoísta que he conocido en mi vida.

Apagó su cigarrillo, se puso de pie y recogió su abrigo.

—¿Qué te crees que es la vida, Jennifer? ¿Una especie de cuento de hadas? ¿Crees que no estamos todas hartas de nuestros maridos? ¿Por qué te comportas así y esperas que los demás sigamos estando a tu lado mientras tú vas de acá para allá como si..., como si ni siquiera estuvieses casada? Si quieres llevar una vida de depravación moral, muy bien. Pero tienes una hija. Un marido y una hija. Y no puedes esperar que los demás aprobemos tu comportamiento.

Jennifer se quedó con la boca abierta.

Yvonne se dio la vuelta, como si no pudiera mirarla siquiera.

—Y no soy la única que piensa así. Te sugiero que calibres bien cuál va a ser tu siguiente paso. —Se echó el abrigo por encima del brazo y se marchó.

Tres horas después, Jennifer había tomado su decisión.

A mediodía, el aeropuerto de Embakasi era un hervidero de actividad. Tras recoger su maleta de la cinta transportadora que daba vueltas a trompicones, Jennifer se abrió paso hacia los lavabos, se echó agua fría en la cara y se puso una blusa nueva. Se recogió el pelo por detrás, pues el calor ya le había humedecido el cuello. Cuando salió, la blusa se le pegó a la espalda a los pocos segundos.

El aeropuerto bullía de gente que formaba colas o grupos desordenados, que se gritaban entre sí en lugar de mantener conversaciones. Se quedó paralizada un momento, observando cómo unas mujeres africanas ataviadas con colores llamativos daban empujones con maletas y enormes bolsas de ropa atadas con cuerdas balanceándose sobre sus cabezas. Hombres de negocios nigerianos fumaban en los rincones, con la piel brillante, mientras unos niños pequeños entraban y salían corriendo y otros se sentaban en el suelo. Una mujer con una pequeña carretilla se iba abriendo paso vendiendo bebidas. Los carteles que anunciaban las salidas mostraban el retraso de varios vuelos y no daban pistas de cuándo cambiarían.

En contraste con el ruido del edificio del aeropuerto, el exterior estaba tranquilo. Había terminado el mal tiempo y el calor quemaba cualquier resto de humedad de tal forma que Jennifer podía ver las montañas púrpuras a lo lejos. La pista estaba vacía, salvo por el avión en el que ella había llegado. Debajo de él, un hombre solitario barría meditabundo. Al otro lado del centelleante edificio modernista, alguien había construido un pequeño jardín rocoso salpicado de cactus y plantas suculentas. Admiró la disposición de las piedras y se preguntó cómo alguien se habría tomado tantas molestias en medio de un lugar tan caótico.

Los mostradores de la BOAC y de East African Airways estaban cerrados, así que tuvo que volver a abrirse paso entre la muchedumbre, pidió una taza de café en el bar, cogió una mesa y se sentó, acorralada por las maletas de otras personas, cestos y un gallo siniestro con las alas atadas al cuerpo con una corbata de colegio.

¿Qué le diría? Se lo imaginaba en algún club de corresponsales extranjeros, quizá a muchos kilómetros de la verdadera acción, donde los periodistas se reunían a beber y hablar sobre los acontecimientos del día. «¿Estaría bebiendo?». Era un mundo muy pequeño, le había dicho él. En cuanto llegara a Stanleyville, alguien le conocería. Alguien podría decirle dónde estaba. Se imaginó llegando, agotada, al club, una imagen recurrente que la había invadido durante los últimos días. Podía verlo con claridad, de pie bajo el ventilador dando vueltas, quizá charlando con algún compañero y, después, su asombro al verla. Ella comprendía esa expresión: durante las últimas cuarenta y ocho horas apenas había podido reconocerse.

Nada de lo que había vivido la había preparado para lo que había hecho. Y, sin embargo, desde el momento en que había subido a bordo del avión, a pesar de todos sus miedos, se había sentido curiosamente eufórica, como si aquello pudiera ser la clave: como si la vida consistiera en eso. Y, aunque solo fuese durante ese momento de intensa emoción, sintió un curioso vínculo con Anthony O'Hare.

Le encontraría. Había agarrado las riendas de su vida, en lugar de dejarse llevar por ella. Decidiría su propio futuro. Hizo desaparecer todo pensamiento de Esmé, diciéndose a sí misma que todo aquello habría valido la pena cuando pudiese presentarle a Anthony.

Al final, un joven con un elegante uniforme burdeos tomó asiento en el mostrador de la BOAC. Ella dejó el café donde estaba y casi echó a correr por el vestíbulo en dirección al mostrador.

—Necesito un billete a Stanleyville —dijo mientras buscaba dinero en su bolso—. En el siguiente vuelo. ¿Necesita mi pasaporte?

El joven se quedó mirándola.

—No, señora. —Movía la cabeza enérgicamente a un lado y a otro—. No hay vuelos a Stanleyville.

—Pero me dijeron que ustedes tenían una conexión directa.

—Lo siento mucho. Todos los vuelos a Stanleyville están cancelados.

Ella se quedó mirándole con silenciosa frustración hasta que él repitió sus palabras. A continuación, arrastró su maleta hasta el mostrador de la EAA. La joven que allí estaba le dio la misma respuesta.

—No, señora. No salen vuelos por los disturbios. —Arrastraba las erres—. Solo vuelos entrantes.

—¿Y cuándo empezarán a salir de nuevo? Necesito llegar al Congo urgentemente.

Los dos miembros del personal intercambiaron miradas en silencio.

—No hay vuelos al Congo —repitieron.

No había llegado tan lejos para que le respondieran con miradas vacías ni negativas. «No puedo rendirme ahora».

Fuera, el hombre seguía recorriendo la pista con su escoba deshilachada.

Fue entonces cuando vio al hombre blanco que caminaba con paso enérgico por la terminal, con el gesto erguido de los funcionarios de la administración pública y llevando en sus manos una carpeta de piel. El sudor le había formado un triángulo oscuro en la espalda de su chaqueta de lino color crema.

Él la vio a la vez que ella a él. Cambió de dirección y se dirigió hacia ella.

—¿Señora Ramsey? —Extendió una mano—. Soy Alexander Frobisher, del consulado. ¿Dónde están sus hijos?

—No. Mi nombre es Jennifer Stirling.

Él cerró la boca mientras trataba de calibrar si ella se habría confundido. Tenía el rostro hinchado, lo que tal vez añadía más años a su verdadera edad.

—Necesito su ayuda, señor Frobisher —continuó ella—. Tengo que llegar al Congo. ¿Sabe si hay algún tren que pueda tomar? Me han dicho que no hay vuelos. Lo cierto es que nadie me dice mucho más. —Era consciente de que su rostro brillaba por el calor, que el pelo había empezado a pegársele al cráneo.

Cuando él contestó fue como si estuviese tratando de explicarle algo a un trastornado.

—Señora...

—Stirling.

—Señora Stirling, nadie puede entrar en el Congo. ¿No sabe que hay una...?

—Sí, sé que hay disturbios allí. Pero tengo que encontrar a una persona, a un periodista, que llegó hace unas dos semanas. Es tremendamente importante. Se llama...

—Señora, no queda ningún periodista en el Congo. —Se quitó las gafas y la acercó a la ventana—. ¿Tiene alguna idea de lo que ha ocurrido?

—Un poco. Bueno, no. He estado viajando desde Inglaterra. He tenido que tomar una ruta bastante enrevesada.

—La guerra ha arrastrado ya también a Estados Unidos, así como a nuestro Gobierno y a otros más. Hasta hace tres días estábamos en una crisis con trescientos cincuenta rehenes blancos, entre los que se incluían mujeres y niños, que corrían peligro de ser ejecutados por los rebeldes simba. Las tropas belgas han estado enfrentándose a ellos en las calles de Stanley-yville. Hay informes que elevan ya a cien los civiles muertos.

Ella apenas le oía.

—Pero puedo pagar. Pagaré lo que haga falta. Tengo que llegar allí.

Él la agarró del brazo.

—Señora Stirling, le estoy diciendo que no va a poder llegar al Congo. No hay trenes ni vuelos ni carreteras de entrada. Las tropas llegaron por vía aérea. Aunque hubiese medios de transporte, yo no podría autorizar la entrada de un ciudadano británico..., una mujer..., en una zona en guerra. —Escribió algo en un cuaderno—. Le buscaré un sitio donde pueda esperar y la ayudaré a hacer la reserva de su vuelo de vuelta a casa. África no es sitio para una mujer blanca y sola. —Soltó un suspiro de desaliento, como si ella hubiese duplicado su carga.

Jennifer se quedó pensativa.

—¿Cuántos muertos hay?

—No lo sabemos.

—¿Tienen sus nombres?

—Solo tengo por ahora una lista muy rudimentaria. Está muy incompleta.

—Por favor. —El corazón casi se le había detenido—. Por favor, déjeme verla. Necesito saber si él...

El hombre sacó de su carpeta una hoja arrugada escrita a máquina.

Ella la revisó, sus ojos tan cansados que los nombres, en orden alfabético, se le nublaban. «Harper, Hambro, O'Keefe, Lewis». No estaba ahí.

«Su nombre no estaba ahí».

Levantó los ojos hacia Frobisher.

—¿Tiene los nombres de los que han tomado como rehenes?

—Señora Stirling, no tenemos idea siquiera de cuántos ciudadanos británicos había en la ciudad. —Sacó otro papel y se lo pasó a la vez que aplastaba con su mano libre un mosquito que se le había posado en la nuca—. Este es el último comunicado que han enviado a lord Walston.

Ella empezó a leer las frases que iban apareciendo ante sus ojos:

Cinco mil muertos solo en Stanleyville... Creemos que sigue habiendo veintisiete ciudadanos del Reino Unido en territorio controlado por los rebeldes... No podemos ofrecer información sobre cuándo se va a poder llegar a las zonas en las que están los súbditos británicos, aunque conociéramos cuáles son con cierto grado de exactitud.

—Hay tropas belgas y estadounidenses en la ciudad. Están retomando Stanleyville. Y tenemos un avión Beverley a la espera para sacar a los que quieran ser rescatados.

—¿Cómo puedo asegurarme de que él sube a bordo?

El hombre se rascó la cabeza.

—No puede. Hay gente que, al parecer, no quiere que la rescaten. Algunos prefieren quedarse en el Congo. Sus razones tendrán.

De repente, ella pensó en el redactor jefe gordo. «¿Quién sabe? Quizá quería escapar».

—Si su amigo quiere salir, lo hará —añadió él. Se secó la cara con un pañuelo—. Si quiere quedarse, es muy posible que termine desapareciendo. Es fácil en el Congo.

Ella estaba a punto de decir algo, pero la interrumpió un leve murmullo que recorrió el aeropuerto cuando, por las puertas de llegadas, salió una familia. Primero salieron dos niños pequeños, mudos, con los brazos y las cabezas vendados, sus caras envejecidas de forma prematura. Una mujer rubia con un bebé en brazos miraba con ojos bien abiertos, el pelo sucio y el rostro marcado por la tensión. Al verlos, una mujer mucho mayor se soltó del brazo de su marido y atravesó la barrera entre gemidos a la vez que los abrazaba. La familia apenas se movió. A continuación, la madre, cayendo de rodillas, empezó a llorar con la boca abierta en una expresión de dolor, dejando caer la cabeza sobre el hombro rollizo de la anciana.

Frobisher volvió a meter los papeles en su carpeta.

—Los Ramsey. Disculpe. Tengo que ocuparme de ellos.

—¿Estaban allí? —preguntó ella viendo cómo el abuelo se subía a la niña a los hombros—. ¿En la masacre? —Los rostros de los niños, inmovilizados por alguna especie de conmoción desconocida, le helaron la sangre.

Él la miró fijamente.

—Por favor, señora Stirling, debe irse ya. Esta noche sale un vuelo de East African Airways. A menos que tenga amigos bien relacionados en esta ciudad, debo instarla enérgicamente a que suba a él.

Tardó dos días en volver a casa. Y, desde ese momento, empezó su nueva vida. Yvonne fue fiel a su palabra. No volvió a ponerse en contacto con ella, y en la única ocasión en la que Jennifer se encontró con Violet esta se mostró tan claramente incómoda que le pareció injusto ir detrás de ella. Aquello le importó mucho menos de lo que había supuesto: esas mujeres pertenecían a una vida anterior que le costaba reconocer como propia.

La mayoría de los días iba la señora Cordoza al piso nuevo, buscando alguna excusa para pasar un rato con Esmé o ayudar con alguna tarea de la casa y Jennifer descubrió que confiaba más en la compañía de su antigua asistenta que en sus antiguas amigas. Una tarde de lluvia, mientras Esmé dormía, le habló de Anthony a la señora Cordoza y esta le contó un poco más de su marido. Después, sonrojada, le habló de un hombre bueno que le había enviado flores desde el restaurante que había dos calles más allá.

—No quería darle alas —dijo en voz baja mientras planchaba—, pero desde que todo...

Laurence se comunicaba por notas sirviéndose de la señora Cordoza como emisaria.

Me gustaría llevar a Esmé a la boda de mi primo en Winchester este próximo sábado. Me aseguraré de que esté de vuelta a las siete de la tarde.

Aquellas notas eran distantes, formales, comedidas. En alguna ocasión, Jennifer las leía y se preguntaba cómo había podido estar casada con ese hombre.

Cada semana se acercaba a la oficina de correos de Langley Street para ver si había algo en su buzón. Cada semana volvía a casa tratando de no sentirse destrozada por el «No» de la encargada de la oficina.

Se mudó al piso alquilado y, cuando Esmé empezó a ir a la escuela, ella ocupó un puesto no remunerado en el Centro de Asistencia al Ciudadano, la única organización que no parecía preocupada por su falta de experiencia. Aprendería fácilmente su trabajo, le dijo el supervisor. «Y, créame, aprenderá rápido». Menos de un año después, le ofrecieron un puesto remunerado en la misma oficina. Asesoraba a gente sobre asuntos prácticos como la forma de gestionar el dinero, cómo enfrentarse a conflictos por el alquiler —pues había muchos propietarios malvados— o cómo enfrentarse a una crisis familiar.

Al principio, le agotaba la incesante letanía de problemas, el auténtico muro de tristeza humana que pasaba por la oficina, pero, poco a poco, a medida que fue ganando seguridad, vio que no era la única que había echado a perder su vida. Se tranquilizó y descubrió que se sentía agradecida por lo que era, por el lugar donde había terminado, y sentía cierto orgullo cuando alguien regresaba para contarle que le había ayudado.

Dos años después, ella y Esmé volvieron a mudarse, a un piso de dos dormitorios de St. John's Wood, comprado con dinero que le había proporcionado Laurence y la herencia que Jennifer recibió de una tía suya. Cuando las semanas se fueron convirtiendo en meses y, después, en años, llegó a aceptar que Anthony O'Hare no regresaría. No respondía a sus mensajes. Solamente se sintió abrumada una vez, cuando los periódicos dieron detalles de la masacre del hotel Victoria de Stanleyville. Después, dejó de leerlos.

Había llamado al *Nation* solo una vez más. Había respondido una secretaria y, cuando dijo su nombre, con la breve esperanza de que, esta vez, Anthony quizá estuviese allí, oyó: «¿Es esa tal Stirling?».

Y la respuesta: «¿No era la mujer con la que él no quería hablar?».

Colgó el auricular.

Eso fue siete años antes de que volviera a ver a su marido. Esmé iba a empezar el internado en un edificio enorme de ladrillo rojo en Hampshire, con el aire caótico de una entrañable casa de campo. Jennifer había pedido la tarde libre en el trabajo para acompañarla y habían viajado en su nuevo Mini. Llevaba un traje de color vino tinto y casi había esperado que Laurence hiciese algún comentario desagradable al respecto —nunca le había gustado que vistiera con ese color—. «Por favor, no lo hagas delante de Esmé», le pidió. «Por favor, seamos civilizados».

Pero el hombre sentado en el vestíbulo no se parecía en nada al Laurence que ella recordaba. De hecho, al principio, no le reconoció. Tenía la piel gris, las mejillas hundidas. Parecía haber envejecido veinte años.

—Hola, papá —exclamó Esmé dándole un abrazo.

Él saludó a Jennifer con un movimiento de cabeza, pero no extendió la mano.

—Jennifer —dijo.

—Laurence. —Trataba de disimular su sorpresa.

El encuentro fue breve. La directora, una joven con una mirada inquisidora y discreta, no hizo referencia alguna al hecho de que tuviesen direcciones distintas. Quizá haya ya más gente así, pensó Jennifer. Esa semana había visto a cuatro mujeres en el centro que estaban tratando de dejar a sus maridos.

—Bien, haremos todo lo que podamos para asegurarnos de que Esmé tenga una estancia feliz aquí —dijo la señora Browning. Tenía unos ojos amables, pensó Jennifer—. Ayuda mucho que sean las propias chicas las que decidan venir al internado y tengo entendido que ya tiene amigas aquí, así que estoy segura de que se acomodará con rapidez.

—Lee mucho a Enid Blyton —dijo Jennifer—. Supongo que piensa que aquí son todo banquetes a medianoche.

—Bueno, tenemos algunos. La tienda de golosinas está abierta los viernes por la tarde con ese propósito. Solemos hacer la vista gorda, siempre que no se sobrepasen. Nos gusta que las chicas vean que el internado cuenta con algunas ventajas.

Jennifer se tranquilizó. Laurence había elegido esa escuela y los miedos de ella parecían ser infundados. Las siguientes semanas serían duras, pero ya se había acostumbrado a las ausencias periódicas de Esmé cuando se quedaba con Laurence y contaba con su trabajo para mantenerse ocupada.

La directora se puso de pie y extendió una mano.

—Gracias. Por supuesto, les llamaremos si hay algún problema.

Cuando la puerta se cerró al salir, Laurence empezó a toser con un sonido áspero y seco que hizo que Jennifer apretara la mandíbula. Estuvo a punto de decir algo, pero él levantó la mano como para avisarle de que no lo hiciera. Bajaron despacio las escaleras uno al lado del otro, como si no se hubiesen separado. Ella podría haber caminado al doble de velocidad, pero le pareció cruel hacerlo, dada la laboriosa respiración de él y su evidente malestar. Por fin, incapaz de soportarlo, detuvo a una chica que pasaba y le preguntó si le importaba traerles un vaso de agua. En pocos minutos, la chica regresó y Laurence se sentó pesadamente en un sillón de caoba del pasillo revestido de madera para bebérselo a sorbos.

Jennifer se sentía ahora lo suficientemente valiente como para mirarle.

—¿Se trata de...? —preguntó.

—No. —Respiró hondo y de forma trabajosa—. Es por los puros, al parecer. Soy muy consciente de lo irónico que resulta.

Ella se sentó a su lado.

—Debes saber que me he asegurado de que las dos estaréis bien atendidas.

Ella le miró de reojo, pero él parecía estar pensativo.

—Hemos criado a una chica buena —dijo él por fin.

Por la ventana podían ver a Esmé charlando con otras dos chicas en el césped. Como si hubiesen recibido una señal silenciosa, las tres echaron a correr por la hierba con las faldas ondeando.

—Lo siento —dijo ella mirándole—. Por todo.

Él dejó el vaso a su lado y se levantó del sillón. Se quedó quieto un momento, de espaldas a ella, mirando a las chicas por la ventana, y después, girándose hacia ella pero sin mirarla a los ojos, se despidió con un leve movimiento de cabeza.

Ella le vio salir con la espalda rígida por la puerta principal y atravesar el césped hasta donde su amiga le esperaba en el coche, con su hija dando brincos a su lado. Se despidió entusiasmada mientras el Daimler conducido por el chófer recorría el camino de salida.

Dos meses después, Laurence murió.

Te odio y sé k yo te sigo gustando pero tú no me gustas y no me importa lo k digan los estúpidos de tus amigos me obligas a tocarte las manos por alguna estúpida razón y por casualidad dices k me abrazaste nunca jamás me volverás a gustar TE ODIO TE ODIO MÁS K NADA EN ESTE MALDITO MUNDOOO preferiría salir con una araña o una rata antes k contigo eres muuuuuy feo y estás gordo.

Una mujer a un hombre, por correo electrónico

21

No ha dejado de llover en toda la tarde, con las nubes grises oscuras deslizándose por el horizonte de la ciudad hasta que la noche se las ha tragado. La incesante lluvia deja a la gente encerrada en su casa y cubre la calle de tal forma que lo único que se oye fuera es el ocasional susurro de los neumáticos sobre la calle mojada, el gorgoteo de las alcantarillas desbordadas o los pasos rápidos de alguien que está tratando de regresar a casa.

No hay mensajes en su contestador, ningún sobre parpadeante que indique la llegada de un mensaje de texto en su móvil. Sus correos se limitan al trabajo, anuncios de viagra genérico y uno de su madre en el que le cuenta detalles de la recuperación de su perro tras la operación de cadera. Ellie se sienta con las piernas cruzadas en el sofá mientras da sorbos a su tercera copa de vino tinto y vuelve a leer las cartas que ha fotocopiado antes de devolverlas. Han pasado cuatro horas desde que salió del apartamento de Jennifer Stirling, pero su mente sigue bullendo. Ve al desconocido Boot, imprudente y desconsolado en el Congo en una época en la que estaban asesinando a los europeos blancos. «Leí las noticias de los asesinatos, de todo un hotel de víctimas en Stanleyville», había dicho Jennifer, «y grité de miedo». Se la imagina yendo a la oficina de correos una semana tras otra en su vana búsqueda de una carta que nunca llega. Una lágrima le cae sobre la manga y se sorbe la nariz a la vez que se la limpia.

La de ellos, piensa, fue una historia de amor que significó algo. Él era un hombre que se abrió en canal ante la mujer a la que amaba. Quiso entenderla y trató de protegerla, incluso de sí misma. Cuando vio que no podía tenerla, se fue al otro lado del mundo y, probablemente, se sacrificó. Y ella penó su muerte durante cuarenta años. ¿Qué tenía Ellie? Un sexo estupendo, quizá cada diez días, y un montón de correos electrónicos evasivos. Tiene treinta y dos años, su carrera profesional se está yendo al garete, sus amigos saben que se encuentra en un bloqueo emocional que no la conduce a nada y cada día le cuesta más convencerse de que esta es la vida que ella habría elegido.

Son las nueve y cuarto. Sabe que no debería beber más, pero se siente enfadada, triste, nihilista. Se sirve otra copa, llora y vuelve a leer la última carta. Al igual que Jennifer, siente ahora que se sabe esas palabras de memoria. Tienen un desagradable eco.

Estar sin ti —a miles de kilómetros de distancia— no me proporciona alivio alguno. El hecho de que ya no me atormente tu cercanía ni tenga pruebas diarias de mi incapacidad para conseguir lo único que de verdad deseo no me ha curado. Solo ha empeorado las cosas. Mi futuro es como un camino vacío y sombrío.

Ella misma se ha enamorado ya de ese hombre. Se imagina a John, le oye pronunciando esas palabras, y el alcohol hace que los dos se mezclen entre sí. ¿Cómo hace alguien para salirse de una vida mundana y convertirla en algo épico? Sin duda, hay que ser muy valiente para amar. Saca el móvil del bolso; algo oscuro e intenso va moviéndose bajo su piel. Lo abre y escribe un mensaje con dedos torpes sobre el teclado:

Llámame, por favor. Solo una vez. Necesito saber de ti. Bs

Pulsa el botón de «Enviar», consciente ya del colosal error que ha cometido. Él se va a poner furioso. O no responderá. No está segura de qué será peor. Ellie hunde la cabeza entre las manos y llora por el desconocido Boot, por Jennifer, por las oportunidades perdidas y por una vida desperdiciada. Llora por ella, porque nunca nadie la va a amar como él amó a Jennifer y porque sospecha que está echando a perder lo que podría haber sido una vida perfectamente buena, aunque normal. Llora porque está borracha y en su piso y vivir sola tiene pocas ventajas aparte de la de poder llorar de forma desinhibida y cuando una quiera.

Se sobresalta al oír el timbre de abajo. Levanta la cabeza y permanece inmóvil hasta que vuelve a sonar. Durante un breve momento de locura, se pregunta si será John respondiendo a su mensaje. Con un repentino impulso, corre hasta el espejo del vestíbulo, se frota frenéticamente las manchas rojas de la cara y coge el telefonillo.

—¿Sí?

—Muy bien, sabelotodo, ¿cómo se escribe «Visita inesperada y fortuita»?

Parpadea.

—Rory.

—No, así no es.

Ella se muerde el labio y se apoya en la pared. Hay un breve silencio.

—¿Estás ocupada? Es que pasaba por aquí. —Suena contento, exuberante—. Vale... Iba en la línea de metro que pasa por aquí.

—Sube. —Cuelga el telefonillo y se echa agua fría en la cara mientras trata de no sentirse decepcionada cuando estaba claro que no podía ser John.

Le oye subir los escalones de dos en dos y, después, empujar la puerta que ella ha dejado entreabierta.

—He venido a sacarte a tomar una copa. ¡Ah! —Mira la botella de vino vacía y, a continuación, durante una fracción de segundo más, su cara—. Demasiado tarde.

Ella consigue mirarle con una sonrisa poco convincente.

—No ha sido una gran noche.

—Ah.

—Puedes irte si quieres. —Él lleva una bufanda gris. Parece de cachemira. Ella nunca ha tenido un jersey de cachemira. ¿Cómo ha llegado a los treinta y dos años sin haber tenido nunca un jersey de cachemira?—. La verdad es que probablemente yo no sea la mejor compañía ahora mismo.

Él echa otro vistazo a la botella de vino.

—Bueno, Haworth —dice desanudándose la bufanda del cuello—. Eso nunca me ha detenido. ¿Qué te parece si pongo agua a hervir?

Rory prepara un té, tras revolver en busca de las bolsitas, la leche y las cucharas de su diminuta cocina. Ella piensa en John, que, la semana anterior, había hecho lo mismo, y sus ojos vuelven a inundarse de lágrimas. Después, Rory se sienta y coloca la taza delante de ella y, mientras lo bebe, él habla con inusitada locuacidad sobre cómo le ha ido el día y sobre el amigo con el que acaba de estar tomando una copa y que le ha sugerido hacer una ruta en diagonal por la Patagonia. El amigo —le conoce desde la infancia— se ha convertido en una especie de viajero competitivo.

—Ya sabes cómo son. Le dices que vas a ir a Perú y él te responde: «Olvídate de la ruta del Machu Picchu, yo he pasado tres noches con los pigmeos de la jungla de Atacanta. Me dieron de comer a uno de sus parientes cuando nos quedamos sin carne de babuino».

—Qué bien. —Ella está acurrucada en el sofá, sosteniendo su taza contra el pecho.

—Quiero a ese tío, pero no estoy seguro de poder soportarle durante seis meses.

—¿Todo ese tiempo te vas a ir?

—Eso espero.

Ella siente el golpe de otra oleada de tristeza. Cierto, Rory no es John, pero ha sido un consuelo contar con un hombre al que llamar para salir alguna que otra noche.

—Y bien... ¿Qué te pasa? —pregunta.

—He tenido un día raro.

—Es sábado. Yo creía que las chicas como tú salíais a contar chismes, tomar el brunch y comprar zapatos.

—Entonces es que no respondo a ningún estereotipo. He ido a ver a Jennifer Stirling.

—¿Quién?

—La mujer de la carta.

Ve su sorpresa. Rory se inclina hacia delante.

—¡Vaya! Te ha llamado de verdad. ¿Cómo ha sido?

De repente, ella empieza a llorar de nuevo y las lágrimas se le deslizan por la cara.

—Lo siento —murmura a la vez que revuelve entre los pañuelos de papel—. Lo siento. No sé por qué estoy siendo tan ridícula.

Siente la mano de él en el hombro, un brazo que la rodea. Huele a bar, a desodorante, a pelo limpio y a calle.

—Eh —dice él con voz tierna—. Eh..., tú no eres así.

¿Qué sabrás tú?, piensa ella. Nadie sabe cómo soy. Ni siquiera yo estoy segura de saberlo.

—Me lo ha contado todo. Toda la historia de amor. Ay, Rory, es desgarradora. Se querían mucho y se estuvieron echando de menos hasta que él murió en África y ella nunca volvió a verlo. —Está llorando tanto que casi cuesta entender sus palabras.

Él la abraza a la vez que inclina la cabeza para oírla.

—¿Te pones tan triste por haber hablado con una señora mayor? ¿Por una historia de amor fracasada de hace cuarenta años?

—Tendrías que haber estado. Tendrías que haber oído lo que me ha contado. —Le habla un poco de la historia y se seca los ojos—. Es tan guapa, tan elegante y triste...

—Tú eres guapa, elegante y triste. Vale, puede que elegante no.

Ella apoya la cabeza en su hombro.

—Nunca pensé que fueras... No me malinterpretes, Ellie, pero me has sorprendido. Jamás pensé que pudieran afectarte tanto esas cartas.

—No son solo las cartas —dice sorbiéndose la nariz.

Él espera. Está ahora con la espalda apoyada en el sofá, pero su mano sigue ligeramente posada sobre el cuello de ella. Ellie se da cuenta de que no quiere que la mueva.

—¿Entonces...? —Su voz suena suave, inquisitiva.

—Tengo miedo.

—¿De?

La voz de ella se convierte en un susurro:

—Tengo miedo de que nunca nadie me quiera así.

El alcohol la ha vuelto imprudente. Los ojos de él se han ablandado, su boca se curva un poco hacia abajo, como si sintiera lástima por ella. Se queda mirándola y ella se da suaves toques en los ojos. Por un momento, Ellie cree que la va a besar, pero, en lugar de ello, Rory coge una carta y lee en voz alta:

De camino a casa esta noche, he oído una pelea que salía del interior de un bar. Dos hombres se peleaban alentados por unos borrachos y, de repente, me he visto envuelto en el ruido y el caos, los insultos y las botellas que volaban por el aire. Se ha oído una sirena de policía a lo lejos. Han empezado a salir hombres corriendo en todas direcciones y los coches de la calle han tenido que derrapar para esquivar la pelea. Y lo único en lo que yo podía pensar era en cómo la comisura de tu boca se curva cuando sonríes. Y he tenido la increíble sensación de que, en ese preciso momento, tú estabas pensando en mí también.

Quizá esto te parezca descabellado; quizá estabas pensando en el teatro, en la crisis económica o en si deberías comprar unas cortinas nuevas. Pero, de repente, me he dado cuenta, en medio de ese pequeño retablo de locura, de que tener a alguien que te entiende, que te desea, que ve una mejor versión de ti mismo, es un regalo extraordinario. Aunque no estemos juntos, saber que para ti yo soy ese hombre supone para mí una fuente de sustento.

Ella ha cerrado los ojos para escuchar la voz de Rory recitando suavemente esas palabras. Se imagina lo que debió de sentir Jennifer al ser amada, adorada, deseada.

No estoy seguro de cómo me he ganado este derecho. Ni siquiera ahora me siento del todo seguro. Pero solo la posibilidad de pensar en tu preciosa cara, tu sonrisa, y saber que una parte de ella podría pertenecerme es probablemente lo más importante que me ha pasado en la vida.

Las palabras se han detenido. Abre los ojos y ve los de Rory a pocos centímetros.

—Para ser una mujer tan inteligente, eres increíblemente tonta. —Extiende una mano y le limpia una lágrima con el dedo pulgar.

—Tú no sabes... —empieza ella—. No entiendes...

—Creo que sé suficiente. —Antes de que ella pueda hablar de nuevo, él la besa. Ellie se queda inmóvil un momento y esa mano llena de pecas vuelve a estar ahí, atormentándola. «¿Por qué tengo que ser fiel a alguien que probablemente esté disfrutando de unas vacaciones de sexo salvaje ahora mismo?».

Y entonces la boca de Rory está sobre la de ella mientras la mente de Ellie queda completamente en blanco y su cuerpo se limita a estar agradecido por los brazos que la envuelven, por tener los labios de él sobre los suyos. «Bórralo todo», le ruega ella en silencio. «Reescribe esta página». Ellie se revuelve a la vez que siente una vaga sorpresa al ver que, a pesar de todo su anhelo tan desesperado, puede sentir un fuerte deseo por este hombre. Y, a continuación, se ve incapaz de pensar en nada.

Se despierta mirando un par de pestañas oscuras. Qué pestañas tan oscuras, piensa ella durante los pocos segundos anteriores a recuperar la conciencia. Las de John son de color caramelo. Tiene una pestaña blanca, hacia el extremo del ojo izquierdo. Y está segura de que nadie aparte de ella se ha fijado nunca en eso.

Los pájaros cantan. Se oye el motor de un coche acelerando con insistencia en la calle. Hay un brazo sobre su cadera desnuda. Es sorprendentemente pesado y, cuando ella se mueve, una mano se aprieta por un momento sobre su trasero, como si fuese un acto reflejo por no querer soltarla. Ella se queda mirando las pestañas mientras recuerda lo que sucedió la noche anterior. Ella y Rory en el suelo, delante del sofá. Él cogiendo el edredón cuando ella siente frío. El pelo de él, abundante y suave, entre las manos de ella. Su cuerpo, sorprendentemente ancho, sobre el de ella. Su cama, la cabeza de él, desapareciendo bajo el edredón. Siente una vaga excitación de comprensión y, aun así, no puede determinar cómo se siente al respecto.

John.

Un mensaje de texto.

Café, piensa, aferrándose a algo seguro. Café y cruasanes. Se suelta de los brazos de él, con los ojos aún fijos en su rostro dormido. Le levanta el brazo y lo deja suavemente sobre la sábana. Él se despierta y ella se queda inmóvil. Por un momento, ve su propia confusión reflejada en los ojos de Rory.

—Hola —dice él con la voz áspera por la falta de sueño. ¿A qué hora se quedaron por fin dormidos? ¿A las cuatro? ¿A las cinco? Ella recuerda que se rieron porque fuera empezaba a haber claridad. Él se frota la cara y se gira pesadamente sobre un codo. Tiene el pelo de punta por un lado, el mentón ennegrecido y áspero—. ¿Qué hora es?

—Casi las nueve. Voy a salir a por café bueno. —Va de espaldas hacia la puerta, consciente de su desnudez en medio de una mañana demasiado luminosa.

—¿Seguro? —pregunta él mientras ella desaparece—. ¿No quieres que vaya yo?

—No, no. —Ella se está poniendo los vaqueros que encuentra junto a la puerta de la sala de estar.

—Para mí un solo, por favor. —Ellie oye cómo él vuelve a hundirse sobre las almohadas mientras murmura algo sobre su cabeza.

Las bragas están semiescondidas bajo el reproductor de DVD. Las recoge rápidamente y se las guarda en el bolsillo. Se mete una camiseta por la cabeza, se pone la chaqueta y, sin detenerse a mirar su aspecto, baja las escaleras. Camina con paso enérgico hacia la cafetería mientras marca un número en su móvil.

«Despierta. Coge el teléfono».

Ya está en la cola. Nicky contesta al tercer tono de llamada.

—¿Ellie?

—Ay, Dios mío, Nicky. He hecho algo terrible. —Baja la voz, ocultándola de la familia que ha entrado tras ella. El padre guarda silencio y la madre trata de llevar a dos niños pequeños a una mesa. Por sus caras pálidas y serias, han pasado una noche de poco sueño.

—Espera, estoy en el gimnasio. Deja que salga.

¿El gimnasio? ¿A las nueve de la mañana de un domingo? Oye la voz de Nicky sobre el tráfico de una calle lejana.

—¿Terrible en qué sentido? ¿Un asesinato? ¿Has violado a un menor? ¡No habrás llamado a la mujer de ese y le has dicho que eres su amante!

—Me he acostado con ese tío del trabajo.

Una breve pausa. Levanta la mirada y ve que la camarera la está mirando con las cejas levantadas. Coloca la mano sobre el teléfono.

—Ah. Dos americanos grandes, por favor, uno con leche, y cruasanes. Dos... No, tres.

—¿El del archivo?

—Sí. Se presentó anoche y yo estaba borracha y sintiéndome una mierda y él leyó una de esas cartas de amor y... No sé...

—¿Y?

—¡Que me he acostado con otro!

—¿Ha sido terrible?

Los ojos de Rory, arrugados con un gesto divertido. Su cabeza inclinada sobre sus pechos. Besos. Infinidad de besos.

—No. Ha estado... bastante bien. Realmente bien.

—¿Y qué problema hay?

—Se supone que me tengo que acostar con John.

La camarera intercambia miradas con el padre agotado. Ella se da cuenta de que los dos guardan silencio impacientes.

—Seis libras con sesenta y tres —dice la chica con una pequeña sonrisa.

Busca monedas en el bolsillo y se descubre sacando las bragas de la noche anterior. El padre agotado tose, o puede que sea una carcajada. Ella se disculpa, con el rostro encendido, entrega el dinero y va al final del mostrador para esperar los cafés con la cabeza agachada.

—Nicky...

—Por el amor de Dios, Ellie. Has estado acostándote con un hombre casado que casi sin duda se sigue acostando con su mujer. No te hace ninguna promesa, apenas te lleva a algún sitio, no tiene pensado dejarla...

—Eso no lo sabes.

—Sí que lo sé. Lo siento, cielo, pero apostaría mi horrorosa, diminuta y carísima casa hipotecada. Y si me estás contando que acabas de pasar una estupenda noche de sexo con un tipo agradable que está soltero, al que le gustas y que parece querer pasar tiempo contigo, no voy a empezar a suplicarte que tomes Prozac, ¿de acuerdo?

—De acuerdo —contesta en voz baja.

—Y ahora, vuelve a tu apartamento, despiértale y ten con él un sexo salvaje, y, después, reúnete conmigo y con Corinne mañana por la mañana en la cafetería y nos lo cuentas todo.

Sonríe. Qué agradable resulta celebrar que estás con alguien en lugar de tener que estar justificándolo a todas horas.

Piensa en Rory, tumbado en su cama. Rory el de las pestañas largas y los suaves besos. ¿Tan malo sería pasar la mañana con él? Coge los cafés y vuelve a su piso, sorprendida al ver lo rápido que se mueven sus piernas.

—¡No te muevas! —grita cuando sube las escaleras y se quita los zapatos de una patada—. Te llevo el desayuno a la cama.

—Deja los cafés en el suelo junto a la puerta del baño y entra, se limpia el rímel de debajo de los ojos, se echa agua fría en la cara y, después, se rocía con perfume. Tras pensarlo, abre el tapón de la pasta de dientes y muerde un trozo del tamaño de un guisante para después removérselo por la boca—. Esto lo hago para que ya no pienses que soy una despiadada y egoísta maltratadora de hombres. Y, además, para que me debas un café en el trabajo. Por supuesto, yo volveré a ser mañana la misma despiadada y egoísta.

Sale del baño, se agacha para coger los cafés y, sonriendo, entra en su dormitorio. La cama está vacía y el edredón retirado. No puede estar en el baño, ella acaba de estar ahí.

—¿Rory? —dice en medio del silencio.

—Aquí.

Su voz viene de la sala de estar. Ella camina descalza por el pasillo.

—Se suponía que tenías que quedarte en la cama —le reprende—. No hay desayuno en la cama si tú...

Él está de pie en el centro de la habitación, poniéndose la chaqueta. Se ha vestido, se ha calzado y ya no tiene el pelo de punta.

Ella se detiene en la puerta. Él no la mira.

—¿Qué haces? —Levanta el café—. Creía que íbamos a desayunar.

—Sí. Bueno, creo que mejor me voy.

Ella siente que algo frío le recorre el cuerpo. Algo va mal.

—¿Por qué? —pregunta tratando de sonreír—. Apenas he estado fuera quince minutos. ¿En serio tienes una cita a las nueve y veinte de la mañana de un domingo?

Él se mira los pies mientras, al parecer, se busca las llaves en los bolsillos. Las encuentra y las gira sobre su mano. Cuando por fin levanta la vista hacia ella, su rostro carece de expresión.

—Has recibido una llamada cuando has salido. Ha dejado un mensaje. Yo no quería oírlo, pero resulta difícil no hacerlo en un piso pequeño.

Ellie siente que algo frío y duro se aposenta en el fondo de su estómago.

—Rory, yo...

Él levanta una mano.

—Te dije una vez que no me van las cosas complicadas. Eso incluye..., eh..., acostarse con alguien que se está acostando con otro. —Pasa por su lado sin hacer caso del café que ella tiene en la mano—. Ya nos veremos, Ellie.

Oye cómo sus pasos desaparecen por las escaleras. Rory no cierra la puerta con un golpe, pero hay cierto aire incómodo de irrevocabilidad en su forma de cerrarla. Ella se queda paralizada. Deja el café con cuidado sobre la mesa y, después, pasado un minuto, se acerca al contestador y pulsa el «Play».

La voz de John, grave y meliflua, invade la habitación.

«Ellie, no puedo hablar mucho. Solo quería saber si estás bien. No estoy seguro de lo que querías decir anoche. Yo también te echo de menos. Echo de menos que estemos juntos. Pero, oye... Por favor, no me envíes mensajes. Es... —Un pequeño suspiro—. Mira, te enviaré yo un mensaje en cuanto..., en cuanto vuelva a casa». El sonido de un auricular al colgarse.

Ellie deja que sus palabras resuenen en el silencio del apartamento y, después, se hunde en el sofá y se queda completamente quieta mientras el café se enfría a su lado.

Estimado señor B...
En referencia a: n.º 48 de T... Avenue

... para dejarlo claro, entiendo que la compra de la casa
será ahora solo a su nombre y que no habrá que enviar
más documentos para que los firme a su dirección
hasta que regrese el día 14.

Carta abierta por error por una mujer

22

A/A: Phillip O'Hare, phillipohare@thetimes.co.uk
De: Ellie Haworth, elliehaworth@thenation.co.uk

Le pido disculpas por ponerme en contacto con usted de esta manera, pero espero que como colega periodista lo sepa entender. Estoy tratando de localizar a un hombre llamado Anthony O'Hare, que supongo que será de la misma edad que su padre, y en una columna del *Times* del pasado mes de mayo usted mencionó que tenía un padre con ese mismo nombre.

Este Anthony O'Hare habría pasado un tiempo en Londres a principios de los años sesenta y mucho tiempo en el extranjero, sobre todo en África central, donde quizá pudo morir. Sé muy poco sobre él aparte de que tenía un hijo de la misma edad que usted.

Si es usted o sabe qué le sucedió, ¿podría responder a este correo electrónico? Hay una conocida mutua que le conoció hace muchos años y a quien le encantaría averiguar qué fue de él. Supongo que hay pocas probabilidades, pues no se trata de un nombre poco común, pero necesito toda la ayuda posible.

Atentamente,

Ellie Haworth

El nuevo edificio está situado en una parte de la ciudad que Ellie no ha visto desde que era una colección aleatoria de almacenes deslucidos intercalados con feos establecimientos de comida para llevar en los que ella habría preferido morir de hambre antes que comer lo que servían. Todo lo que había en aquel kilómetro cuadrado ha sido demolido, barrido, y sus congestionadas calles sustituidas por enormes plazas inmaculadamente revestidas, bolardos metálicos y algún que otro reluciente edificio de oficinas, muchos aún con los andamios de su construcción.

Han ido hasta allí para realizar una visita organizada a fin de familiarizarse con sus nuevas mesas, los nuevos ordenadores y los sistemas telefónicos antes de la mudanza definitiva del lunes. Ellie sigue al grupo de la sección de reportajes por los distintos departamentos mientras el joven con el sujetapapeles y una placa con el nombre de «Coordinador de traslados» les habla de las zonas de producción, los puntos de información y los baños. Mientras les explican cada espacio nuevo, Ellie observa las distintas reacciones de su equipo, la excitación de algunos de los más jóvenes, a los que les gustan las líneas modernas e impecables de la redacción. Melissa, que claramente ha estado allí varias veces con anterioridad, interviene en algún momento para dar información que considera que el hombre se ha saltado.

—¡No hay sitio donde esconderse! —bromea Rupert mientras supervisa el amplio y minimalista espacio. Ella percibe el tono de verdad que hay en su comentario. El despacho de Melissa, en el rincón sudeste, es completamente de cristal y desde él se ve todo el «núcleo» de reportajes. Ningún otro componente del departamento cuenta con despacho propio, decisión que, al parecer, ha molestado a varios de sus colegas.

—Y aquí es donde os sentaréis. —Todos los redactores están en una misma mesa, una enorme forma ovalada de cuyo centro salen cables que conducen como cordones umbilicales a una serie de ordenadores de pantalla plana.

—¿Quién va ahí? —pregunta uno de los columnistas. Melissa consulta su lista.

—Yo me he estado encargando de esto. Algunos puestos pueden cambiar aún. Pero, Rupert, tú vas aquí. Arianna, ahí. Tim, junto a la silla, allí. Edwina... —Señala hacia un espacio. Ellie se acuerda de cuando jugaba al baloncesto en el colegio. El alivio que suponía cuando a una la elegían entre la multitud y la asignaban a un equipo o a otro. Solo que casi todos los asientos están ya ocupados y ella sigue de pie.

—Eh... ¿Melissa? —se atreve a decir—. ¿Dónde se supone que me voy a sentar yo? —Melissa mira hacia otra mesa—. Algunos tendréis que ir cambiando de escritorios. No tiene sentido que todos tengáis asignado un lugar de trabajo todo el tiempo. —No mira a Ellie al hablar.

Ellie nota que los dedos de sus pies se encogen dentro de los zapatos.

—¿Estás diciendo que yo no voy a tener mi propio puesto?

—No. Estoy diciendo que algunos tendréis que compartir zona de trabajo.

—Pero yo vengo todos los días. No entiendo cómo va a funcionar. —Debería llevarse a Melissa a un lado, preguntarle en privado por qué Arianna, que apenas ha aparecido en un mes, cuenta con una mesa y ella no. Debería hacer desaparecer el ligero tono de angustia de su voz. Debería cerrar el pico—. No entiendo por qué soy la única de reportajes que no...

—Como he dicho antes, Ellie, las cosas todavía pueden variar. Siempre habrá un asiento en el que puedas trabajar. Bien. Vayamos a la sección de noticias. Por supuesto, ellos se mudan el mismo día que nosotros... —Y así termina la conversación. Ellie ve que su situación es aún peor de lo que había creído. Cruza la mirada con Arianna y ve que ella la aparta rápidamente y finge mirar en su teléfono algún inexistente mensaje.

El archivo ya no está en el sótano. El nuevo «Centro de recursos de información» está dos plantas más arriba, situado en un atrio alrededor de una serie de macetas con plantas gigantescas y sospechosamente exóticas. Hay una isla en el centro, detrás de la cual reconoce al jefe gruñón de los archivos, que habla en voz baja con un hombre mucho más joven. Se queda mirando los estantes, que están ordenadamente divididos en zonas de material digital y en papel. Todos los carteles de las nuevas oficinas van en minúscula, cosa que sospecha que habrá provocado una úlcera al jefe de redacción.

No podía ser más distinto de las polvorientas estancias del antiguo archivo, con su olor a periódico mojado y sus rincones ciegos, y, de repente, siente nostalgia.

No está del todo segura de por qué ha ido, aparte de la atracción magnética que siente por Rory. Quizá para averiguar si la ha perdonado al menos en parte o para hablar con él sobre la decisión que Melissa ha tomado sobre las mesas. Se da cuenta de que él es una de las pocas personas con las que puede hablar de ello. El archivero la ve.

—Perdón —dice ella levantando una mano—. Solo estaba mirando.

—Si buscas a Rory, está en el edificio antiguo —dice él. Su voz no suena antipática.

—Gracias —contesta ella tratando de transmitir una especie de disculpa. Le parece importante no parecer como los demás—. Esto tiene un aspecto estupendo. Ha hecho usted... un trabajo impresionante.

—Casi está terminado —responde él con una sonrisa. Parece más joven cuando sonríe, menos agobiado. En su cara, ella puede ver algo que no había visto antes: alivio, pero también bondad. Qué mal podemos juzgar a las personas, piensa.

—¿Necesitas algo?

—No, yo...

Él vuelve a sonreír.

—Como te he dicho antes, él está en el edificio antiguo.

—Gracias. Le dejo. Veo que anda usted ocupado. —Se acerca a una mesa, coge una fotocopia de una guía para hacer uso del archivo y, doblándola con cuidado, se la mete en el bolso al salir.

Se sienta en su pronto difunta mesa toda la tarde, escribiendo en repetidas ocasiones el nombre de Anthony O'Hare en un motor de búsqueda. Ha hecho esto muchas veces y, en cada una de ellas, le sorprende ver la cantidad de Anthonies O'Hare que existen o que han existido en todo el mundo. Hay algunos adolescentes en redes de contactos, otros que murieron tiempo atrás y están enterrados en cementerios de Pensilvania y cuyas vidas han sido redactadas por genealogistas aficionados. Hay uno que es físico en Sudáfrica, otro es un escritor que publica sus propias novelas de literatura fantástica, un tercero fue víctima de un atentado en un pub de Swansea. Revisa cada uno de ellos, comprobando la edad y la identidad, por si acaso.

Suena su teléfono con la llegada de un mensaje. Ve el nombre de John y, curiosamente, tiene una sensación fugaz de decepción porque no es Rory.

—Reunión.

La secretaria de Melissa está de pie al lado de su mesa.

Siento que no pudiéramos hablar mucho la otra noche. Solo quiero que sepas que te echo de menos. Estoy deseando verte. J. Bs

—Sí. Perdona —dice. La secretaria sigue allí—. Perdona. Ya voy.

Vuelve a leerlo, separando cada frase, solo para asegurarse de que, por una vez, no está haciendo una montaña de sobreentendidos de un grano de arena. Pero ahí está: «Solo quiero que sepas que te echo de menos».

Recoge sus papeles y, con las mejillas encendidas, entra en el despacho, justo por delante de Rupert. Es importante no ser la última en entrar. No quiere ser la única redactora sin silla también en el despacho de Melissa, como lo es fuera.

Se sienta en silencio mientras se analizan minuciosamente los demás reportajes del día y se comentan sus avances. Las humillaciones de esa mañana se han esfumado. Ni siquiera la perturba el hecho de que Arianna haya conseguido una entrevista con una actriz conocida por su carácter reservado. Su mente canturrea las palabras que de forma inesperada han caído en su regazo: «Solo quiero que sepas que te echo de menos».

¿Qué significa esto? Apenas se atreve a esperar que aquello que tanto ha deseado pueda haberse cumplido. La esposa bronceada con el biquini se ha desvanecido. El espectro de la mano llena de pecas con sus dedos haciendo masajes ha quedado ahora sustituido por unos nudillos apretados por la frustración. Ahora se imagina a John y a su mujer discutiendo durante todas las vacaciones que en privado se han propuesto como un último intento de salvar su matrimonio. Le ve agotado, furioso, secretamente encantado de recibir el mensaje de ella, aunque ha tenido que advertirle que no envíe más.

No te hagas muchas esperanzas, se dice a sí misma. Puede que esto solo sea algo pasajero. Todos se hartan de sus parejas al final de las vacaciones. Quizá él solo quiera asegurarse de que aún cuenta con su fidelidad. Pero, a pesar de este consejo a sí misma, sabe qué versión prefiere creer.

—¿Ellie? ¿Qué tal lo de las cartas de amor?

Dios mío.

Revuelve los papeles que tiene en su regazo y adopta un tono de seguridad.

—Pues tengo mucha más información. He conocido a la mujer. Sin duda, es suficiente para todo un reportaje.

—Bien. —Melissa levanta las cejas con gesto elegante, como si estuviese sorprendida.

—Pero... —Ellie traga saliva—. No estoy segura de cuánto debemos utilizar. Parece un tema... un poco sensible.

—¿Siguen vivos los dos?

—No. Él está muerto. O eso cree ella.

—Entonces, cambia el nombre de la mujer. No veo dónde está el problema. Estás usando unas cartas que supuestamente ella había olvidado.

—No creas que es así. —Ellie trata de elegir sus palabras con cuidado—. De hecho, parece recordarlas muy bien. Yo había pensado que sería mejor usarlas como excusa para examinar el lenguaje del amor. Ya sabes, cómo han cambiado las cartas de amor con el paso de los años.

—Sin incluir las cartas mismas.

—Sí. —Mientras responde, Ellie siente un enorme alivio. No quiere que las cartas de Jennifer se hagan públicas. La ve ahora, sentada en su sofá, con su expresión animada mientras le cuenta la historia que lleva décadas guardándose para sí misma. No quiere contribuir a su sensación de pérdida—. Es decir, quizá podría buscar otros ejemplos.

—Para el martes.

—Debe de haber libros, colecciones...

—¿Quieres que publiquemos material que ya está publicado?

La habitación se queda en silencio. Es como si ella y Melissa Buckingham existieran en una burbuja tóxica. Es consciente de que nada de lo que haga será satisfactorio para esa mujer.

—Llevas trabajando en esto el tiempo que la mayoría de los redactores emplean en sacar tres reportajes de dos mil palabras. —Melissa golpea el extremo de su bolígrafo contra la mesa—. Escríbelo ya, Ellie. —Su voz tiene un gélido tono de agotamiento—. Escríbelo sin dar nombres y probablemente tu contacto no sepa nunca de qué cartas estás hablando. Y supongo que, dada la enorme cantidad de tiempo que has dedicado a esto, va a resultar un reportaje extraordinario.

Su sonrisa, mientras mira al resto de la habitación, es resplandeciente.

—Bien. Cambiemos de tema. No he recibido ninguna lista de la sección de salud. ¿Alguien la tiene?

Le ve salir del edificio. Bromea con Ronald, el guardia de seguridad, baja rápido los escalones y se aleja. Está lloviendo y lleva una pequeña mochila a la espalda, con la cabeza agachada para protegerse del frío.

—Hola. —Corre hasta llegar a su lado.

Él la mira.

—Hola —dice con tono neutro. Se dirige a la estación de metro y no reduce la velocidad cuando llega a los escalones de bajada.

—Me estaba preguntando..., ¿te apetece tomar algo rápido?

—Estoy ocupado.

—¿Adónde vas? —Tiene que levantar la voz para que se le oiga por encima del ruido atronador de pies y de la acústica victoriana del sistema de metro.

—Al edificio nuevo.

Están rodeados de viajeros. Siente que los pies casi se le elevan en el aire mientras baja las escaleras entre el mar de gente.

—Vaya, sí que echas horas extra.

—No. Solo ayudo al jefe con los últimos detalles para que él no cargue con todo.

—Le he visto hoy.

Como ve que Rory no responde, añade:

—Ha sido muy simpático conmigo.

—Sí. Bueno. Es un buen hombre.

Ella se las arregla para caminar a su lado hasta que llegan a la barrera de los billetes. Él se hace a un lado para dejar pasar a otros.

—Es una estupidez, en realidad —dice ella—. Pasas cada día al lado de personas sin tener ni idea de...

—Oye, Ellie, ¿qué quieres?

Ella se muerde el labio. Alrededor de ellos, los viajeros se dividen como el agua, con los auriculares puestos, algunos chasqueando con fuerza la lengua ante los obstáculos humanos que aparecen en su camino. Ella se toca el pelo, que ahora está mojado.

—Solo quería decirte que lo siento. Por lo de la otra mañana.

—No pasa nada.

—Sí que pasa. Pero es que... Mira, lo que ocurrió no tiene nada que ver contigo. Me gustas de verdad. Solo que esto es algo que...

—¿Sabes qué? No me interesa. No pasa nada, Ellie. Vamos a dejarlo así. —Atraviesa los tornos. Ella le sigue. Ve un atisbo de su expresión antes de que se gire y es horrible. Igual a como se siente ella.

Se coloca detrás de él en la escalera mecánica. Unas gotitas de agua salpican su bufanda gris y ella reprime el deseo de limpiárselas.

—Rory, lo siento de verdad.

Él se mira los zapatos. Levanta los ojos hacia ella. Una mirada fría.

—Casado, ¿no?

—¿Qué?

—Tu... amigo. Estaba bastante claro por lo que dijo.

—No me mires así.

—¿Así cómo?

—Yo no tenía intención de enamorarme.

Él suelta una corta y desagradable carcajada. Han llegado al final de las escaleras. Él empieza a andar y ella se ve obligada a correr un poco para seguirle el ritmo. El túnel huele a cerrado y a goma quemada.

—De verdad.

—Tonterías. Tomaste una decisión. Todos tomamos decisiones.

—Entonces, ¿tú nunca te has visto arrastrado por algo? ¿Nunca has sentido esa atracción?

Él la mira.

—Por supuesto que sí. Pero si implicarme en ello suponía que iba a hacer daño a otra persona daba un paso atrás.

Ella siente que la cara le arde.

—Vaya, sí que eres maravilloso.

—No. Pero tú no eres víctima de las circunstancias. Supongo que sabías que estaba casado y decidiste seguir adelante de todos modos. Tenías la opción de decir que no.

—A mí no me pareció que fuese así.

Él eleva el tono con sarcasmo.

—«Fue algo más grande que nosotros mismos». Creo que esas cartas te han afectado más de lo que crees.

—Muy bien. Me alegro por ti, señor Práctico. Qué bien que puedas abrir y cerrar tus emociones como si fuesen grifos. Sí, me dejé llevar, ¿vale? Es inmoral, sí. ¿Desacertado? Bueno, a juzgar por tu reacción, está claro que también. Pero sentí algo mágico por un momento y..., y no te preocupes, lo llevo pagando desde entonces.

—Pero no eres la única, ¿no? Cada acto tiene sus consecuencias, Ellie. Según lo veo yo, el mundo se divide en gente que lo ve y toma una decisión al respecto y otros que se dejan llevar por lo que en ese momento les hace sentir bien.

—¡Dios mío! ¿Tienes idea de lo pretencioso que pareces? —Está gritando ahora, apenas consciente de los viajeros curiosos que pasan por su lado, entrando en los túneles de las líneas District y Circle.

—Sí.

—¿Y en tu mundo no se le permite a nadie cometer un error?

—Una vez —responde él—. Puedes cometer un error una vez.

Aparta los ojos para mirar a lo lejos, con la mandíbula apretada, como si estuviese pensando qué decir. Después, se gira hacia ella.

—Yo he estado en el otro lado, ¿vale, Ellie? Me enamoré de alguien que estaba con otra persona a la que no se podía resistir. Algo que era «más grande que ellos mismos». Hasta que, por supuesto, él la dejó. Y yo permití que ella entrara de nuevo en mi vida y me destrozara por segunda vez. Así que sí, tengo una opinión al respecto.

Ella se queda con los pies clavados al suelo. Se oye un ruido, una ráfaga de aire caliente cuando un tren se acerca. Hay un aluvión de pasajeros.

—¿Sabes una cosa? —pregunta él elevando la voz por encima del estruendo—. No te juzgo por haberte enamorado de ese hombre. ¿Quién sabe? Quizá sea el amor de tu vida. Quizá su mujer termine estando mejor sin él. Quizá sea verdad que los dos estáis hechos el uno para el otro. Pero podrías habérmelo dicho. —De repente, ella ve algo inesperado, algo que queda expuesto y en carne viva en su rostro—. Eso es lo que me está costando entender. Podrías haberme dicho que no. Eso habría sido lo correcto.

Sube al vagón lleno de gente justo cuando las puertas se cierran. Se aleja con un ruido ensordecedor.

Ella ve cómo su espalda se aleja a través de la ventanilla iluminada hasta que desaparece. «¿Lo correcto para quién?».

Hola, cariño:

Llevo todo el fin de semana pensando en ti. ¿Qué tal estás? Barry dice que todas las que vais a la universidad termináis encontrando a otro, pero yo le he dicho que eso le habrá pasado a él. Solo está celoso. Salió con esa chica de la inmobiliaria el martes y ella le mandó a paseo después del primer plato. ¡¡Dijo que iba al baño y se fue!! Él dice que se quedó sentado allí veinte minutos antes de darse cuenta. Nos estuvimos matando de risa en el Feathers.

Ojalá estuvieses aquí, cariño. Las noches se hacen largas sin ti. Escríbeme pronto. Besos. Clive

Ellie se sienta en su cama con una caja de cartón polvorienta en el regazo, la correspondencia de sus años de adolescencia desperdigada delante de ella. Está en la cama a las nueve y media de la noche, tratando de pensar con desesperación en la forma de salvar el reportaje de las cartas de amor para Melissa sin exponer a Jennifer ante el público. Piensa en Clive, su primer amor, hijo de un jardinero que había ido a su mismo instituto. Habían estado angustiados por el hecho de que ella se fuese a la universidad, jurando que eso no afectaría a su relación. Siguieron unos tres meses más después de que ella se fuera a Bristol. Recuerda el aspecto de su destrozado Mini en el aparcamiento fuera de su residencia estudiantil, pasando con una rapidez alarmante de ser maravilloso, una señal para que ella se rociara perfume y saliera corriendo por el pasillo, a una triste sensación de desaliento cuando comprendió que ya no sentía nada por él, aparte de notar que era arrastrada de nuevo a una vida que ya no deseaba.

> *Querido Clive:*
> *He pasado buena parte de la noche tratando de pensar en cómo hacer esto de forma que a cada uno nos provoque el menor dolor posible. Pero no hay una forma fácil de...*

> *Querido Clive:*
> *Me resulta muy difícil escribir esta carta. Pero tengo que decirte que yo...*

> *Querido Clive:*
> *Lo siento mucho, pero no quiero que vengas más. Gracias por los buenos momentos. Espero que podamos seguir siendo amigos.*
> *Ellie*

Toquetea las versiones desechadas, dobladas en una pulcra pila entre otras cartas. Después de que él recibiera la carta definitiva, viajó los trescientos cuarenta kilómetros solo para llamarla zorra en persona. Recuerda que, curiosamente, no se sintió afectada por ello, quizá porque ya había pasado página. En la universidad, había atisbado una vida nueva lejos del pequeño pueblo de su juventud, lejos de los Clives y los Barrys, las noches de sábado en el pub, y una vida donde no solamente todos te conocían, sino que sabían lo que habías hecho en el colegio, en qué trabajaban tus padres o que una vez se te cayó la falda en un concierto del coro. Solo podías reinventarte de verdad lejos de casa. En las visitas que hace para ver a sus padres, aún se siente un poco agobiada por todo ese historial comunal.

Se termina el té y se pregunta qué estará haciendo Clive ahora. Estará casado, piensa, probablemente feliz. Era un tipo de trato fácil. Tendrá un par de hijos y el punto álgido del fin se semana será el sábado por la noche en el pub con los amigos que tiene desde el colegio.

Ahora, claro, los Clives de este mundo no escriben cartas. Le enviarían mensajes. «¿Vale, guapa?». Se pregunta si habría terminado su relación por móvil.

Se queda sentada y sin moverse. Mira alrededor de su cama vacía, las viejas cartas esparcidas sobre el edredón. No ha leído ninguna de Jennifer desde su noche con Rory. En cierto modo, tienen un incómodo vínculo con la voz de él. Piensa en su cara en el túnel del metro. «Podrías haberme dicho que no». Recuerda la cara de Melissa y trata de no pensar en la posibilidad de tener que volver a su antigua vida. Podría fracasar. Podría fracasar de verdad. Siente como si estuviese manteniendo el equilibrio sobre un precipicio. Se avecinan cambios.

Y entonces oye un sonido en su teléfono. Casi con alivio, se extiende sobre la cama para cogerlo, hundiendo la rodilla sobre el montón de papeles.

¿No respondes?

Vuelve a leerlo y escribe:

Perdona. Creía que no querías que te escribiera.

Las cosas han cambiado. Ya puedes decirme lo que quieras.

Murmura esas palabras en voz alta en el silencio de su pequeña habitación, sin apenas poder creer lo que está viendo. ¿Es esto lo que de verdad pasa fuera de las comedias románticas? ¿De verdad pueden salir bien estas situaciones sobre las que todo el mundo te aconseja? Se imagina a sí misma en la cafetería un día futuro cualquiera hablando con Nicky y Corinne: «Sí, claro que se va a mudar aquí. Solo hasta que encontremos algo más grande. Tendremos a los niños los fines de semana alternos». Se lo imagina regresando por las noches, dejando caer su maletín, dándole un beso largo en el pasillo. Es una situación tan poco probable que la mente le da vueltas. ¿Es esto lo que quiere? Se reprende a sí misma por su momento de duda. Por supuesto que lo es. No se habría sentido así durante tanto tiempo si no lo fuera.

«Di lo que quieras ahora».

Mantén la cabeza fría, se dice. Puede que aún no lo tengas en el bote. Y él ya te ha decepcionado muchas veces.

Su mano cae sobre las pequeñas teclas, sin tocarlas, indecisa.

Lo haré, pero no así. Estaré encantada de que podamos hablar.

Hace una pausa y, después, escribe:

Todo esto hace que me resulte difícil mantener las ideas claras. Pero yo también te he echado de menos. Llámame en cuanto estés de vuelta. Besos. E

Está a punto de dejar el teléfono en la mesa de noche cuando vuelve a sonar.

¿Aún me quieres?

La respiración se le queda atascada en la garganta durante un momento.

Sí.

Lo envía antes casi de pensarlo bien. Espera un par de minutos, pero no hay respuesta. Y, sin saber si se alegra o si lo lamenta, Ellie se tumba sobre sus almohadas y, durante largo rato, mira por la ventana hacia el cielo negro y vacío, viendo el parpadeo de los aviones que atraviesan silenciosos la oscuridad en dirección a un destino desconocido.

Intenté con todas mis fuerzas que comprendieras un poco lo que pensaba en ese viaje desde Padua a Milán, pero te comportabas como un niño mimado y yo no quería hacerte más daño. Ahora tengo el coraje de hacerlo porque estoy lejos. Que sepas —y créeme cuando te digo que esto es también repentino para mí— que voy a casarme pronto.

Agnes von Kurowsky a Ernest Hemingway,
por carta

23

Rory nota una mano en el hombro y se quita uno de los auriculares.

—Té.

Él asiente, apaga la música y se mete el reproductor MP3 en el bolsillo. Los camiones han terminado ya. Solo quedan las pequeñas furgonetas de reparto del periódico que van corriendo de un sitio a otro con cajas olvidadas, pequeños cargamentos de cosas fundamentales para la supervivencia del periódico. Es jueves. El domingo se llevarán las últimas cajas, las últimas tazas y hervidores. El lunes, el *Nation* empezará su nueva vida en su nueva sede y este edificio será desmantelado para su demolición. El año que viene por estas fechas alguna reluciente construcción de cristal y metal estará en su lugar.

Rory toma asiento en la parte posterior de la furgoneta junto a su jefe, que está mirando la vieja fachada de mármol negro del edificio. Están quitando de su plinto en lo alto de los escalones el logo metálico del periódico, una paloma mensajera.

—Una visión extraña, ¿verdad?

Rory sopla el té.

—¿Te resulta un poco raro después de todo este tiempo?

—La verdad es que no. Con el tiempo, todo tiene su final. Una parte de mí espera todavía poder hacer algo diferente.

Rory da un sorbo.

—Es raro pasar todos los días en medio de historias de otras personas. Me siento como si la mía hubiese quedado pendiente.

Es como oír hablar a una fotografía. Muy extraño. Absolutamente cautivador. Rory baja su té y escucha.

—¿No te tienta escribir algo tú?

—No. —El tono de su jefe es desdeñoso—. Yo no soy escritor.

—¿Qué vas a hacer?

—No lo sé. Viajar, quizá. Puede que me vaya de mochilero, como tú.

Los dos sonríen ante esa idea. Llevan meses trabajando juntos casi en silencio, rara vez hablando de algo que no sean las cuestiones prácticas de la jornada. Ahora, la rápida cercanía del final de su tarea los ha vuelto parlanchines.

—Mi hijo cree que debería hacerlo.

Rory no puede ocultar el tono de sorpresa en su voz.

—No sabía que tuvieses un hijo.

—Y una nuera. Y tres nietos malcriados.

Rory descubre que tiene que volver a plantearse la idea que tenía de su jefe. Es una de esas personas que desprende un aire de soledad y cuesta trabajo colocarlo en otro lugar de su imaginación como un hombre con familia.

—¿Y tu mujer?

—Murió hace mucho tiempo.

Lo dice sin desazón, pero Rory se siente incómodo, como si hubiese sobrepasado algún límite. Si Ellie estuviese ahí, piensa, le preguntaría directamente qué le había pasado a su mujer.

La saca de su cabeza. No quiere pensar en ella. No quiere pensar en su pelo, su risa, su forma de fruncir el ceño cuando está concentrada. Su tacto bajo sus manos: curiosamente maleable. Curiosamente vulnerable.

—¿Y tú cuándo te vas de viaje?

Rory sale de sus pensamientos y coge un libro y, después, otro. El archivo es como la nave Tardis: no paran de aparecer cosas de la nada.

—Notifiqué mi baja ayer. Solo me queda mirar los vuelos.

—¿Vas a echar de menos a tu chica?

—No es mi chica.

—Solo estabas causando buena impresión, ¿no? Yo creía que te gustaba.

—Me gustaba.

—Siempre pensé que teníais posibilidades.

—Yo también.

—Entonces, ¿qué problema hay?

—Ella... es más complicada de lo que parece.

El hombre mayor sonríe con ironía.

—Nunca he conocido a ninguna mujer que no lo sea.

—Sí... Bueno, a mí no me gustan las complicaciones.

—No existe eso de la vida sin complicaciones, Rory. Al final, todos terminamos haciendo concesiones.

—Yo no.

El archivero le mira con la ceja levantada. Tiene una pequeña sonrisa en la cara.

—¿Qué? —pregunta Rory—. ¿Qué? No me irás a dar un sermón en plan Werther's Original sobre las oportunidades perdidas ni de cómo desearías haber hecho las cosas de otro modo, ¿verdad? —Su voz suena más fuerte y enérgica de lo que pretendía, pero no puede evitarlo. Empieza a mover cajas de un lado de la furgoneta al otro—. De todos modos, no habría servido de nada. Me voy a ir. No quiero complicaciones.

—No.

Rory le mira de reojo y ve que la sonrisa se hace más visible.

—No te pongas ahora sensiblero conmigo. Quiero recordarte como un viejo cabrón y miserable.

El viejo cabrón y miserable se ríe entre dientes.

—No me atrevería. Venga. Vamos a comprobar por última vez la zona de microfichas y a cargar las cosas del té. Y luego, te invito a comer. Y después, si no quieres, no me cuentes lo que ha pasado entre tú y la chica que, evidentemente, te importa tan poco.

La acera de la puerta del edificio de Jennifer Stirling es de un gris claro bajo el sol del invierno. Un barrendero se abre camino por el bordillo, recogiendo con destreza restos de basura con unas pinzas. Ellie se pregunta cuándo fue la última vez que vio a un barrendero por su zona de Londres. Quizá se considere una tarea demasiado ardua: la calle principal de su barrio es un derroche de establecimientos de comida para llevar y panaderías baratas, con sus bolsas de rayas rojas y blancas volando alegremente por el barrio como expresión de otro banquete orgiástico de grasas saturadas y azúcar.

—Soy Ellie. Ellie Haworth —grita hacia el portero automático cuando Jennifer contesta—. Le he dejado un mensaje. Espero que le parezca bien que...

—Ellie —su tono de voz es agradable—. Justo iba a bajar.

Mientras el ascensor va bajando sin prisas, ella piensa en Melissa. Incapaz de dormir, Ellie había llegado a la redacción del *Nation* poco después de las siete y media. Necesitaba encontrar la manera de sacar adelante el reportaje de las cartas de amor. Leer de nuevo las cartas que Clive le envió le ha hecho comprender que bajo ningún concepto puede regresar a su antigua vida. Sacará adelante este reportaje. Conseguirá el resto de la información de Jennifer Stirling y, de algún modo, le dará la vuelta. Vuelve a ser la de antes: concentrada, decidida. Le ayuda no pensar en lo absolutamente confusa que se ha vuelto su vida personal.

Le sorprendió ver que Melissa estaba ya en su despacho. Por lo demás, el departamento estaba vacío, salvo por la silenciosa limpiadora, que empujaba sin fuerzas una aspiradora entre las mesas que han quedado, y la puerta de Melissa estaba abierta.

—Lo sé, tesoro, pero te va a llevar Nina. —Se llevaba una mano al pelo y se retorcía un mechón sin parar. El pelo se le enredaba entre los delgados dedos, iluminado por el débil sol de invierno. Tiraba de él, lo retorcía y lo soltaba.

»No, te dije que el domingo por la noche. ¿Te acuerdas? Nina va a llevarte allí y te recogerá después... Lo sé..., lo sé..., pero mamá tiene que ir a trabajar. Sabes que tengo que trabajar, cielo... —Se sentó y apoyó brevemente la cabeza sobre una mano, de modo que Ellie tuvo que esforzarse para poder oír.

»Lo sé. Lo sé. Y yo iré al siguiente. ¿Pero recuerdas que te dije que estábamos de mudanza en el trabajo? ¿Y que es muy importante? Y mamá no puede...

Hubo un largo silencio.

—Daisy, cariño, ¿puedes pasarme a Nina? Lo sé. Pásame a Nina un momento. Sí, después hablaré contigo, pero pásame... —Levantó la vista y vio a Ellie fuera del despacho. Esta se giró rápidamente, avergonzada de que la hubiera descubierto escuchando, y cogió su propio teléfono, como si estuviese en medio de otra llamada igual de importante. Cuando volvió a levantar los ojos, la puerta del despacho de Melissa estaba cerrada. Costaba saberlo desde esa distancia, pero podía ser que estuviera llorando.

—Vaya, qué agradable sorpresa. —Jennifer Stirling lleva una camisa de lino almidonado y unos vaqueros azules.

Yo quiero llevar vaqueros cuando tenga sesenta y tantos años, piensa Ellie.

—Me dijo que podía volver.

—Claro que puedes. Debo admitir que sentí cierto placer al desenterrar mis recuerdos la semana pasada. Me recuerdas un poco a mi hija, lo cual es para mí un regalo. Echo de menos tenerla cerca.

Ellie siente un absurdo entusiasmo al verse comparada con la mujer parecida a una modelo de Calvin Klein de la fotografía. Trata de no pensar en el motivo por el que ha ido.

—Siempre que no la moleste...

—En absoluto. Siempre y cuando no te aburras terriblemente con las divagaciones de una anciana. Iba a dar un paseo por Primrose Hill. ¿Quieres venir conmigo? —Caminan y hablan un poco sobre el barrio, los sitios en los que cada una vive, los zapatos de Ellie, que la señora Stirling confiesa admirar—. Mis pies son terribles —dice—. Cuando tenía tu edad nos los embutíamos en tacones altos todos los días. Tu generación debe de estar mucho más cómoda.

—Sí, pero mi generación no tiene nunca el aspecto que tenían ustedes. —Está pensando en la fotografía de Jennifer estrenando maternidad, su maquillaje, su cabello perfecto.

—Bueno, no teníamos otra opción. Era una tiranía terrible. Laurence, mi marido, no permitía que me hiciera fotografías a menos que estuviese bien arreglada. —Hoy parece más alegre, menos afectada por el dragado de recuerdos. Camina con energía, como una mujer mucho más joven, y, en ocasiones, Ellie tiene que correr un poco para seguirle el paso—. Te diré una cosa. Hace unas semanas fui al quiosco a por un periódico y había allí una chica vestida con lo que era prácticamente un pantalón de pijama y unas de esas enormes botas de piel de borrego. ¿Cómo las llamáis?

—Uggs.

La voz de Jennifer suena alegre.

—Eso es. Tienen un aspecto espantoso. Y la vi comprando un litro de leche, con el pelo levantado por detrás, y sentí verdadera envidia de su libertad. Me quedé mirándola como una completa loca. —Se ríe al recordarlo—. Danushka, la del quiosco, me preguntó qué me había hecho la pobre chica... Echando la vista atrás, supongo que la nuestra era una existencia muy limitada.

—¿Puedo preguntarle una cosa?

La boca de Jennifer se eleva ligeramente por las comisuras.

—Supongo que vas a hacerlo.

—¿Alguna vez se siente mal por lo que pasó? Por haber tenido una aventura, quiero decir.

—¿Me estás preguntando si me arrepiento de haber hecho daño a mi marido?

—Supongo que sí.

—¿Y es por... curiosidad? ¿O absolución?

—No lo sé. Probablemente, las dos cosas. —Ellie se muerde una uña—. Creo que mi... John... quizá esté a punto de dejar a su mujer.

Hay un silencio breve. Están en las puertas de Primrose Hill y Jennifer se detiene ahí.

—¿Hijos?

Ellie no levanta la vista.

—Sí.

—Eso es una enorme responsabilidad.

—Lo sé.

—Y tú estás un poco asustada.

Ellie encuentra las palabras que no se ha atrevido a decir ante nadie más.

—Me gustaría estar segura de que estoy haciendo lo correcto. De que va a merecer la pena todo el dolor que voy a provocar.

¿Qué tiene esa mujer que hace imposible no decir toda la verdad? Siente los ojos de Jennifer sobre ella y es verdad que quiere ser absuelta. Recuerda las palabras de Boot: «Haces que desee ser una mejor versión de mí mismo». Ella quiere ser mejor persona. No quiere ir paseando por aquí con la mitad de su mente preguntándose qué parte de esta conversación es posible que robe para publicarla en un periódico.

Tantos años escuchando problemas de otras personas parecen haber proporcionado a Jennifer un aire de sabia neutralidad. Por fin, cuando habla, Ellie nota que ha elegido las palabras con cuidado.

—Estoy segura de que entre los dos lo averiguaréis. Solo tenéis que hablar con sinceridad. Con dolorosa sinceridad. Y quizá no siempre encuentres las respuestas que deseas. Eso es lo que recordé cuando volví a leer las cartas de Anthony cuando te fuiste la semana pasada. No había juego alguno. Nunca he conocido a nadie, ni antes ni después, con el que he podido ser igual de sincera.

Suspira y hace una señal a Ellie para entrar por la valla. Empiezan a recorrer el sendero que las lleva a lo alto de la colina.

—Pero no hay absolución para las personas como nosotras, Ellie. Puede que descubras que la culpa ocupa una parte mucho mayor en tu vida futura de lo que te gustaría. Por algo dicen que la pasión quema, y, en lo que respecta a las aventuras amorosas, no son solo los protagonistas los que sufren. Por mi parte, aún me siento culpable del dolor que le causé a Laurence... En aquella época, yo me justificaba, pero ahora veo que lo que pasó... nos hizo sufrir a todos. Pero... la persona por la que siempre me sentí peor fue por Anthony.

—Iba a contarme usted el resto de la historia.

La sonrisa de Jennifer empieza a desaparecer.

—Bueno, Ellie, no tiene un final feliz. —Le habla de un viaje malogrado a África, de una larga búsqueda, de un silencio evidente por parte del hombre que anteriormente no había dejado de decirle nunca lo que sentía y del forjado final de una nueva vida en Londres, sola.

—¿Y eso es todo?

—En pocas palabras.

—¿Y en todo ese tiempo usted nunca..., nunca ha habido nadie más?

Jennifer vuelve a sonreír.

—Tanto como eso, no. Soy humana. Pero sí te diré que nunca me he implicado emocionalmente con nadie. Después de Boot... no he querido estar unida de verdad a nadie más. Para mí, solo ha existido él. Eso lo tenía muy claro. Y, además, tenía a Esmé. —Su sonrisa se vuelve más grande—. La verdad es que un hijo es un maravilloso consuelo.

Han llegado a la cima. Todo el norte de Londres se extiende por debajo de ellas. Respiran profundamente mientras miran el lejano horizonte y oyen el tráfico, y los gritos de los paseadores de perros y de los niños que pasan se desvanecen bajo ellas.

—¿Puedo preguntar por qué mantuvo el apartado de correos tanto tiempo?

Jennifer apoya la espalda sobre el banco de hierro forjado y piensa antes de responder:

—Supongo que debo parecerte una tonta, pero nos habíamos perdido dos veces el uno al otro, ¿sabes? Y las dos veces por cuestión de horas. Yo sentí que era mi obligación darle todo tipo de oportunidades. Supongo que cancelar ese buzón habría sido como admitir que por fin había terminado todo.

Se encoge de hombros con remordimiento.

—Me he dicho a mí misma cada año que había llegado el momento de parar. Los años han ido viniendo sin que me diera cuenta de todo el tiempo que había pasado. Pero al final nunca lo cancelé. Supongo que me decía a mí misma que era un lujo inofensivo.

—Entonces, ¿esa fue de verdad su última carta? —Ellie señala en dirección a St. John's Wood—. ¿De verdad no volvió a tener noticias de él? ¿Cómo podía soportar no saber qué le había ocurrido?

—Tal y como yo lo veía, cabían dos posibilidades. O había muerto en el Congo, que, en aquel momento, era una opción que no podía soportar, o, tal y como yo sospechaba, estaba muy dolido conmigo. Él creía que yo nunca iba a dejar a mi marido, quizá incluso que no me importaba lo que él sentía, y creo que le costó muy caro acercarse a mí por segunda vez. Por desgracia, no me di cuenta de cuánto hasta que fue demasiado tarde.

—¿Nunca intentó localizarle? ¿Por un investigador privado? ¿Anuncios en periódicos?

—Yo nunca haría eso. Él sabía dónde estaba yo. Le había dejado claros mis sentimientos. Y tenía que respetar los suyos. —Mira a Ellie con gesto serio—. ¿Sabes? No se puede obligar a nadie a que te vuelva a querer, por mucho que tú lo desees. A veces, por desgracia, las oportunidades simplemente... se pierden.

El viento sopla con fuerza allí arriba. Se abre camino por el hueco entre la ropa y el cuello, se aprovecha de cada atisbo de piel expuesta. Ellie se mete las manos en los bolsillos.

—¿Qué cree que le habría pasado si lo hubiese vuelto a encontrar?

Por primera vez, los ojos de Jennifer Stirling se llenan de lágrimas. Mira hacia el horizonte y niega levemente con la cabeza.

—Los jóvenes no tienen el monopolio de los corazones rotos, ¿sabes? —Empieza a caminar despacio por el sendero de nuevo, de tal modo que ya no se le ve la cara. El silencio antes de que vuelva a hablar provoca un pequeño desgarro en el corazón de Ellie—: Hace mucho tiempo que aprendí que pensar en el «ojalá» es un juego muy peligroso, Ellie.

Vamos a vernos. Bs. J

¿Ya podemos usar el móvil? Bs

Tengo muchas cosas que contarte. Solo necesito verte.
Les Percivals en Derry Street. Mañana a las 13:00. Bs

Percivals?! No es habitual en ti.

Últimamente estoy lleno de sorpresas. Bs. J

Está sentada en la mesa con mantel de lino, revisando las notas que ha escrito en el metro, y sabe en el fondo que no puede publicar este artículo y que, si no lo hace, su carrera en el *Nation* habrá terminado. Dos veces ha pensado en volver corriendo al apartamento de St. John's Wood y pedir clemencia a esa mujer, explicarse, suplicarle que le permita reproducir por escrito su fracasada historia de amor. Pero cada vez que lo hace ve la cara de Jennifer Stirling, oye su voz: «Los jóvenes no tienen el monopolio de los corazones rotos, ¿sabes?».

Se queda mirando las lustrosas aceitunas sobre el plato blanco de cerámica que hay en la mesa. No tiene apetito. Si no escribe el artículo, Melissa la despedirá. Si lo escribe, no está segura de si volverá a sentir alguna vez lo mismo en cuanto a lo que hace o a quién es. Desea, una vez más, poder hablar con Rory. Él sabría lo que debería hacer. Tiene la incómoda sensación de que quizá no fuera lo que ella quiere hacer, pero sabe que Rory tendría razón. Sus pensamientos van arremolinándose en círculos, entre argumentos y contraargumentos. «Es probable que Jennifer Stirling ni siquiera lea el *Nation*. Quizá no se entere nunca de lo que has hecho. Melissa está buscando una excusa para echarte. La verdad es que no tienes otra opción».

Y, luego, la voz de Rory, sardónica: «¿Te estás quedando conmigo?».

Siente que el vientre se le pone tenso. No recuerda la última vez que no sintió un nudo en el estómago. Se le ocurre una idea: seguro que, si puede averiguar lo que le pasó a Anthony O'Hare, Jennifer podría perdonarla. Quizá esté enfadada un tiempo, pero seguro que al final ve que Ellie le ha hecho un regalo. La respuesta ha caído en su regazo. Lo encontrará. Aunque tarde diez años, averiguará qué fue de él. Es una alternativa muy frágil, pero hace que se sienta un poco mejor.

Estoy a cinco minutos. ¿Estás ya? Beso. J

Sí. Mesa en planta baja. Te espera una copa fría. Bs. E

Se lleva una mano inconscientemente al pelo. Aún no ha podido averiguar por qué John no ha querido ir directamente a su apartamento. El antiguo John siempre prefería ir allí directo. Era como si no pudiese hablar con ella bien, verla siquiera, hasta que se había sacado antes toda esa tensión contenida. Durante los primeros meses de su relación, a ella le había parecido halagador; y después, un poco molesto. Ahora, una pequeña parte de ella se pregunta si este encuentro en un restaurante es para dejarse ver por fin en público. Todo parece haber cambiado de una forma tan absoluta que no resulta increíble que John quiera hacer una especie de declaración pública. Mira a la gente elegante que está sentada en las mesas de al lado y encoge los dedos de los pies al pensarlo.

—¿Por qué estás tan nerviosa? —le había preguntado Nicky esa mañana—. Esto quiere decir que has conseguido lo que querías, ¿no?

—Lo sé. —La había llamado a las siete, a la vez que daba gracias a Dios por tener aún amigas que entendían que una urgencia romántica era una razón legítima para llamar a esas horas—. Es que...

—Ya no estás segura de quererle.

—¡No! —le había reprendido al teléfono—. ¡Claro que quiero estar con él! Es solo que todo ha cambiado tan rápidamente que no he tenido oportunidad de hacerme a la idea.

—Pues más vale que te vayas haciendo a la idea. Es del todo posible que él aparezca en el almuerzo con dos maletas y un par de niños llorando en los brazos. —Por alguna razón, esta idea le había hecho muchísima gracia a Nicky y se había estado riendo hasta que resultó un poco molesta.

Ellie tenía la sensación de que Nicky aún no la había perdonado por «echarlo todo a perder», según sus propias palabras, con Rory. Le había parecido un chico agradable, como dijo repetidas veces. «Alguien con quien me encantaría ir a tomar algo». Subtexto: a Nicky no le gustaría ir a tomar algo con John. Nunca le perdonaría ser el tipo de hombre que puede engañar a su mujer.

Ella mira el reloj. John lleva ya veinte minutos de retraso. En cualquier otra ocasión, se habría puesto furiosa, pero ahora está tan nerviosa que una pequeña parte de ella se pregunta si va a ponerse a vomitar nada más verlo. Sí, esa es siempre una buena bienvenida. Y, entonces, levanta los ojos y ve a una mujer al otro lado de su mesa.

El primer pensamiento de Ellie es que se trata de una camarera, pero entonces se pregunta por qué no lleva en la mano la copa de vino. Luego se da cuenta de que esa mujer no solo lleva un abrigo azul marino en lugar de un uniforme de camarera, sino de que la está mirando, con cierta intensidad de más, como alguien que está a punto de empezar a canturrear para sí mismo en el autobús.

—Hola, Ellie.

Ellie parpadea.

—Lo siento —contesta después de que su mente revise una agenda de contactos recientes sin dar ningún resultado—. ¿Nos conocemos?

—Pues yo creo que sí. Soy Jessica.

Jessica. Su mente está en blanco. Un bonito corte de pelo. Buenas piernas. Quizá un poco cansada. Bronceada. Y, entonces, explota en su conciencia. Jessica. Jess.

La mujer se da cuenta de su sorpresa.

—Sí. Pensaba que podrías reconocer mi nombre. Probablemente no querías ponerle una cara, ¿verdad? No querías pensar demasiado en mí. Supongo que el hecho de que John tuviese una mujer te suponía cierta incomodidad.

Ellie no puede hablar. Apenas es consciente de que los demás comensales la están mirando tras haber adivinado ciertas vibraciones extrañas que emanan de la mesa quince.

Jessica Armour está revisando los mensajes de texto de un teléfono móvil que le resulta familiar. Su voz se eleva un poco mientras los lee en voz alta:

—«Hoy me siento muy traviesa. Escápate. No me importa cómo lo hagas, pero escápate. Haré que te merezca la pena». Ah, este es bueno: «Debería estar redactando una entrevista con la esposa del parlamentario, pero mi mente no deja de volver al martes pasado. ¡Chico malo!». Ah, y aquí está mi favorito: «Me he comprado lencería nueva. Adjunto foto...».
—Cuando mira a Ellie de nuevo, la voz le tiembla con una rabia apenas contenida—: Es bastante difícil competir con eso cuando estás criando a dos niños y encargándote de hablar con los obreros. Pero, sí, el martes 12. Recuerdo ese día. Él me regaló un ramo de flores como disculpa por llegar tarde.

Ellie ha abierto la boca, pero no pronuncia ninguna palabra. Siente un hormigueo en la piel.

—Miré su teléfono durante las vacaciones. Me pregunté a quién estaba llamando desde el bar y, entonces, me encontré con tu mensaje. «Llámame, por favor. Solo una vez. Necesito saber de ti. Bs». —Suelta una carcajada triste—. Qué conmovedor. Él cree que se lo han robado.

Ellie quiere escurrirse debajo de la mesa. Quiere desaparecer, evaporarse.

—Me gustaría pensar que vas a terminar siendo una mujer triste y sola. Pero la verdad es que espero que algún día tengas hijos, Ellie Haworth. Entonces sabrás lo que se siente al ser vulnerable. Y tener que luchar, mantenerte en constante vigilancia, solo para asegurarte de que tus hijos crecen con un padre. Piensa en eso la próxima vez que te compres lencería transparente para divertir a mi marido, ¿de acuerdo?

Jessica Armour se aleja entre las mesas y sale a la luz del sol. Puede que el restaurante se haya quedado en silencio. Para Ellie es imposible saberlo por encima de los pitidos de sus oídos. Al final, con las mejillas en llamas y las manos temblorosas, hace una señal a un camarero para que le traiga la cuenta.

Cuando se acerca, ella le murmura algo de que tiene que marcharse de forma inesperada. No está segura de lo que dice: su voz ya no parece pertenecerle.

—La cuenta —le pide.

Él señala hacia la puerta con una simpática sonrisa.

—No es necesario. Aquella señora ha pagado su cuenta.

Ellie vuelve a la redacción, inmune al tráfico, a los peatones que se empujan por la acera, a las miradas de represión de los vendedores de *La Farola*. Quiere meterse en su pequeño apartamento con la puerta cerrada, pero su precaria situación en el trabajo hace que eso sea imposible. Camina por la redacción del periódico, consciente de las miradas de otras personas, convencida de que en el fondo todos deben ver su bochorno, ver lo que Jessica Armour ha visto, como si estuviese pegado a ella, como si llevara un cartel a la espalda.

—¿Te encuentras bien, Ellie? Estás muy pálida. —Rupert se inclina desde detrás de su monitor. Alguien ha pegado una nota adhesiva detrás de su pantalla con la palabra «incinerar».

—Me duele la cabeza. —La voz se le queda pegada a la parte posterior de la garganta.

—Terri tiene pastillas. Esa chica tiene pastillas para todo —murmura antes de desaparecer de nuevo tras su monitor.

Ella se sienta en su mesa y enciende el ordenador para ver los correos electrónicos. Ahí está.

He perdido el teléfono. Recojo uno nuevo a la hora de comer.
Te enviaré por correo el número nuevo. Bs. J

Mira la hora. Había llegado a su bandeja de entrada mientras estaba entrevistando a Jennifer Stirling. Cierra los ojos y vuelve a ver la imagen que ha flotado ante sus ojos durante la última hora: la expresión seria de Jessica Armour, su mirada aterradora, la forma de moverse de su pelo alrededor de su cara mientras hablaba, como si estuviese electrificado por su rabia, su dolor. Una diminuta parte de ella había reconocido que en otras circunstancias a ella le habría gustado el aspecto de esa mujer, que quizá le habría gustado ir a tomar una copa con ella. Cuando vuelve a abrir los ojos, no quiere ver las palabras de John, no quiere ver esta versión de sí misma reflejada en ellas. Es como si se hubiese despertado de un sueño especialmente vívido que hubiese durando un año. Es consciente de las dimensiones de su error. Borra el mensaje.

—Toma. —Rupert deja una taza sobre su mesa—. Quizá te haga sentir mejor.

Rupert nunca le prepara un té a nadie. Los demás redactores de reportajes hacían apuestas a ver cuánto tiempo tardaba él en ir a la cafetería y siempre había sido considerado un caballo veloz. Ella no sabe si sentirse conmovida por este extraño gesto de compasión o si tener miedo de por qué puede pensar que ella lo necesita.

—Gracias —dice antes de cogerla.

Mientras él se sienta, ella ve un nombre que le es familiar en otro correo electrónico: Phillip O'Hare. El corazón se le detiene, olvidando por un momento la humillación de la última hora. Lo abre y ve que es de Phillip O'Hare, que trabaja para el *Times*.

Hola. Estoy un poco confuso con su mensaje. ¿Me puede llamar?

Se frota los ojos. El trabajo es la respuesta para todo, se dice. El trabajo es ahora lo único. Va a averiguar qué le pasó al amante de Jennifer y esta la perdonará por lo que está a punto de hacer. Tiene que hacerlo.

Marca el teléfono que aparece al final del correo. Un hombre responde al segundo tono. Nota de fondo el zumbido familiar de una redacción de periódico.

—Hola —dice con voz tímida—. Soy Ellie Haworth. ¿Me ha enviado un correo electrónico?

—Ah. Sí. Ellie Haworth. Espere. —Tiene voz de una persona de unos cuarenta años. Se parece un poco a la de John. Bloquea ese pensamiento mientras oye una mano que se coloca sobre el auricular, su voz, amortiguada, y después, de vuelta—. Perdone. Sí. Las fechas de entrega. Oiga, gracias por devolverme la llamada... Solo quería saber una cosa. ¿Dónde es donde decía que trabaja? ¿En el *Nation*?

—Sí. —Se le ha secado la boca. Empieza a balbucear—. Pero quiero asegurarle que su nombre no va a ser usado necesariamente en lo que yo estoy escribiendo. Solo quería saber de verdad qué le pasó, porque una amiga suya que...

—¿El *Nation*?

—Sí.

Hay un breve silencio.

—¿Y dice que quiere información sobre mi padre?

—Sí. —Se está quedando sin voz.

—¿Y usted es periodista?

—Lo siento —dice ella—. No entiendo adónde quiere llegar. Sí, periodista. Como usted. ¿Me está diciendo que le incomoda dar información a un periódico de la competencia? Le he dicho que...

—Mi padre es Anthony O'Hare.

—Sí. Ese es el que yo...

El hombre que está al otro lado del teléfono se está riendo.

—Por casualidad no estará en alguna sección de investigación.

—No.

Él tarda un momento en recuperar la compostura.

—Señorita Haworth, mi padre trabaja para el *Nation*. Su periódico. Lleva ahí más de cuarenta años.

Ellie se queda inmóvil. Le pide que repita lo que acaba de decir.

—No entiendo —dice ella a la vez que se pone de pie junto a su mesa—. He buscado las firmas. No ha aparecido nada. Solo su nombre en el *Times*.

—Eso es porque mi padre no es redactor.

—Entonces, ¿qué es lo que...?

—Mi padre trabaja en el archivo. Lleva ahí desde..., eh..., 1964.

... la cuestión es que tener sexo contigo y obtener la beca Somerset Maugham no son cosas que se puedan combinar.

Un hombre a una mujer, por carta

24

*D*ele esto. Él sabrá lo que significa. —Jennifer Stirling escribió una nota, la arrancó de su cuaderno y la metió bajo la solapa. Dejó la carpeta sobre la mesa del redactor jefe.

—Claro —contestó Don.

Ella extendió la mano hacia él y le agarró del brazo.

—¿Se asegurará de que lo recibe? Es muy importante. Tremendamente importante.

—Entendido. Ahora, si me disculpa, tengo que seguir. Este es el momento del día en que estamos más ocupados. Aquí tenemos que ceñirnos a una hora de cierre. —Don quería que se fuera de su despacho. Quería a esa niña fuera del despacho.

Ella se puso seria.

—Lo siento. Por favor, asegúrese de que lo recibe. Por favor.

Dios, estaba deseando que se marchara. No podía mirarla.

—Siento mucho haberle molestado. —De repente, parecía darse cuenta de lo que estaba haciendo, como si fuese consciente del espectáculo que había provocado. Agarró la mano de su hija y, casi a regañadientes, se marchó. Las pocas personas que estaban reunidas alrededor de la mesa del redactor jefe la vieron marchar en silencio.

—El Congo —dijo Cheryl un momento después.

—Tengo que dejar terminada la página cuatro. —Don tenía la mirada fija en la mesa—. Adelante con el cura bailarín.

Cheryl seguía mirándole.

—¿Por qué le has dicho que se ha ido al Congo?

—¿Quieres que le cuente la verdad? ¿Que estuvo bebiendo hasta quedar en un maldito coma?

Cheryl retorcía el bolígrafo en su boca, con los ojos puestos en la puerta batiente de la redacción.

—Pero parecía muy triste.

—Debería sentirse tremendamente triste. Es la que le ha provocado tantos problemas.

—Pero no puedes...

La voz de Don estalló en medio de la redacción.

—Lo último que ese chico necesita es que ella vuelva a liarle. ¿Entiendes? Le estoy haciendo un favor. —Arrancó la nota de la carpeta y la tiró a la papelera.

Cheryl se metió el bolígrafo detrás de la oreja y fulminó a su jefe con la mirada antes de volver contoneándose a su mesa.

Don respiró hondo.

—Bien, ¿podemos olvidarnos ya de la maldita vida amorosa de O'Hare y seguir con el artículo de ese maldito cura que baila? ¿Me pasa alguien ya una copia rapidito o vamos a sacar mañana a los vendedores de periódicos con un montón de páginas en blanco?

En la cama de al lado, un hombre tosía. Seguía sin parar, con un tamborileo entrecortado y discreto, como si algo se le hubiese enganchado en el fondo de la garganta. Lo hacía incluso al dormir. Anthony O'Hare dejó que el sonido se desvaneciera en algún recoveco lejano de su conciencia, como todo lo demás. Ya se conocía los trucos para hacer que todo desapareciera.

—Tiene visita, señor O'Hare.

El sonido de unas cortinas al retirarse, la luz inundándolo todo. Una guapa enfermera escocesa. Manos frías. Cada palabra que le decía la pronunciaba con el tono de quien está a punto de conceder un regalo. «Solo voy a ponerle una pequeña inyección, señor O'Hare. ¿Quiere que avise a alguien para que le ayude en el baño, señor O'Hare? Tiene visita, señor O'Hare».

¿Visita? Por un momento, la esperanza flotó en el aire y, después, oyó la voz de Don al otro lado de las cortinas y recordó dónde estaba.

—No te preocupes por mí, encanto.

—No lo haré —respondió ella con remilgo.

—No te levantes —dijo una cara rubicunda del tamaño de la luna sobre sus pies.

—Muy gracioso. —Habló sobre la almohada mientras trataba de incorporarse. Le dolía todo el cuerpo. Parpadeó—. Necesito salir de aquí.

Su visión se aclaró. Don estaba a los pies de su cama, con los brazos cruzados y apoyados sobre el vientre.

—Tú no vas a ningún sitio, chaval.

—No puedo quedarme aquí. —Su voz parecía venirle directamente del pecho. Graznaba y chirriaba como una rueda de madera atascada.

—No estás bien. Quieren comprobar que el hígado te funciona antes de que te vayas a ningún sitio. Nos has dado a todos un buen susto.

—¿Qué ha pasado? —No recordaba nada.

Don vaciló, quizá tratando de valorar hasta dónde contar.

—No apareciste en el despacho de Marjorie Spackman para la gran reunión. Como a las seis de la tarde nadie sabía nada de ti, tuve un mal presentimiento, dejé a Michaels a cargo de todo y salí corriendo a tu hotel. Te encontré en el suelo, no tenías muy buen aspecto. Peor del que tienes ahora, y eso ya es decir.

Recuerdo de una imagen. El bar del Regent. La mirada recelosa del camarero. Dolor. Voces en alto. Un tambaleo sin fin hasta la habitación, agarrándose a las paredes, balanceándose escaleras arriba. El sonido de cosas rompiéndose. Después, nada.

—Me duele todo el cuerpo.

—No me extraña. Dios sabe qué te hicieron. Parecías un alfiletero cuando te vi anoche.

Agujas. Voces apremiantes. El dolor. Ay, Dios, el dolor.

—¿Qué narices está pasando, O'Hare?

En la cama de al lado, el hombre había empezado a toser otra vez.

—¿Qué pasa con esa mujer? ¿Te ha dejado? —Don sentía una incomodidad física al hablar de sentimientos. Se le notaba porque sacudía una pierna y en la forma de pasarse una mano hacia atrás sobre su cabeza calva.

«No hables de ella. No me hagas pensar en su cara».

—No es tan simple.

—Entonces, ¿qué demonios es todo esto? Ninguna mujer merece... esto. —Don movió una mano distraídamente por encima de la cama.

—Yo... solo quería olvidar.

—Pues haberte arrimado a otra. Alguien a quien puedas tener de verdad. Ya lo superarás. —Quizá al decirlo se volviera realidad.

El silencio de Anthony duró lo suficiente como para contradecirlo.

—Algunas mujeres solo traen complicaciones —añadió Don.

«Perdóname, pero tenía que saberlo».

—Como las polillas acuden a la luz. A todos nos ha pasado.

«Perdóname».

Anthony negó con la cabeza.

—No, Don. No es así.

—Nunca es así cuando se trata de uno.

—Ella no le puede dejar porque él no va a permitir que se lleve a su hija. —La voz de Anthony, repentinamente clara, atravesó el espacio de las cortinas. Por un breve momento, el hombre de la cama de al lado dejó de toser. Anthony vio cómo su jefe entendía las implicaciones de lo que había dicho e iba frunciendo el ceño con gesto de compasión.

—Ah. Eso es duro.

—Sí.

La pierna de Don había empezado a sacudirse de nuevo.

—Eso no quiere decir que tuvieras que tratar de suicidarte a base de alcohol. ¿Sabes lo que han dicho? La fiebre amarilla te fastidió el hígado. Te lo hizo polvo, O'Hare. Una borrachera más como esa y...

Anthony se sentía infinitamente cansado. Se giró sobre su almohada.

—No te preocupes. No volverá a pasar.

Durante media hora, después de haber vuelto del hospital, Don estuvo sentado en su mesa, pensando. A su alrededor, la redacción se iba despertando despacio, como todos los días, un gigante dormido que volvía a la vida a regañadientes: periodistas hablando por teléfono, artículos que aparecían y desaparecían de la portada, páginas formadas y programadas, la maqueta de la primera sobre la mesa.

Se pasó la mano por el mentón y giró la cabeza para llamar a la secretaria.

—Rubia. Busca el número de ese tal Stirling. El del amianto.

Cheryl escuchó sin decir nada. Minutos después, le pasó el número que había sacado del *Who's Who*.

—¿Cómo está?

—¿Cómo crees que está? —respondió golpeteando con el bolígrafo sobre la mesa, aún sumido en sus pensamientos. Después, cuando ella volvía a su mesa, Don cogió el teléfono y pidió a la operadora que le pasara con Fitzroy, 2286.

Tosió un poco antes de hablar, como alguien a quien incomoda usar el teléfono.

—Quiero hablar con Jennifer Stirling, por favor.

Notaba que Cheryl le estaba mirando.

—¿Puedo dejar un mensaje?... ¿Qué? ¿No? Ah, entiendo. —Una pausa—. No, no importa. Siento haberla molestado. —Colgó.

—¿Qué ha pasado? —Cheryl estaba de pie a su lado. Era más alta que él con sus tacones nuevos—. ¿Don?

—Nada. —Se incorporó—. Olvídate de que he dicho nada. Ve a comprarme un sándwich de beicon, por favor. Y no te olvides de la salsa. No me lo puedo comer si no lleva.

Hizo una bola con el número escrito y lo tiró a la papelera que tenía en el suelo.

La pena era peor que si hubiese muerto alguien. Por la noche llegaba por oleadas, incesante y con una potencia impresionante, vaciándole por dentro. La veía cada vez que cerraba los ojos, con su cara de placer con ojos entrecerrados, su expresión de culpa y desesperación cuando él la vio en el vestíbulo del hotel. Al ver su cara, supo que estaban perdidos y que ella ya sabía lo que había hecho al decírselo.

Y tenía razón. Al principio, se había puesto furioso por el hecho de que ella le hubiese dado esperanzas sin contarle la verdad de su situación, por haberse abierto paso hasta su corazón de una forma tan despiadada cuando no tenían ninguna posibilidad. ¿Cuál era el dicho? «Quien de esperanzas vive de sentimiento muere».

Sus sentimientos oscilaban a toda velocidad. La perdonaba. No había nada que perdonar. Ella lo había hecho porque, igual que le pasaba a él, no tenía otra opción. Y porque era lo único de él que razonablemente podía esperar tener. Yo espero que ese recuerdo te sirva para seguir adelante, Jennifer, porque a mí me ha destruido.

Le costaba enfrentarse a la idea de que, esta vez, no había quedado nada para él. Se sentía físicamente debilitado, frágil por su desastroso comportamiento. Su mente avispada había sido secuestrada, sus partes más lúcidas habían quedado trituradas y solo quedaba el pulso continuo de la pérdida latiendo en ella, el mismo latido incesante que había oído aquel día en Leopoldville.

Ella nunca sería suya. Habían estado muy cerca, pero nunca sería suya. ¿Cómo se suponía que iba a vivir sabiendo eso?

A altas horas de la madrugada, inventaba mil soluciones. Le exigiría a Jennifer que se divorciara. Haría todo lo que pudiera por hacerla feliz sin su hija sirviéndose de toda la fuerza de su voluntad. Contrataría al mejor abogado. Le daría más hijos. Se enfrentaría a Laurence... En sus sueños más salvajes, se le lanzaba al cuello.

Pero Anthony había sido durante años un hombre hecho y derecho y, aun en esos momentos, cierta parte recóndita de su masculinidad no podía evitar pensar en lo que debía sentir Laurence al saber que su mujer amaba a otro. Y luego, tener que dejar a su hija al hombre que le ha robado a la mujer. Aquello había destrozado a Anthony, y eso que nunca había amado a Clarissa como amaba a Jennifer. Pensó en su hijo triste y silencioso, en su propio sentimiento constante de culpabilidad, y supo que, si provocaba eso mismo en otra familia, cualquier felicidad que consiguieran yacería sobre una oscura corriente de tristeza. Él ya había destruido a una familia. No podía ser el responsable de la destrucción de otra.

Llamó a la novia de Nueva York y le dijo que no iba a regresar. Escuchó su asombro y sus lágrimas apenas disimuladas con una lejana sensación de culpa. No podía volver allí. No podía zambullirse en el ritmo constante de la vida urbana de Nueva York, en una rutina regida por las idas y venidas al edificio de las Naciones Unidas, porque ahora estarían teñidos de Jennifer. Todo estaría teñido de Jennifer, de su olor, de su sabor, del hecho de saber que ella estaría en algún lugar, viviendo, respirando, sin él. En cierto modo, era peor saber que ella le deseaba tanto como él a ella. No podía dedicar la rabia necesaria contra ella para apartar de su mente su imagen.

«Perdóname, pero tenía que saberlo».

Necesitaba estar en un lugar donde no pudiera pensar. Para sobrevivir, debía estar en algún sitio donde la supervivencia fuese lo único en lo que pudiera pensar.

Don fue a recogerle dos días después, la tarde en que decidieron darle de alta en el hospital con los resultados del funcionamiento del hígado y las amenazas directas de lo que le pasaría si se atrevía a beber de nuevo.

—¿Adónde vamos? —Veía cómo Don cargaba su pequeña maleta en el maletero de su coche y se sentía como un refugiado.

—Te vienes a mi casa.

—¿Qué?

—Lo ha dicho Viv. —No miraba a Anthony a los ojos—. Cree que necesitas cuidados hogareños.

«Crees que no se me puede dejar solo».

—Yo no creo que...

—No hay discusión que valga —dijo Don antes de subir al asiento del conductor—. Pero no me culpes a mí por la comida. Mi mujer conoce ciento una formas de incinerar una vaca y, por lo que sé, sigue experimentando.

Siempre resultaba desconcertante ver a los compañeros de trabajo en su entorno doméstico. Con el paso de los años, aunque había conocido a Viv —una pelirroja tan vivaz como arisco era Don— en distintos eventos del trabajo, Anthony había visto de alguna forma a Don más que nadie como una persona que habitaba físicamente en el *Nation*. Siempre estaba allí. Ese despacho, con sus gigantes montañas de papel, sus notas garabateadas y esos planos clavados a la pared de forma azarosa, era su hábitat natural. Don en su casa, con babuchas de terciopelo y los pies subidos a un sofá mullido. Don colocando adornos y con un vaso de leche en la mano era una visión que incumplía las leyes de la naturaleza.

Dicho eso, había algo relajante en el hecho de estar en su casa. Un adosado de falso estilo Tudor de las afueras, lo suficientemente grande como para no sentir que estás molestando a nadie. Los hijos eran mayores y no estaban y, aparte de las fotografías enmarcadas, no había constantes recuerdos de su propio fracaso como padre.

Viv le recibió con un beso en ambas mejillas y no hizo referencia al lugar donde había estado.

—He pensado que quizá os gustaría jugar al golf esta tarde —dijo ella.

Así lo hicieron. Don estaba tan desesperado por ir que Anthony se dio cuenta después de que eso debía de ser lo único que a su anfitrión se le ocurría que podrían hacer juntos los dos sin que hubiese que recurrir al alcohol. Don no habló de Jennifer. Pero estaba preocupado, de eso estaba Anthony seguro. Hacía frecuentes referencias a que Anthony estuviera bien, a la reanudación de la normalidad, lo que fuera que eso significara. No hubo vino en la comida ni en la cena.

—Y bien, ¿cuál es el plan? —Estaba sentado en uno de los sofás. A lo lejos, podía oír a Viv haciendo la colada mientras cantaba al son de la radio de la cocina.

—Volver mañana al trabajo —respondió Don. Se estaba frotando el vientre.

«Trabajo». Una parte de él quería preguntar a qué trabajo se refería. Pero no se atrevió. Ya le había fallado una vez al *Nation* y temía ver confirmado que esta vez había sido la definitiva.

—He estado hablando con Spackman.

«Dios mío. Ya estamos».

—Tony, ella no sabe nada. Nadie de los de arriba lo sabe.

Anthony parpadeó.

—Solo nosotros. Yo, la rubia, un par de los redactores. Tuve que llamarlos para decirles que no iba a volver al trabajo cuando te llevamos al hospital. Mantendrán la boca cerrada.

—No sé qué decir.

—Es un cambio. En fin. —Don se encendió un cigarrillo y expulsó un largo penacho de humo. Miró a Anthony a los ojos casi con expresión de culpa—. Ella está de acuerdo conmigo en que deberíamos volver a enviarte.

Anthony tardó un poco en entender a qué se refería.

—¿Al Congo?

—Eres el mejor para esa tarea.

«El Congo».

—Pero necesito saber... —Don dio golpecitos a su cigarrillo sobre un cenicero.

—Tranquilo.

—Déjame terminar. Necesito saber que vas a cuidarte. No puedo estar preocupándome.

—Nada de alcohol. Nada de imprudencias. Yo solo... necesito hacer ese trabajo.

—Eso he pensado yo. —Pero Don no le creía. Anthony podía verlo en sus miradas de reojo. Una pausa corta—. Me sentiría responsable.

—Lo sé.

Don era listo. Pero Anthony no podía tranquilizarle. ¿Cómo iba a hacerlo? No estaba seguro de cómo iba a sobrevivir la siguiente media hora. Mucho menos sabía cómo se sentiría en mitad de África.

La voz de Don volvió a sonar antes de que la respuesta se volviera abrumadora. Apagó su cigarrillo.

—El fútbol empieza en un minuto. El Chelsea contra el Arsenal. ¿Te apetece? —Se levantó pesadamente de su sillón y encendió la caja de madera de caoba del rincón—. Te voy a dar una buena noticia. No puedes volver a pillar esa fiebre amarilla tan cabrona. Al parecer, cuando te da tan fuerte como te dio a ti, te vuelves inmune.

Anthony se quedó mirando a la pantalla en blanco y negro con la mirada perdida. «¿Cómo consigo volverme inmune a lo demás?».

Estaban en el despacho del jefe de noticias internacionales. Paul de Saint, un hombre alto y de porte aristocrático, con el pelo peinado hacia atrás y un aire de poeta romántico, estaba estudiando un mapa que tenía sobre la mesa.

—La gran noticia está en Stanleyville. Hay al menos ochocientos rehenes no congoleños, muchos en el hotel Victoria, y quizá mil más en los alrededores. Los esfuerzos diplomáticos para salvarlos han fracasado hasta ahora. Hay tantas luchas internas entre los rebeldes que la situación varía a cada hora, así que es casi imposible hacerse una idea precisa. Allí está todo bastante confuso, O'Hare. Hasta hace unos seis meses, yo habría dicho que la seguridad de cualquier hombre blanco estaba garantizada, por muchas cosas que estuviesen pasando con los nativos. Ahora, me temo que parece que están tomando como objetivo a *les colons.* Están llegando noticias bastante terroríficas. Nada que podamos publicar. —Hizo una pausa—. Las violaciones no son más que una parte.

—¿Cómo llego hasta allí?

—Ese es nuestro primer problema. He estado hablando con Nicholls y la mejor forma es ir vía Rodesia o Zambia, como llaman ahora a la mitad norte. Nuestro hombre de allí está tratando de buscarte una ruta por tierra, pero muchas de las carreteras han quedado destruidas y se tardaría varios días.

Mientras hablaba de la logística del viaje con Don, Anthony se fue alejando de la conversación y, con cierta gratitud, vio que no solo había pasado media hora sin haber pensado en ella, sino que toda esa historia le estaba atrayendo. Podía notar en el estómago cómo iba germinando el nervio de la expectativa y le atraía el desafío de tener que atravesar terreno hostil. No sentía miedo. ¿Cómo iba a sentirlo? ¿Es que podía ocurrir algo peor?

Revisó los documentos que el asistente de De Saint le había pasado. El contexto político; la ayuda comunista a los rebeldes que tanto había enfurecido a los americanos; la ejecución de Paul Carlson, el misionero estadounidense. Leyó los informes de base de lo que habían hecho los rebeldes y contrajo el gesto. Le devolvieron a 1960 y a los tumultos del breve gobierno de Lumumba. Los leía como si lo hiciera desde la distancia. Sentía como si el hombre que había estado allí antes, aquel que tan destrozado había quedado por lo que había visto, ya no fuese una persona a la que pudiera reconocer.

—Bien, pues reservaremos los vuelos para Kenia mañana, ¿de acuerdo? Tenemos a un hombre en Sabena que nos dirá si hay algún vuelo interno al Congo. De lo contrario, habrá que llegar al aeropuerto de Salisbury y atravesar la frontera con Rodesia. ¿Entendido?

—¿Sabemos qué corresponsales han conseguido llegar?

—No sale de allí mucha información. Supongo que las comunicaciones son complicadas. Pero Oliver tiene un artículo en el *Mail* de hoy y me han dicho que en el *Telegraph* sale algo gordo mañana.

La puerta se abrió. La expresión de Cheryl era de preocupación.

—Estamos en medio de algo serio, Cheryl. —La voz de Don parecía de fastidio.

—Lo siento —dijo ella—, pero está aquí tu hijo.

Anthony tardó varios segundos en darse cuenta de que le miraba a él.

—¿Mi hijo?

—Le he llevado al despacho de Don.

Anthony se levantó, apenas incapaz de asimilar lo que había oído.

—Perdonad un momento —dijo antes de seguir a Cheryl por la redacción.

Ahí estaba: el sobresalto que experimentaba en las pocas ocasiones en las que conseguía ver a Phillip, una especie de impacto visceral al ver lo mucho que había cambiado desde la última visita, y su crecimiento como un reproche constante de la ausencia de su padre.

En seis meses, el cuerpo de su hijo se había alargado varios centímetros, abriéndose paso hacia la adolescencia, pero sin haber llegado aún del todo. Encorvado, parecía como un signo de interrogación. Levantó los ojos cuando Anthony entró en el despacho y vio su cara pálida y sus ojos enrojecidos.

Anthony se quedó allí parado, tratando de adivinar la causa de la tristeza que inundaba la cara pálida de su hijo. Y una parte de él se preguntó: ¿Es por mí otra vez? ¿Se ha enterado de lo que me he hecho? ¿Tan fracasado me ve?

—Es mamá —dijo Phillip. Parpadeaba con fuerza y se limpió la nariz con una mano.

Anthony dio un paso adelante. El chico abrió los brazos y se lanzó con una fuerza inesperada hacia los de su padre. Anthony sintió cómo le abrazaba, con las manos de Phillip agarrándose a su camisa como si no quisiera soltarlo nunca, y dejó que su propia mano cayera suavemente sobre la cabeza del muchacho mientras los sollozos le hacían sacudir su delgado cuerpo.

La lluvia sonaba tan fuerte en el techo del coche de Don que casi ahogaba todo pensamiento. Casi, pero no del todo. En los veinte minutos que habían tardado en sortear el tráfico de Kensington High Street, los dos hombres habían permanecido en silencio, solo con el sonido ocasional de las fuertes caladas de Don a su cigarrillo.

—Un accidente —dijo Don mirando las serpenteantes luces rojas de los faros que había delante de él—. Debe de haber sido fuerte. Deberíamos llamar a la redacción. —No hizo intento de detenerse junto a las cabinas.

Como Anthony no decía nada, Don se inclinó hacia delante y toqueteó la radio hasta que las interferencias pudieron con él. Miró el extremo de su cigarrillo y sopló sobre él haciéndolo relucir.

—De Saint dice que tenemos hasta mañana. Si no, tendremos que esperar cuatro días hasta el próximo vuelo previsto. —Hablaba como si tuviesen que tomar una decisión—. Podrías irte y nosotros te traeríamos de vuelta si ella empeora.

—Ya ha empeorado. —El cáncer de Clarissa había sido impactante por su rapidez—. No esperan que dure más de quince días.

—Maldito autobús. Míralo, ocupando el doble de calle. —Don bajó su ventanilla y lanzó su cigarrillo a la calle empapada. Se limpió las gotas de lluvia de la manga al volver a cerrarla—. ¿Y cómo es el marido? ¿No es buen tipo?

—Solo lo he visto una vez.

«No puedo quedarme con él. Por favor, papá, no me obligues a quedarme con él».

Phillip se había agarrado a su cinturón como quien se amarra a una balsa salvavidas. Después de que Anthony lo llevara por fin de vuelta a la casa en Parsons Green, había seguido sintiendo el peso de esos dedos mucho después de haberlo dejado.

—Lo siento mucho —le había dicho a Edgar. El comerciante de cortinas, más viejo de lo que se esperaba, le había mirado con recelo, como si sus palabras ocultaran un insulto.

—No puedo irme. —Las palabras estaban ya ahí. Fue casi como un alivio pronunciarlas. Como si por fin recibiera la condena de muerte después de años de posibles indultos.

Don suspiró. Pudo ser de melancolía ó de alivio.

—Es tu hijo.

—Es mi hijo. —Le había prometido: «Sí, claro que te puedes quedar conmigo. Por supuesto que sí. Todo va a ir bien». Ni siquiera mientras pronunciaba las palabras había asimilado del todo a qué estaba renunciando.

El tráfico había empezado a avanzar de nuevo, al principio como una lenta caravana y, después, a paso normal.

Estaban en Chiswick antes de que Don volviera a hablar:

—¿Sabes, O'Hare? Puede que funcione. Quizá sea algo así como un regalo. Dios sabe qué podría haberte pasado allí.

Don le miraba de reojo.

—Y ¿quién sabe? Que el chico se asiente un poco... Puede que todavía puedas salir al campo de batalla. Quizá se pueda quedar con nosotros. Deja que Viv cuide de él. A él le gustaría estar en nuestra casa. Dios sabe que ella echa en falta haber tenido niños en casa. Dios mío. —Se le ocurrió una idea—: Vas a tener que buscarte una maldita casa. Se acabó lo de vivir en habitaciones de hoteles.

Dejó que Don continuara divagando, exponiendo ante él esa nueva vida imaginaria, como si fuesen artículos en una página, cargados de promesas, de tranquilidad, con ese amigo y hombre de familia saliendo ahí para hacerle sentir mejor, para ocultar lo que había perdido, para acallar ese tambor que seguía sonando en alguno de los rincones más oscuros de su alma.

Le habían dado dos semanas de permiso por motivos familiares para que se buscara un lugar donde vivir y acompañar a su hijo durante la muerte de su madre y los tristes formalismos del funeral. Phillip no había vuelto a llorar delante de él. Había expresado una cortés aprobación ante la pequeña casa adosada del suroeste de Londres, cerca de su colegio y de Don y Viv. Esta última se había lanzado con entusiasmo a su rol de posible tía. Ahora estaba sentado con su triste maleta, como si esperara alguna próxima orden. Edgar no llamó para ver cómo estaba.

Era como vivir con un desconocido. Phillip estaba ansioso por agradar, como si temiera que lo enviaran a otro sitio. Anthony se esforzaba por decirle lo encantado que estaba por que estuviesen viviendo juntos, aunque en el fondo se sentía como si hubiese engañado a alguien, como si le hubiesen regalado algo que no merecía. Se sentía completamente incompetente para enfrentarse a la abrumadora pena del muchacho y luchaba por seguir ocupándose de la propia.

Se embarcó en un curso intensivo de rutinas prácticas. Llevaba la ropa a la lavandería, se sentaba junto a Phillip en la barbería. No sabía cocinar mucho más que un huevo duro, así que, cada noche, iban a una cafetería del final de la calle a comer copiosos platos de filetes, pastel de riñón y verduras demasiado cocidas, postres calientes con natillas. Empujaban la comida por sus platos y, cada noche, Phillip decía que había estado «deliciosa, gracias», como si ir allí hubiese sido un gran premio. Anthony se quedaba en la puerta del dormitorio del niño preguntándose si debía entrar o si responder a su tristeza no haría más que agrandarla.

Los domingos los invitaban a casa de Don, donde Viv les servía una cena de asado con todas las guarniciones y, luego, se empeñaban en reunirse alrededor de un juego de mesa después de que ella recogiera la mesa. Ver al chico sonreír con las bromas de ella, con su obstinada insistencia en que jugara, con su empeño en incluirlo en esta extraña y amplia familia apenaba a Anthony.

Cuando subían al coche, vio que, aunque Phillip se despedía de Viv moviendo la mano y lanzándole besos desde la ventanilla de delante, una solitaria lágrima le caía por la mejilla. Se agarró al volante, paralizado ante tamaña responsabilidad. No se le ocurría qué decir. ¿Qué tenía él que ofrecerle a Phillip cuando aún se preguntaba a cada hora si habría sido mejor que hubiese sido Clarissa la que hubiese sobrevivido?

Esa noche, se sentó delante de la chimenea a ver las primeras imágenes que daban por televisión de los rehenes liberados en Stanleyville. Sus siluetas borrosas salieron del avión del ejército y se reunieron, estupefactos, en grupos sobre la pista. «Tropas expertas belgas han cercado la ciudad en cuestión de horas. Aún es demasiado pronto para conocer el número de bajas con exactitud, pero los primeros informes indican que, al menos, cien europeos han muerto durante la crisis. Todavía quedan muchos más por contabilizar».

Apagó la televisión, hipnotizado por la pantalla mucho después de que el punto blanco hubiese desaparecido. Por fin, subió a la planta de arriba, vaciló en la puerta de su hijo, escuchando el inconfundible sonido de los sollozos ahogados. Eran las diez y cuarto.

Anthony cerró los ojos un momento, los abrió y entró en la habitación. Su hijo se sobresaltó y escondió algo bajo la manta.

Anthony encendió la luz.

—Hijo.

Silencio.

—¿Qué pasa?

—Nada. —El niño recuperó la compostura y se secó la cara—. Estoy bien.

—¿Qué era eso? —Hablaba en voz baja, sentado en el borde de la cama. Phillip estaba caliente y mojado. Debía llevar horas llorando. Anthony se sintió destrozado ante su propia incompetencia como padre.

—Nada.

—Venga. Deja que lo vea. —Apartó suavemente la manta. Era un pequeño marco de plata con una fotografía de Clarissa, con las manos apoyadas con orgullo sobre los hombros de su hijo. Tenía una amplia sonrisa.

El niño se estremeció. Anthony puso una mano sobre la fotografía y limpió las lágrimas del cristal con el dedo pulgar. Espero que Edgar te hiciera sonreír así, le dijo en silencio.

—Es una fotografía preciosa. ¿Quieres que la pongamos abajo? ¿Sobre la chimenea, quizá? ¿En algún sitio donde la puedas ver siempre que quieras?

Notó cómo los ojos de Phillip le miraban intensamente. Quizá se estuviese preparando para algún comentario mordaz, alguna descarga de animosidad pendiente, pero los ojos de Anthony siguieron fijos en la mujer de la fotografía, en su resplandeciente sonrisa. No la veía a ella. Veía a Jennifer. La veía por todas partes. Siempre la vería en todas partes.

«Cálmate, O'Hare».

Le devolvió la fotografía a su hijo.

—¿Sabes? No pasa nada por estar triste. En serio. A todos se nos debe permitir estar tristes por haber perdido a un ser querido. —Era muy importante dejarle esto bien claro.

La voz se le había quebrado. Algo se le había levantado en su interior y el pecho le dolió por el esfuerzo de no dejar que pudiera con él.

—La verdad es que yo también estoy triste —dijo—. Terriblemente triste. Perder a alguien a quien quieres es... Lo cierto es que resulta insoportable. Lo entiendo muy bien.

Atrajo a su hijo hacia él y bajó la voz hasta un murmullo:

—Pero estoy contentísimo de que estés aquí ahora porque creo que..., creo que tú y yo podremos superar esto juntos. ¿Qué opinas?

Phillip apoyó la cabeza en su pecho y le rodeó con un delgado brazo. Sintió que la respiración de su hijo se calmaba y se quedó allí sentado abrazándolo, en silencio, los dos perdidos en sus pensamientos bajo la casi total oscuridad.

No se había dado cuenta de que la semana que tenía que volver a trabajar era de vacaciones escolares. Viv dijo sin vacilar que ella se encargaría de Phillip durante la última parte, pero que tenía que ir a casa de su hermana hasta el miércoles, así que, durante los dos primeros días, Anthony tendría que buscarse una alternativa.

—Puede venirse con nosotros a la redacción —propuso Don—. Que ayude preparando el té. —Sabiendo lo que Don pensaba sobre mezclar la vida familiar con el *Nation*, Anthony se sintió agradecido. Estaba deseando volver a trabajar, recuperar algo parecido a una vida normal. Phillip se mostró conmovedoramente dispuesto a acompañarlos.

Anthony se sentó en su nueva mesa a estudiar los periódicos de la mañana. No quedaban puestos libres en la sección de nacional, así que se convirtió en corresponsal itinerante, un puesto honorífico pensado, según sospechaba, para garantizarle que lo volvería a ser. Le dio un sorbo al café de la oficina y puso una mueca de desagrado ante su horrible y familiar sabor. Phillip iba de mesa en mesa preguntando si alguien quería té, con la camisa que Anthony le había planchado esa mañana marcándole su escuálida espalda. De repente, se sentía, por suerte, en casa. Ahí era cuando su nueva vida empezaba. Todo iba a salir bien. Iban a estar bien. Se negaba a mirar hacia la sección de internacional. No quería saber a quién habían enviado a Stanleyville en su lugar.

—Toma. —Don le lanzó un ejemplar del *Times* con un artículo señalado en rojo—. Haz una nueva redacción rápida sobre el lanzamiento espacial estadounidense. No va a haber a estas horas ninguna declaración nueva desde Estados Unidos, pero servirá para una columna corta en la página ocho.

—¿Cuántas palabras?

—Dos cincuenta. —La voz de Don sonaba a disculpa—. Tendré algo mejor después.

—Está bien. —Sí que estaba bien. Su hijo estaba sonriendo mientras llevaba en las manos una bandeja cargada con excesiva cautela. Miró a su padre, Anthony le hizo una señal de aprobación. Estaba orgulloso del niño, orgulloso de su valentía. Sí que había sido un regalo tener a alguien a quien querer.

Anthony se acercó la máquina de escribir, con los papeles de calco entre las hojas. Una para el redactor jefe, otra para los jefes de sección, otra para guardársela él. Aquella rutina tenía una especie de placer seductor. Escribió su nombre al principio de la página, oyendo el satisfactorio chasquido de las letras de acero al chocar contra el papel.

Leyó dos veces el artículo del *Times* y tomó algunas notas en su cuaderno. Bajó al archivo del periódico y sacó el expediente sobre misiones espaciales para revisar los recortes más recientes. Tomó alguna nota más. Después, colocó los dedos sobre las teclas de la máquina de escribir.

Nada.

Era como si las manos no le funcionaran.

Escribió una frase. Era sosa. Sacó los papeles. Volvió a meterlos por el cilindro.

Escribió otra frase. No decía nada. Escribió otra. La mejoró. Pero las palabras se negaban a ir donde él las quería. Era una frase, sí, pero nada que pudiera servir para un periódico nacional. Pensó en la regla principal del periodismo: la información más importante en la primera frase, desplegándose hacia la de menor importancia a medida que avanzabas. Poca gente leía los artículos hasta el final.

No le iba a salir.

A las doce y cuarto, apareció Don a su lado.

—¿Has terminado ya con ese artículo?

Anthony estaba sentado apoyado en el respaldo de su silla, con las manos sobre el mentón, con una pequeña montaña de papeles arrugados en el suelo.

—O'Hare, ¿has terminado?

—No puedo hacerlo, Don. —La voz le sonaba áspera y con un tono de incredulidad.

—¿Qué?

—No puedo hacerlo. No sé escribir. Se me ha ido.

—No seas absurdo. ¿Qué es esto? ¿El bloqueo del escritor? ¿Quién te crees que eres? ¿F. Scott Fitzgerald? —Cogió una hoja arrugada y la alisó sobre la mesa. Cogió otra, la leyó. La volvió a leer—. Has pasado por algo muy fuerte —dijo por fin—. Quizá necesites unas vacaciones. —Hablaba sin convicción. Anthony acababa de tener unas vacaciones—. Lo recuperarás —dijo—. No digas nada. Tranquilízate. Le diré a Smith que lo vuelva a redactar. Tómatelo hoy con calma. Ya lo recuperarás.

Anthony miró a su hijo, que estaba sacando punta a los lápices de la sección de necrológicas. Por primera vez en su vida, tenía obligaciones. Por primera vez en su vida, era fundamental saber mantener a alguien. Sentía la mano de Don sobre su hombro como un peso enorme.

—¿Qué narices voy a hacer si no lo recupero?

Un chico irlandés corriendo detrás de una chica de San Diego es como tratar de atrapar una ola con una mano... Imposible... A veces, solo hay que alejarse e imaginarlo.

Un hombre a una mujer, por mensaje de texto

25

*E*llie se queda despierta hasta las cuatro de la madrugada. No hay problema. Por primera vez en varios meses, lo tiene todo claro. Pasa la primera parte de la noche pegada al teléfono, sujetando el auricular entre el cuello y el hombro mientras mira la pantalla de su ordenador. Envía mensajes, pide favores. Sonsaca, persuade, sin aceptar un no como respuesta. Cuando tiene lo que necesita, se sienta en su mesa en pijama, se recoge el pelo y empieza. Escribe con rapidez, las palabras salen fácilmente de sus dedos. Por una vez, sabe exactamente qué tiene que decir. Vuelve a redactar cada frase hasta quedar satisfecha; baraja la información hasta que queda de la forma que más impacto provoca. En una ocasión, al volver a leerlo, da un grito y suelta varias carcajadas fuertes. Reconoce algo en sí misma, quizá alguien a quien perdió durante un tiempo. Cuando ha terminado, imprime dos copias y duerme a pierna suelta.

Durante dos horas. Se levanta y está en la redacción a las siete y media. Quiere encontrar a Melissa antes de que llegue nadie más. Se quita el cansancio con una ducha, se toma dos cafés dobles, se asegura de que lleva el pelo bien seco. Está rebosante de energía; la sangre le bulle en las venas. Está en su mesa cuando Melissa, con su bolso caro colgado al hombro, abre la puerta de su despacho. Mientras su jefa se está sentando, Ellie apenas disimula su incredulidad cuando ve que tiene compañía.

Ellie se termina el café. Entra en el baño de señoras para comprobar que no tiene nada en los dientes. Lleva una blusa blanca inmaculada, sus mejores pantalones y tacones altos, y tiene el aspecto, como dirían sus amigos en son de burla, de una adulta.

—¿Melissa?

—Ellie. —La sorpresa en su tono consigue llevar también cierta reprimenda.

Ellie no hace caso.

—¿Podemos hablar?

Melissa se mira el reloj.

—Algo rápido. Tengo que hablar con la Agencia China en cinco minutos.

Ellie se sienta enfrente de ella. El despacho de Melissa está ahora vacío, salvo los pocos archivos que necesita para la edición de ese día. Solo la fotografía de su hija continúa allí.

—Es sobre el reportaje.

—No irás a decirme que no puedes hacerlo.

—Sí.

Es como si estuviese preparada para este momento, casi tambaleándose con el estallido de mal humor.

—Vaya, Ellie, la verdad es que no es eso lo que esperaba oír. Tenemos por delante el fin de semana más ajetreado de la historia del periódico y tú has contado con varias semanas para sacar esto. La verdad es que no estás ayudándote a ti misma viniéndome a estas alturas con...

—Melissa..., por favor. He averiguado la identidad del hombre.

—¿Y? —Melissa arquea las cejas como solo pueden hacerlo quienes se las cuidan a manos de un profesional.

—Y trabaja aquí. No podemos usarlo porque trabaja para nosotros.

La limpiadora pasa con la aspiradora junto a la puerta del despacho de Melissa y su rugido apagado ahoga por un momento la conversación.

—No lo entiendo —dice Melissa cuando el zumbido va desapareciendo.

—El hombre que escribió las cartas de amor es Anthony O'Hare.

Melissa la mira sin expresión. Ellie se da cuenta, avergonzada, de que la jefa de reportajes no tiene tampoco ni idea de quién es.

—El jefe del archivo. Trabaja abajo. Trabajaba.

—¿El del pelo canoso?

—Sí.

—Ah. —Está tan desconcertada que, por un momento, se olvida de estar enfadada con Ellie—. Vaya —dice un momento después—. ¿Quién lo habría dicho?

—Lo sé.

Se quedan pensativas en un silencio casi cordial hasta que Melissa, quizá recordando cuál es su posición, remueve unos papeles de su mesa.

—Pero por muy fascinante que eso resulte, Ellie, no nos resuelve nuestro gran problema: que ahora tenemos un número conmemorativo que tiene que ir a imprenta esta tarde con un gran agujero de dos mil palabras donde debería ir el reportaje principal.

—No —contesta Ellie—. No es así.

—No va a ir tu gran idea sobre el lenguaje del amor. No voy a meter un artículo sobre libros reciclados en nuestro...

—No —repite Ellie—. Lo he hecho. Dos mil palabras completamente originales. Toma. Avísame si crees que hay hacerle ajustes. ¿Te parece bien si salgo una hora?

La ha dejado perpleja. Le entrega las páginas y ve que Melissa estudia la primera, con sus ojos iluminándose al leer algo que le interesa.

—¿Qué? Sí. Bien. Lo que quieras. Asegúrate de estar de vuelta para la reunión.

Ellie controla el deseo de dar un puñetazo en el aire mientras sale del despacho. No le resulta tan difícil: le es casi imposible mover los brazos de forma brusca mientras guarda el equilibrio sobre los tacones altos.

Le había enviado un correo electrónico la noche anterior y él había aceptado sin demora. No es el tipo de lugar que a él le gusta. A él solo le van los gastrobares y los restaurantes elegantes y discretos. En Giorgio's, enfrente del *Nation,* sirven huevos, patatas fritas y beicon de procedencia incierta por dos libras con noventa y nueve.

Cuando llega, él ya está sentado en una mesa, curiosamente fuera de lugar entre obreros de la construcción con su chaqueta Paul Smith y su delicada camisa clara.

—Lo siento —dice él antes incluso de que ella se siente—. Lo siento mucho. Me cogió el teléfono. Yo creía que lo había perdido. Vio un par de correos que no había borrado y encontró tu nombre... El resto...

—Tu mujer podría haber sido una buena periodista.

Él parece brevemente distraído, hace una señal a la camarera para que se acerque y le pide otro café. Tiene la cabeza en otra parte.

—Sí. Sí, supongo que sí.

Ellie se sienta y se detiene a examinar al hombre que tiene enfrente, un hombre que le ha quitado el sueño. Su bronceado no oculta las sombras oscuras debajo de los ojos. Ellie se pregunta inconscientemente qué habrá pasado la noche anterior.

—Ellie, creo que será mejor que mantenga un perfil bajo. Solo durante un par de meses.

—No.

—¿Qué?

—Hasta aquí, John.

Él no se sorprende tanto como ella había pensado.

John piensa sus palabras antes de contestar.

—¿Quieres...? ¿Estás diciendo que quieres poner fin a esto?

—Bueno, afrontémoslo, no tenemos una gran historia de amor, ¿no? —No puede evitar entristecerse cuando ve que él no protesta.

—Te quiero, Ellie.

—Pero no lo suficiente. No tienes interés por mí, por mi vida. Por nuestras vidas. Creo que no sabes nada de mí.

—Sé todo lo que necesito...

—¿Cómo se llamaba mi primera mascota?

—¿Qué?

—Alf. Alf era mi hámster. ¿Dónde me crie?

—No sé por qué me preguntas esto.

—¿Qué otra cosa has querido de mí, aparte de sexo?

Él mira a su alrededor. Los obreros de la mesa de atrás se han quedado sospechosamente en silencio.

—¿Quién fue mi primer novio? ¿Cuál es mi comida preferida?

—Esto es absurdo. —Aprieta los labios con una expresión que ella nunca le ha visto antes.

—No. No tienes interés por mí, aparte de la rapidez con la que me pueda quitar la ropa.

—¿Es eso lo que crees?

—¿Alguna vez te ha importado lo que yo sentía? ¿Lo que yo he tenido que pasar?

Él levanta las manos con gesto exasperado.

—Dios mío, Ellie, no te describas ahora como una especie de víctima. No actúes como si yo fuese un seductor malvado —dice él—. ¿Cuándo me has hablado tú de sentimientos? ¿Cuándo me has dicho que no era esto lo que querías? Te hacías pasar por una especie de mujer moderna. Con sexo según surgiera. Lo primero era el trabajo. Eras... —Balbucea en busca de la palabra adecuada—. Impenetrable.

Esa palabra resulta curiosamente dolorosa.

—Me estaba protegiendo.

—¿Y se supone que yo debo saberlo por ósmosis? ¿Te parece que eso es ser sincera? —Parece realmente sorprendido.

—Yo solo quería estar contigo.

—Pero querías más. Una relación.

—Sí.

Se queda mirándola, como si lo estuviese haciendo por primera vez.

—Esperabas que dejara a mi mujer.

—Por supuesto que sí. Al final. Yo creía que, si te decía lo que sentía de verdad, tú... me dejarías.

Detrás de ellos, los obreros han empezado de nuevo a hablar. Ella ve por las miradas disimuladas que están siendo el tema de conversación.

John se pasa una mano por su pelo rubio.

—Ellie, lo siento —dice—. Si hubiese pensado que no podías llevar esto bien, nunca lo habría empezado.

Y ahí está la verdad. Lo que ella se lleva ocultando a sí misma durante un año entero.

—Hemos terminado, ¿no? —Ellie se levanta para marcharse. El mundo se ha venido abajo y, curiosamente, ella está saliendo entre los escombros. Aún en pie. Sin haber derramado sangre—. Tú y yo —dice—. Es irónico que, tal y como nos ganamos la vida, nunca nos hayamos dicho nada el uno al otro.

Se queda en la puerta de la cafetería, sintiendo que el aire frío le estira la piel, los olores de la ciudad en sus fosas nasales, y saca el móvil del bolso. Escribe una pregunta, la envía y, sin esperar respuesta, cruza la calle. No mira atrás.

Melissa pasa por su lado en el vestíbulo, con sus tacones tamborileando sobre el mármol pulido. Va hablando con el director editorial, pero se detiene cuando pasa junto a Ellie. Asiente, con el pelo rebotándole alrededor de los hombros.

—Me ha gustado.

Ellie suelta la respiración sin saber que la había estado conteniendo.

—Sí. Me ha gustado mucho. Portada. Cambiamos domingo por lunes. Más, por favor. —Y, a continuación, se monta en el ascensor y retoma su conversación mientras las puertas se cierran tras ella.

El archivo está vacío. Empuja la puerta batiente y ve que solo quedan allí unos cuantos estantes llenos de polvo. Ni periódicos, ni revistas ni ejemplares destrozados del *Hansard*. Escucha el sonido de las tuberías que recorren el techo y, después, se sube por encima del mostrador tras dejar el bolso en el suelo.

La primera sala, la que había guardado los ejemplares de casi un siglo del *Nation*, está completamente vacía, aparte de dos cajas de cartón en el rincón. Le parece enorme. Sus pies resuenan sobre las baldosas del suelo mientras se dirige hacia el centro.

La sala de recortes de la A a la M también está vacía, salvo por los estantes. Las ventanas, a dos metros por encima del suelo, proyectan motas de polvo que se arremolinan a su alrededor cuando se mueve. Aunque ya no hay periódicos allí, el aire está inundado del olor fuerte a papel viejo.

Tiene la rocambolesca fantasía de que casi puede oír los ecos de historias pasadas flotando en el aire, cien mil voces que ya no se oyen más. Vidas que han cambiado, se han perdido, se han retorcido con el destino. Ocultas dentro de archivos que quizá nadie vea durante otros cien años. Se pregunta cuántos otros Anthonys y Jennifers habrá enterrados en esas páginas, con sus vidas esperando a dar un giro por alguna casualidad o coincidencia. Un sillón giratorio y tapizado que hay en el rincón tiene un cartel de «Archivo digital» y ella se acerca a él para girarlo a un lado y, después, al otro.

De repente, siente un cansancio absurdo, como si la adrenalina que la ha alimentado durante las últimas horas hubiese desaparecido. Se sienta pesadamente en medio del calor y el silencio y, por primera vez, por lo que puede recordar, Ellie está tranquila. Todo en su interior está tranquilo. Suelta un fuerte suspiro.

No sabe cuánto tiempo ha estado dormida cuando oye el chasquido de la puerta.

Anthony O'Hare tiene su bolso en la mano.

—¿Esto es tuyo?

Se pone de pie, desorientada y un poco mareada. Por un momento, no sabe dónde está.

—Dios mío. Lo siento. —Se frota la cara.

—No vas a encontrar mucho aquí —dice él pasándole el bolso. Repara en su aspecto cansado, sus ojos hinchados por el sueño—. Ya está todo en el edificio nuevo. Yo solo he venido a recoger las últimas cosas del té. Y ese sillón.

—Sí..., muy cómodo. Da pena dejarlo... Ay, Dios, ¿qué hora es?

—Las once menos cuarto.

—La reunión es a las once. No pasa nada. La reunión es a las once. —Está balbuceando, buscando a su alrededor sus inexistentes pertenencias. Entonces, recuerda por qué está ahí. Trata de ordenar sus pensamientos, pero no sabe cómo decirle a ese hombre lo que tiene que decirle. Le mira de reojo y ve a alguien más tras el pelo canoso, los ojos melancólicos. Le ve ahora a través de sus palabras.

Recoge su bolso.

—Eh..., ¿está Rory por aquí?

«Rory lo sabrá. Rory sabrá qué hacer».

La sonrisa de él es una disculpa silenciosa, un reconocimiento de lo que los dos saben.

—Me temo que hoy no. Probablemente, está en su casa preparándose.

—¿Preparándose?

—Para su gran viaje. Sabías que se iba, ¿no?

—Casi me esperaba que no lo hiciera. No tan pronto. —Busca en su bolso y escribe una nota—. Supongo que no... ¿tiene su dirección?

—Si quieres, puedes entrar en lo que queda de mi despacho y te la busco. No creo que se vaya hasta dentro de una semana o así.

Cuando él se gira, ella se queda casi sin respiración.

—Lo cierto, señor O'Hare, es que no solo quería ver a Rory.

—¿Cómo? —Ellie ve que se sorprende de que haya usado su apellido.

Saca del bolso la carpeta y se la acerca.

—He encontrado algo que le pertenece. Hace unas semanas. Se lo habría devuelto antes, pero... no he sabido que era de usted hasta anoche. —Ve cómo él abre las copias de las cartas. Su expresión cambia al reconocer su propia letra.

—¿Dónde las has encontrado? —pregunta.

—Estaban aquí —responde con timidez, temerosa de lo que esa información le pueda provocar.

—¿Aquí?

—Escondidas. En su archivo.

Él mira a su alrededor, como si esos estantes vacíos pudieran darle alguna pista de lo que ella le dice.

—Lo siento. Sé que son... personales.

—¿Cómo has sabido que son mías?

—Es una larga historia. —El corazón le late con rapidez—. Pero hay una cosa que tiene que saber. Jennifer Stirling dejó a su marido al día siguiente de que fuera a verle a usted en 1964. Vino aquí, a las oficinas del periódico, y le dijeron que usted se había ido a África.

Él se queda completamente inmóvil. Cada parte de su cuerpo está concentrada en las palabras de ella. Casi vibra por la intensidad con la que la escucha.

—Trató de buscarle. Trató de decirle que era..., que era libre. —Está un poco asustada por el efecto que esa información parece tener sobre Anthony. El color le ha desaparecido de la cara. Se sienta en el sillón y la respiración se le acelera. Pero Ellie no puede parar ya.

—Todo eso es... —empieza a decir con expresión afligida, muy distinta al placer apenas disimulado de Jennifer—. Todo eso pasó hace mucho tiempo.

—No he terminado —continúa ella—. Por favor.

Él espera.

—Eso son las copias. El motivo está en que he tenido que devolver las originales. Me obligaron a devolverlas. —Le pasa el número del apartado de correos con mano temblorosa, bien por los nervios o por la emoción.

Había recibido un mensaje de texto dos minutos antes de bajar al archivo:

No está casado. ¿Qué tipo de pregunta es esa?

—No sé cuál es su situación. No sé si estoy siendo tremendamente entrometida. Quizá esté cometiendo el mayor de los errores. Pero esta es la dirección, señor O'Hare —dice ella. Él la coge entre sus manos—. Aquí es donde puede escribir.

Una vez me dijo una persona sabia que escribir es peligroso porque no siempre puedes estar seguro de que tus palabras se van a leer con el espíritu con el que se escribieron. Así que voy a decirlo directamente. Lo siento. Lo siento mucho. Perdóname. Si hay alguna forma de que pueda cambiar tu opinión sobre mí, necesito saberla.

Una mujer a un hombre, por carta

26

Querida Jennifer:
¿De verdad eres tú? Perdóname. He tratado de escribir
esto una docena de veces y no sé qué decir.
Anthony O'Hare.

Ellie ordena las notas que tiene sobre su mesa, apaga el monitor y, tras cerrar el bolso, sale de la sección de reportajes despidiéndose en silencio de Rupert. Él está inmerso en una entrevista con un autor que, según se ha estado quejando toda la tarde, es de lo más soso. Ella ha pedido específicamente no escribir ahora sobre libros. Ha entregado el artículo sobre maternidad subrogada y mañana va a viajar a París para entrevistar a una cooperante china a la que no se le permite regresar a su país por unas polémicas declaraciones que ha hecho en un documental británico. Mira la dirección y, después, corre hacia el autobús. Se acomoda con esfuerzo entre los asientos ocupados con la mente en los antecedentes que ha recopilado para el artículo, que está dividiendo ya en distintos párrafos.

Más tarde, se reúne con Corinne y Nicky en un restaurante que ninguna de ellas se puede permitir. Douglas va a venir. Se mostró muy dulce cuando ella le llamó el día anterior. Era absurdo que llevaran tanto tiempo sin hablar. En pocos segundos había quedado claro que él sabía lo que había pasado con John. Corinne y Nicky pueden encontrar un trabajo alternativo en el *Nation* si alguna vez deciden dejar el que tienen, dice ella.

—Y no te preocupes. No voy a darte la típica charla sobre sentimientos de mujeres —dice ella cuando él acepta que se vean.

—Gracias a Dios —responde Douglas.

—Pero te voy a invitar a cenar. Para disculparme.

—¿Nada de sexo sin compromiso?

—Solo si incluimos a tu novia. Es más guapa que tú.

—Sabía que dirías eso.

Ella sonríe cuando cuelga el teléfono.

Querido Anthony:

Sí, soy yo. O lo que queda de mí, comparado con la chica a la que conociste. Supongo que sabes que nuestra amiga la periodista ha hablado ya conmigo. Aún me estoy recuperando.

Pero esta mañana en la oficina de correos estaba tu carta. Al ver tu letra, han desaparecido cuarenta años. ¿Tiene eso algún sentido? El tiempo que ha pasado se ha quedado en nada. Apenas puedo creerme que tenga en las manos algo que has escrito hace dos días. Apenas puedo creer qué significa.

Ella me ha hablado un poco de ti. Yo me he quedado sentada haciéndome preguntas y casi sin atreverme a pensar que quizá pueda tener la oportunidad de sentarme a hablar contigo.

Rezo por que seas feliz.

Jennifer

Es lo bueno de los periódicos: tu prestigio como redactor puede elevarse a nivel estratosférico, el doble de rápido que cuando cayó. Dos buenos artículos y serás la comidilla de la redacción, el centro de las conversaciones y de las admiraciones. Tu artículo será reproducido en internet, prestado a otras publicaciones de Nueva York, Australia y Sudáfrica. Los de redifusión le han dicho que les gusta el artículo. Exactamente el tipo de cosas para el que pueden encontrar un mercado. En cuarenta y ocho horas ha recibido correos de lectores que comparten con ella sus propias historias. Ha llamado un agente literario para preguntar si tiene suficiente material para un libro.

Por lo que respecta a Melissa, Ellie no puede cometer errores. Es la primera persona a la que mira en la reunión si hay que sacar una buena historia de mil palabras. Dos veces en esta semana, sus breves reportajes han pasado a la primera página. En el mundo del periodismo es el equivalente a ganar la lotería. Su mayor visibilidad implica que ahora esté más solicitada. Ve historias por todas partes. Es un imán: los contactos y los reportajes vuelan hacia ella. Está en su mesa a las nueve de la mañana, trabaja hasta última hora de la tarde. Esta vez, sabe que no debe desperdiciar la oportunidad.

Su espacio en la gran mesa ovalada es de un blanco resplandeciente y, en él, hay una pantalla mate de diecisiete pulgadas y alta resolución y un teléfono con su nombre, claramente indicado, en el número de extensión.

Rupert ya no se ofrece a prepararle un té.

Querida Jennifer:
Te pido disculpas por tardar en contestar. Por favor, perdona por lo que pueda parecer reticencia. Llevo muchos años sin usar bolígrafo ni papel, salvo para pagar facturas o tomar nota de alguna queja. Creo que no sé qué decir. Durante décadas he estado viviendo solamente a través de

las palabras de otras personas; las ordeno, las archivo, las duplico y las clasifico. Las mantengo a salvo. Supongo que hace ya mucho tiempo que olvidé mis propias palabras. El autor de aquellas cartas me resulta como un desconocido.

Tú pareces muy distinta a la chica que vi en el hotel Regent. Y, aun así, en los mejores aspectos, es evidente que sigues siendo la misma. Me alegra que estés bien. Me alegra haber tenido la oportunidad de decirte esto. Te pediría que nos viéramos, pero me temo que me encontrarías muy cambiado con respecto al hombre que recuerdas. No sé.

Perdóname.

Anthony

Dos días antes, Ellie oyó cómo gritaban su nombre un poco jadeante cuando bajaba las escaleras del viejo edificio por última vez. Se giró y vio a Anthony O'Hare en lo alto. Le extendía un papel con una dirección escrita.

Ella volvió a subir para evitarle el esfuerzo.

—He estado pensando, Ellie Haworth —dijo con un tono lleno de alegría, agitación y remordimiento—. No le envíes una carta. Probablemente sea mejor que, ya sabes, vayas a verle. En persona.

Mi queridísimo Boot:

¡La voz ha explotado en mi interior! Siento como si hubiese pasado medio siglo sin poder hablar. Todo ha sido control de daños, un intento de encontrar lo bueno de lo que parecía destruido, malogrado. Mi propia penitencia silenciosa por lo que había hecho. Y ahora... ¿Y ahora? He hablado sin parar con la pobre Ellie Haworth hasta que ella se me ha quedado mirando con silencioso asombro y

he podido ver que pensaba: «¿Dónde ha quedado la dignidad de esta vieja? ¿Cómo es posible que hable como si tuviese catorce años?». Quiero hablar contigo, Anthony. Quiero hablar contigo hasta que nuestras voces se rompan y no podamos apenas hablar. Tengo cuarenta años de los que hablarte.

¿Cómo puedes decir que no lo sabes? No puede ser por miedo. ¿Cómo iba a sentirme decepcionada al verte? Después de todo lo que ha pasado, ¿cómo podría sentir otra cosa que no fuera una gran alegría por el simple hecho de poder verte otra vez? Mi pelo es plateado, no rubio. Las arrugas de mi cara son algo rotundo, enérgico. Siento dolores, avanzo traqueteando con suplementos vitamínicos y mis nietos no se pueden creer que haya sido alguna vez otra cosa que no fuera prehistórica.

Somos viejos, Anthony. Y no tenemos cuarenta años. Si aún sigues ahí, si estás preparado para dejar que pueda dar otra capa de pintura a la imagen que puedas guardar de la chica a la que conociste una vez, estaré encantada de hacer lo mismo por ti.

Un beso,
Jennifer

Jennifer Stirling está en medio de la habitación, vestida con una bata y el pelo levantado por un lado.

—Mírame —dice con tono desesperado—. Qué espanto. Qué espanto tan absoluto. Anoche no podía dormir y, luego, me quedé frita por fin poco después de las cinco y no he oído el despertador y me he perdido la cita de la peluquería.

Ellie la está mirando. Nunca la ha visto así. Irradia ansiedad. Sin maquillaje, su piel parece la de una niña y su rostro, vulnerable.

—Está…, tiene buen aspecto.

LA ÚLTIMA CARTA DE AMOR

—Anoche llamé a mi hija, ¿sabes? Le conté un poco. No todo. Le dije que iba a ver a un hombre del que estuve enamorada y al que no he visto desde que era joven. ¿Es una mentira terrible?

—No —contesta Ellie.

—¿Sabes lo que me ha escrito esta mañana en un correo electrónico? Esto. —Le lanza una hoja impresa, una copia de un periódico americano sobre una pareja que se ha casado tras un vacío de cincuenta y cinco años en su relación—. ¿Qué se supone que tengo que hacer con esto? ¿Has visto alguna vez una cosa más absurda? —La voz le chisporrotea por los nervios.

—¿A qué hora va a verlo?

—A las doce. No voy a estar lista. Debería cancelarlo.

Ellie se levanta y pone agua a hervir.

—Vaya a vestirse. Tiene cuarenta minutos. Yo la llevaré —dice.

—Crees que soy una ridícula, ¿verdad? —Es la primera vez que ha visto a Jennifer Stirling con un aspecto que no es el de la mujer más serena de todo el universo—. Una vieja absurda. Como una adolescente en su primera cita.

—No —responde Ellie.

—Estaba bien cuando no eran más que cartas —dice Jennifer, apenas sin oírla—. Podía ser yo misma. Podía ser la persona que él recordaba. Estaba tranquila y segura. Y ahora... El único consuelo que he tenido en todo esto ha sido saber que había un hombre ahí que me quiso, que vio lo mejor de mí. Incluso a pesar de lo desagradable de nuestro último encuentro, siempre he sabido que en mí veía algo que él deseaba más que otra cosa en el mundo. ¿Qué pasa si me ve y se lleva una decepción? Será peor que si no nos volviéramos a ver nunca. Peor.

—Enséñeme la carta —dice Ellie.

—No puedo hacerlo. ¿No crees que hay veces en las que es mejor no hacer nada?

—La carta, Jennifer.

Jennifer la coge del aparador, la sostiene en el aire un momento y, después, se la pasa.

Queridísima Jennifer:
¿Se supone que los ancianos lloran? Estoy aquí sentado leyendo una y otra vez la carta que me has enviado y me cuesta creer que mi vida haya dado un giro tan inesperado y feliz. Se supone que este tipo de cosas no nos pasan a nosotros. He aprendido a sentirme agradecido por los regalos más triviales: mi hijo, sus hijos, una buena vida, aunque vivida discretamente. Supervivencia. Sí, siempre supervivencia.

Y, ahora, tú. Tus palabras, tus emociones han provocado una codicia en mí. ¿Podemos pedir tanto? ¿Me atrevo a verte de nuevo? El destino ha sido tan implacable que una parte de mí cree que no podemos vernos. Quedaré postrado por alguna enfermedad, me atropellará un autobús, me tragará el primer monstruo marino del Támesis. (Sí, aún sigo viendo la vida en titulares).

Las dos últimas noches he estado oyendo tus palabras en sueños. Oigo tu voz y siento deseos de cantar. Recuerdo cosas que había creído olvidadas. Sonrío en momentos poco apropiados, asustando a mi familia y haciendo que vayan corriendo a consultar diagnósticos de demencia.

La muchacha a la que vi por última vez estaba tan destrozada que saber que has conseguido establecerte tan bien ha cuestionado mi forma de ver el mundo. Debe ser un lugar bueno. Ha cuidado de ti y de tu hija. No puedes imaginarte el placer que he sentido. Vicario. No puedo escribir más. Así que me lanzo con temor:
Postman's Park. Jueves. ¿A mediodía?
Un beso,
Tu Boot

Los ojos de Ellie se inundan de lágrimas.

—¿Sabe qué? —dice—. La verdad es que no creo que tenga que preocuparse por nada.

Anthony O'Hare está sentado en un banco en un parque que no ha visitado desde hace cuarenta y cuatro años con un periódico que no va a leer y se da cuenta, con cierto asombro, de que puede recordar los detalles de las dedicatorias de cada azulejo:

MARY ROGERS, AZAFATA DEL *STELLA*, QUE SE SACRIFICÓ CEDIENDO A OTRO EL CHALECO SALVAVIDAS PARA HUNDIRSE VOLUNTARIAMENTE CON EL BUQUE.

WILLIAM DRAKE PERDIÓ LA VIDA AL EVITAR QUE EN HYDE PARK SUFRIERA UN GRAVE ACCIDENTE UNA SEÑORA CUYOS CABALLOS HABÍAN PERDIDO EL CONTROL AL ROMPERSE EL PÉRTIGO DE SU CARRUAJE.

JOSEPH ANDREW FORD SALVÓ A SEIS PERSONAS DE UN INCENDIO EN GRAYS INN ROAD, PERO EN SU ÚLTIMO ACTO HEROICO MURIÓ ABRASADO.

Lleva ahí sentado desde las doce menos veinte. Ahora son las doce y siete minutos.

Se acerca el reloj al oído y lo agita. En el fondo de su corazón, no creía que esto pudiera pasar. ¿Cómo iba a ser posible? Cuando se ha pasado mucho tiempo en el archivo de un periódico, se ve cómo las historias se repiten una y otra vez: guerras, hambrunas, crisis económicas, amores perdidos, familias separadas. Muerte. Sufrimiento. Hay pocos finales felices. Lo único que yo he tenido ha sido una bonificación, se dice a sí mismo con firmeza a medida que van pasando los minutos. Es una expresión que le resulta dolorosamente familiar.

La lluvia cae con más fuerza y el pequeño parque se ha quedado vacío. Sólo él está sentado guareciéndose de la lluvia. A lo lejos, ve la calle principal, los coches avanzando empapados, rociando agua sobre los incautos.

Son las doce y cuarto.

Anthony O'Hare se recuerda todos los motivos por los que debería sentirse agradecido. A su médico le asombra que esté vivo. Anthony sospecha que lleva tiempo sirviéndose de él como ejemplo admonitorio ante otros pacientes con problemas de hígado. Su buena salud es como una increpación a la autoridad del médico, a la ciencia médica. Por un momento, se pregunta si podría irse de viaje. No quiere volver al Congo, pero Sudáfrica sería interesante. Quizá Kenia. Irá a casa a planearlo. Así tendrá algo en lo que pensar.

Oye los chirriantes frenos de un autobús, el grito de un ciclista enfadado. Es suficiente saber que ella le ha amado. Que era feliz. Eso debería ser suficiente, ¿no? Sin duda, uno de los regalos de la vejez debía ser la capacidad de poner las cosas en perspectiva. Amó a una mujer en el pasado que resultó que le había amado a él más de lo que él creía. Ya está. Eso debería bastarle.

Son las doce y veintiún minutos.

Y entonces, cuando está a punto de ponerse de pie, doblar el periódico y dirigirse a casa, ve que un pequeño coche se ha detenido cerca de la puerta del parque. Espera, oculto por la sombra de su pequeño refugio.

Hay una leve demora. Entonces, se abre la puerta y un paraguas se abre con un audible silbido. Se levanta en el aire y puede ver un par de piernas debajo de él, un impermeable oscuro. Sigue mirando y la figura se agacha para decirle algo al conductor y las piernas entran en el parque y avanzan por el estrecho sendero, directas hacia el refugio.

Anthony O'Hare se pone de pie, se coloca bien la chaqueta y se alisa el pelo. No puede apartar la vista de esos zapatos y del característico andar con el cuerpo erguido, visible a pesar del paraguas. Da un paso adelante, sin saber bien qué va a decir, qué va a hacer. El corazón se le ha colocado en algún lugar de la boca. Escucha cánticos en sus oídos. Los pies, embutidos en medias oscuras, se detienen delante de él. El paraguas se levanta despacio. Y ahí está ella, la misma de siempre, asombrosa y absurdamente la misma, con una sonrisa en las comisuras de los labios cuando sus ojos se cruzan con los de él. No puede hablar. Solo puede mirarla mientras oye su nombre en sus oídos.

«Jennifer».

—Hola, Boot —dice ella.

Ellie está sentada en el coche y limpia con la manga el cristal empañado de la ventanilla del pasajero. Ha aparcado en un carril de autobús, desatando sin duda la ira de los dioses de los aparcamientos, pero no le importa. No puede moverse.

Ve el avance constante de Jennifer por el sendero, la leve vacilación en su paso que revela sus miedos. La mujer ha insistido en dos ocasiones en que volvieran a casa, que se habían retrasado demasiado, que todo se había perdido, que había sido inútil. Ellie había fingido estar sorda. Ha cantado «lalalalalala» hasta que Jennifer Stirling le ha dicho, con un tono de irritación nada propio de ella, que estaba siendo una chica «interminablemente ridícula».

Ve a Jennifer avanzar bajo su paraguas y teme que se dé la vuelta y salga corriendo. Esto le ha demostrado que la edad no sirve de protección contra los peligros del amor. Ha escuchado las palabras de Jennifer, que daba vueltas vertiginosamente entre el triunfo y el desastre, y ha oído su propio e incesante análisis de las palabras de John y también su propia necesidad desesperada de algo que estaba tan claramente mal como para ser bueno. Su evocación de resultados y emociones a partir de palabras cuyo significado solo podía conjeturar.

Pero Anthony O'Hare es una criatura distinta.

Vuelve a limpiar la ventanilla y ve a Jennifer reducir el paso y, después, detenerse. Y él está saliendo de entre las sombras, en cierto modo más alto de lo que parecía antes, encorvándose un poco en la entrada del refugio antes de colocarse justo delante de ella. Se miran el uno al otro, la esbelta mujer del impermeable y el archivero. Incluso desde la distancia, Ellie puede ver que ahora no hacen caso de la lluvia, del pequeño y cuidado parque, de las miradas curiosas de los testigos. Tienen la mirada fija el uno en el otro y permanecen allí como si pudieran seguir haciéndolo durante mil años. Jennifer deja caer su paraguas, inclina la cabeza a un lado, un movimiento muy pequeño, y levanta la mano suavemente hacia la cara de él. Mientras Ellie observa, la mano de Anthony se eleva y aprieta la de ella contra su piel.

Ellie Haworth se queda mirando un momento más y, después, se aparta de la ventanilla y deja que el vaho empañe la visión. Se mueve al asiento del conductor, se suena la nariz y pone en marcha el motor. Los mejores periodistas saben cuándo tienen que retirarse de una historia.

La casa está en una calle de casas victorianas adosadas, con las ventanas y puertas cubiertas de mampostería blanca y la dispareja variedad de cortinas y persianas indican que el interior lo componen distintas propiedades. Apaga el motor, sale del coche y se acerca hasta la puerta de la calle para ver los nombres de los dos timbres. Solo aparece el nombre de él en la planta baja. Ella se sorprende un poco. Había supuesto que no tendría un piso entero. Pero, claro, ¿qué sabe ella de cuál era su vida antes de entrar en el periódico? Nada.

El artículo está en un sobre marrón grande con el nombre de él delante. Ella lo introduce por la puerta, provocando que el buzón haga un fuerte ruido. Vuelve a la valla de la calle, sube sobre ella y se sienta sobre el pilar de ladrillos sobre la que está sujeta. Ha empezado a dársele muy bien lo de estar sentada. Ha descubierto placer en dejar que el mundo gire a su alrededor. Y lo hace de formas de lo más inesperadas.

Al otro lado de la calle, una mujer alta se está despidiendo de un adolescente. Este se sube la capucha, se coloca los auriculares en las orejas y no se vuelve para mirarla. Calle abajo, dos hombres están apoyados sobre el capó abierto de un coche. Están hablando, sin prestar mucha atención al motor de dentro.

—Has escrito mal Rory.

Mira a su espalda y él está apoyado en el marco de la puerta, con el periódico en la mano.

—He hecho mal muchas cosas.

Él lleva la misma camiseta de manga larga que llevaba la primera vez que hablaron, gastada tras años de uso. Ella recuerda que le gustó que no se preocupara mucho por la ropa. Conoce el tacto de esa camiseta bajo sus dedos.

—Bonito artículo —dice él levantando el periódico en el aire—. «Querido John: cincuenta años de las últimas cartas de amor». Veo que vuelves a ser la reina de la sección de reportajes.

—Por ahora —contesta—. En realidad, hay una en ese que me he inventado. Es algo que yo habría dicho de haber tenido oportunidad.

Es como si él no la hubiese oído.

—Y Jennifer te ha dejado usar aquella primera.

—De forma anónima. Sí. Ha sido estupenda. Se lo conté todo y ella estuvo estupenda. —La cara de él no se altera.

¿Has oído lo que he dicho?, pregunta ella en silencio.

—Sinceramente, creo que se quedó un poco impactada, pero, después de todo lo que había pasado, no creo que le importara lo que yo había hecho.

—Anthony vino aquí ayer. Parece un hombre distinto. No sé por qué vino. Creo que simplemente quería hablar con alguien. —Asiente al recordar—. Llevaba una camisa nueva y corbata. Y se había cortado el pelo.

Esa idea hace sonreír a Ellie sin que lo pueda evitar.

En el silencio, Rory se estira sobre el escalón con las manos levantadas sobre la cabeza.

—Es bonito lo que has hecho.

—Eso espero —contesta ella—. Estaría bien pensar que alguien ha tenido un final feliz.

Un anciano pasa con su perro, con la punta de la nariz del color de las uvas rojas, y los tres murmuran un saludo. Cuando ella levanta la mirada, Rory está mirando al suelo. Le observa y se pregunta si esta es la última vez que le verá. Lo siento, le dice en silencio.

—Te invitaría a pasar, pero estoy haciendo las maletas. Tengo mucho que hacer.

Ella levanta una mano, intentando que no se le note la decepción. Se baja del pilar, la tela de los pantalones se le engancha un poco sobre la áspera superficie y se cuelga el bolso al hombro. No se siente los pies.

—Bueno..., ¿y querías algo, aparte de, ya sabes, jugar a la repartidora de periódicos?

Empieza a hacer frío. Ella se mete las manos en los bolsillos. Él la mira expectante. Ella tiene miedo de hablar. Tiene miedo de lo destrozada que se puede sentir si él le dice que no. Por eso ha tardado varios días en venir. Pero ¿qué tiene que perder? Nunca más va a volver a verle.

Respira hondo.

—Quería saber... si podrías escribirme.

—¿Escribirte?

—Mientras estés fuera. Rory, la he fastidiado. No puedo pedirte nada, pero te echo de menos. Te echo mucho de menos. Solo..., solo quiero pensar que esto no ha terminado aquí. Que podríamos... —Se mueve inquieta y se frota la nariz— escribirnos.

—Escribirnos.

—Solo... cosas. Lo que haces. Cómo te va. Dónde estás. —Sus palabras le suenan estúpidas al oírse.

Él se ha metido las manos en los bolsillos y se asoma hacia la calle. No responde. El silencio es tan largo como la calle.

—Hace mucho frío —dice por fin.

Ellie siente como si algo grande y pesado se hubiera asentado en el fondo del estómago. «La historia de los dos ha terminado. A él no le queda nada que decirle». Rory mira hacia atrás con expresión de disculpa.

—Se está saliendo el calor de la casa.

Ella no puede hablar. Se encoge de hombros, como diciendo que sí, consigue esbozar una sonrisa que sospecha que más bien es una mueca. Cuando se gira para marcharse, oye de nuevo la voz de él.

—Supongo que puedes pasar y prepararme un café. Mientras yo organizo los calcetines. Lo cierto es que me debes un café, si mal no recuerdo.

Cuando ella vuelve a mirarle, la expresión de él se ha descongelado. Aún falta para convertirse en verdadero calor, pero, sin duda, está ahí.

—Quizá puedas echar un vistazo a mi visado peruano mientras estás aquí. Comprobar si lo he escrito todo bien.

Ella posa ahora los ojos sobre él, sobre sus pies cubiertos con calcetines, su pelo castaño y demasiado largo como para tenerlo bien peinado.

—No deberías confundir Patallacta con Puyupatamarca —dice ella.

Él levanta los ojos al cielo mientras niega despacio con la cabeza. Y, tratando de ocultar su reluciente sonrisa, Ellie pasa por detrás de él.

AGRADECIMIENTOS

Cada capítulo de este libro está encabezado con una última carta, correo electrónico u otra forma de correspondencia de la vida real, aparte de la que he tomado de la trama de la novela.

En la mayoría de los casos, han sido proporcionados generosamente en respuesta a distintas peticiones, y, en todos los que son correspondencia que no ha sido publicada previamente, he ocultado la identidad tanto del remitente como del destinatario para proteger al inocente (y al que no lo es tanto).

Sin embargo, hay algunas personas que me han ayudado a recopilar esta correspondencia y que están encantadas de recibir su reconocimiento. Gracias, sin seguir ningún orden en particular, a Brigid Coady, Suzanne Parry, Kate Lord Brown, Danuta Kean, Louise McKee, Suzanne Hirsh, Fiona Veacock y aquellas almas generosas y fuertes que me han hecho llegar sus cartas a su «Querido John» particular, pero que han preferido mantener el anonimato.

También me gustaría dar las gracias a Jeanette Winterson, a los herederos de F. Scott Fitzgerald y a la University Press of

New England por permitirme reproducir la correspondencia literaria usada en este libro.

Gracias como siempre al maravilloso equipo de Hachette: mi editora, Carolyn Mays, así como Francesca Best, Eleni Fostiropoulos, Lucy Hale, el equipo de ventas y la temible habilidad correctora de Hazel Orme.

Gracias también al equipo de Curtis Brown, sobre todo a mi agente, Sheila Crowley. Quiero expresar mi gratitud a la British Newspaper Library de Colindale, una maravillosa fuente para escritores que buscan sumergirse en otro mundo.

También debo otro agradecimiento a mis padres, Jim Moyes y Lizzie Sanders, y a Brian Sanders. A la comisión rectora de Writersblock, una constante fuente de apoyo, ánimo y dedicación.

Y gracias, sobre todo, a mi familia, a Charles, Saskia, Harry y Lockie.

La última carta de amor de Jojo Moyes
se terminó de imprimir en octubre de 2019
en los talleres de
Grafimex Impresores S.A. de C.V.
Av. de las Torres No. 256 Valle de San Lorenzo
Iztapalapa, C.P. 09970, CDMX, Tel: 3004-4444